Die Hagkens
Eine Soldatendynastie

MARGARET MEES

EINE SOLDATENDYNASTIE
Historische Romanbiographie nach Originaldokumenten

Auf dem Titelbild von links nach rechts: Alexandrine
von Hagken, Christian Alexander von Hagken
erstes Eheporträt, Friederike von Schwedlers Eheporträt,
das zweite Eheporträt von C.A. von Hagken.

Bibliografische Information der Nationalbibliothek:
Die Deutsche Nationalbibliothek verzeichnet diese Publikation in der
Deutschen Nationalbibliografie; detaillierte bibliografische Daten sind
im Internet über http://dnb.dnb.de abrufbar.

Deutschsprachige Erstausgabe 2024.
Copyright 2024 Margaret Mees

Lektorat   : Anke Unger
Korrektorat : Rudolf Schmidt
Cover-Gestaltung : Anett von Groen
Fotos: Margaret Mees und Piet Gipsen
Die Porträts auf dem Cover gehören der Autorin und sind
fotografiert worden von Piet Gipsen

Verlag: BoD · Books on Demand GmbH, In de Tarpen 42, 22848 Norderstedt
Druck: Libri Plureos GmbH, Friedensallee 273, 22763 Hamburg

ISBN: 978-3-7693-0926-3

Für meine Mutter
Vera Mees-de Vos
und für all die lieben Menschen, die mir mit Informationen und Fotografien ermöglicht haben, dieses Buch zu schreiben

*Als Karl der Große ins Land kam, da waren die Hagks
schon drinnen*

Thüringisches Sprichwort

Inhaltsverzeichnis

Vorwort

Die Augen des älteren Herrn auf dem Porträt folgten mir in unserem Wohnzimmer überall hin. Wer war dieser alte Mann mit seinen grauen Haaren in Militäruniform?

Ich kannte zwar seinen Namen, Christian Alexander Freiherr von Hagken aber sonst wusste ich nichts über ihn.

Sein Porträt hing neben einem großen antiken Schrank und ihm gegenüber, über einem kleinen Buffet, lächelte mir seine junge Frau entgegen. Sie sah hübsch aus in ihrem Hochzeitskleid nach der letzten Pariser Mode zu Beginn des 19. Jahrhunderts. Ihr dunkles, auf der Stirn gelocktes Haar war mit einem Kranz von rosa-seidenen Blumen und blauen Blättchen sorgfältig geschmückt.

Auch ihren Namen kannte ich, denn er stand hinten auf dem Porträt. Die junge Frau war Friederike Dorothea Freiin von Schwedler. Zudem gab es in unserem Salon noch ein kleines Porträt eines Mädchens, gekleidet in ein blaues Biedermeierkleid in der Farbe ihrer Augen. Ihre Frisur mit den steif gedrehten Locken auf beiden Seiten des Gesichts stammte auch aus dieser Zeit und als einziges Schmuckstück zierte eine Kette mit einem Kreuz ihren Hals.

Sie war die Tochter der beiden, Alexandrine von Hagken.

Als ich einmal meine Mutter fragte, ob sie etwas wisse von unseren deutschen Vorfahren, deren Porträts schon so lange Zeit in unserem Haus hingen, antwortete sie mir: »Irgendwann wurde mal jemand in der Familie adoptiert, glaube ich.« Mehr wusste sie nicht. Diese Antwort erklärte mir leider nicht besonders viel.

Nach dem Tod meiner Mutter habe ich die von meiner deutschen Großmutter mitgebrachten Familienporträts geerbt. Beim Aufräumen ihres Hauses entdeckte ich aber noch mehr, nämlich stapelweise vergilbte Dokumente. Als ich sie näher betrachtete, sah ich, dass sie vom Großvater und vom Urgroßvater meiner Mutter geschrieben wurden. Das weckte mein Interesse. Ich entdeckte einige bekannte Familiennamen und Stammbäume, aber was genau in den Aufzeichnungen stand, konnte ich nicht entziffern. Denn sie waren in einer seltsamen Schrift verfasst, die ich nicht kannte. Ziemlich frustriert darüber zeigte ich die Dokumente einer deutschen Bekannten. Die erklärte mir, das sei die zu den damaligen Zeiten übliche Kurrentschrift und gab mir das passende Alphabet dazu.

Da ich schon pensioniert war, hatte ich nun auch Zeit genug, mich mit diesen Schriftstücken näher zu befassen und alles, was wie verstreute Puzzleteile vor mir lag, nach und nach zu entziffern. Jetzt konnte ich meine Neugier, zu erfahren, was für Menschen meine Vorfahren gewesen waren, was sie in ihren Leben gemacht hatten, wie und wo sie gelebt hatten und was ihre Lebensgeschichte war, endlich befriedigen! Schon immer hatten mich die beiden Hochzeitsporträts fasziniert. Wie kam eine junge hübsche Frau dazu, einen um so viel älteren Mann zu heiraten?

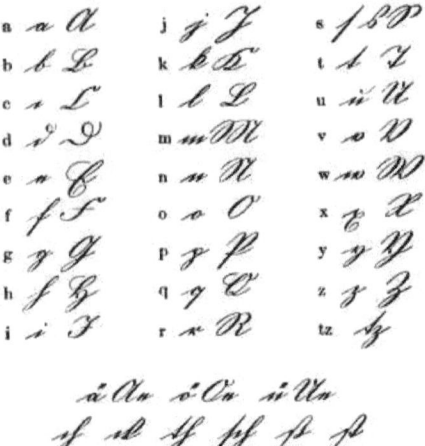

Mit dem Kurrentschrift-Alphabet in der Hand, den Stammbäumen und der Familiengeschichte, die sich langsam vor meinen Augen enthüllte, bekam ich meine Antwort.

Damit fing für mich eine spannende Entdeckungsreise an durch das Leben meiner Vorfahren.

Ich habe versucht, mir nicht nur ihr Leben, sondern auch ihre Gefühle vorzustellen, und mit ein wenig Fantasie bekam ich ein Bild davon, wie es war und teilweise hätte sein können.

Das Kurrentschrift-Alphabet um 1865 (die vorletzte Zeile zeigt Umlaute, die letzte Zeile zeigt Ligaturen). Quelle: Wikipedia.

So fing ich an, dieses Buch zu schreiben.

Margaret Mees

Christian Alexander von Hagken
&
Friederike von Schwedler

Die Begegnung

Man schrieb das Jahr 1802, Anfang des Monats April. Es war noch sehr früh am Morgen. Die Sonne war kaum aufgegangen, um den Tau zu vertreiben, der wie silberne Tröpfchen auf den Feldern glitzerte. Schon lange war das Feuer im Kamin erloschen und eine unbehagliche Kälte kroch durch das Zimmer. Aber Friederike von Schwedler bemerkte es nicht. Blicklos starrte sie vom Fenster ihres Schlafzimmers aus über die Wiesen hinter dem Haus. Mit ihren Gedanken war sie weit weg. Unabsichtlich stöhnte sie auf einmal halblaut: »Mein Gott, was soll ich jetzt nur machen?«

Ein tiefer, verzweifelter Seufzer entrang sich ihren Lippen. Einen Moment lang hielt sie den Atem an. Hatte sie mit dem unbedachten Ausruf ihre Familie geweckt? Zu ihrer Erleichterung blieb alles ruhig im Haus.

Die ganze Nacht hatte sie nicht schlafen können und sich ständig hin und her gewälzt. Immer wieder musste sie an die schreckliche Nachricht denken, die sie am Tag zuvor erhalten hatte. Sie war so unruhig gewesen, dass sie es nicht im Bett ausgehalten hatte und aufgestanden war. Und nun stand sie ziellos an ihrem Schlafzimmerfenster und wusste nicht, was sie tun sollte.

Wenn mein Vater noch am Leben wäre, dachte sie, *hätte er eine Lösung gewusst.*

Obwohl sie ihn nur kurz gekannt hatte, vermisste sie ihn jetzt schrecklich. Sie versuchte, sich an sein Gesicht zu erinnern, aber es gelang ihr nicht. Als er starb, war sie noch ein kleines Mädchen von kaum fünf Jahren gewesen.

Alles, woran sie sich erinnern konnte, war sein donnerndes Lachen, das durch das Haus schallte. Helene, ihre Mutter, hatte ihr einmal erzählt, dass sie ihn in der reformierten Kirche, der Brunsteinkapelle in Soest, kennengelernt hatte, wo ihr Vater der Pfarrer gewesen war. Nach den Erzählungen ihrer Mutter war es Liebe auf den ersten Blick gewesen. Obwohl Helene nie das genaue Datum ihrer Heirat erwähnt hatte, hatte Friederike es selbst herausgefunden. Vor kurzem hatte sie zufällig die Heiratsurkunde in einer geheimen Schublade des Schreibtisches ihrer Mutter entdeckt und sich sehr darüber gewundert, denn das konnte nicht stimmen.

Dann kehrten ihre Gedanken wieder zu ihrem Vater zurück. Sie wusste, dass er vor ihrer Geburt Schloss Magerhorst in Duven gemietet und ihre Eltern dort für eine Weile gelebt hatten. Als das Anwesen verkauft wurde, zog er später mit seiner Familie nach Hattingen, wo sie geboren wurde.

Er hatte in der Gegend als Ökonom gearbeitet, und weil das junge Ehepaar sehr religiös war, das in der Nähe der Kirche gelegene Rittergut Haus Bruch gepachtet.

Handzeichnung von 1880 vom Haus Bruch mit dem Kapellengebäude nach der Beseitigung des Berchfrits, der Sperrmauer und der Gräfte.

Handzeichnung von 1880 vom Haus Bruch mit dem Kapellengebäude angefertigt von dem Maler Duesberg.
Quelle: Stadtarchiv Hattingen.

Als Kind hatte Friederike das Leben auf dem Gut mit dem schönen Garten und seinen vielen Tieren immer genossen. Doch nur eine kurze, unbeschwerte Zeit konnte die Familie auf dem wundervollen Anwesen bleiben. Denn als ihr Vater nach kurzer Krankheit starb, mussten sie umziehen, als der Pachtvertrag nach einigen Jahren auslief. Vage erinnerte sie sich noch, dass ihr älterer Bruder und ihre ältere Schwester viel geweint hatten und wie ihre Mutter versuchte, sie zu trösten. Sie war danach mit ihrer Mutter und ihren Geschwistern in das Haus ihrer Großeltern nach Soest gezogen. Ihre Großmutter Charlotte, eine geborene

Klug, lebte noch dort, aber ihr Großvater Johann Wegener, der Pfarrer, war schon gestorben. Nachdem einige Zeit später auch die Großmutter gestorben war, bewohnten Helene und ihre Kinder weiter das große Elternhaus. Friederike starrte noch immer aus dem Fenster, als sie an ihre Großmutter dachte. Wie sehr die arme Frau in den letzten sieben Jahren ihres Lebens gelitten hatte. Sie war blind geworden und brauchte viel Pflege, bevor sie im hohen Alter starb. Friederike dachte daran, wie sehr sie die alte Frau geliebt und umsorgt hatte, seit sie ein kleines Mädchen war. So jung sie auch war, sie war immer sehr geduldig mit den alten Menschen. Ihre Großmutter hatte ihr einmal ein Kompliment gemacht und gesagt: »Diese Eigenschaft musst du bestimmt von deinem Großvater geerbt haben, er war bekannt für seinen liebevollen Umgang mit seinen älteren Kirchgängern.«

Ja, das könnte wahr sein, dachte sie. Denn sie interessierte sich in der Tat nicht so sehr für Gleichaltrige, sondern mehr für alte Menschen. Die hatten in ihrem Leben oft schon viel durchgemacht und sie konnte gebannt zuhören, wenn sie davon erzählten.

Neunzehn Jahre alt war sie jetzt und eine rastlose junge Frau, die noch immer im Haus ihrer Großeltern lebte, zusammen mit ihrer Mutter und der jüngsten Schwester Adolphine. Sie hatte das Gefühl, dass sie ihr Leben in Soest vergeudete und sie wollte weg aus der Stadt.

»Aber kann ich das überhaupt?«, fragte sie sich zögernd.

Jetzt brodelte die schlimme Nachricht wieder hoch!

Ihre über alles geliebte Mutter hatte sich gestern nicht wohlgefühlt und trotz der Tatsache, dass sie ihr gesagt hatte: »Kind, mach dir keine Sorgen, das wird schon wieder«, hatte Friederike doch den Hausarzt holen lassen. Er war ein großer, hagerer alter Mann mit tiefliegenden Augen in einem schmalen Gesicht, die einen unter buschigen Augenbrauen anschauten. Sie kannte ihn schon lange, denn er war der Hausarzt der Familie. Zusammen waren sie ins Schlafzimmer ihrer Mutter gegangen, wo Helene mit geschlossenen Augen auf ihrem Bett lag.

Zum ersten Mal bemerkte sie, wie blass ihre Mutter aussah. Sie fragte sich erstaunt, wieso sie das nicht früher gemerkt hatte.

Auf Wunsch des Arztes verließ sie das Schlafzimmer und ging nach unten ins Wohnzimmer, um auf das Ergebnis seiner Untersuchung zu warten.

Als kleines Mädchen hatte sie immer ein bisschen Angst vor ihm gehabt, weil er seine Patienten unter seinen dichten Augenbrauen anschaute mit einem Gesichtsausdruck, als wollte er sagen: »Erzählen Sie mir bloß nicht, dass Sie krank sind!«

Später aber, als sie älter wurde und sah, wie hervorragend er ihre Großmutter betreute, bevor sie starb, lernte sie ihn kennen als einen aufrichtigen und liebevollen Mann, der nur lebte für seine Patienten. Ihre Angst war einem tiefen Respekt gewichen.

Nach einer halben Stunde betrat er das Wohnzimmer und setzte sich in einen der Lehnsessel.

»Wie geht es meiner Mutter?«, fragte Friederike besorgt.

Sein Gesicht war ernsthaft und mit gerunzelten Brauen sah er sie an. »Deiner Mutter geht es leider nicht gut.«

»Wieso, was fehlt ihr denn?« Friederike war beunruhigt.

Selbst nach jahrelanger praktischer Erfahrung fiel es dem Arzt noch immer schwer, etwas Schlimmes mitteilen zu müssen.

»Ich habe eine Verhärtung in ihrem Unterleib gespürt«, sagte er langsam. Er hatte scheinbar Angst, das Wort Tumor auszusprechen.

Friederike schaute ihn erschrocken an: »Kann das nicht von selbst wieder verschwinden?«

»Nein.« Er schüttelte bedachtsam seinen Kopf, »es wird nur noch größer werden.«

»Aber gibt es dann nichts, das Sie tun können?«, erkundigte sie sich jetzt völlig ratlos. »Ein Klistier vielleicht, oder eine Kur mit Blutegeln?«

Er sah sie einfühlsam an. »Leider nicht. Das Einzige, was ich tun kann, ist, mit Medikamenten zu versuchen, ihre Schmerzen zu lindern.«

»Wie lange hat sie denn noch zu leben?«, stammelte Friederike entsetzt.

»Das kann ich nicht genau sagen«, erklärte er ehrlich, »vielleicht drei Monate, aber es kann auch noch ein halbes Jahr sein.«

Es war, als ob Friederike den Boden unter ihren Füßen verlor. »Weiß meine Mutter, dass sie nicht mehr lange zu leben hat?«

»Ich habe ihr nur gesagt, dass sie Magenprobleme hat und leichte Kost essen und sich viel ausruhen muss. Ich denke, es ist besser, im Moment niemandem etwas über ihren Gesundheitszustand zu erzählen. Das kann man immer noch später machen.«

Der Arzt verabschiedete sich mit dem Versprechen, sobald es nötig war, wieder zurückzukommen.

Friederike war so erschüttert, dass sie lange Zeit ohne sich zu bewegen in ihrem Stuhl saß. Ihre Mutter todkrank? Sie war die Einzige in der Familie, die noch nie richtig krank gewesen war. Vielleicht einmal einen Schnupfen hatte sie gehabt, aber das war alles und jetzt sollte sie bald sterben? Niemals hatte sie damit gerechnet.

Nur mit Mühe konnte sie ihre Tränen zurückhalten. Sie wollte nicht, dass ihre Mutter sie mit roten, geschwollenen Augen sah. Mit Blei in den Schuhen war sie die Treppe zum Schlafzimmer ihrer Mutter hinaufgegangen. Helene lag immer noch mit geschlossenen Augen auf ihrem Bett, anscheinend im Tiefschlaf.

Obwohl es ihr wie eine Ewigkeit vorkam, war das alles erst am vergangenen Nachmittag passiert.

Ein Klopfen an der Tür und eine sanfte Stimme, die fragte: »Friederike, bist du schon wach?«, holten sie aus ihren Gedanken.

»Ja, bin ich«, antwortete sie dem Dienstmädchen automatisch.

Hannah öffnete die Tür und trat ein. »Du frierst dich hier noch zu Tode«, sagte sie, legte Friederike einen Morgenmantel um die Schultern und machte ein neues Feuer im Kamin. Als dieses aufflammte, ging sie wieder und schloss leise die Tür hinter sich.

Friederike drehte sich langsam um und ging zu ihrem Nachttisch, auf dem ein Brief und eine gedruckte Einladung lagen.

Sie öffnete den Brief und las ihn noch einmal. Es war ein Schreiben von ihrer ältesten Schulfreundin aus Soest, Henriette von Klocke.

Im Jahr zuvor, Anfang Dezember, hatte sie den königlich-preußischen Major Johann von Eller geheiratet. Er stammte aus einem alten bergischen Landadel von der Plettenburg bei Lennep, und obwohl er viel älter war, machte er sie offenbar sehr glücklich. Die beiden lebten jetzt in Wesel und in ihren Briefen an Friederike schrieb sie immer sehr zärtlich und enthusiastisch von ihm. Er plante, so berichtete sie, am 4. April ein Fest zu geben, weil sie an diesem Tag vier Monate verheiratet waren. Es würde einen Empfang geben, Abendessen, Musik, Tanz und später noch ein kleines Souper, und Friederike sollte auf jeden Fall kommen. Sie durfte mit Henriettes Eltern reisen, die ebenfalls eingeladen waren, und sie konnte natürlich bei Henriette wohnen. Ihr Mann hatte zahlreiche Offiziere und Freunde eingeladen, und sie hatten alle zugesagt.

In Soest kannte Friederike fast jeden. Aber einen Mann, der ihr gefiel und als Heiratskandidat in Frage kam, hatte sie bisher noch nicht getroffen. Nun, da sie erfahren hatte, dass ihre Mutter nicht mehr lange zu leben hatte, fragte sie sich verunsichert, wie ihre Zukunft aussehen würde. Sie hatte das Gefühl, dass diese Feier vielleicht ihre Chance sein könnte, einen Ehemann kennenzulernen. Sie wurde hin- und hergerissen zwischen ihrem Pflichtgefühl und der Liebe zu ihrer Mutter und ihrem Wunsch, an dieser Festlichkeit teilzunehmen.

Die ganze Nacht hatte sie darüber nachgedacht und kein Auge zugetan. Sie sah ihren Koffer, der bereits am Vortag gepackt worden war, in einer Ecke ihres Schlafzimmers warten. Das half ihr, sich nach nochmaliger reiflicher Überlegung für die Abreise nach Wesel zu entscheiden. Außerdem hatte sie Angst, dass ihre Mutter misstrauisch werden könnte, wenn sie die Festlichkeit in letzter Minute absagen würde.

Ihre Mutter wusste, dass sie sich seit Wochen darauf gefreut hatte, nach Wesel zu gehen. Nachdenklich legte sie den Brief zurück auf ihren Nachttisch.

Jetzt musste sie sich schnell fertig machen und nach unten gehen zum Frühstück. Sie hatte aber ein unwohles Gefühl, ihre Mutter zu sehen, und war sich nicht sicher, wie sie sich verhalten sollte. Ihre Mutter sollte nichts Besonderes an ihr bemerken. Ganz langsam ging sie die Treppe hinunter ins Esszimmer. Helene saß, wie gewöhnlich, auf ihrem Platz am Kopfende des Tisches.

Obwohl es sie Mühe gekostet hatte, war sie doch heruntergekommen. Ihre Kinder sollten nicht auffallen, wie schlecht es ihr ging. Sie wusste sehr wohl, dass sie krank war. Selbst hatte sie die Verhärtung auch gefühlt. Sie hatte das Gesicht ihres Arztes genau beobachtet, als er sie untersuchte. In dem Moment, als sich seine Augenbrauen nur für eine Sekunde hochzogen, hatte sie ihre Bestätigung bekommen.

Als Pfarrerstochter hatte sie oft mit ihrem Vater kranke Menschen aus seiner Kirchengemeinde besucht und viele Krankheitsfälle gesehen. Sie wusste und spürte auch, dass ihr Leben bald vorbei sein würde. Ihr war klar, dass der Arzt ihr nicht die Wahrheit gesagt hatte und sie schonen wollte. Nachdem er gegangen war, bemerkte sie, dass Friederike wieder in ihr Schlafzimmer gekommen war. Aber sie wollte zu diesem Zeitpunkt allein sein und hatte deshalb vorgetäuscht zu schlafen. Erst einmal musste sie verkraften, dass sie nicht mehr lange zu leben hatte und überlegen, wie sie ihre Kinder später über ihren Gesundheitszustand informieren konnte.

Es ist eine Strafe Gottes für meine Sünde, dachte sie. *Damit muss ich mich abfinden.*

Sie öffnete ihre Augen und starrte an die Decke, während sie über ihr Leben nachdachte.

Aus dem Nichts schwebte plötzlich das Gesicht ihres Mannes August vor ihr und die Erinnerung tauchte auf, wie sie sich kennengelernt hatten. Es war bei der jährlichen Weihnachtsfeier in der Kirche ihres Vaters gewesen. Wie gut hatte

Abbildung Schloss Magerhorst 1742 von Jan de Beijer, ein niederländischer Zeichner von Stadt- und Dorfszenen aus dem 18. Jahrhundert.
Quelle: Kupferstich aus der Sammlung des Liemers-Museums in Zevenaar.

er ausgesehen und wie charmant war er gewesen! Er war zu Besuch bei seinen Eltern, und als sie einander vorgestellt wurden, hatte es gleich zwischen beiden gefunkt. Es entstand eine so unglaubliche körperliche Anziehungskraft zwischen ihnen, dass sie sich gefragt hatte, ob jemand es wahrgenommen hätte.

Zu jener Zeit lebte August noch in Duven, wo er das Schloss Magerhorst gemietet hatte. Er kam aber vom Moment ihrer Begegnung an jedes Wochenende nach Soest, um sie zu besuchen. Anfangs hatten sie nur formell in Gegenwart ihren Eltern miteinander gesprochen. Wenn sie jedoch für einen Moment allein waren, umarmten sie einander und küssten sich leidenschaftlich.

Anfang April ereignete sich etwas Unerwartetes.

August war unangekündigt zu Besuch gekommen und zu dieser Zeit war durch Zufall niemand zu Hause. Nachdem sie sich einige Zeit unterhalten hatten, hatte er wieder angefangen, sie zu küssen. Obwohl jeden Moment jemand nach Hause kommen konnte, hatten sich die beiden nicht zurückhalten können. Es war einfach passiert, sie hatte es ihn tun lassen.

Er war zutiefst erschrocken und hatte sich nachher sofort bei ihr entschuldigt. Danach war er jedoch wie in Panik und ohne sich zu verabschieden verschwunden.

Als ihre Eltern wieder nach Hause kamen, erzählte sie ihnen nichts von seinem Besuch. Sie schämte sich so schrecklich.

Noch schlimmer fühlte sie sich, als er plötzlich nicht mehr zu Besuch kam. Wochenlang hörte sie nichts von ihm und fragte sich, ob sie ihn jemals wiedersehen würde.

Ununterbrochen dachte sie darüber nach, warum er ihr fernblieb. Vielleicht wusste er jetzt nicht, wie er sich ihr gegenüber verhalten sollte? Sie war so angespannt, dass ihre Mutter sich fragte, was mit ihr los war. Ihre Eltern hatten natürlich beobachtet, dass er nicht mehr zu Besuch kam. Er schrieb ihr auch nicht mehr. Sie dachten wahrscheinlich, dass er nicht mehr an ihr interessiert war. Dass sie jetzt Herzschmerz hatte, aber das würde mit der Zeit vergehen.

Obwohl sie niemals über eine Heirat gesprochen hatten, dachte Helene doch, dass er es ernst gemeint hatte. Neben der körperlichen Anziehungskraft kamen sie auch sehr gut miteinander aus.

Nachdem sie zwei Monate gewartet hatte, beschloss sie, ihn einen Brief zu schreiben. Sie fragte ihn, warum er sie nie wieder besuchte. War er vielleicht krank? Nach einer ungewissen Wartezeit von mehreren Wochen erhielt sie endlich eine Nachricht von ihm.

August entschuldigte sich für seine späte Antwort, aber als er nach Hause kam, hatte er sich schweren Typhus zugezogen und war sehr krank gewesen. Ein Moment hatte er sogar gedacht, er würde sterben. Seine Eltern hatte er über seine Krankheit auch nicht informiert, er wollte niemanden beunruhigen. Jetzt war er noch schwach, aber auf dem Weg der Besserung. Sobald er konnte, würde er schnell wieder zu ihr kommen.

Sie wusste nicht, ob sie das glauben sollte, aber trotzdem hoffte sie, dass er die Wahrheit sagte.

Ihre monatliche Periode war stets sehr unregelmäßig gekommen, daher beunruhigte sie sich nicht, als diese sich hinauszögerte. Schließlich war sie ja nur ein einziges Mal mit ihrem Geliebten im Bett gewesen und konnte sich nicht vorstellen, davon gleich schwanger werden zu können.

Sie war immer ein bisschen mollig gewesen, aber nun spürte sie, dass sie etwas dicker wurde. Es war Mitte Juli, als sie jene befreiende Nachricht von ihm enthielt, dass er wieder gesund war und sie sehen wollte. Von diesem Moment an kam er wieder jedes Wochenende zu Besuch. Beide gaben vor, dass nichts zwischen ihnen passiert war. Er hatte ihr gesagt, dass er sie liebte, wollte aber noch eine Weile warten, bevor sie heirateten. Auf jeden Fall wollte er sich schon mit ihr verloben.

Ihre Eltern gaben eine kleine Verlobungsfeier, an der auch die gesamte Familie von Schwedler teilnahm. »Ich bin ja so fett geworden«, scherzte Helene vor der Festgesellschaft und erntete vergnügte Lacher.

Dass diese Tatsache gar nicht so lustig war, dachte zu diesem Zeitpunkt noch niemand. Ihre Mutter war die Erste, die das Gefühl bekam, dass etwas nicht stimmte. Da Helene ein Einzelkind war, richtete sich alle Aufmerksamkeit ihrer Eltern immer auf sie.

Schließlich nahm die Mutter sie beiseite und erklärte ihr: »Helene, du siehst aus, als wärst du schwanger.«

Welch ein Schock! Glücklicherweise bohrte die Mutter nicht weiter und stellte keine peinlichen Fragen. Sie bestand jedoch auf einem Arztbesuch. Der Hausarzt bestätigte den Verdacht.

Helene war fassungslos und konnte vor Scham kaum noch in den Spiegel blicken. Unverheiratet schwanger zu werden – das war ein Skandal. Wenn das ihre Familie und ihre Bekannten erfuhren, würde sie wie eine gefallene Frau erscheinen. Dass sie bereits verlobt war, änderte daran nichts.

Nach dem Arztbesuch waren sie beide sehr nachdenklich gewesen.

Ihre Gedanken gingen zu ihrem Vater, für den die Nachricht als Pfarrer besonders herabwürdigend sein würde. Wie sollten sie es ihm erzählen? In seinen Augen hatte sie eine Sünde begangen. Ihre Mutter hatte nur kurz zu ihr gesagt: »Ich werde es deinem Vater sagen.«

Beim Abendessen hatte sie zu ihm gesagt: »Ich muss etwas Wichtiges mit dir besprechen.« Sie hatte ihm bündig und sachlich mitgeteilt, dass Helene schwanger sei. Ihr Vater war von dieser Nachricht so überrascht, dass er nicht wusste, was er sagen sollte und sie nur ungläubig anstarrte. Seine Tochter, die Tochter eines Pfarrers, unverheiratet schwanger? Er war nicht einmal wütend gewesen und hatte ihr keine Vorwürfe gemacht. Das hatte er sich nie vorstellen können.

Ihre Mutter war jedoch eine praktische Frau, die sofort einen Plan entwarf, wie der drohende Skandal vermieden werden konnte. »Ich werde Frau von Schwedler so schnell wie möglich zu einer Familiensitzung einladen.«

Die beiden Frauen verstanden sich gut, besprachen die Situation und regelten gemeinsam alles. Selbstverständlich musste so schnell wie möglich eine Hochzeit arrangiert werden, jedoch, damit niemand auf den heiklen Hintergrund aufmerksam wurde, in ganz kleinem Rahmen.

Augusts Vater sollte nicht involviert werden. Das würde nur Ärger verursachen. Friederike selbst hatte August informiert und ihm gesagt, er solle es geheim halten. Neue Kleider und ein Hochzeitskleid mit weiten Röcken wurden für sie angefertigt, um ihre Schwangerschaft zu verbergen. So gelang es tatsächlich, Klatsch und Tratsch zu vermeiden.

Sie heirateten erst am 23. September 1777, weil es zuvor noch eine dreimalige vorhergehende Proklamation geben sollte. Es war eine schlichte Hochzeit, nicht in der Kirche, sondern in ihrem Elternhaus.

Nur ihre Familie und die Familie von Schwedler waren anwesend. Ihr Vater hatte die Ehe nicht selbst abgesegnet. Er war noch zu aufgewühlt und hatte deshalb seinen Stellvertreter, Prädikant Blüsener, gebeten, dies zu tun. Niemand war überrascht, dass nur eine einfache Hochzeitszeremonie abgehalten wurde. Ihr Vater war für seine Sparsamkeit bekannt. Schließlich musste er seinen Kirchgängern mit gutem Beispiel vorangehen. Luxus konnte er sich nicht leisten, und so war sie auch erzogen worden.

Zu dieser Zeit lebte August noch auf dem Schloss in Duven. Unter dem Vorwand, dass er dort viel Arbeit habe, waren sie gleich nach ihrer Heirat dorthin gezogen. So weit weg wollten sie von Soest entfernt sein, wenn das

Kind geboren wurde. In Magerhorst hatten sie den Raum mit den dicksten Wänden gewählt und sich dort installiert. Wenn das Kind auf die Welt kam, sollte es nicht weinen gehört werden. Es gab zum Glück wenig Personal im Haus. Nur eine alte Magd kam, um ihre Unterkunft sauber zu halten und ihnen Lebensmittel zu bringen.

Nach etwas mehr als zwei Monaten, Anfang Dezember, bekam Helene mitten in der Nacht schreckliche Krämpfe. Zuerst dachte sie, sie hätte etwas Falsches gegessen. Das Kind konnte doch noch nicht geboren werden? Aber bevor sie wusste, was los war, fand sie sich in Wehen wieder. Vor lauter Anspannung hatte sie eine Frühgeburt bekommen. Es war eine Tochter, und sie war so klein, dass sie wie eine Miniaturporzellanpuppe aussah. Da es sich um ein im achten Monat geborenes Kind handelte, befürchteten sie, dass es bald sterben würde. Sie schickten sofort eine Nachricht an ihre Eltern.

Ihr Vater, der als Pfarrer predigte, dass Gott alle Sünden vergibt, hatte ihr nun vergeben. Er war gleich mit ihrer Mutter und ihrer Schwiegermutter nach Duven aufgebrochen. Sie sollten als Zeugen für die Taufe eingetragen werden. Ein Freund ihres Mannes, der Pfarrer war, hatte das Kind dann schnell am Sonntag, 7. Dezember, unter strenger Geheimhaltung getauft und sie unauffällig als Charlotte von Schwedler in das Kirchenbuch von Zevenaar eingetragen. Ihre Eltern und die Mutter ihres Mannes waren einige Tage geblieben und dann nach Soest zurückgekehrt.

Damals war es ein sehr kalter, eisiger Winter. Sie taten alles, um das Kind am Leben zu erhalten, und hielten es so warm wie möglich in der Nähe eines großen, lodernden Feuers. Charlotte weinte wenig, schlief viel und schaffte es zu ihrer Überraschung, sich ins Leben zu kämpfen. Während dieser Zeit waren sie immer in Sorge, dass jemand aus Soest sie besuchen könnte und sich dann darüber wunderte, weshalb sie so kurz nach ihrer Hochzeit schon ein Kind bekommen konnten. Das Wetter blieb in den folgenden Monaten weiterhin rau, sodass zum Glück alle es vorzogen, lieber im Haus zu bleiben.

Sie waren mit ihren Eltern übereingekommen, später zu sagen, dass Charlotte erst im folgenden Jahr im April verfrüht geboren wurde. Wenigstens das Letzte war die Wahrheit.

Die Angst, Charlotte zu verlieren, und die schwierige Situation, in der sie ihr Kind geheim halten mussten, hatten viel Spannung verursacht. Außerdem konnten sie nicht ewig von Soest wegbleiben. Jedes Mal, wenn jemand aus der Familie oder Freunde aus Soest sie besuchen wollten, erfanden sie eine neue Ausrede. Das wurde mit der Zeit immer schwieriger.

Nachdem sie über ein Jahr auf dem Schloss gewohnt hatten, fanden sie es zu groß und zu kalt. Ihr Mann wollte näher an seiner Arbeit leben und pachtete zu diesem Zweck das Haus Bruch in Hattingen. Der Sommer war gekommen und nachdem sie sich installiert hatten, gingen sie nach Soest. Sie hatten keine Ausflüchte mehr, nicht zu gehen. Charlotte war wenig gewachsen und für ihr Alter immer noch sehr klein. Zum Glück fiel keinem etwas auf und niemand kommentierte ihre Größe. Außerdem war Helene zu diesem Zeitpunkt wieder schwanger mit ihrem zweiten Kind und jeder wollte erraten, was es werden würde. Dadurch hatte die Aufmerksamkeit für Charlotte etwas nachgelassen.

Helene seufzte tief, als sie an die Vergangenheit dachte. Wie viele Sorgen sie damals gehabt hatte. Sie und August verstanden sich glücklicherweise auch während ihrer Ehe sehr gut und die anfängliche körperliche Anziehung war nicht verschwunden. Ihr Mann behandelte sie immer mit äußerster Sorgfalt und Liebe. Es stimmte, dass er damals schwer an Typhus erkrankt gewesen war.

Später, als sie schon verheiratet waren, hatte er ihr erklärt, dass er sich auch geschämt hatte und dachte, er sei nicht bereit für die Ehe und wisse nicht, wie er mit der Situation umgehen solle.

Doch dann, nach zehn Jahren glücklichen Zusammenseins, verstarb August plötzlich.

Später fragten die Kinder manchmal, wann sie geheiratet hätte, aber dann wechselte sie schnell zu einem anderen Thema, damit der Skandal nicht nachträglich noch ans Licht kam.

Nur Friederike hatte sie neulich seltsam angeguckt, nachdem sie nach dem Datum gefragt hatte. Sie konnte doch nichts herausgefunden haben, oder?

Die Heiratsurkunde wurde ordnungsgemäß im Geheimfach ihres Schreibtisches aufbewahrt. Sie dachte an Friederike. Als Mutter konnte sie natürlich keinem ihrer Kinder den Vorzug geben. Aber mit ihr kam sie eigentlich am besten zurecht. Sie waren sich so ähnlich, nicht nur äußerlich, sondern auch innerlich.

Charlotte war ihr ganzes Leben lang klein und zerbrechlich geblieben, aber sie hatte einen eisernen Willen und oft eine scharfe Zunge. Nicht nur das, sie hatte auch einen reizbaren Charakter. Wenn sie nett war und jemand etwas sagte, was sie nicht mochte, konnte sie plötzlich wütend werden. Sie fand Charlotte eigentlich ziemlich unberechenbar. Dann dachte sie einen Moment an ihre Jüngste, Adolphine, und ein kleines Lächeln erschien auf ihrem Gesicht. Die lebte in ihrer eigenen Traumwelt. Sie war oft auf dem Land, wo sie Blumen pflückte oder versuchte, ein kleines Tier zu retten. Adolphine hielt sie für ein besonderes kleines Geschöpf. Ihr einziger Sohn Leopold, den sie so sehr vermisste, kam ihr in den Sinn. Seitdem er eine Karriere beim Militär verfolgte, hatte sie ihn kaum gesehen.

Friederike war tatsächlich die Einzige in der Familie, von der sie wusste, was sie an ihr hatte. Sie verstanden sich so gut, und hatten fast immer dieselbe Meinung. *Ja*, dachte sie, *und sie ist genauso eigenständig wie ich. Was soll mit ihr passieren, wenn ich nicht mehr da bin?* Das beschäftigte sie jetzt noch mehr als die Tatsache, dass sie bald sterben würde.

Und jetzt saß sie wieder am Kopfende des Tisches, als wäre nichts gewesen.

Als Friederike etwas später auch herunterkam, nahm sie neben ihrer Mutter am Esstisch Platz. Sie war nervös und mit einem künstlichen Lächeln fragte sie: »Wie geht es dir? Fühlst du dich wieder etwas besser?«

»Ja, danke, Liebes, es geht mir heute viel besser«, log Helene sie an und versuchte so fröhlich wie möglich zu klingen.

So spielten die beiden Frauen einander etwas vor.

Nach dem Frühstück wurde Friederike um 9 Uhr Punkt von Henriettes Eltern abgeholt. Helene ging mit ihr zur Haustür, um Herrn und Frau von Klocke zu begrüßen. Sie waren gute Freunde und kannten sich seit vielen Jahren. Mit einem: »Angenehmen Aufenthalt und eine schöne Feier wünsche ich euch«, verabschiedete sie sich.

In der Kutsche bemerkte Frau von Klocke: »Ich fand, deine Mutter sah nicht gut aus. Sie ist doch nicht krank, oder?«

»Oh nein«, antwortete Friederike hastig, »ihr geht es gut.«

Für einen Moment erstarrte ihr Gesicht und Frau von Klocke hatte das mitbekommen. *Sie sagt mir nicht die Wahrheit*, dachte sie überrascht, stellte aber keine weiteren Fragen.

Die Fahrt nach Wesel dauerte ziemlich lange und die Kutsche war nicht sehr bequem, so dass sie gelegentlich beim Anblick der vorbeiziehenden Landschaft durchgeschüttelt wurden. Die Sonne, inzwischen aufgegangen, schien auf das Land und alles sah grün und freundlich aus. Aber Friederike hatte keine Augen dafür, sie war mit ihren Gedanken nur bei ihrer Mutter. Wie sehr fürchtete sie den Tag, an dem sie für immer Abschied von ihr nehmen müsste! Sie würde dann ganz alleine sein, und ihr so vertraute Haus müsste verkauft werden. Plötzlich geriet sie in Panik. *Was wird mit mir passieren und wo soll ich leben,* wunderte sie sich ängstlich.

Währenddessen führte sie automatisch die Konversation mit Henriettes Eltern, bis die beiden müde und schläfrig wurden und die Reise schweigend fortgesetzt wurde. Jetzt konnte sie sich auf ihr Problem konzentrieren. Auch wenn es für sie schmerzhaft war, sie musste sich jetzt um ihre eigene Zukunft sorgen. Ihre Schwester Charlotte hatte vor zwei Jahren den Pfarrer Ludwig Neuhaus geheiratet und lebte in Uentrop bei Hamm. Ein Jahr später wurde ihre Tochter, die kleine Henriette, geboren und sie hatte gesagt, sie wünsche sich mehr Kinder. Sie wohnte nicht in Soest, also hätte sie keine Möglichkeit, sich um die kranke Mutter zu kümmern. Innerlich nannte sie Charlotte *die Generalin.* Sie hatte immer das Gefühl, dass alles, was sie tat, eine vorgeplante Strategie war und dass sie ihr ganzes Leben lang ein Theaterstück aufführte. Die Darstellung der hilfsbereiten und frommen Pfarrersfrau war eine äußere Fassade, hinter der sich eine kalkulierte Frau verbarg.

Unter dem Deckmantel, jemandem Gutes zu tun, tat sie oft das Gegenteil und genau das, was sie selbst wollte. *Sie ist nicht aufrichtig,* dachte Friederike manchmal, und fühlte sich nie richtig wohl bei ihr. Die Beziehung zwischen den beiden Schwestern hatte sich etwas verbessert, weil Charlotte jetzt nicht mehr zu Hause wohnte. Viel Zeit, oft zu Besuch zu kommen, hatte sie also nicht. In einer großzügigen Stimmung hatte sie sogar angeboten, dass Friederike, falls sie nicht heiraten würde, bei ihr in Uentrop wohnen konnte. Sie zitterte bei dem Gedanken. Die Idee, bei Charlotte zu leben, fand sie schon schlimm genug, aber auch noch in einem kleinen Dorf, wo es nichts zu tun gab, das war das Letzte, was sie wollte. Dann würde sie lieber versuchen, einen Ehemann zu finden, um eine eigene Familie zu gründen und in einer Großstadt zu leben.

Ihr Bruder Leopold war in jungen Jahren zum Militär eingezogen worden und bereitete sich auf seine Militärkarriere vor. Auch von ihm konnte sie keine Hilfe erwarten. Sie dachte an Adolphine, die Jüngste der Familie und ihre Lieblingsschwester. Adolphine mit ihren großen braunen Augen, die gewöhnlich verträumt vor sich hinschauten. Manchmal sah sie so hilflos aus, dass die ganze Familie das Bedürfnis verspürte, sie zu beschützen. Sie musste nur sagen, dass sie ein Problem hatte, und sie waren alle da, um ihr zu helfen. Es war schon vor langer Zeit vereinbart worden, dass Adolphine, falls etwas passierte oder sie nicht heiratete, zu Charlotte ins Pfarrhaus kommen und mit ihr leben würde. Sie könnte sich dann als Tante mit den Kindern beschäftigen. Auf Adolphine konnte sie sich auch nicht verlassen.

Wenn ihre Mutter mehr Pflege brauchte, war sie die einzige ihrer Geschwister, die sich gut um sie kümmern konnte. Außerdem war da Hannah das Dienstmädchen, die mithelfen konnte.

Sie dachte an ihre Geschichte, die sie immer tief beeindruckt hatte. Wie die arme Hannah als kleines Mädchen mit ansehen musste, wie ihre Verwandten aufgrund einer Fleckfieberepidemie einer nach dem anderen tot aus dem Haus getragen wurden. Sie war die Einzige, die ihre Familie überlebte und wurde in das Waisenhaus gebracht, in dem Friederikes Großvater Regent war. Bei seinen regelmäßigen Besuchen war dem Pfarrer aufgefallen, dass die Augen des traumatisierten Mädchens der Erwachsenenwelt gegenüber misstrauisch waren. Sie hatte sich nicht an ihr neues Leben angepasst wie die anderen Kinder. Als Helene nun mit ihrer Familie nach Hattingen zog, besuchte sie regelmäßig ihre Eltern in Soest und seine Frau brauchte deshalb mehr Hilfe im Haushalt.

Er war ein herzensguter, rechtschaffener Mann und hatte Mitleid mit der Kleinen gehabt. Also holte er sie aus dem Waisenhaus, um in seinem Haushalt zu helfen. Damals war sie ein kleines Häufchen Elend von nur zwölf Jahren. Sie war jedoch ein kluges Ding, das mit viel Liebe und Aufmerksamkeit seiner Frau gelernt hatte zu kochen und bereit war, eine gute Haushälterin zu werden. Jetzt war sie eine erwachsene Frau und konnte längst einen Haushalt führen. Hannah war damals so dankbar gewesen, aus dem Waisenhaus geholt worden zu sein, dass sie Helene niemals verlassen würde.

Obwohl sie inzwischen verheiratet war und eigene Kinder hatte, kam sie immer noch jeden Tag, um sich um die Familie zu kümmern. Auf Hannah konnte sie sich verlassen, sonst hätte sie niemanden.

Mit all diesen Gedanken und Emotionen war Friederike schläfrig geworden und obwohl sie versuchte wach zu bleiben, schlossen sich ihre Augen langsam.

Lärm auf der Straße weckte sie auf. Sie waren in Wesel angekommen und es dauerte nicht lange, bis sie das Haus von Henriette erreichten.

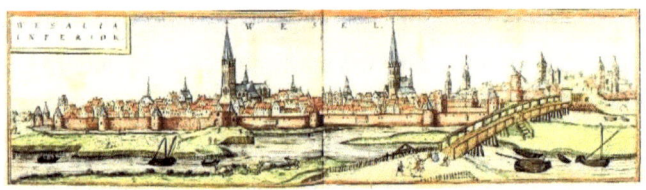

Stadtansicht von Wesel um 1775.
Quelle: Braun & Hogenberg, Civitates Orbis Terrarum 1775.
Fotograf: Klaus Erdmann.
Quelle: Wikipedia.

Als sie aus der Kutsche stiegen, war ihre Freundin schon da, um sie zu begrüßen. Sie war keine besonders hübsche Frau, aber ihr immer frohgemutes Gesicht und die einhergehende gute Laune gaben ihr einen unwiderstehlichen Charme. Sie begrüßte ihre Eltern und umarmte Friederike so herzlich, dass auf einmal ihre Probleme und die unbequeme Fahrt aus ihren Gedanken verschwunden waren.

Sie fühlte nichts als Aufregung und Neugier auf das, was kommen würde.

Nach deren Heirat hatte sie Henriette noch nicht besucht, und sie war begeistert, als sie sah, wie groß und vornehm das Haus aussah und wie geschmackvoll es eingerichtet war.

Die vielen Gemälde an den Wänden, die dicken Teppiche und schönen Holzmöbel, alles sah so großartig und gut gepflegt aus. Sie war entzückt von dem Luxus in dem sie sich befand und froh, hier zu sein, endlich weg von Soest.

Henriette war überglücklich, dass sie sich wiedersahen, und hatte sie und ihre Eltern nach einem leichten Mittagessen auf ihr Zimmer begleitet.

Friederike brauchte etwas Ruhe und sie würden sich zum Abendessen wiedersehen. Das Zimmer war behaglich eingerichtet und bot einen schönen Blick auf den Garten hinter dem Haus mit vielen Sträuchern, einer Vielzahl von Blumen und jahrhundertealten Bäumen. Henriette hatte Recht gehabt, es war besser, sich hinzulegen, und obwohl sie immer noch dieses aufgeregte Gefühl hatte, schlief sie nach einer Weile ein.

An diesem Abend sah sie auch den Major von Eller beim Diner wieder. Sie hatte ihn zuletzt in Soest getroffen, als er Henriette heiratete. Er war kein anziehender Mann, hatte eine große Nase in einem roten Gesicht und kleine Augen. Das einzig Attraktive an ihm waren seine Haare. Ein üppiger Schopf wunderschöner, glänzend weißer Haare umrahmte sein Gesicht. Er hatte auch eine gutmütige Erscheinung und sah jeden mit einem einnehmenden Blick an. Friederike dachte oft, dass sie noch nie jemanden mit so freundlichen Augen wie seinen getroffen hatte.

Seine junge Frau war von ihm bezaubert und trotz des Altersunterschieds passten sie sehr gut zueinander. Die beiden strahlten sich gegenseitig an und machten einen sehr glücklichen und harmonischen Eindruck.

Am nächsten Tag, dem der Feier, war das Haus der Ellers voller Bewegung. Diener liefen hin und her, überall wurden große Vasen mit Blumensträußen hingestellt, die ihren herrlichen Duft über das ganze Haus verbreiteten. Tische wurden gedeckt, das Buffet und ein Podium für das Orchester aufgebaut und alles noch mal poliert. Abends wurde das Haus von Kerzen in Kristalllampen und Kandelabern stimmungsvoll beleuchtet, während im Garten eine leichte Brise das Licht der Fackeln flackern ließ. Bei all diesem Glanz sahen das ganze Haus und auch der Garten märchenhaft aus. Das Klick-Klack der Hufe, das Wiehern von Pferden, und das Knattern der Räder der Kutschen, verrieten die Ankunft der ersten Gäste. Lakaien mit Fackeln in ihren Händen begleiteten sie in das Haus, wo das Ehepaar von Eller in der Halle stand, um seine Gäste willkommen zu heißen.

Friederike war aus ihrem Schlafzimmer gekommen und blieb einen Moment oben auf der Treppe stehen, um die Szene unten im Flur zu beobachten. Sie sah, wie der Major von Eller sich imponierend präsentierte in seiner Galauniform und wie Henriette neben ihm in eine wunderbare moderne Abendrobe gekleidet war. *Elegant sahen die beiden aus*, dachte sie. Als sie nach unten blickte, fühlte sie sich, als gehöre sie nicht dazu, weil sie niemanden sah, den sie kannte.

Sie nahm das Ganze wie eine interessierte Außenstehende in sich auf und ging langsam die Treppe hinunter. Henriette kam sofort zu ihr und bestand darauf, dass Friederike als ihr Ehrengast dabei sein sollte, um die Gäste zu empfangen. Also stellte sie sich neben ihre Freundin. Alle Eingeladenen wurden ihr vorgestellt und sie musste endlos Hände schütteln.

Dann passierte etwas, was sie sich später nicht erklären konnte. Ein großer älterer Herr, ebenfalls ein Militär wie Major von Eller und wie er in Galauniform gekleidet, mit grauen Haaren und hellblauen Augen, stand vor ihr und sah sie freundlich lächelnd an.

Als Henriette ihn als Oberst Freiherr von Hagken vorstellte und er sich leicht beugte, ihre Hand berührte und küsste, zuckte es ihr wie ein Blitz durch den Kopf: *Ich werde diesen Mann heiraten.* Sie war so erstaunt und verwirrt über dieses Gefühl, dass sie die anderen Gäste, die ihr vorgestellt wurden, kaum noch bemerkte.

Als der Empfang zu Ende war und alle in den Salon gegangen waren, folgten ihnen Friederike, Henriette und der Major. Die Gesellschaft unterhielt sich animiert miteinander, während Diener mit großen Tabletts voller Sektgläser herumliefen und das Orchester für die musikalische Untermalung sorgte.

Henriette nahm ihre Hand: »Komm mit mir, ich möchte dich meinen Freundinnen vorstellen«, und führte sie zu einigen Frauen, die in einer Ecke des Salons miteinander plauderten. Während sie mit scheinbarem Interesse zuhörte, suchten ihre Augen unmerklich Oberst von Hagken. Sie war neugierig zu sehen, was er tat und mit wem er sprach. Er war nicht schwer zu finden. Sie sah seine hochgewachsene Gestalt mit geradem Rücken inmitten einer Gruppe von Offizieren stehen, die ihm respektvoll und aufmerksam zuhörten. Jetzt konnte sie ihn genau beobachten.

Sie fand nicht, dass er ein ansehnlicher Mann war, aber sie fand ihn besonders distinguiert, und obwohl sein Gesicht kaum Falten hatte, konnte man an seinem grauen Haar erkennen, dass er nicht mehr jung war. Warum interessierte sie sich plötzlich für diesen alten Mann? Sie wusste es nicht, aber irgendwie fand sie ihn geheimnisvoll und er faszinierte sie. Er musste auch eine sehr wichtige Person sein, denn viele der Gäste waren gekommen, um ihn zu begrüßen oder mit ihm zu reden. Sie hatte an diesem Abend ein widersprüchliches und unbeständiges Gefühl, das sie noch nie zuvor empfunden hatte.

Es machte sie nervös und sie dachte, sie hätte den Verstand verloren. Sie kannte diesen Mann überhaupt nicht, wusste nichts von ihm, und außerdem war er so alt, dass er ihr Großvater sein konnte. Obwohl er allein gekommen war, hätte er natürlich auch verheiratet sein können. All diese Gedanken liefen ihr durch den Kopf, während sie zerstreut mit Henriettes Freundinnen redete.

Nach dem Aperitif wurden die Anwesenden in den Speisesaal gebeten, um an einem großen Tisch Platz zu nehmen. Ein Lakai führte Friederike zu ihrem Stuhl und zu ihrer Überraschung setzte sich Oberst von Hagken mit einem höflichen: »Gestatten Sie, gnädiges Fräulein«, neben sie. Friederike spürte, wie sie sich anspannte und leicht errötete, während sie stocksteif auf ihren Teller starrte. Als ein Diener nach dem anderen mit den köstlichsten Speisen vorbeikam, legte sie gedankenlos ein wenig davon auf ihren Teller. Doch dann fing er an, mit ihr zu reden, und jetzt musste sie ihn ansehen. Er blickte aufmerksam zu ihr herüber und fragte: »Wohnen Sie vielleicht auch in Wesel? Ich glaube nicht, dass wir uns jemals begegnet sind?«

»Nein, das stimmt«, antwortete sie schüchtern, »ich wohne in Soest.

Henriette ist meine Freundin und ich bleibe nur hier, um an der Feier teilzunehmen.«

Vielleicht lag es daran, dass er so viel älter war als sie und sie so lange keine echte Vaterfigur in ihrem Leben gehabt hatte, oder dass er so freundlich auf sie wirkte und sie so liebenswürdig ansah, dass sie sich schon während ihres kurzen Gesprächs wohl bei ihm fühlte.

Ihre Verlegenheit verschwand allmählich, und jetzt konnte sie sich, nach einer anfänglichen Unsicherheit, ganz ungezwungen mit ihm unterhalten. Sie erzählte ihm von ihrem Leben in Soest, von ihrem Bruder Leopold, der ebenfalls bei der Armee war, von ihrem Vater, der früh gestorben war, und von ihren Großeltern, die ebenfalls nicht mehr am Leben waren.

»Ach ja, natürlich«, bemerkte der Oberst, »Ihr Großvater war Leopold von Schwedler, verheiratet mit Johanna von Burghoff, nicht wahr?«

»Ja, genau«, antwortete sie, angenehm überrascht, dass er ihre Großeltern gekannt hatte. Er fuhr fort: »Ihren Großeltern bin ich früher mehrere Male begegnet. Soweit ich mich an Ihren Großvater erinnern kann, war er damals Gesandter am schwedischen Hofe, unter der Regierung von Friedrich dem Großen, und ist später als erster Stadtpräsident nach Soest geschickt worden. Die Stadt und viele Dörfer wurden damals unter einer Verwaltung vereint und Ihr Großvater war als der Präsident eine bekannte Persönlichkeit.« Friederike war erstaunt, dass er so viel über ihre Familie wusste.

»Ihre Großeltern hatten doch mehrere Kinder, oder?«, forschte er weiter.

»Ja, sicher«, antwortete sie. »Nachdem mein Großvater nach Soest versetzt wurde, ging die ganze Familie mit ihm. Ich habe dort noch zwei Onkel, Brüder meines verstorbenen Vaters. Mein Onkel Moritz und sein ältester Bruder Onkel Carl, der unser Vormund ist. Wir mögen ihn sehr, er ist nett und versucht immer, wie ein zweiter Vater für uns zu sein. Meine beiden Zwillingstanten wohnen auch dort, in einem Stift.«

Sie plauderten so angenehm miteinander und er hörte ihr so interessiert zu, dass sie ihm plötzlich ungewollt die Krankheit ihrer Mutter anvertraute.

Ihre Sorgen um ihre Gesundheit, ihre Zweifel, was sie später tun sollte. Sie schüttete ihm ihr Herz aus. Gleich darauf bat sie ihn: »Bitte erzählen Sie das niemandem. Ich habe selbst erst gestern davon erfahren.«

Sie war verwirrt, warum hatte sie es einem Fremden erzählt? Aber sie hatte einfach jemanden gebraucht, dem sie fühlte trauen zu können, um über ihre Probleme zu sprechen. Und das war er, der alte Oberst von Hagken.

Er sah sie mitfühlend an: »Ihr Geheimnis ist bei mir geborgen. Sie können mir alles sagen, ich werde es nie weitergeben«, versicherte er ihr ernsthaft. Er hatte ihr konzentriert zugehört und versucht, das Gespräch so zu lenken, dass sie ihm viel von sich und ihrer Familie erzählte, er aber wenig von sich preisgab.

Als das Diner beendet war, begleitete er sie in einen großen Saal, in dem getanzt wurde. Die Musik hatte bereits begonnen, und bevor sie sich irgendwo hinsetzen konnten, wurde Friederike zum Tanzen aufgefordert. Die älteren Leute saßen an Tischen rund um die Tanzfläche und sahen zu, wie sich die jüngere Generation beim Herumwirbeln amüsierte. Unter ihnen waren auch die alten Soldatenwitwen, die alles mit ihren Argusaugen scharf beobachteten. Nichts entging ihnen. Und versteckt hinter ihren großen Fächern kommentierten sie die tanzenden Gäste.

Friederike tanzte gut und gerne, sie liebte die Musik und genoss jeden Augenblick dieses Festes. Im Laufe des Abends tanzte sie mit mehreren Männern, meist Offizieren, die in ihren bunten Uniformen attraktiv aussahen. Doch ohne es zu beabsichtigen, suchten ihre Augen, immer wieder die Gestalt von Oberst von Hagken. Mehrmals kreuzten sich ihre Blicke und sie senkte schnell ihre Augen. Sie wollte nicht, dass er merkte, dass sie an ihm interessiert war.

Was sie in diesem Moment nicht ahnen konnte, war, dass auch Oberst von Hagken ebenfalls äußerst überwältigt war. Obwohl Friederike viel kleiner war und ganz anders aussah, erinnerte sie ihn an seine verstorbene Frau. Die Farbe ihres Haares, ihre mandelförmigen braunen Augen, die Art, wie sie ihn ungehemmt angesprochen hatte, ihn anlächelte, ihn ernst ansah. All das hatte ihn sofort in seinen Bann gezogen. Er hatte seine Frau geliebt, und obwohl viele seiner Bekannten unter den Generälen und Offizieren Mätressen hatten und sogar stolz darauf waren und damit prahlten, hatte er seine Frau während ihrer langen Ehe nie betrogen. Es war eine Gemeinschaft der Liebe und des gegenseitigen Respekts gewesen.

Als sie sich kennenlernten und verliebten, hatte er seiner Mutter gesagt, er wolle Fräulein Johanna Tendering heiraten. Seine Mutter, geborene Freiin von Seckendorff, hatte ihn mit hochgezogenen Augenbrauen angeschaut und kühl gesagt: »Tendering ist kein adliger Name. Warum suchst du dir nicht eine Frau deines Standes?«

Das hatte ihn nicht überrascht, denn seine Mutter war eine Frau, die es für wichtig hielt, alle Vor- und Nachnamen von Adligen auswendig zu kennen.

»Sind ihre Lebensbedingungen wenigstens gut?«, wollte sie wissen.

Er lächelte innerlich, als er sich an dieses Gespräch erinnerte. Johanna war die einzige Tochter des Bürgermeisters von Wesel und gehörte deshalb zu einer der wichtigsten und reichsten Familien der Stadt. Als er seiner Mutter das auseinandersetzte, war ihr Interesse leicht gewachsen. »Wenigstens das ist etwas«, hatte sie geseufzt.

Ein Jahr nachdem er sie kennenlernte, hatte er Johanna geheiratet. Während der Zeit, in der sie auf die Hochzeit warteten, drängte ihn seine Mutter immer wieder, sich eine adlige Frau zu suchen.

Aber er war entschlossen, seine große Liebe zu heiraten, und hatte sich geweigert, dem Wunsch seiner Mutter nachzukommen. Dreiunddreißig Jahre war er mit Johanna glücklich verheiratet gewesen und jetzt war er schon über ein halbes Jahr verwitwet und vermisste sie noch jeden Tag.

Er dachte einen Moment an seine Söhne. Der ältere Constantin, der einige Monate zuvor seine verwitwete Großnichte Anna Christina Hannes geheiratet hatte. Er hatte mit ihr ein Haus gemietet, in dem sie nun mit ihren beiden Söhnen lebten. Franziskus, sein zweiter Sohn, hatte zunächst bei ihm gewohnt, zog dann aber zu seiner Großmutter Catharina, Johannas Mutter, weil sie einen Mann im Haus brauchte.

Obwohl er in der Armee viele Ablenkungen hatte, fühlte er sich bei seiner Rückkehr nach Hause oft allein. Doch er hatte sich mit seinem Schicksal abgefunden.

Er hatte nie gedacht, dass es eine andere Frau in seinem Leben geben würde, die ihn interessieren könnte, bis er jetzt die kleine von Schwedler kennengelernt hatte. Obwohl sie jung aussah, machte sie, als sie ihm von ihrem Leben und ihrer kranken Mutter erzählte, einen sehr reifen und verantwortungsvollen Eindruck, so dass er sie älter schätzte, als sie tatsächlich war. *Was wollte eine so hübsche junge Frau mit einem viel älteren Mann,* fragte er sich. Unauffällig hatte er sie beobachtet, wie sie elegant tanzte, lächelte, als einer ihrer Tanzpartner etwas zu ihr sagte, und er wusste nur eines: Er wollte sie unbedingt wiedersehen.

Als Friederike genug über die Tanzfläche gewirbelt war und sich setzen wollte, fragte er sie: »Möchten Sie noch etwas essen?«

»Ja, gerne«, antwortete sie und beide gingen in den Speisesaal, wo noch ein leichtes Souper für die Hungrigen nach dem Tanzen bereitstand. So saßen sie wieder zusammen und redeten gemütlich weiter.

Als das Fest zu Ende war und der Oberst sich von ihr verabschiedete, sagte er: »Ich freue mich sehr, Sie kennengelernt zu haben, und ich hoffe, wir sehen uns bald wieder.«

Friederike wusste nicht, was sie darauf antworten sollte, und lächelte ihn nur schüchtern an.

Die letzten Gäste hatten sich nun auch verabschiedet, das Personal war beschäftigt mit dem Aufräumen der Tische, und das Orchester verließ den Saal. Friederike war so müde durch alle neuen Eindrücke und ihre Begegnung mit dem Oberst von Hagken, dass sie sich von ihrer Freundin und dem Major verabschiedete, um schlafen zu gehen.

Sie schlief aber nicht gut. Stets musste sie an diesen Mann denken, wie er sie angesehen und mit ihr geredet hatte. Dann wieder dachte sie an ihre Mutter, und fragte sich, wie sich die Situation zu Hause während ihrer Abwesenheit entwickelt hatte. Sie machte sich ständig Sorgen darüber.

Am nächsten Tag beim Frühstück war sie alleine mit Henriette. Der Major war bereits weg zu seinem Regiment und ihre Eltern waren noch nicht herunter gekommen aus ihrem Schlafzimmer. Ihre Freundin überraschte sie: »Stell dir vor, wir haben sehr früh am Morgen eine Einladung zum Abendessen von Oberst von Hagken erhalten. Du bist natürlich auch herzlich eingeladen.«

»Kennst du ihn schon lange?«, fragte Friederike achtlos.

»Oh ja, er ist ein alter Freund meines Mannes und meiner Eltern. Früher besuchte er uns oft mit seiner Frau Johanna. Aber jetzt ist er Witwer. Seine Frau kannte ich noch. Sie war die einzige Tochter des ehemaligen Weseler Bürgermeisters Hermann Tendering und seiner Frau Catharina Cramer. Ihre Mutter lebt noch, sie war eine Tochter des auch schon verstorbenen bekannten Arztes Eberhard Cramer.«

Henriette, die alle bekannten Familien in Wesel kannte, fuhr animiert weiter fort, als sie sah, wie aufmerksam Friederike ihrer Geschichte zuhörte: »Johanna war eine sehr hübsche und freundliche Frau, groß und schlank mit dunkelbraunem Haar und immer sehr gastfreundlich. Meine Eltern besuchten oft die von Hagkens.«

»Woran ist sie gestorben?«, erkundigte sich Friederike.

»An einer Lungenentzündung. Sie hatte sich letztes Jahr eine Erkältung zugezogen und konnte sich lange Zeit nicht davon erholen. Die Erkältung hatte sich dann verschlimmert und sie bekam so hohes Fieber, dass sie Ende August plötzlich an Entkräftung starb. Sie ließ ihre Familie völlig überrascht und geschockt zurück«, antwortete Henriette, immer noch beeindruckt davon.

»Oberst von Hagken selbst«, so erzählte sie weiter, »hatte noch zusammen mit dem Regiment seines Freundes General Ludwig von Strachwitz und seinem eigenen Regiment von Hessen-Kassel am 3. August desselben Monats, in dem sie starb, eine große Geburtstagsfeier für den König mit einem Lustlager und Prunkzelten veranstaltet. Niemand konnte ahnen, dass seine Frau an dieser Erkältung sterben würde. Das war vor mehr als einem halben Jahr passiert.«

Während sie an die verstorbene Johanna dachten und ihren Tee tranken, bemerkte Henriette, dass sie bei dem gestrigen Fest gesehen hatte, wie vertraut Friederike mit dem Obersten redete.

»Er hat dir wohl gefallen, oder?«, fragte sie ihre Freundin neugierig. Begeistert erzählte sie, dass der Oberst nach ihren Beobachtungen sicherlich auch an Friederike interessiert war.

»Ich glaube, er hat uns nur eingeladen, um dich zu sehen. Er ist zwar viel älter als du, aber eine sehr gute Partie«, fuhr sie lebhaft fort. »Wesel ist fast vierzig Jahre seine Garnisonstadt, jeder kennt ihn und er hat großes Ansehen, er ist eine sehr geschätzte und bedeutende Person. Ich habe selber auch einen viel älteren Mann geheiratet«, plauderte Henriette weiter. Dann sagte sie ernsthaft: »Er ist mein Seelenverwandter und ich kann mir keinen Mann vorstellen, mit dem ich glücklicher wäre.«

Sie berichtete auch noch, dass Oberst von Hagken ihr noch vor kurzer Zeit erzählt hatte, dass er sich nach einer langen glücklichen Ehe jetzt sehr einsam und manchmal sehr allein fühlte, und sie wäre deshalb nicht überrascht, wenn er wieder heiraten wollte.

»Was würdest du tun, wenn er dir tatsächlich einen Heiratsantrag machen würde?«, forschte Henriette interessiert. Friederikes Gedanken gingen zurück zu ihrer Mutter. »Ich weiß es noch nicht, wir haben uns aber vom ersten Augenblick an so gut miteinander verstanden, dass ich mich sehr wohl bei ihm gefühlt habe.« Sie wollte Henriette so gerne von der Krankheit ihrer Mutter erzählen. Mit ihr besprechen, was sie tun sollte, aber sie tat es nicht. Sie war sich sicher, dass Henriette es ihren Eltern weitererzählen würde.

Als es Zeit war, sich zum Diner zu kleiden, gab ihre Gastgeberin Friederike eines ihrer neuesten Kleider aus Paris zum Anziehen. Weil das Kleid ein sehr tiefes Dekolleté hatte, wollte Friederike es erst nicht tragen, sie war sehr religiös und prüde erzogen worden. Henriette ließ sich das aber nicht abschlagen.

Sie sagte, dass sie selber auch so ein Kleid tragen würde, und dass die Männer diese Mode sehr gern hätten.

»Und außerdem steht es dir fabelhaft. Du siehst umwerfend aus.«

Davon ließ sich Friederike überzeugen.

Am Abend war sie sehr gespannt, wie das Abendessen verlaufen würde, und sie wurde nicht enttäuscht.

Das Haus in der Niederstraße, in dem Oberst von Hagken wohnte, war ebenso vornehm wie das der von Ellers. Das Essen war ausgezeichnet und die Konversation sehr unterhaltsam. Die beiden Söhne des Obersts waren ebenfalls anwesend. Sein ältester Sohn Constantin kam mit seiner Frau Anna Christina, einer Tochter der Cousine seiner verstorbenen Mutter. Ihr Vater war der namhafter Stadt- und Landphysiker Doktor der Medizin Christian Hannes gewesen, der ebenfalls verstorben war. Auch sie gehörte also zu einer der bedeutendsten Weseler Familien und erzählte Friederike während des Essens, dass sie vor ihrer Heirat mit Constantin zunächst von ihrem vorherigen Ehemann Johann Graff verwitwet worden war. Der jüngste unverheiratete Sohn, Franziskus, kam mit seiner Großmutter, Catharina Tendering.

Friederike fiel auf, dass Constantin im selben Regiment wie sein Vater diente, und die Gesprächsthemen beim Abendessen waren meist die Ereignisse in Europa. Viele Menschen waren besorgt über das Verhalten Napoleons. Man hatte gehört, dass der französische Senat ihm am 12. Mai 1802 das Amt des ersten Konsuls auf Lebenszeit anbieten würde.

Obwohl das Volk anschließend darüber noch abstimmen musste, rechnete niemand mit Gegenwind aus dieser Richtung, weil der Mann so beliebt war. Es wurde diskutiert, ob ein Sonderfrieden in Paris mit einem Abkommen zwischen Frankreich und Preußen für Preußen von Vorteil wäre. Frankreich sollte dabei die Ansprüche Preußens in Nordwestdeutschland anerkennen und Württemberg sollte auf die linksrheinischen Gebiete verzichten. Am Tisch fragten sich die Anwesenden, was da alles besprochen würde in Paris. Plante Napoleon weitere Kriege? Es war klar, dass alle Angst davor hatten, was der Mann noch anrichten könnte.

Während des Essens blickte Oberst von Hagken Friederike manchmal nachdenklich und bewundernd an und nickte ihr freundlich zu. Immer mehr bekam sie an diesem Abend den Eindruck, dass er sie gernhatte, und sie freute sich darüber. Die beiden Söhne des Obersten hatten das Interesse ihres Vaters aber auch bemerkt und für nur einen Moment hatten sie sich gleichzeitig über den Tisch bedeutungsvoll angesehen. Sie hatten denselben Gedanken und fragten sich, was ihr alter Herr mit diesem Fräulein vorhatte?

Nach dem Abendessen zogen sich die Männer zurück in die Bibliothek, während die Damen im Salon saßen, ihren Kaffee tranken und sich miteinander unterhielten.

Friederike hatte jetzt Zeit, sich gründlich umzusehen. Das Zimmer, in dem sie saßen, war groß, in der Mitte gab es einen Kamin, worin ein behagliches Feuer brannte.

Sofas und Stühle waren um einen Tisch angeordnet und ein Porträt von dem Oberst als junger Mann in einer Militäruniform hing an der Wand. Ihm gegenüber weckte das Porträt einer jungen Frau im Brautkleid ihre Aufmerksamkeit. Friederike betrachtete das Gemälde neugierig, das musste also seine verstorbene Frau gewesen sein. Irgendwie hatte sie das Gefühl, dass diese Frau mit ihren braunen Augen, die so fröhlich in den Raum blickte, ihr ein bisschen ähnlich war, obwohl sie beide sehr unterschiedlich aussahen.

»Was ist das für eine schöne Frau«, bemerkte sie, um sich ebenfalls in das Gespräch einzuschalten.

»Das ist meine Tochter Johanna, Christians Frau«, sagte Frau Tendering kühl. Zu Friederikes Überraschung schaute sie sie argwöhnisch an, ahnte sie vielleicht etwas?

Der Abend bei Oberst von Hagken verging schnell und er wollte Friederike auf alle Fälle wiedersehen. Die ganze Zeit während des Essens hatte er darüber gebrütet, wie er das am besten veranstalten könnte. Dann hatte er eine Idee. Weil es solch ein schönes Wetter war und der nächste Tag ein Sonntag, schlug er beim Abschied vor, nach dem Kirchgang ein Picknick zu organisieren.

Er wollte die von Ellers, die von Klockes und Friederike bei der Kirche treffen und nach dem Gottesdienst mit ihnen in einer Kutsche zum Wald fahren, um dort zu picknicken.

Obwohl es erst Anfang April war, lockte der nächste Tag mit viel Sonne und es schien eine gute Gelegenheit für einen Ausflug zu werden.

Nach dem Frühstück gingen die von Ellers, Friederike und Henriettes Eltern zur Kirche, wo sie viele ihrer Bekannten und Freunde trafen. Oberst von Hagken wartete schon am Eingang auf sie und als er Friederike sah, begleitete er sie in die Kirche, wo er neben ihr Platz nahm und sie so die Predigt gemeinsam anhörten.

Die alten Soldatenwitwen, die ebenfalls in der Kirche saßen, sahen sich vielsagend an. Genau wie seine Söhne fragten auch sie sich, was der alte Oberst mit dieser jungen Dame plante.

Das Picknick später war ein großer Erfolg. Die Köchin des Obersts hatte die herrlichsten Speisen bereitet und es gab Champagner, was Friederike zu trinken liebte. Alle waren in Hochstimmung und Friederike mochte den Oberst immer mehr. Sie war nicht gewohnt, dass ein Mann sich so viel Mühe mit ihr gab. Sie kannte andere Männer und auch ihren Onkel Carl sah sie regelmäßig, aber keiner von ihnen hatte ihr das Gefühl geben können, was sie jetzt mit dem Oberst von Hagken empfand.

Als das Picknick zu Ende war und sie alle nach Hause fuhren, nahm er Friederike beiseite und fragte: »Wie lange werden Sie denn noch in Wesel bleiben?«

»Nur noch höchstens eine Woche«, entgegnete sie ihm. »Ich kann nicht länger hierbleiben, weil meine Mutter krank ist, ich kann sie nicht so lange alleine lassen.«

»Dann müssen wir dafür sorgen, dass Sie sich während ihres Aufenthalts hier amüsieren«, versprach der Oberst.

So kam es, dass der Oberst von Hagken, obwohl ein sehr beschäftigter Mann, sich zusammen mit Henriette bemühte, ein Programm zusammenzustellen, damit Friederike sich während ihres Verbleibs in Wesel vergnügen konnte. Jeden Tag organisierten sie etwas anderes: Einen Konzertbesuch, ein Abendessen mit Freunden, oder eine Theatervorstellung. Und am Sonntag, einen Tag vor ihrer Abreise, brachte er sie alle auf das Gut Venninghausen in Brünen, ein Ortsteil der Stadt Hamminkeln im Kreis Wesel, wo er früher gewohnt hatte. Es gehörte nun Bartholomäus dem Sohn seines wenige Jahre zuvor verstorbenen Freundes Leutnant Heinrich von de Wall, der das Gut 1787 von ihm und seiner Frau kaufte. Auf seine Bitte hin hatte er den Oberst und seine Gäste zum Tee eingeladen.

Friederike war von dem Haus und seiner Umgebung begeistert, als sie in Venninghausen ankam.

Sie stellte sich vor, wie er und seine Familie dort gelebt hatten und einen Moment lang beneidete sie ihn um sein früheres Leben und bedauerte die Tatsache, dass sie nicht daran teilgenommen hatte.

Das Gut Venninghausen.
Quelle: Foto Privatbesitz.

Die Woche verging für sie viel zu schnell, denn Friederike genoss jeden Augenblick. Sie hatte sich in dieser Woche so gut mit dem Oberst verstanden, dass sie sich wünschte, sie könnte länger bleiben. Als sie nach dem Besuch in Brünen zu den von Ellers zurückkehrten und der Oberst sich von ihr verabschieden musste, sah er sie lange an, während er ihre Hand in der seinen hielt, und sagte: »Ich fürchte, ich werde Sie sehr vermissen.

Darf ich Sie einmal in Soest besuchen? Ich könnte auch die Gelegenheit nutzen, Ihnen einen Brief von Henriette zu bringen. So viel ich gehört habe, schreibt ihr euch regelmäßig.«

Friederike war gleichzeitig überrascht und erfreut. »Natürlich, Sie dürfen gerne kommen, es wäre mir eine Ehre«, antwortete sie.

Am nächsten Tag, als sie abreisen musste, stand sie mit Henriette und deren Eltern bei der Reisekutsche, während ihr Gepäck eingeladen wurde. Zu ihrer Überraschung erschien plötzlich Oberst von Hagken, um nochmals Abschied von ihr zu nehmen. »Wenn Sie nichts dagegen haben, könnte ich Sie schon die nächste Woche in Soest besuchen«, schlug er vor. »Dann werde ich auch die Eltern von Henriette auf ihrem Gut Borghausen treffen.«

Jetzt wusste sie es sicher: Er war an ihr interessiert. Der Termin für die

Verabredung wurde für den darauffolgenden Samstag festgelegt.

Sie stieg in die Kutsche und sah sich sein Gesicht noch einmal an, als hätte sie Angst, es in seiner Abwesenheit zu vergessen. Als sie bereits ihren Platz eingenommen hatte, winkte sie ihm nach, bis er aus ihrem Blickfeld verschwunden war.

Auf dem Heimweg unterhielt sie sich mit Herrn und Frau von Klocke über die Feier und ihren Aufenthalt in Wesel. Sie erzählte voller Enthusiasmus, wie sehr sie ihren Besuch genossen hatte. Frau von Klocke lächelte sie an: »Hattest du eine schöne Zeit mit Oberst von Hagken?«

Friederike spürte, wie sie leicht errötete und antwortete schnell: »Ja, sehr, Henriette und der Oberst haben alles getan, um mir den Aufenthalt so angenehm wie möglich zu machen.« Sie hasste es zu erröten und hoffte nur, dass Frau von Klocke nicht weiter auf das Thema Hagken eingehen würde.

Das Ehepaar war müde, sie hatten zahlreiche ihrer Freunde in Wesel besucht und waren viel unterwegs gewesen. Sie redeten ein wenig, aber nach kurzer Zeit begannen sie zu dösen und einzuschlafen.

Friederike hingegen war hellwach und dachte die ganze Zeit an den Oberst, wie er sie angelächelt oder ihr liebenswürdig zugenickt hatte und was er zu ihr gesagt hatte. Sie musste zugeben, dass sie sich geschmeichelt fühlte und aufgeregt war wegen der Aufmerksamkeit, die er ihr geschenkt hatte. Auch versuchte sie sich in Gedanken immer wieder vorzustellen, wie es sein würde, mit ihm verheiratet zu sein.

Sie würde dann eine Soldatenfrau werden wie Henriette, seinen Haushalt führen, seine Gäste empfangen, mit ihm mitreisen, sein Leben teilen. Mit all diesen Gedanken, die durch ihren Kopf würfelten, dauerte die Fahrt nach Soest nicht lange.

Nach dem Abschied von Herrn und Frau von Klocke betrat sie das Haus und fand ihre Mutter in bester Laune vor. Helene freute sich, dass ihre Tochter wieder zu Hause war und wollte alles über das Fest erfahren. Friederike setzte sich neben sie auf einen Stuhl und schaute sie genau an. Konnte es sein, dass der Arzt sich geirrt hatte?

Ihre Mutter sah viel besser aus und schien sich gut erholt zu haben.

Sie gab ihr einen ausführlichen Bericht mit allen Einzelheiten von der

Feier und den vielen Menschen, die ihr begegnet waren. Allerdings wagte sie nicht, ihrer Mutter zu erzählen, welche Hoffnungen sie in Bezug auf den Oberst hatte. Sie hatte ihrer Mutter früher versprochen, immer zu Hause zu bleiben, um für sie zu sorgen. Wie sollte sie dieses Versprechen halten, sollte ihr Verehrer tatsächlich um ihre Hand anhalten? Dieser Gedanke bereitete ihr einiges Kopfzerbrechen und auch viel Herzklopfen. Deshalb erwähnte sie nur kurz, dass ein Oberst von Hagken, den sie bei den von Ellers kennengelernt hatte, die Familie von Klocke nächste Woche besuchen wollte. Und, dass dieser Herr bei dieser Gelegenheit auch bei ihr vorbeikommen wollte, um ihr einen Brief von Henriette zu übergeben.

Die Woche dauerte lange für Friederike und als der Tag kam, an dem Oberst von Hagken ankommen sollte, fühlte sie sich gejagt und ruhelos. Sie hatte ihn zum Mittagessen eingeladen, damit er ihre Mutter kennenlernen konnte.

Als er ankam, öffnete sie selbst die Tür, um ihn zu empfangen. Er begrüßte sie höflich mit einem Handkuss und sie spürte, wie sie wieder leicht errötete. Sie drehte sich schnell um und ging vor ihm ins Wohnzimmer, wo ihre Mutter bei dem Kamin in ihrem Lehnsessel saß. Helene war aus ihrem Schlafzimmer heruntergekommen, wo sie sich mit der Hilfe von Friederike angezogen hatte, denn sie war begierig darauf, diesem Herrn zu begegnen. Außerdem musste sie als Anstandsdame dabei sein, wenn er bei ihrer Tochter war. Der Oberst küsste auch sie höflich die Hand und eröffnete das Gespräch: »Wie versprochen, habe ich für Sie einen Brief von Henriette mitgebracht«, und übergab Friederike das Schreiben. Helene fand seine Stimme angenehm und er machte einen guten Eindruck auf sie. Sie sah sofort, dass er an ihrer Tochter interessiert war und war deshalb neugierig, mehr über ihn zu erfahren.

Während des Mittagessens führten ihre Mutter und der Oberst die Konversation und sprachen über gemeinschaftliche Freunde in Wesel.

Friederike hatte das unbestimmte Gefühl, als ob sie nicht zu diesem Gespräch gehörte, weil sie so viel jünger war als die beiden. Sie hatte sich ausgerechnet, dass ihre Mutter nur acht Jahre und sie selbst achtunddreißig Jahre jünger war als der Oberst.

Er ist viel zu alt für mich, dachte sie und begann an ihren Gefühlen für ihn zu zweifeln.

Nach dem Mittagessen schlug Helene vor, noch einen Kaffee am Kamin in Wohnzimmer zu trinken. Als sie sich hingesetzt hatten, fragte sie: »Sind Sie schon lange in Wesel bei der Armee?«

Er lächelte: »Ja, sehr lange, nächstes Jahr werde ich dort vierzig Jahre stationiert sein.«

»Aber Sie sind nicht in Wesel geboren?«, forschte sie weiter.

»Nein, nicht in Wesel«, antwortete er ihr. Die beiden Frauen sahen ihn interessiert und fragend an.

Die Unterhaltung geriet für einen Moment ins Stocken.

Der Oberst hatte den Eindruck, dass seine beiden Hostessen mehr über ihn und sein Leben wissen wollten. Er war ein bescheidener Mann und wollte überhaupt nicht über sich sprechen. Aber Helene gab nicht auf: »Wo sind Sie dann geboren? Erzählen Sie uns bitte etwas aus ihrem Leben.«

Er versuchte sich noch herauszureden: »Was soll ich Ihnen dazu sagen. Ich glaube nicht, dass das für Sie interessant ist.«

Aber Friederike und ihre Mutter versicherten beide, sie wollten gerne mehr über ihn erfahren.

Dann begann er zögernd zu erzählen.

»Ich bin nicht in Wesel, sondern in Ansbach geboren. Die ersten Jahre, als ich noch klein war, blieb ich zu Hause bei meiner Mutter. Mit neun Jahre brachte mich mein Vater an den Hof der Markgräfin Friederike Louise von Brandenburg-Ansbach. Mein Vater war Geheimer Rat und Obersthofmeister von ihrer Königlichen Hoheit sowie Oberamtmann von Colmberg und Erbsaß zu Pornimb. Er hatte sie gebeten, ob ich meine Ausbildung bei Hof bekommen könnte. So wurde ich dann ihr Leibpage. Sie war jedoch eine kränkliche Frau, die mich nicht brauchte, und dann wurde ich an den Hof ihrer Schwester Wilhelmine von Brandenburg-Bayreuth geschickt. Mein Vater starb unerwartet einige Jahre später nach kurzer Krankheit, als ich erst dreizehn Jahre alt war. Nachdem die Markgräfin im folgenden Jahr ebenfalls starb, wurde ich an den Hof des Herzogs Carl Eugen von Württemberg in Stuttgart versetzt. Das lag daran, dass der Herzog der Schwiegersohn der Markgräfin war, weil ihre Tochter Elisabeth ihn geheiratet hatte. Dort wurde ich wieder als Page eingesetzt. Ich erinnere mich noch gut an das wunderschöne Neue Schloss, das er selbst gebaut hatte. Es war so weitläufig, dass ich unglaublich viel Zeit brauchte, um alle Räume und Säle zu sehen und zu finden, und anfangs habe ich mich auch oft verlaufen.

Da ich damals über 1,80 Meter groß war, jetzt bin ich altersbedingt etwas geschrumpft«, lachte der Oberst, »wurde ich Sekondeleutnant bei der Württembergischen Garde. Ich war damals sehr jung, gerade erst neunzehn Jahre alt. Der damalige König Friedrich der Große kam einmal zu Besuch, und als er mich sah, erkannte er mich zu meiner Überraschung. Ich hatte ihn schon früher kennengelernt, als ich ihn traf bei seiner Lieblingsschwester, der Markgräfin.

Dann fragte er mich, ob ich in die preußische Armee eintreten wolle. Das war für mich eine große Ehre, also nahm ich sein Angebot gerne an. Ich verließ den württembergischen Dienst und trat wenige Tage später in die preußische Armee ein, wo ich zum Premierleutnant im Infanterieregiment Beckwith Nr. 48 ernannt wurde.

Das Haupttor der Zitadelle Wesel vom zentralen Waffenplatz ausgesehen. Die Zitadelle war der Kern des Festigungsanlage in Wesel. Quelle: Wikipedia/Stadtarchiv Wesel.

Das war der Grund, warum ich in Wesel gelandet bin. Hier lernte ich auch meine Frau Johanna Tendering kennen und ein paar Jahre später heirateten wir. Wir waren beide Naturliebhaber und bei einem Ausflug in der Gegend fuhren wir nach Brünen und entdeckten dort ein Haus, das uns sehr gut gefiel. Es stellte sich als ein gotisches Hallenhaus aus dem 13. Jahrhundert heraus, ein wunderschönes Fachwerkgebäude mit Backsteinfüllungen, das aus zwei Baukörpern zusammengesellt war, mit Nebengebäuden und Bauernhäusern in abgelegener Lage im Wald, das als *Haus Venninghausen* bekannt war.

Nachdem wir es gekauft hatten, wurde ich der Herr von Venninghausen. Es war eine sehr glückliche Zeit für uns. Wir haben dort vierzehn Jahre lang gelebt.«

»Haben Sie auch Kinder?«, erkundigte sich Helene.

42

Das Gesicht des Obersts verzog sich für einen Moment: »Ja, wir hatten drei Söhne und eine Tochter. Aber leider ist unser jüngster Sohn an einer Darminfektion gestorben, als er zweieinhalb Jahre alt war, und meine Tochter ist als Säugling gestorben. Ich habe nur noch meine beiden ältesten Söhne Constantin und Franziskus. Als die beiden fast erwachsen waren, fanden wir, dass das Haus zu groß geworden war.

Dabei war der Tod unserer beiden Kinder auch eine sehr traurige Erinnerung für mich und meine Frau. Dann verkauften wir Venninghausen und kehrten nach Wesel zurück, wo wir ein Haus in der Nähe des Doms in der Niederstraße mieteten. Dort wohne ich heute noch.«

Als er über seine verstorbenen Kinder sprach, merkte Friederike, dass er emotional wurde. Obwohl es üblich war, dass viele Kinder starben, sah sie, dass dieser alte Kriegsherr auch ein sehr sensibler Mann war. Er hatte sich aber schnell wieder gefasst und berichtete weiter, dass er von Kindheit an ein Militärleben gewollt hatte.

Der Oberst schaute Friederike nun durchdringend an: »Aber es ist für meine Frau nicht leicht gewesen, mit einem Soldaten verheiratet zu sein. Ich war immer viel unterwegs, musste jeden Tag mit meinen Männern üben, lange Strecken marschieren, Paraden laufen und natürlich, wenn es Krieg gab, in den Krieg ziehen.«

Friederike starrte ihn an und fragte sich, ob er sehen wollte, wie sie darauf reagieren würde? Das war ihr unangenehm, also fragte sie scheu: »Mussten Sie auch viel kämpfen?«

»Ja, regelmäßig. Als Kapitän und Kompaniechef des Infanterieregiment Eichmann Nr. 48 habe ich mit meinem Regiment am *Bayerischen Erbfolgekrieg* von 1778 bis 1779 teilgenommen.«

»Worum wurde denn da gekämpft?«

Der Oberst erklärte seinen Zuhörerinnen, dass mit diesem Krieg Friedrich der Große verhindern wollte, dass Bayern nach dem Erlöschen des Bayerischen Zweiges des Hauses Wittelsbach in die Hände Österreichs fiel.

Die Kaiserin Maria Theresia und ihr Sohn Josef II. hatten mit dem Erben Karl II., Theodor von der Pfalz, einen Vertrag abgeschlossen, dass dieser Niederbayern und Thüringen und Teile der Oberpfalz abgeben würde. Das war gegen die Absichten des Königs gewesen. Obwohl Friedrich der Große zu diesem Zeitpunkt schon fünfundsechzig Jahre alt war, führte er in dieser Schlacht selbst das Kommando. Er sorgte sogar dafür, dass bei dem Frieden des sogenannten *Kongresses von Teschen*, Brandenburg-Ansbach und Brandenburg-Bayreuth vereinigt wurden mit Preußen.

Die Frauen merkten, dass der Oberst ein sehr großer Verehrer von Friedrich dem Großen war. Als er all dies erzählte und in Erinnerungen schwelgte, schien es ihm langsam zu gefallen.

Begeistert erklärte er ihnen, dass dieser König noch ein Jahr vor seinem Tod im Jahr 1785 den Fürstenbund gegründet hatte. Der *Alte Fritz*, wie er von seinen Truppen liebevoll genannt wurde, war leider im nächsten Jahr am 17. August gestorben.

Der Oberst informierte weiter, dass er nach seinem Tod ein sehr gutes Verhältnis zu dessen Nachfolger und Neffen, König Friedrich Wilhelm II. gehabt hatte und jetzt auch zu seinem Sohn, Friedrich Wilhelm III.

Sinnierend sagte er: »Ich habe also unter drei Königen gedient.«

In den Niederlanden war er auch gewesen, da hatte er gekämpft bei Schoonhoven. »Das war im Jahr 1787, ein Jahr nach dem Tod von König Friedrich dem Zweiten«, erinnerte er sich, »als wir Prinzessin Wilhelmine befreien mussten, die von den niederländischen Patrioten verhaftet worden war. Sie war die Schwester von König Friedrich Wilhelm II. und verheiratet mit dem Statthalter Wilhelm V. von Oranien-Nassau.

Die Patrioten waren Männer, die sich zusammengeschlossen hatten, weil sie mit Wilhelmines Ehemann unzufrieden waren, da er sich weigerte, Reformen durchzuführen, um dem Volk mehr Rechte zu geben. Die Prinzessin, die sich auf dem Weg nach Den Haag befand, war so beleidigt, dass sie sofort ihren Bruder König Friedrich Wilhelm II. über ihre Gefangennahme informierte. Ihr Bruder schickte daraufhin ein Regiment nach Holland, zu dem auch ich gehörte, um dem Stadthalter die Macht zurückzugeben.

Ich war zu diesem Zeitpunkt schon zum Major befördert worden und später avancierte ich zum Kommandeur des Grenadierbataillons von Kunitzki.

Unter König Friedrich Wilhelm II. habe ich auch gekämpft gegen die Franzosen. Für meinen Anteil an der Schlacht von St.-Imbert hat mir im 1793 der König die Verdienstmedaille *Pour le Mérite* verliehen.

Das war sehr großzügig von ihm. Er war auch ein guter und sozialer König, aber überhaupt nicht vergleichbar mit seinem Onkel Friedrich dem Großen. Im darauffolgenden April war ich angestellt als Kommandeur des Infanterieregiments von Koethen Nr. 48. In dieser Stellung erlangte ich meine Beförderung als Oberstleutnant und einige Jahre später die Beförderung als Oberst. Jetzt bin ich noch immer im preußischen Dienst und hoffe, dass auch bis an mein Lebensende zu bleiben.«

Er hatte langsam und bedachtsam gesprochen, als ob er sich an alle Einzelheiten, von denen er erzählt hatte, noch einmal erinnern wollte. Weil er auch noch Daten dazu erwähnt hatte, dachte Friederike, dass er wohl eine sehr genaue Person sein müsste.

Oberst von Hagken war es nicht gewohnt, so lange über sich selbst zu sprechen. Er hielt einen Moment inne und begann seinen Kaffee zu trinken. Doch dafür hatte er nicht lange Zeit, denn als Helene ihn fragte, ob er Geschwister habe, musste er weiter über seine Kindheit in Ansbach nachdenken und auch dies näher erläutern.

Seine Mutter, so erzählte er, war eine ihrer Familie sehr zugetane Frau gewesen, die aber oft auf ihre Umgebung als distanziert gewirkt hatte. Außerdem war sie überaus konservativ und hatte genauso wie Friederike, Friederike, Dorothea als Vornamen. Sie stammte aus der Familie von Seckendorff und hatte mehrere Brüder und Schwestern, mit denen sie einige Zeit auf dem von ihrem Vater gebauten Schloss Trautskirchen im Zenntal gelebt hatte. Der Oberst hatte einen älteren Bruder gehabt, der Johann, und er war der Abenteuerlustige in der Familie gewesen und sehr jung mit dreiundzwanzig Jahren nach Semarang in Ost-Indien gezogen.

Erst hatte man noch regelmäßig von ihm gehört, aber dann kam im Jahr 1770 sein letzter Brief, in dem er schrieb, dass er von Semarang aus eine Reise ins Inland plante. Von da ab blieben weitere Nachrichten aus. Lange Zeit hatte der Oberst noch immer gehofft, etwas von ihm zu hören, und einmal hatte er sogar die Absicht gehabt, nach Ost-Indien zu reisen, um ihn zu suchen oder mehr über ihn erfahren zu können. Er hatte Angst, dass sein Bruder von den Eingeborenen im Landesinneren getötet worden sein könnte. Doch als sein Bruder verschwand, war er schon einiger Jahre mit seiner Frau verheiratet und sein Sohn Constantin war gerade geboren, also hatte er diesen Plan aufgeben müssen. Mit schwerem Herzen hatte er, 31 Jahre später, durch das Urteil der *Königlichen Preußischen Regierung* das Fürstenhaus Ansbach

Das Rote Schloss in Helmershausen. Quelle: Stadtarchiv Gemeinde Rhönblick.

veranlasst, dass sein Bruder für tot erklärt wurde.

Dann erzählte er von seinen drei Schwestern. Die älteste, auch eine Friederike, war mit dem Major und Kammerherrn Carl von Wildungen verheiratet. Sie bewohnten das Rote Schloss in Helmershausen zusammen mit ihrem Sohn, seinem Neffen Carl, der nach seinem Vater benannt wurde.

Seine Schwester Wilhelmine war unverehelicht gewesen und schon mit siebenunddreißig Jahren gestorben zu Kloster Heilbronn, einige Monate, bevor er seine nun verstorbene Frau geheiratet hatte. Sie hatte in dem Kloster sehr zurückgezogen gelebt und weil sie dreizehn Jahre älter war als er, hatte er kaum Kontakt mit ihr gehabt. Dann gab es noch Henriette, die mit einem Herrn von Schott verheiratet gewesen war, und noch seinen jüngsten Bruder Wilhelm, der nicht geheiratet hatte. Er erzählte weiter, dass er mit seinen beiden Söhnen eine gute, aber auch irgendwie eine zurückhaltende Beziehung hatte. Vielleicht, dachte er, hatte es sich so entwickelt, weil er immer viel weg gewesen war und die Erziehung meistens seiner Frau und ihren Eltern überlassen hatte.

Das Dienstmädchen kam herein und fragte, ob die Gesellschaft noch eine Tasse Kaffee wolle. »Ja bitte«, sagte der Oberst, da er das Gefühl hatte, genug geredet zu haben.

Friederike hatte ihm atemlos zugehört. Wie viel dieser Mann schon erlebt hatte und wie interessant er darüber reden konnte. Sie war ganz imponiert von ihm und fand, dass sie ihm stundenlang zuhören konnte.

Mit allem, was der Oberst von Hagken erzählt hatte, verging die Zeit schnell und Friederikes Mutter entschuldigte sich, sie war müde und wollte von ihrer Tochter in ihr Schlafzimmer gebracht werden.

Helene war zufrieden, jetzt wusste sie viel mehr über ihn und ihr gefiel, was sie gehört hatte.

Das Dienstmädchen hatte inzwischen den Tisch abgeräumt und der Oberst war nun allein im Wohnzimmer. Das Zimmer sah ungemütlich aus und war spärlich möbliert. Der verstorbene Großvater von Friederike, der als Pfarrer ein sehr frommer Mann gewesen sein sollte, legte wahrscheinlich keinen großen Wert auf schöne Möbel, Teppiche oder andere weltliche Dinge.

Es war kalt geworden, das Feuer war fast aus und er war gerade damit beschäftigt, ein paar Holzscheite in den Kamin zu legen, als Friederike wieder hereinkam.

Dies war der Augenblick, an dem sie beide zum ersten Mal alleine waren. Sie wusste nicht ganz, wie sie das Gespräch anfangen sollte, aber sie brauchte nichts zu sagen, denn er fing an zu reden.

»Liebe Friederike«, begann er und sah sie ernsthaft an, »nun habe ich beim Mittagessen so viel über mich erzählt, sodass Sie schon eine Vorstellung davon haben, wer ich bin. Was würden Sie wohl davon halten, eine Soldatenfrau zu werden?«

Friederike wusste nicht gleich, ob das ein direkter Heiratsantrag war oder nicht, aber sie war innerlich plötzlich sehr aufgewühlt. »Das scheint mir sehr interessant«, sagte sie schnell.

»Ich möchte Sie gerne besser kennenlernen, können Sie vielleicht nicht nochmals nach Wesel kommen?«

Wie gerne hätte sie das getan! Aber sie wusste nicht genau, wie sie das organisieren sollte. Den Gesundheitszustand ihrer Mutter musste sie in Betracht ziehen. Er bat sie jetzt, den Brief von Henriette zu lesen. Sie hatte darauf gleich den Briefumschlag geöffnet und las, dass Henriette sie wieder einlud, nach Wesel zu kommen. Sie würde sich so freuen, wenn sie Friederike bald wiedersehen könnte, und sie könnte so lange bei ihr bleiben, wie sie wollte. *Die liebe Henriette*, dachte sie, *immer bereit, ihrer Freundin eine Freude zu machen.* Sie wurde von ihren Gefühlen hin- und her geschleudert. Sie wollte am liebsten nach Wesel zurückkehren, musste aber auf die Kondition ihrer Mutter Rücksicht nehmen. Dennoch versprach sie dem Oberst, mit ihrer Mutter zu besprechen, um zu sehen, ob und wann sie eventuell abreisen könnte.

Der Oberst fürchtete, dass er schon zu lange geblieben war. Es war die höchste Zeit für ihn, nach Haus Borghausen zu fahren zum Besuch der Eltern von Henriette. Als er ihre Hand küsste und sie einander dabei in die Augen sahen, spürte Friederike etwas, was für sie eine ganz neue Erfahrung war und sie wollte nur, dass er noch länger hätte bleiben können.

Bis zum Abend musste sie warten, ihn wiederzusehen, weil die Eltern von Henriette ein Diner gaben, zu dem sie auch eingeladen war.

Der Oberst würde bei der Familie von Klocke übernachten und nach dem Mittagessen am nächsten Tag abreisen.

Friederike ging immer gerne zum Haus Borghausen, weil es das Haus war, wo sie mit Henriette Privatunterricht gehabt hatte. Sie war fast jeden Tag dort gewesen und sie liebte das Haus und die es umgebende Landschaft. Sie dachte daran, wie wunderbar sie im Sommer immer in dem prachtvoll angelegten Garten gespielt oder sich im Winter auf dem Boden mit all den herumliegenden Spielsachen vergnügt hatten.

Auch die Geschichte des Anwesens kannte sie gut. Henriette hatte ihr erzählt, dass es zuvor von der Familie vernachlässigt worden war, doch dann war ihr Großvater, Johann Heinrich von Klocke, eingezogen und habe das Gut 1725 wieder bewohnbar gemacht. Seitdem lebten auch Henriettes Eltern und ihre Kinder dauerhaft dort. Sie hatten Friederike in ihre Familie aufgenommen und besonders mit der Mutter Johanna hatte sie ein sehr inniges und vertrauensvolles Verhältnis.

Haus Borghausen.
Privatbesitz.
Foto: Herr Bodo Clemen.

Obwohl sie Henriette sehr mochte, und sie betrachtete als eine teure Freundin, hatte sie manchmal das Gefühl, dass sie mehr Affinität zur Mutter als zu ihrer Tochter hatte. Sie empfand Johanna als eine warmherzige Persönlichkeit, mit der sie leicht über alles reden konnte und die ihr auch immer gute Ratschläge gab.

Johanna war eine geborene von Dennhausen und die zweite Frau von Henriettes Vater Franz Philipp.

Als sie ihn heiratete, hatte sie nicht nur für ihre eigenen Kinder, sondern auch für die Kinder aus seiner ersten Ehe zu sorgen. Damit war das Haus immer voller Bewegung, aber auch sehr gemütlich. Als dann später noch Anna kam, die unverheiratete Schwester von Franz Philipp, und dort ihren Einzug nahm, war das Haus außergewöhnlich voll belegt.

Vor dem Diner hatte Oberst von Hagken Friederike von ihrem Hause abgeholt und abends am Tisch saßen die beiden wieder nebeneinander und konnten sich also weiter unterhalten. Es gab mehrere Gäste und niemand achtete besonders auf die beiden, sodass sie ungestört miteinander reden konnten.

Während des Diners erzählte sie dem Oberst, dass sie ihren Vater sehr vermisste, weil er so jung gestorben war und sie sich kaum an ihn erinnern konnte. Ihr Onkel Carl versuchte zwar, für sie und ihre Geschwister ein zweiter Vater zu sein, aber das war nicht dasselbe. Sie erzählte ihm auch, dass sie Soest als Stadt nicht mehr mochte und eigentlich lieber in Wesel leben würde.

Der Oberst hatte aufmerksam zugehört, und was sie zum Schluss sagte, erfreute ihn sehr.

Nach dem Essen, als die Frauen im Salon zusammensaßen, nahm Frau von Klocke Friederike zur Seite. »Ich glaube, ich habe gesehen, dass du dich mit Oberst von Hagken sehr gut verstanden hast«, sagte sie lächelnd. »Interessierst du dich denn für ihn?«

»Ich mag ihn sehr gerne, wir verstehen uns sehr gut«, antwortete Friederike diplomatisch. Sie wollte nicht zu interessiert klingen.

»Darüber freue ich mich sehr, du weißt doch, wie gern ich dich habe!«, erwiderte Frau von Klocke, »deshalb möchte ich, dass du einen guten Mann bekommst. Ich glaube, der Oberst ist ein guter Kandidat«, fügte sie bedeutungsvoll hinzu.

Sie wollte Friederike und ihre Mutter für das Mittagessen am nächsten Tag einladen und hatte vor, auch ihren Onkel Carl und seine Frau Elisabeth einzuladen. Dann würden sie auch die Gelegenheit haben, den Oberst kennenzulernen.

Wie der Nachmittag ging auch der Abend ganz schnell vorbei. Der Oberst begleitete Friederike nach dem Diner nach Hause. Er meinte, dass es vielleicht am nächsten Tag nach dem Mittagessen noch etwas Zeit geben würde, um in der Umgebung des Gutes spazieren zu gehen. Dann konnten sie sich noch ein wenig unterhalten, bevor er zurück nach Wesel musste. Das fand sie eine gute Idee und mit einem höflichen Handkuss verabschiedete er sich von ihr.

In ihrem Bett liegend, dachte Friederike wieder die ganze Nacht über ihn nach. Falls sie noch einige Bedenken gehabt haben sollte, waren die jetzt vollkommen weg. Sie wollte so schnell wie möglich, auch wegen seines Alters, diesen Mann heiraten. Sein Haus war groß genug, um auch ihre Mutter und Adolphine mitnehmen zu können und dort wohnen zu lassen. *Er würde sicher nichts dagegen haben,* dachte sie.

Beim Mittagessen am nächsten Tag saßen sie wieder nebeneinander und diesmal waren auch ihr Onkel und die Tante dabei. Es war ein ungezwungenes Beisammensein, und Friederike stellte mit Genugtuung fest, dass ihr Onkel und der Oberst sich äußerst gut verstanden.

Die Männer am Tisch redeten nur über Politik, wie die Franzosen kämpften und wie Napoleon die französische Armee beeinflusst hatte. Der Oberst erzählte von den Gefechten bei St.-Imbert und Kaiserlauten und vom *Frieden von Basel*, welcher am 5. April 1795 geschlossen wurde. Preußen musste damals alle seine Gebiete westlich vom Rhein an Frankreich abtreten. »Wir waren alle überrascht, keiner von uns hatte geglaubt, wir könnten diesen Krieg verlieren«, erinnerte er sich, »denn zuerst haben wir die Franzosen noch zurückgetrieben und auch die erste Schlacht gewonnen. Aber dann verkündigte die neue Französische Republik ein *Levée en Masse*, also eine Masseneinberufung, das war eine Art allgemeine Wehrpflicht, und dadurch konnten sehr große Anzahlen von Soldaten aufgestellt werden.

Lächerlich sahen sie aus«, erzählte der Oberst. »Sie hatten nicht einmal Uniformen für alle. Die meisten waren arm gekleidet, ihnen fehlten Zelte – sie schliefen einfach auf dem Boden. Und kämpfen nach professioneller Manier konnten sie auch nicht.« Oberst von Hagken schüttelte den Kopf. »Ein erbärmlicher Haufen.«

Die preußischen Generäle waren überzeugt davon gewesen, dass die Gefechte nur von professionellen Soldaten gewonnen werden konnten. Trotzdem gewann Frankreich diesen Krieg, mit seiner revolutionären Idee der *Wehrpflicht für die Massen*. Und das beunruhigte die Leute, man hielt die preußische Armee für unschlagbar.

Damals hatte man zum ersten Mal gehört von diesem Napoleon, einem Korsen, der sich als ein militärisches Genie entpuppte.

Auf eine Frage von Friederike nach dem Tod des französischen Monarchen, erklärte er ihr, dass im Juli 1792 die preußische Armee, damals unter dem Befehl von Herzog Karl von Braunschweig den Rhein überquert hatte, weil der Österreichische Kaiser und König Friedrich Wilhelm II. Angst hatten, dass die Französische Revolution auf ihre Länder übergreifen könnte.

Sie hatten dafür die *Erklärung von Pillnitz* ein Jahr zuvor ausgehen lassen, um die Franzosen zu warnen, ihren König in Ruhe zu lassen.

Der französische Nationalkonvent aber hatte das genutzt, um Österreich und seinen Verbündeten den Krieg zu erklären und im Jahre 1793 ihren König und dessen Frau Marie Antoinette enthauptet.

Das war jetzt vor fast neun Jahren gewesen, aber Napoleon hörte nicht auf, mit seiner Armee weiter zu kämpfen. Alle Gäste hatten am Tisch Furcht davor, dass dieser Mann noch mehr Unheil anrichten könnte. Wenig vermuteten sie in diesem Moment, was für Schreckliches später passieren würde.

Einige Männer waren der Ansicht, dass man vielleicht die Kriegstaktik bei der Armee mal ändern sollte. Andere waren der Meinung, dass die Armee in einer sehr guten Verfassung war. Es wurde doch viel exerziert, lange Märsche und Paraden gehalten, die Soldaten waren alle sehr professionell und gut vorbereitet zum Kampf.

Oberst von Hagken mischte sich in diese Meinungsaustausche nicht mehr ein. Er wollte den Menschen keine Angst machen. Mit seiner langjährigen Gefechtserfahrung konnte er die heutige preußische Armee vergleichen mit der Armee, wie sie geführt wurde von Friedrich dem Großen. Dieser kleine Mann mit seinen knapp 1,65 Metern hatte sehr viele vernünftige Kriegsideen gehabt.

Der Oberst hatte wegen der Art und Weise, wie sein ehemaliger König seine Armee angeführt und ausgebildet hatte, sehr viel Anerkennung vor ihm. Er wusste, dass die Armee jetzt nicht mehr in derselben Verfassung war. Durch die vielen Kriege war die Staatskasse leer und es wurde an den Bedürfnissen für die Armee gespart. In Berlin verkehrte der neue König

Friedrich Wilhelm III. regelmäßig auf dem Exerzierplatz und nahm viele Paraden ab. Das sollte die Leute beruhigen, weil die preußische Armee noch immer glanzvoll aussah.

Der Oberst wusste aber, dass das nur dem äußeren Anschein diente. Eigentlich wären dringend Erneuerungsmaßnahmen notwendig. Er hatte aber wahrgenommen, dass die meisten älteren Generäle und Offiziere Angst hatten oder neuen Ideen gegenüber misstrauisch waren. Sie wollten lieber keine Umgestaltungen durchführen, und so blieb alles, wie es war. Also fürchtete er, dass Napoleon noch viele Probleme verursachen könnte.

Als Oberst von Hagken sprach, nahm Friederike jedes Wort, was er gesagt hatte, in sich auf. Sie erinnerte sich daran, dass Frau von Klocke, als sie noch zur Schule in das Haus Borghausen ging, eines Tages voller Erschütterung das Klassenzimmer betreten hatte. Sie hatte entsetzt erzählt, dass der französische König Ludwig XVI. geköpft worden war. Einige Zeit später kam die Nachricht, dass man auch seine Frau, Königin Marie Antoinette, enthauptet hatte. Nicht nur die beiden königlichen Hoheiten, sondern auch eine große Anzahl von Adligen erlitten das gleiche Schicksal. Ihre Mutter und viele ihrer Freunde hatten große Angst, dass dies auch in Preußen oder in anderen deutschen Ländern geschehen würde. Friederike war damals erst elf Jahre alt gewesen, aber sie konnte sich noch gut ins Gedächtnis rufen, welche Aufregung es darüber gab.

Plötzlich waren viele französische Flüchtlinge in Preußen angekommen, die dort Schutz suchten. Die hatten mit eigenen Augen den Schrecken der Revolution miterlebt und überall erzählten sie davon.

Aber Gott sei Dank waren sie bis jetzt verschont geblieben. Als sie an diese Enthauptungen dachte, zitterte sie unbeabsichtigt und der Oberst bemerkte das gleich.

Er beugte sich zu ihr und fragte besorgt, ob sie es kalt hätte. »Nein«, antwortete sie ihm, »danke, es geht mir gut.«

Durch seine Fürsorglichkeit um sie wusste sie nun nicht nur, dass sie diesen Mann unbedingt heiraten wollte, sondern auch, dass sie mit ihm glücklich sein könnte.

Das Mittagessen dauerte ziemlich lange und danach fing es an zu regnen, sodass sie zu Friederikes Enttäuschung keinen Spaziergang machen konnten.

Oberst von Hagken wollte deshalb gleich nach Wesel zurückkehren. Er begleitete sie in seiner Kutsche nach Hause und verabschiedete sich von ihr. Als er schon gehen und in die Kutsche einsteigen wollte, sagte er zu Friederike: »Ich habe die Augenblicke, die wir zusammen verbracht haben, sehr genossen.«

Er kam ihr so väterlich vor, dass sie ohne nachzudenken ihm darauf spontan einen Kuss gab. Gleich danach war ihr das schrecklich peinlich, sie wurde rot und entschuldigte sich sofort beim ihm und fragte sich selbst, wie sie das bloß hatte tun können. Er aber lächelte, zog sie an sich und gab ihr als Abschied einen Kuss auf ihre Stirn.

Sie fragte sich, was er jetzt wohl von ihr halten würde, aber in ihrem Inneren fühlte sie, dass er über ihre Geste sehr froh gewesen war. Denn als Letztes sagte er zu ihr: »Kommen Sie bitte schnell wieder nach Wesel.«

In der Kutsche dachte der alte Oberst darüber nach, was er eigentlich vorhatte. Wollte er wirklich eine viel jüngere Frau heiraten?

Er hatte nun den gleichen Zweifel wie Friederike bezüglich des Altersunterschieds, aber auch die gleichen Gefühle. Er fragte sich, wie seine Chancen standen, wenn er ihr einen Heiratsantrag machen würde. Dass sie ihn gern mochte, hatte er bemerkt, aber heiraten? Das war eine ganz andere Sache. Sie sah ihn vielleicht eher als Vaterfigur, denn als ihren zukünftigen Ehemann. Andererseits musste sie jemanden haben, der sich um sie kümmerte, wenn ihre Mutter starb. Er dachte an seine beiden Söhne und seine Schwiegermutter, was würden sie davon halten? Er hatte keine Ahnung, wie sie reagieren würden.

Wie ein weiser Mann wog er alle Vor- und Nachteile sorgfältig miteinander ab. In Wesel eingetroffen, war er zu dem Schluss gekommen, dass seine Gefühle für Friederike jedoch so stark waren, dass er, komme was wolle, sie zu seiner Frau machen wollte.

So traf nur zwei Tage nach seinem Abschied bei Friederike ein Kurier mit einem Brief von dem Oberst ein. Er schrieb, er habe viel an sie gedacht und sich einiges überlegt, und er wollte sie dringend am nächsten Samstag sprechen. Könnte sie ihn umgehend wissen lassen, ob sie ihn empfangen könne?

Friederike spürte, dass dieser Brief einen wichtigen Wendepunkt in ihrem

Leben markieren könnte. Jetzt wusste sie es mit Sicherheit. Er hatte vor, ihr einen Heiratsantrag zu machen. Gleich schickte sie ihm ein Schreiben zurück, in dem sie sagte, dass sie und ihre Mutter sich sehr freuen würden, ihn wiederzusehen. Sie erwarteten ihn zum Mittagessen und er war auch zum Abendessen willkommen.

Zögernd teilte sie ihrer Mutter mit, dass Oberst von Hagken sie nächste Woche wieder besuchen wolle und sie ihn zum Mittag- und Abendessen eingeladen habe.

»Ich habe gesehen, wie er dich die ganze Zeit angeschaut hat, und alles, was ich will, ist, dass du einen guten Mann bekommst, der dich glücklich macht«, sagte Helene ernsthaft.

Friederike schaute sie überrascht an, hatte ihr Mutterinstinkt erraten, was Oberst von Hagken plante?

»Wenn er um deine Hand anhalten will, muss Onkel Carl als dein Vormund anwesend sein. Lade die Familie von Klocke zum Mittagessen und Onkel Carl und Tante Elisabeth zum Abendessen ein.«

Behutsam fügte sie hinzu: »Man weiß nie, wie lange man lebt, und ich möchte, dass du gut versorgt bist, wenn ich eines Tages nicht mehr da bin.« Sie sah, wie das Gesicht ihrer Tochter plötzlich erstarrte.

Helene hatte, als Friederike in Wesel war, den Arzt gebeten, ehrlich über ihren Gesundheitszustand zu sein. Sie brauchte Schmerzmittel von ihm und hatte dabei erfahren, dass ihre Tochter über ihre Krankheit Bescheid wusste. Die Zeit war jetzt reif, darüber zu sprechen.

»Du weißt, dass ich krank bin und nicht mehr lange zu leben habe«, fuhr sie fort. Sie sagte es ohne Emotionen als eine feste Tatsache. Friederike sah sie geschockt an.

»Als du in Wesel warst, hat der Arzt es mir gesagt, aber ich vermutete es schon.«

Für einen Moment wusste Friederike nicht, was sie sagen sollte. Sie war völlig überrumpelt.

»Ich dachte, es geht dir etwas besser, du siehst gut aus«, urteilte sie und wollte damit ihre Mutter etwas aufheitern.

»Ja, das stimmt, ich fühle mich auch wohler«, antwortete Helene, »aber das liegt an den Schmerzmitteln, die helfen mir ausgezeichnet.« Sie lächelte.

»Ein bisschen Rouge auf meinen Wangen wirkt auch Wunder.«

Friederike sah sie besorgt an: »Hast du es Onkel Carl erzählt?«

»Ja, er ist schon informiert worden, aber dein Bruder und deine Schwestern wissen es noch nicht, ihnen kann ich es später sagen.«

Friederike stieß einen Seufzer der Erleichterung aus; sie war entlastet, dass es kein Geheimnis mehr zwischen ihr und ihrer Mutter gab. Die Spannung, die sie die ganze Zeit darüber empfunden hatte, fiel von ihr ab. Sie nahm Helene in ihre Arme. »Wenn der Oberst mich heiratet, kommst du mit nach Wesel und wirst dort mit uns zusammenleben. Ich werde dich nie alleine lassen«, fügte sie nachdrücklich hinzu.

Helene sagte nichts dazu, sie sah Friederike nur traurig an.

»Ich weiß nicht, ob ich solange noch lebe, mein Kind«, flüsterte sie. »Du musst dich vorbereiten auf den Tag, an dem ich nicht mehr da bin. Ich habe keine Angst zu sterben, ich möchte nur sicher sein, dass du glücklich und gut versorgt wirst«, beteuerte sie nochmals.

Eine ganze Weile saßen die beiden Frauen zusammen in tiefe Gedanken versunken und hielten einander liebevoll fest.

Zu wissen, dass ihre Mutter unheilbar krank war und nicht mehr lange leben würde, versetzte Friederike in ein Gefühl ständiger Unruhe und Angst. Sie wollte nur eines, den Oberst bald wiedersehen; sie hatte ihm so viel zu erzählen, auch über die Situation ihrer Mutter.

Die Woche verging viel zu langsam.

Dann war der Samstag endlich gekommen. Der Tisch war für das Mittagessen gedeckt und die Möbel waren noch einmal poliert worden. Friederike war sich bewusst, dass das Haus nicht so geschmackvoll aussah wie das von Henriette und das von Oberst von Hagken. Deshalb schmückte sie alle Räume mit Vasen voller Feldblumen und achtete darauf, dass alles perfekt gemacht war. Den größten Teil der Möbel hatte Charlotte vor zwei Jahren bei ihrer Hochzeit mit Pfarrer Ludwig Neuhaus als Mitgift erhalten. Die wenigen schönen Stücke, die übrig blieben, sollten später Friederike gehören, hatte ihre Mutter versprochen.

Helene hatte sich inzwischen mühsam angezogen und war allein aus ihrem Schlafzimmer heruntergekommen. Die beiden Frauen saßen schweigend im

Wohnzimmer und warteten mit spürbarer Gespanntheit auf die baldige Ankunft der Kutsche. Friederike konnte sehen, dass ihre Mutter nervös war, sie
selbst fühlte sich nur aufgeregt.

Und dann läutete es. Das Dienstmädchen hatte die Tür geöffnet und einen
Moment später trat er ein. Zu ihrer Überraschung sah Friederike, dass auch
er nervös war, seine Hand zitterte leicht, als er ihre und die Hand ihrer Mutter
küsste. Bei diesem Anblick fühlte sie sich auf einmal ganz ruhig werden.

Dieser Mann, der gegen viele Feinde gefochten hatte, der schon einmal
verheiratet gewesen war, der so viel mehr Lebenserfahrung hatte als sie, war
also auch nervös. Sie hätte sich das nie vorstellen können, und es machte ihn
nur noch sympathischer.

Beim Mittagessen waren alle gut gelaunt, und Henriettes Eltern waren wie
immer unterhaltsame Gesprächspartner. Aber irgendwo gab es einen leichten
Unterton von Spannung. Nach dem Mittagessen, als sich die von Klockes
verabschiedet hatten, entschuldigte sich Helene und ging zurück in ihr Zimmer. Zum zweiten Mal waren Friederike und der Oberst nun allein.

Dann ging alles ganz schnell.

Friederike setzte sich auf das Sofa und der Oberst setzte sich neben sie,
nahm ihre beide Händen in die seinen und sagte ohne zu zögern:

»Liebe Friederike, ich habe in letzter Zeit viel über Sie und uns nachgedacht. Natürlich bin ich ein alter Mann, und ich könnte es verstehen, wenn
Sie nicht an mir interessiert wären. Aber ich lebe jetzt alleine, fühle mich oft
einsam und brauche eine Frau an meiner Seite. Ich finde, wir beide verstehen
uns so gut, dass ich Sie gerne fragen möchte, ob Sie mir die Ehre erweisen
und meine Frau werden wollen. Falls Sie es möchten, kann ich ein anderes
Haus mieten, das Sie nach Ihrem Geschmack einrichten können. Ich kann
meine Möbel meinem Sohn geben, der Anfang dieses Jahres geheiratet hat.
Ich verstehe sehr gut, dass Sie Ihre Mutter bei sich haben wollen, und ich
weiß das auch zu schätzen. Sie ist sehr willkommen, ebenso wie Ihre Schwester Adolphine. Wenn Sie etwas Zeit brauchen, um über meinen Heiratsantrag
nachzudenken, kann ich das gut verstehen.«

Er hatte ohne Pause gesprochen und schaute sie nun hoffnungsvoll mit
erwartungsvollen Augen an.

Friederike war jedoch auf diesen Moment gefasst gewesen und hatte ihm deshalb fest in die Augen gesehen, als sie mit sanfter Stimme antwortete: »Ich möchte Sie sehr gerne heiraten und mein Leben mit Ihnen teilen.«

Darauf wurde er ziemlich emotional, nahm sie in seine Arme, drückte sie ganz fest an sich und küsste sie auf ihren Mund. Obwohl der Kuss nur flüchtig gewesen war, wurde Friederike ganz warm von innen. Sie war auf diese Weise noch niemals von einem Mann geküsst worden. Öfter hatte sie sich gefragt, wie das sein und ob es ihr gefallen würde. Und sie wurde nicht enttäuscht!

Er nahm sich zusammen und sagte liebevoll: »Heute Abend vor dem Abendessen will ich bei Ihrer Mama um Ihre Hand anhalten. Dann können wir auch gleich ein Datum für die Hochzeit vereinbaren. Und was meinen Sie – darf ich Ihnen das Du anbieten?«

Sie lachte. »Oh ja. Sehr gerne, lieber Christian!«

Nachdem sie sich einig waren zu heiraten, musste er zur Familie von Klocke, wo er wieder übernachten würde, um sein Gepäck dort hinzubringen. Als er gegangen war, lief Friederike sofort in das Schlafzimmer ihrer Mutter. Sie erwähnte kurz, dass Oberst von Hagken ihr einen Heiratsantrag gemacht und sie diesen angenommen habe. Er wolle noch vor dem Abendessen zurückkommen, um offiziell um ihre Hand anzuhalten. Sie umarmte ihre Mutter und sagte ihr nachdrücklich, sie solle sich keine Sorgen machen, denn er habe ihr angeboten, dass sie und Adolphine auch in seinem Haus wohnen könnten.

Obwohl Helene den Heiratsantrag erwartete, war sie erleichtert, dass er es wahrhaftig getan hatte und hoffte nur, dass die Hochzeit bald stattfinden würde.

Sie fürchtete, sie könnte wegen ihrer schlechten Gesundheit nicht dabei sein oder diesen für ihre Tochter so wichtigen Tag sogar nicht mehr erleben.

Nachdem ihre Mutter noch etwas geschlafen hatte, tranken sie beide Tee und warteten im Wohnzimmer, um später ihre Gäste zu empfangen.

Dort fingen sie schon an, die Dinge aufzuschreiben, welche Friederike als Braut brauchen würde und eine Gästeliste zusammenzustellen. Sie waren damit ganz beschäftigt, als es klingelte und ihr Onkel Carl und ihre Tante Elisabeth hereinkamen. Friederike sprang auf, um die beiden zu begrüßen und gleich zu informieren, dass sie zugestimmt hatte, Oberst von Hagken zu

heiraten. Ihr Onkel war begeistert. Er war vor kurzem über den Gesundheitszustand seiner Schwägerin informiert worden und wollte nur noch einen res-
pektablen Mann mit Ansehen für Friederike finden. Sie musste gut versorgt
sein, wenn ihre Mutter starb. Seine Frau sagte nicht viel. Sie war der Meinung, er sei viel zu alt für so eine junge Frau. Als sie aber sah, wie glücklich
Friederike war, traute sie sich nicht, darüber zu klagen. Etwas später kam der
Oberst. Nachdem er sie alle begrüßt hatte, bat ihr Onkel Friederike, mit ihrer
Tante das Zimmer zu verlassen, damit er alleine mit ihrer Mutter und dem
Oberst reden konnte. Der Oberst wirkte wieder zuversichtlich und die beiden
warteten ab, was er ihnen zu sagen hatte. Dann fing er an, auf seine durch-
dachte Art zu reden.

»Sie haben natürlich vermutet«, begann er, »dass ich mich sehr für
Friederike interessiere?« Er sah die beiden fragend an und als sie ihm zustimmend zunickten, fuhr er fort.

»Es ist jetzt mehr als ein halbes
Jahr her, dass meine Frau gestorben ist. Eigentlich«, so sagte er,
»hätte ich niemals gedacht, noch-
mal einer Frau zu begegnen, die
ich heiraten möchte. Ich war ganz
erstaunt, wie gut Friederike und
ich uns gleich von Anfang an verstanden haben, trotz der Tatsache,
dass ich doch so viel älter bin als
sie.

Kopie Bild Ostermühle in Langenau um 1900.
Quelle: Anonymer Künstler. Privatbesitz.

Sie hat aber sehr verantwor-
tungsvoll und erwachsen bei ihrer Unterhaltung mit mir gewirkt. Ich habe
dadurch den Eindruck bekommen, dass sie älter sei als ihre nur neunzehn
Jahre.«

Dann erzählte er über seine Lebensverhältnisse, sein Wiesensteigsches
Lehen, bestehend aus der Ostermühle in Langenau und dem Schneiderbauer-
hof mit Zubehör zu Sontheim an der Brenz. Mit den Einnahmen daraus wie
auch seinem Gehalt als Oberst, glaubte er Friederike eine sehr gute und sichere Zukunft bieten zu können. Auch wenn er nicht mehr am Leben wäre,

dann hätte Friederike doch wenigstens noch immer seine Pension. Seine beiden Söhne hatten nicht nur die Erbschaft seiner verstorbenen Frau bekommen, sondern waren auch die einzigen Erben ihrer Großmutter, Frau Catharina Tendering. Das war alles so abgemacht worden mit seinen Schwiegereltern, als er seine erste Frau geheiratet hatte.

Er wollte sie deshalb um Erlaubnis bitten, Friederike zu heiraten. Falls sie zustimmten, so wollte er gern in der evangelischen Mathenakirche in Wesel heiraten und zwar am Sonntag, dem 18. Juli. Er hatte seine Frau auch an einem Sonntag geheiratet und es war eine gute Ehe gewesen. Er wollte mit Friederike genau so glücklich werden. Da er ein Mann des Militärs war, bevorzugte er eine religiöse Militärhochzeit, da viele seiner Offiziere an der Hochzeit teilnehmen würden.

Die Mutter von Friederike und ihr Onkel hörten alles stillschweigend an. Als er aufhörte zu sprechen, sagten die beiden, dass sie mit einer Ehe zwischen ihm und Friederike ganz einverstanden wären. Friederike war eine kluge selbstsichere junge Frau, und innerlich reif für ihr Alter. Sie hatte schon lange für ihre Mutter den Haushalt geführt, die Rechnungen gezahlt und die Einkäufe gemacht. Daneben spielte sie Klavier und hatte Französisch gelernt. Sie waren sich sicher, dass sie eine sehr gute Ehefrau sein würde.

Als er nun von beiden die erhoffte Antwort vernommen hatte und sie sich geeinigt hatten, fing Helene an zu schluchzen. Sie hatte die ganze Zeit versucht, sich zu beherrschen, aber emotional war es ihr jetzt zu viel geworden. Ihr Schwager Carl versuchte sie zu trösten, und nach kurzer Zeit fasste sie sich und wischte sich die Augen. Mit trauriger Miene sagte sie zu Oberst von Hagken: »Sie haben vielleicht bemerkt, dass es um meine Gesundheit nicht gut bestellt ist. Ich weiß, dass ich nicht mehr lange zu leben habe, und deshalb bin ich so froh, dass die Hochzeit schon im Juli stattfinden wird. Es ist für mich äußerst wichtig, dass Friederike jemanden hat, der sich um sie kümmert, wenn ich gestorben bin.«

Der Oberst hatte sie mitleidig angeschaut, während sie sprach. Als sie aufhörte zu reden, sagte er mit schwerer Stimme: »Es tut mir sehr leid, dass es Ihnen so schlecht geht. Sie können davon überzeugt sein, dass solange ich lebe, ich immer für Ihre Tochter da sein werde. Ich werde versuchen, sie so glücklich wie möglich zu machen.«

Er sah auch Carl von Schwedler an, als er weitersprach: »Sie brauchen sich beide darüber keine Sorgen zu machen.«

Zu Helene sagte er aus vollem Herzen: »Natürlich sind Sie und auch Adolphine herzlich willkommen, bei mir und Friederike in Wesel zu wohnen. Sie haben dann Ihre Töchter bei sich und wenn ich weg bin, können Sie Friederike Gesellschaft leisten.«

Als Friederike und ihre Tante gebeten wurden, wieder ins Zimmer hineinzukommen, sprachen der Oberst, ihre Mutter und ihr Onkel vertraulich miteinander.

Ihre Mutter warf ihr einen zufriedenen Blick zu und teilte ihr mit, dass sie und ihr Onkel der Heirat zugestimmt hätten. Zur Feier brachte das Dienstmädchen eine Flasche Champagner und es wurde auf das zukünftige Brautpaar angestoßen.

Da sich alle so gut verstanden, verbrachten sie das Abendessen in einer sehr ungezwungenen Atmosphäre. Sie besprachen die kirchliche Trauung, wen sie einladen würden und ob sie ein Diner oder doch lieber ein Mittagessen geben sollten.

Weil die Heirat schon innerhalb einiger Monate stattfinden würde, sollten Charlotte, ihr Mann, Adolphine, die sich dort einige Zeit aufhielt und auch ihr Bruder Leopold am nächsten Morgen schon benachrichtigt werden.

Nach dem Abendessen verabschiedete sich der Oberst von den Familien. Er wollte den nächsten Tag ganz früh wieder nach Wesel zurückfahren. Friederike versprach er, so schnell wie möglich ein Haus zu mieten und sie wissen zu lassen, wann das erledigt war. Gleichzeitig würde er auch die kirchliche Zeremonie in der Mathenakirche organisieren.

Die Zeit bis zur Hochzeit war für die beiden Frauen sehr anstrengend. Es gab so viel zu tun und zu arrangieren. Die Nachricht von ihrer bevorstehenden Eheschließung musste an Charlotte und Leopold verschickt werden. Ein schönes Hochzeitskleid musste für sie geschneidert werden, die Möbel, die sie mitbringen wollte, und auch ihre Mitgift wurden ausgesucht, das Menü für das Abendessen oder ein Mittagessen wurde zusammengestellt.

Inzwischen hatte Friederike einen Brief von Henriette erhalten. Ihr Mann hatte bereits die Nachricht von der geplanten Heirat des Obersts von Hagken gehört. Sie gratulierte Friederike von ganzem Herzen und freute sich wahnsinnig darauf, sie, ihre Mutter und Adolphine in Wesel begrüßen zu dürfen. Ihre Familie sollte natürlich bis zur Heirat bei ihr und ihrem Mann wohnen.

Der liebe Schatz, dachte Friederike, *wie immer denkt sie an alles.*

Schon ein Tag, nachdem sie den Brief von Henriette empfangen hatte, kam ein Bote mit einem Schreiben von Oberst von Hagken. Sie las, wie glücklich er war bei den Gedanken, dass sie in kurzer Zeit Mann und Frau sein würden. Und, dass er sofort nach seiner Heimkehr das Haus gemietet hatte, das Friederike bei ihrem Besuch in Wesel so gefallen hatte. Die benötigten Möbel konnte er aus seinem früheren Haus mitnehmen, sodass sie, wenn sie bereit wären, innerhalb kurzer Zeit aus Soest abreisen könnten. Auch hatte er schon das Datum für die Hochzeit in der Kirche reserviert.

Als Friederike das las, wusste sie, dass sich ihr Leben bald für immer ändern würde. Und an diesen Gedanken musste sie sich erst gewöhnen.

Bei seiner Rückkehr in Wesel hatte der Oberst seine beiden Söhne und seine Schwiegermutter zum Abendessen gebeten, um sie von seiner beabsichtigte Ehe mit Friederike zu informieren. An dem Tag, an dem sie kommen würden, war er angespannt, und fragte sich, wie sie reagieren würden. Er begrüßte sie etwas nervös und nachdem sie ihr Essen beendet hatten, räusperte er sich ein paar Mal und sagte dann, er wolle ihnen etwas Wichtiges mitteilen. Dann begann er seine sorgfältig vorbereitete Rede. Er erzählte ihnen, dass er sich nach einer langen glücklichen Ehe und einem immer gemütlichen Zuhause nun oft sehr einsam fühlte. Nicht nur das, er brauchte auch eine Frau an seiner Seite, da er regelmäßig Gäste empfangen musste.

Außerdem war er mit seinem Regiment viel unterwegs und benötigte jemanden, der seinen Haushalt führte. Er war nicht mehr jung und falls er mal krank würde, musste er doch auch eine Frau haben, die ihn versorgen konnte. Deshalb hatte er Friederike von Schwedler, die sie bereits kennengelernt hatten, gebeten, ihn zu heiraten, und sie hatte zugestimmt. Er hatte seine Frau, wie sie wussten sehr geliebt. Sie war auch immer eine sehr liebevolle Mutter und Ehefrau gewesen. Friederike würde niemals ihren Platz einnehmen. Er hoffte aber, dass sie verstehen würden, dass es besser für ihn war, wieder zu heiraten. Es war deutlich zu sehen, dass es für ihn schwierig war, seiner

Familie diese Nachricht zu überbringen.

Obwohl seine zwei Söhne und seine Schwiegermutter es irgendwo erwartet hatten, war diese Ankündigung doch ein sehr schwerer Schlag für sie. Einen Moment herrschte Totenstille und sie sahen ihn nur überrascht an. Dann gratulierten sie ihm kurz und verabschiedeten sich. Sie hatten ihn nicht einmal nach dem Hochzeitsdatum gefragt.

Der Oberst war erleichtert, als sie weg waren. Er hatte die stillschweigende Missbilligung gut gefühlt. Das gleiche unangenehme Gefühl empfand er jetzt wieder, als er damals seine Mutter von seiner beabsichtigen Ehe mit Johanna informierte. Er hatte dann seine Wahl getroffen und er würde es jetzt erneut tun. Niemand hatte ihn von seiner damaligen oder heutigen Entscheidung abbringen können. Eine Sache hatte er ihnen aber verschwiegen, und das war, dass er sich auf einmal wieder jung und energisch fühlte. Und das lag nur an seiner Begegnung mit Friederike.

Er war nie viel zu Hause gewesen und hatte, um seinen ältesten Sohn Constantin besser kennenzulernen, ihm eine Stellung in seinem Regiment besorgt.

Sein jüngster Sohn hielt nichts von der Armee. Er hatte ihn nie dazu gezwungen, in Dienst zu treten, sondern ihm die Gelegenheit gegeben zu studieren, was dieser gern wollte. Die Erinnerungen an seinen eigenen Vater, der gerade dann gestorben war, als er ihn als heranwachsender Junge am meisten gebraucht hatte, ließen ihn versuchen, ein liebevoller, aber auch strenger und gerechter Vater zu sein. Sein Verhältnis zu seinen beiden Söhnen war zwar gut, aber es gab auch eine sichere Distanz in ihrem Verhalten ihm gegenüber. Sie respektierten und schätzten ihren Vater, aber diese Distanz war auch der Grund, warum sie es nicht wagten, seinen Wunsch, erneut zu heiraten, zu kritisieren.

Constantin und Franziskus dachten schon vom ersten Moment an, als sie ihren Vater und Friederike beim Abendessen im Hause ihres Vaters zusammen gesehen hatten, dass er an diesem Fräulein interessiert war. Doch die Tatsache, dass ihr Vater sie heiraten wollte, war ein Schock für die Brüder.

Beide hatten gehofft, dass es nur eine vorübergehende Verliebtheit war und verabscheuten den Gedanken, eine andere Frau als ihre Mutter an seiner Seite zu sehen. Sie hatten nie geglaubt, dass ihr Vater eine andere Frau treffen würde, die er heiraten wollte. Er wurde oft zum Essen mit Offizierswitwen eingeladen, aber sie waren alle alt. Seinen Söhnen hatte er bereits klargemacht, dass er an diesen älteren Damen nicht interessiert war. Und dann kreuzte plötzlich die kleine Friederike von Schwedler seinen Weg, die ihn offenbar völlig verzaubert hatte. Nicht nur das, er wollte sie nun auch noch zur neuen Frau von Hagken machen.

Sein Sohn Constantin fand die ganze Situation geradezu lächerlich. Nach dem Abendessen, als er mit seinem Bruder und seiner Großmutter in der Kutsche nach Hause fuhr, sagte er bitter zu ihnen: »Was macht er da? Was ist nur in ihn gefahren? Der große Altersunterschied ist absurd.«

Sein Bruder und seine Großmutter sahen ihn schweigend an. Sie waren noch zu fassungslos und sprachlos nach der Ankündigung, dass sie nichts zu sagen wussten.

Als er zu Hause ankam, erzählte Constantin seiner Frau Anna Christina von der geplanten Ehe seines Vaters mit Friederike.

Sie sah, wie erzürnt er war, und merkte an: »Als wir mit ihm gegessen haben, habe ich sofort gesehen, dass er an ihr sehr interessiert war.«

Sie fuhr skeptisch fort: »Ich frage mich, ob sie es auch ist, was denkst du, was dahintersteckt?«

Constantin wusste es nicht. In diesem Moment konnte er die Idee, eine neue Frau im Leben seines Vaters zu sehen, einfach nicht ertragen. Er wollte vermeiden, sie regelmäßig in Wesel zu treffen und entschied, gleich einen Wechsel in ein anderes Regiment zu beantragen.

Im Bett konnte er nicht einschlafen. Entsetzt schwirrte ihm durch den Kopf, wie es möglich war, dass sein Vater nach einer glücklichen Ehe mit seiner Mutter eine andere Frau heiraten wollte. Und das weniger als ein Jahr nach ihrem Tod. Noch dazu war diese Frau jünger als Constantin selbst.

Die Gedanken an seine Mutter und die letzten Stunden vor ihrem Tod ließen ihn nicht los. Als sie eine Lungenentzündung bekam, hatte sie am Ende ihres Lebens sehr hohes Fieber gehabt. Durch ihre Entkräftung hatte sie viel geschlafen und meistens war sie nicht bei Bewusstsein gewesen. In den letzten Minuten aber, bevor sie starb, als er, seine Brüder, sein Vater und seine Großmutter bei ihr waren, hatte sie jedoch mit einer klaren Stimme gesprochen. Sie hatte alle zum letzten Mal geküsst und gesagt, wie sehr sie sie geliebt hatte. Ihm, ihrem ältesten Sohn, hatte sie noch zugeflüstert, dass er sich erinnern sollte, was er ihr versprochen hatte. Dann war sie wieder eingeschlafen, um zur Bestürzung ihrer Familie nicht mehr aufzuwachen.

Nach einiger Zeit war der Arzt gekommen und hatte sie für tot erklärt. Sein Vater war so schwer betroffen gewesen, dass er lange Zeit unnahbar gewesen war, geistesabwesend durch das Haus ging und automatisch tat, was er tun musste.

Während er versuchte, einzuschlafen, hatte Constantin widersprüchliche Gedanken. Obwohl er missgestimmt war über die bevorstehende Ehe seines Vaters, war er gleichzeitig auch ein wenig eifersüchtig.

Er hatte eine sieben Jahre ältere Frau geheiratet und sein Vater wollte jetzt eine achtunddreißig Jahre jüngere Frau heimführen. Er versuchte aber, nicht daran zu denken und diese Gedanken aus seinem Kopf zu vertreiben. Als sein Vater ihm beim Abendessen von seiner bevorstehenden Hochzeit erzählte, hatte er selbst gerade erst geheiratet. Er musste zugeben, dass er sich nicht beklagen konnte. Sein neues Familienleben gefiel ihm ausgezeichnet und er war sehr glücklich damit. Deshalb konnte er auch verstehen, dass sein Vater nicht allein sein wollte und es daher vorzog, wieder eine Frau an seiner Seite zu haben. Aber mit einer so jungen Dame? Der große Altersunterschied störte ihn immer noch.

Er war ein aufgeschlossener, netter Mann, der sich mit allen gut verstand, und weil sie wussten, dass sie immer auf ihn zählen konnten, daher in der Familie sehr beliebt war.

Aber er wusste bereits, dass er nicht zu der Hochzeit seines Vaters gehen würde. Nachdem er diesen Entschluss gefasst hatte, schlief er schließlich im Morgengrauen ein.

Heiratsabrede zwischen dem Sohn Wolfgang Julius Friedrich des † Johann
Friedrich v. Hagck auf Pornim, Oberamtmanns zu Creglingen, und seiner
Ehefrau Magdalena Christina geb. v. Grumbach und der Tochter Friederica
Dorothea des Ernst Ludwig v. Seckendorff und seiner Ehefrau Christine Sophie
geb. v. Elrichshausen. — Heiratsgut der Braut: 500 fl rh für die Aussteuer
sowie binnen Jahr und Tag 1000 Rtlr oder 1500 fl rh. Der Bräutigam leistet
1500 fl rh für Widerlegung sowie 400 Rtlr Morgengabe und verschreibt das
Wittum von 3400 fl rh mit 5 Prozent Zins. Er sichert standesgemäßen Witwen-
sitz und Versorgung im Wert von 230 fl rh zu, womit sich der jährliche Unterhalt auf 400 fl rh beläuft. — Erbregelungen: 1. Wie Nr. 684 (3.). 2. Bei
Wiederverehelichung erhält die Witwe ihre persönliche Habe, das Wittum sowie weiteres verschriebenes Kapital; der Unterhalt entfällt. 3. Wie Nr. 600 (2.).
4. Wie Nr. 771 (7.). 5. Wie Nr. 684 (2.).

Konzept Pap. Lib. 10 Bl.; vgl. Nr. 2287. — AS: I D Nr. 27. — LO: ORS 156.

Kopie Heiratsurkunde von Wolfgang von Hagck und Friederike von Seckendorff.
Quelle: Die Archive der Grafen und Freiherren von Seckendorff, München, Selbstverl.
Der Generaldir. der Staatlichen Archive, Band 2, 1993, Seite 866.

Die Hochzeit

Die Zeit verflog und bald waren die Vorbereitungen zur Hochzeit in vollem Gange. Es war abgemacht, dass Friederike zunächst ins Haus der von Ellers übersiedeln sollte, wo sie bis zu ihrer Heirat wohnen würde.

Alle ihre persönlichen Habseligkeiten waren bereits zu ihrem neuen Zuhause in Wesel geschickt worden.

Als der Tag gekommen war und sie von Soest mit ihrer Mutter abreisen sollte, erschien Oberst von Hagken pünktlich um vierzehn Uhr, um sie abzuholen. Die beiden Frauen waren in einer ziemlich emotionalen Verfassung. Friederike musste jetzt endgültig ihre vertraute Umgebung verlassen. Das Haus, in dem ihre Mutter als Kind aufgewachsen war und wo sie so lange mit ihr zusammengelebt und den Haushalt geführt hatte.

Der Oberst von Hagken bemerkte den Gemütszustand der beiden Frauen und versuchte während der Fahrt nach Wesel, ihre Gedanken abzulenken. Er erzählte über das von ihm gemietete Haus und wie Friederike schon anfangen konnte, alles zu kaufen, um das Haus nach ihrem Geschmack einzurichten.

Er konnte gut reden und erzählte auch einige komische Anekdoten über seine Armee. Damit hatte er die Aufmerksamkeit seiner zukünftigen Familie und so dauerte die Reise nicht zu lange.

Als Friederike und Helene bei den von Ellers angekommen waren und sich installiert hatten, kam der Oberst noch viele Male vor der Hochzeit zu Besuch. Die beiden verstanden sich immer besser und freuten sich darüber, sehr bald verheiratet zu sein und eine neue gemeinsame Zukunft anfangen zu können.

Friederike war sehr zufrieden. Sie würde bald ein Leben führen, wie sie sich immer gewünscht hatte, ein schönes Haus bewohnen, einen bedeutenden Ehemann haben und Ansehen als Frau Oberst.

Viele Frauen mussten ein ganzes Leben lang warten, bis sie das erreicht hatten, was sie jetzt schon so jung bekommen würde.

Ein schönes Hochzeitskleid war für sie angefertigt worden und auch neue Kleider, wie Josephine Bonaparte sie trug, die Frau des Napoleon. Obwohl das Hochzeitskleid kein tiefes Dekolleté hatte, bestand Friederike darauf, dass die neuen Kleider alle einen sehr gewagten tiefen Ausschnitt hatten, wie es die neueste Mode verlangte. Ihre Mutter war nicht besonders begeistert darüber gewesen, aber Friederike sowie Henriette hatten sie davon überzeugt, dass selbst die Königin Louise die Kleider auch so trug.

Friederike bezweckte noch etwas anderes damit, sie wollte verführerisch aussehen, wenn sie und der Oberst verheiratet waren und abends beim Diner mit Kerzen auf dem Tisch einander gegenübersaßen. Denn der Oberst hatte sie zwar einmal geküsst, aber nachher, als sie einander trafen, war er körperlich eher zurückhaltend gewesen. Er schien mehr interessiert zu sein an ihrem Charakter und ihrem Geschmack als sie zu liebkosen. Er wollte wissen, welche Musik sie gern hatte und ob sie viel las und welche Bücher sie lesen wollte oder welche Maler ihr Interesse hatten. Zu seiner Freude hatte es sich herausgestellt, dass sie beide fast denselben Geschmack hatten. Sie hatte das Henriette erzählt und die hatte darauf geantwortet, dass sie beide astrologisch Waagen seien, weil sie nur drei Tage nacheinander Geburtstag hatten.

Weiterhin meldete sie, dass sie gelesen hatte, die Waagen verstünden sich gut und dass sie viel von der Liebe hielten. Das machte Friederike hoffnungsvoll auf ihre Zukunft mit ihm.

Wenige Tage vor der Hochzeit traf Charlotte mit ihrem Mann, Adolphine und Bruder Leopold in Wesel ein. Sie wohnten bei Freunden, und da sich Friederike und Charlotte schon lange nicht mehr gesehen und nur noch schriftlich Kontakt gehalten hatten, kam Charlotte mit Adolphine gleich nach ihrer Ankunft in Wesel zu Besuch.

Friederike war gerade in ihrem Schlafzimmer mit ihrer Mutter, als sie hereinkam. Die drei Frauen begrüßten einander innig.

»Ich kann es kaum erwarten, den Oberst von Hagken kennenzulernen«, rief Charlotte aufgeregt und sah Friederike neugierig an. »Bist du nervös, so kurz vor der Hochzeit?«

»Ein bisschen«, gab Friederike zu, die jetzt doch anfing zu zweifeln, ob sie die richtige Wahl getroffen hatte. »Es ging alles so schnell. Ich bin ihm ja kaum begegnet, dann hat er mir schon einen Heiratsantrag gemacht.«

»Das ist normal«, beschwichtigte ihre Mutter sie. »Viele Bräute haben vor ihrer Hochzeit solche Gefühle.«

»Pass auf, dass nicht auch der Oberst noch Panikzustände bekommt«, scherzte Charlotte, »sonst stehst du nachher alleine vor dem Altar.«

Alle lachten und die Spannung löste sich ein wenig.

»Er ist zwar viel älter als du«, überlegte Charlotte leise, »aber würdest du nicht lieber heiraten, als eine Gouvernante zu werden oder später im Stift in Soest zu leben?«

»Im Stift wohnen«, erwiderte Friederike erschrocken, »nein, natürlich nicht, das will ich auf keinen Fall.«

Obwohl die beiden unverheirateten Zwillingsschwestern ihres verstorbenen Vaters, Leopoldine und Louise, dort ein komfortables Leben als Stiftsdamen geführt hatten, schien Friederike das Gebet und der Umgang nur mit Frauen für den Rest ihres Lebens nicht sehr erstrebenswert.

»Du weißt, dass du in unserem Pfarrhaus immer willkommen bist«, versicherte ihr Charlotte dann. »Man weiß ja nie, was geschieht. Falls du mal in eine Notsituation kommen solltest, steht dir unser Haus offen.«

Eine der Bedingungen ihres Großvaters war gewesen, dass nach dem Tod ihrer Mutter die Einkünfte aus seinen Ländereien diejenigen von seinen Enkeln bekommen sollten, die Prediger geworden waren, oder einen Prediger geheiratet hatten.

Weil Charlotte mit dem Prediger Ludwig Neuhaus verheiratet war, würde sie also nach dem Tod ihrer Mutter die Einkünfte bekommen. Aber dieselben Bestimmungen besagten auch, dass, wenn eines seiner Enkelkinder in bedürftige Umstände geriet, diejenige, die das Einkommen einkassierte, diesem Enkelkind helfen sollte. Für Friederike und ihren Bruder Leopold hatte es keine Rolle gespielt, als sie davon erfahren hatten. Sie wussten, dass Charlotte notfalls den Wunsch ihres Großvaters respektieren würde. Allerdings hatte sie noch ihren kleinen Anteil an dem Haus in der Sandwelle in Soest.

Das meiste von dem, was das Haus später abwarf, würde an ihren Bruder Leopold gehen, der der einzige Sohn im Haus gewesen war.

»Immerhin wirst du Geld und Ansehen haben, auch wenn dein Mann einmal nicht mehr ist«, redete Charlotte weiter und fügte dann mit ganz sanfter Stimme hinzu, geradeaus starrend: »Es ist doch immerhin besser, eine Frau Oberst zu sein als die Frau eines Pfarrers in einem kleinen Dorf.«

Was für eine merkwürdige Bemerkung, dachte Friederike, *sagt sie das zu mir oder zu sich selbst.* Sie hatte sich oft gefragt, ob Charlotte den Ludwig Neuhaus wirklich liebte oder ob sie ihn nur geheiratet hatte, um die Einnahmen aus dem Vermögen ihres Großvaters zu erzielen.

Charlotte war dreiundzwanzig Jahre alt als sie Ludwig heiratete. Schon ein Jahr nach der Hochzeit brachte sie die kleine Henriette zur Welt, benannt nach ihrer Patentante Henriette von Eller, und jetzt erwartete sie wieder ein Kind. Sie war schon im vierten Monat schwanger, aber hatte doch reisen wollen, um der Hochzeit beizuwohnen.

Friederike mochte ihren Schwager und kam gut mit ihm klar. Er stammte aus einer Pfarrerfamilie und war ein sozial fühlender, sehr religiöser und aufrichtiger Mann, der in seiner Gemeinde hochgeschätzt wurde. Charlotte schien zufrieden, aber Friederike hatte bisher noch nicht herausgefunden, ob sie wirklich glücklich mit ihm war.

Wenn sie früher gelegentlich eines ihrer wenigen vertraulichen Gespräche führten, wechselte Charlotte jedes Mal das Thema, wenn Friederike sie genau danach gefragt hatte.

Sie hätte sich an diesem Tag kaum vorstellen können, dass sie später noch genug Zeit haben würde, es persönlich zu erleben.

Während ihre Mutter mit ihren beiden Schwestern plauderte, fragte sie sich, wie es mit ihren eigenen Gefühlen war. War sie wahnsinnig verliebt in den Oberst, liebte sie ihn wirklich? Die Ereignisse hatten sich so schnell entwickelt, dass, wenn sie ganz ehrlich zu sich selbst war, sie es nicht wusste. Das einzige, dessen sie sich sicher war, war dass, was die Zukunft auch bringen würde, es ihr Schicksal war, an der Seite dieses Mannes weiterzuleben.

Einige Tage vor der Hochzeit, war der Oberst bei den von Ellers eingeladen worden zum Diner, um die ganze von Schwedlersche Familie und auch den Ludwig Neuhaus, seinen zukünftigen Schwager, kennenzulernen.

Wenn Friederike noch zweifelnde Gefühle gehabt hatte, dann waren diese während des Abendessens vollkommen verschwunden. Sie fühlte sich so wohl mit ihm, es war, als wären sie schon lange verheiratet. Obwohl er ein ernsthafter Mann war, hatte er auch ein gewisses Gefühl für Humor und erzählte einige lustige Anekdoten am Tisch, sodass das Abendessen in einer sehr heiteren Atmosphäre stattfand.

Auch sein Freund, der Königlich Preußische Major Friedrich Wilhelm von Ammon und dessen Frau Aletta Christina waren bei dem Abendessen anwesend.

Sie hatten Friederike gleich bei ihrer ersten Begegnung ins Herz geschlossen und waren froh, dass der Oberst eine so nette junge Frau zum Heiraten gefunden hatte.

Dies im Gegensatz zu seiner eigenen Familie und den alten Soldatenwitwen. Sie drückten nur Kritik aus.

Am Tag, bevor die Hochzeit stattfinden würde, sollte Friederike der Tradition entsprechend, den Oberst nicht sehen. Dieser Tag wurde benutzt, um noch einmal das Hochzeitskleid anzuprobieren und die weitere Familie, Onkel, Tanten, Neffen und Nichten, und die Gäste, die angekommen waren, zu begrüßen. Auch der Maler kam, dem der Oberst den Auftrag gegeben hatte, von sich selbst und von Friederike in ihrem Hochzeitskleid ein Porträt zu machen, um die letzte Hand daran zu legen.

Da Henriette Freude daran hatte, Feiern zu organisieren und außerdem eine hervorragende Gastgeberin war, hatte sie die Familie von Schwedler und ihre Angehörigen nach der Hochzeit zu einem ausgiebigen Mittagessen eingeladen. Die Vorbereitungen dafür liefen bei ihr zu Hause auf Hochtouren.

Auch Oberst von Hagken war am Tag vor der Hochzeit sehr beschäftigt. Alles musste reibungslos funktionieren. Die Offiziere für die Bögen am Eingang der Kirche wurden ausgewählt, die Kutsche musste mit Blumen geschmückt, die Predigt des Pfarrers noch einmal verlesen und die Gästeliste überprüft werden. Für seine junge Braut sollte alles perfekt laufen.

Es war ein wundervoller warmer Sommertag, als der große Tag am Sonntag den 18. Juli gekommen war. Ihre Mutter, Charlotte und Adolphine waren schon früh in Friederikes Schlafzimmer gekommen, um ihr mit dem Ankleiden ihres Brautkleides zu helfen. Adolphine kümmerte sich um Friederikes Haare.

Sie drehte mit einem Lockenstab kleine Löckchen auf ihrer Stirn und schmückte ihre Haare mit kleinen seidenen rosa Rosen und blauen Blättchen. Als sie fertig waren, gingen sie gemeinsam hinunter zum Frühstück, wobei sie schon das lebhafte Stimmengewirr ihrer Familie hörten.

Alle Familienmitglieder waren anwesend und warteten spannungsvoll darauf, die Braut bewundern zu können. Friederike war jetzt nervös und sie merkte, dass auch ihre Mutter und Schwester Charlotte ziemlich aufgeregt waren. Sie fragte sich, ob alles glatt verlaufen würde, die Trauung in der Kirche, ob das Menü für das Mittagessen gut ausgesucht war, ob die Gäste sich amüsieren würden. Mit den vielen Familienangehörigen, die in einer ausgezeichneten Stimmung verkehrten, brauchte sie sich darüber keine Sorgen zu machen. Es wurde ein unterhaltsames Familientreffen, denn sie hatten sich viel zu erzählen und das Frühstück ging ganz schnell vorbei.

Die Mathenakirche in Wesel.
Anonymer Fotograf.
Quelle: Wikipedia.

Ihr Onkel Carl sollte sie zum Altar führen, er und ihr Bruder Leopold waren ihre Trauzeugen.

Genau um elf Uhr kamen die Kutschen vorgefahren, um die Gäste abzuholen. Die ganze Gesellschaft stieg fröhlich miteinander redend ein und fuhr zur nahe gelegenen Mathenakirche.

Die Orgelklänge waren von der Straße her zu hören, als die Gäste die Kirche betraten, wenig später gefolgt von Friederike am Arm ihres Onkels. Beim Eintreten sah sie, dass die ganze Kirche voller Menschen war, und von weitem erblickte sie die Gestalt des Obersts von Hagken vor dem Altar, wo er mit seinen Zeugen auf sie wartete.

Friederike war sich bewusst, dass alle Augen auf sie gerichtet waren.

Sie war das nicht gewohnt und es war ihr unangenehm. Sie versuchte, ihre Umgebung nicht zu beachten, als sie auf ihn zuging und blickte dabei geradeaus. Der Oberst hatte sie aus der Ferne angelächelt, um sie zu beruhigen, aber es half ihr nicht viel.

Als sie am Altar ankam, bat der Priester die beiden, sich vor ihm zu setzen. Er begann die vielen Anwesenden zu begrüßen und fuhr dann mit der Hochzeitszeremonie fort.

Er teilte den Gästen mit, wie sie sich kennengelernt hatten, wie viel sie einander bedeuteten und betete zu Gott, sie zu beschützen.

Als die Predigt zu Ende war, die Ringe getauscht und die entsprechenden Worte gesprochen waren, erklärte er sie zu Mann und Frau.

Der hochgewachsene, grauhaarige, stattliche alte Mann in seiner Galauniform und die viel jüngere und schöne Frau an seiner Seite bildeten ein auffälliges Paar. Viele Menschen waren deshalb in die Kirche gekommen oder lehnten sich aus den Fenstern der umliegenden Häuser, um das Brautpaar zu sehen.

Sie dachten, es sei die Hochzeit des Jahres und wollten unbedingt dabei sein. Die Offiziere standen mit ihren Säbeln bereit und machten den Ehrenbogen. Als das neue Ehepaar die Kirche verließ und zu ihrer wartenden offenen Kutsche ging, jubelte die Menge und wünschte dem Paar viel Glück.

Obwohl Henriette nun im dritten Monat schwanger war, hatte sie angeboten, das Hochzeitsessen für die Familie und alle geladenen Gäste bei sich zu Hause auszurichten. Weil das Wetter so schön war, ließ sie im Garten einen großen, langen Tisch aufstellen. Als alle Eingeladenen fröhlich miteinander plauderten, erhob sich Frau Aletta Christina von Ammon von ihrem Stuhl und bat die Anwesenden, einen Moment still zu sein.

Bevor das Essen begann, wollte sie ein auf Seide gedrucktes Gedicht vorlesen, das sie für das Brautpaar gemacht hatte, und sie begann:

GESUNDHEIT
Zu trinken auf das Wohlsein
des heute vermählten
verehrungswürdigen und
geschätzten
BRAUTPAARES
Den 18. Julius 1802.

Verehrtes Paar! Genieß in stiller
Freude
Und ungestört des Ehestandes Glück
Ein jeder Tag verschwinde Dir wie heute,
Ein jeder Tag sei Dir ein Sonnenblick

Noch oft kehr dieses Sonnenfest
Dir wieder
Verehrt, geliebt in treuer Freunde Rund
Ein reicher Schatz von Segen ström
hernieder
Und kröne stets den heut
geknüpften Bund

Die Anwesenden applaudierten begeistert, erhoben ihre Gläser und tranken auf das Wohlbefinden des Paares.

Die beiden Söhne des Obersts von Hagken waren nicht zur Hochzeit gekommen und auch beim Mittagessen nicht anwesend. Es war für die beiden zu peinlich gewesen, eine andere Frau als ihre Mutter an der Seite ihres Vaters zu sehen. Außerdem hatten sie die Gefühle ihrer Großmutter zu berücksichtigen. Die alte Dame hatte ihnen bereits gezeigt, dass sie die Wiederverheiratung ihres Schwiegersohns nicht gutheißen konnte. Mit verschiedenen Ausreden hatten sie sich entschuldigt. Friederike und der Oberst hatten den Ausreden nicht geglaubt, aber Verständnis für ihre Empfindungen gehabt. Trotzdem war der Oberst als Vater doch sehr enttäuscht. Er fragte sich, warum seine Söhne es ihm nicht erlaubten, noch einmal glücklich zu sein.

Nachdem das Mittagessen beendet war und die letzten Gäste sich verabschiedet hatten, fuhr Friederike mit ihrem Mann, den von Ellers und ihrer Familie zu ihrem neuen Zuhause. Ihre Mutter und ihre Schwestern mussten eigentlich nach Hause, aber weil die Rückfahrt so lang war, hatten sie beschlossen, noch einen Tag in Wesel zu bleiben und erst am nächsten Morgen zurückzukehren.

An diesem Abend gab es für sie eine leichte Mahlzeit und alle waren so müde, dass sie nach dem Essen früh ins Bett gehen wollten. Als einige

Das Hochzeitsgedicht auf Seide gedruckt, gelesen von A.C. von Ammon geb. von Voss zu Sindern. Quelle: Privatbesitz.

Männer in die Bibliothek gingen, um noch etwas zu reden und zu trinken, verabschiedete sich Friederike und ging begleitet von Henriette nach oben in ihr Schlafzimmer. Weil während des Mittagessens viel geredet und getrunken wurde, und auch von allen Spannungen und Aufregungen ihrer Hochzeit noch ganz erfüllt, fühlte sie sich todmüde.

Sie sah, dass die Tür des danebengelegenen Schlafzimmers ihres frischvermählten Ehegatten offenstand.

Das Dienstmädchen hatte sein Bett schon gemacht und sein Nachthemd lag darauf. Als Friederike das sah, wurde sie auf einmal ganz ängstlich.

»Was soll ich jetzt machen«, flüsterte sie zu Henriette.

»Gar nichts«, antwortete diese, »mach dich schon fertig zum Schlafen, du bist sowieso viel zu müde, um etwas zu tun.«

Friederike war nicht beruhigt. »Aber was soll ich dann machen, wenn er später zu mir kommt?«

Mit einem vorausschauenden Blick war die Antwort ihrer Freundin: »Der Oberst wird auch müde sein und gleich schlafen gehen und dich in Ruhe lassen.«

Von Kindheit an hatten Henriette und Friederike immer ein solches offenen Verhältnis zueinander gehabt, dass sie über alles reden konnten. Deshalb war es auch Henriette, die ihr detailliert erzählt hatte, was sie in ihrer Hochzeitsnacht erwarten konnte.

Sie hatte aber Recht gehabt. Der Oberst von Hagken, ein feinfühliger Mann, vermutete, dass seine junge Frau müde war und nur schlafen wollte. Deshalb war er nicht in ihr Schlafzimmer gekommen. Tatsächlich wusste er auch nicht wirklich, was er in dieser Nacht mit ihr anfangen sollte.

Am nächsten Tag, nach dem Frühstück, kam ihre Familie, um sich zu verabschieden.

Nun kam der Moment, den Friederike die ganze Zeit befürchtet hatte, dass sie sich auch von ihrer Mutter verabschieden musste. Obwohl sie sie gedrängt hatte, bei ihr zu bleiben, wollte Helene das nicht. Aber sie hatte versprochen, ihre Tochter bald wieder zu besuchen. Die beiden befürchteten jedoch, dass es dazu nie kommen würde, da ihre Krankheit es wohl nicht zuließ. Sie trennten sich nur mit Mühe, und beide Frauen hatten damit zu kämpfen, ihre Tränen zurückzuhalten.

Sie umarmten sich sehr lange fest, und als ihre Mutter mit Adolphine dann in die Kutsche stieg, wischten sich beide die Augen und winkten sich zu, bis die Kutsche in der Ferne verschwunden war.

Um sich von ihren traurigen Gedanken abzulenken, war Friederike den ganzen Tag damit beschäftigt, beim Aufräumen zu helfen, Geschenke auszupacken und einen Platz dafür zu finden und Dankesbriefe zu schreiben. Doch die Gedanken an ihre Mutter, um die sie sich nun nicht mehr kümmern konnte, verließen sie nicht.

Als es Abend wurde, wusste sie wieder nicht, was sie tun sollte. Was erwartete er von ihr? Sollte sie nach dem Essen im Wohnzimmer bleiben, um mit ihm zu reden? Oder wollte er früh zu Bett gehen? Sie hatte keine Idee. Oberst von Hagken hatte bemerkt, dass sich seine junge Frau unwohl fühlte. Er war sich selbst auch nicht sicher, wie er sie behandeln sollte. Er begehrte sie, er war schließlich ein Mann, und sie war eine schöne junge Frau, aber sie war noch so jung und unerfahren, und außerdem hatte er auch väterliche Gefühle für sie.

Aus diesem Grunde fürchtete er, dass er sie verängstigen würde, wenn er mit ihr schlafen wollte. Er beschloss, die Dinge dem Zufall zu überlassen.

So kam es, dass in den ersten Monaten ihrer Ehe überhaupt nichts Körperliches passierte. Sie schliefen in nebeneinander gelegenen Schlafzimmern mit einer Zwischentür, aber der Oberst kam nur abends, um ihr einen väterlichen Kuss auf ihre Stirn zu geben und ihr eine gute Nacht zu wünschen.

Die beiden wurden in diesen Monaten, die sie zusammenlebten, immer mehr vertraut miteinander. Das Tagesritual war fast immer dasselbe. Er stand sehr früh auf, so dass man auch zeitig frühstücken musste.

Sie hatte ihre hausfraulichen Pflichten, sorgte für die Einkäufe, besprach mit dem Dienstmädchen, was im Haus zu tun war und stellte das Menü mit der Köchin zusammen. Am Abend, wenn der Oberst wieder von seinem Regiment zurückkam, wurde das Abendessen eingenommen. Dann saßen sie beide noch etwas im Wohnzimmer, um zu reden und gingen dann früh ins Bett.

Friederike war so beschäftigt damit, eine gute Haus- und Ehefrau zu sein, dass sie nicht mitbekam, dass es Leute gab, die nach ihrer Heirat gemein über sie und ihren Mann tratschten.

Der Oberst wurde nach dem Tod seiner Frau oft von den Witwen von Soldaten in hohen Militärrängen zum Abendessen eingeladen.

Sie hatten wahrscheinlich erhofft, dass er vielleicht eine von ihnen als seine zukünftige Ehefrau wählen würde. Er galt als eine sehr gute Partie. Zwar akzeptierte er ihre Einladungen, aber höflich gab er den alten Damen zu verstehen, dass er überhaupt nicht an ihnen interessiert war.

Diese Frauen waren nun eifersüchtig, weil er die junge und attraktive Friederike geheiratet hatte, was sie als eine Zurücksetzung empfanden. Darum fingen sie an, über sie und Hagken zu lästern. Die Anführerin dieses Klatsches war die alte Witwe eines längst verstorbenen Generals. Sie war eine fettleibige Dame mit wässrigen Augen in einem geschwollenen Gesicht, die sich immer ein Spitzentaschentuch vor die Nase hielt und aussah, als sei sie ständig erkältet.

Der Oberst hatte auch ihr deutlich aber höflich zu verstehen gegeben, dass er kein Interesse an ihr hatte. Sie war beleidigt und wollte jetzt Rache. Mit ihren Intrigen wollte sie versuchen, den guten Ruf des neuen Paares zu beschmutzen.

Bei ihrem wöchentlichen Teekränzchen mit ihren verwitweten Freundinnen sagte sie verächtlich: »Natürlich ist das von Schwedler-Mädchen habgierig und hat den Oberst nur wegen seines Rufes und des Geldes geheiratet. Warum hätte sie sonst den um viele Jahre älteren Mann ausgewählt?«

Sie sah, dass sie jetzt die volle Aufmerksamkeit der Frauen hatte. »Und er«, sie sah ihre Zuhörerinnen triumphierend an, »er hat natürlich niemals seine Frau richtig geliebt, sonst hätte er nicht so schnell wieder geheiratet.

Außerdem, habt ihr nicht alle auf der Feier der von Ellers gesehen, dass er nur Augen für das junge Ding hatte? Es war doch ein Skandal, wie er sich den ganzen Abend nur um sie bemühte. Sie könnte ja seine Tochter oder sogar seine Enkelin sein. Er hat sich auch über die Etikette hinweggesetzt! Es hätte sich gehört, dass er als verwitweter Mann sich um mehrere Damen kümmern sollte, wenn sie allein sind. Und nicht nur um eine«, fügte sie böswillig hinzu.

Die alten Witwen nippten an ihrem Tee und nickten zustimmend. Jedes Mal, wenn diese alten Frauen zusammenkamen, fing sie wieder an, über Friederike und den Oberst zu schwatzen. Was sie jedoch nicht bedacht hatten, war, dass sich in ihrer Mitte ein Spitzel befand.

Dieser Spitzel war eine Frau, die Henriette sehr zugetan war. Sie wusste, dass Friederike eine ihrer engsten Freundinnen war, und sie beeilte sich, ihr in allen Farben zu berichten, was die alte Generalswitwe über Friederike und den Oberst gesagt hatte und was sie hoffte damit zu erreichen.

Henriette hatte sie zunächst mit Erstaunen angesehen. Sie klatschte nicht gern über andere Menschen. Als der Spitzel ihr erzählte, was sie gehört hatte, konnte sie es am Anfang einfach nicht glauben. Aber allmählich wurde sie wütend. Sie erinnerte sich noch gut, dass, als sie gerade den Major von Eller geheiratet hatte, auch über sie wegen des großen Altersunterschieds geredet wurde.

Das hatte ihr überhaupt nicht gefallen. Weil sie aber so viele Feierlichkeiten organisierte, wollten alle Frauen ihre Gunst und die Gerüchte ließen deshalb sehr schnell nach.

Als sie sich ein wenig erholt hatte, fiel ihr ein, dass sie die Generalswitwe eigentlich überhaupt nicht mochte. Ausgerechnet sie hatte es gewagt, über ihre beste Freundin zu lästern? Sie brauchte diese alten Frauen für ihre Veranstaltungen gar nicht, sie hatte genug junge Freunde, die sie einladen konnte. Gutherzig wie sie war, lud sie die alten Witwen immer ein, weil sie Mitleid mit ihnen hatte. Sie wusste, dass diese Frauen nicht mehr so viele Einladungen bekamen wie früher, als sie noch verheiratet waren.

Wenn sich jemand Henriette in den Weg stellte oder jemandem, den sie liebte, Unrecht tat, konnte sie rücksichtslos sein und kannte keine Gnade.

Am Abend hatte sie entrüstet ihrem Mann von diesem Vorfall erzählt. »Was denkt sich diese alte hinterhältige Kuh eigentlich«, sagte sie ihm verärgert, »das wird sie bereuen.«

Major von Eller schaute amüsiert auf seine zornige Frau. Er fand Streitereien zwischen Frauen überhaupt nicht interessant.

»Hast du denn einen Plan?«, fragte er sie scheinbar neugierig.

»Natürlich habe ich einen«, antwortete seine Frau kämpferisch.

Mehr noch als sonst organisierte sie jetzt entweder einen Kaffee- oder Teenachmittag oder ein Mittagsessen.

Sie war der Dreh- und Angelpunkt des gesellschaftlichen Geschehens in

Wesel und galt als die beste Gastgeberin.

Das lag nicht zuletzt an ihrer Köchin, die immer wieder mit kulinarischen Überraschungen aufwarten konnte, so dass Henriette keine Konkurrenz hatte.

Die alten Witwen lud sie immer noch ein, jedoch mit Ausnahme der alten Generalswitwe.

Stets war Friederike ihr Ehrengast, damit sie auch die Freundinnen von Henriette besser kennenlernen konnte.

Friederike behandelte die alten Witwen freundlich und mit Respekt und sie machte auf alle einen sehr guten Eindruck. Die alten Damen, die nur negativ über sie hatten sprechen hören, mussten zugeben, dass sie eigentlich ganz nett war.

Nach ein paar Wochen war ihnen aufgefallen, dass die alte Generalswitwe nicht mehr zu Henriette eingeladen wurde. Um ihre Gunst nicht zu verlieren, hatten sie verstanden, dass sie Friederike ebenso bei ihren Geselligkeiten mit einladen mussten. Das taten sie auch, aber wenn Henriette erfuhr, dass die alte Generalswitwe ebenfalls eingeladen war, nahm sie die Einladung für sich und Friederike nicht an. Der Name der betreffenden Witwe wurde von ihrer Gästeliste gestrichen. Nur diejenigen, die die alte Tratschwitwe nicht eingeladen hatten, blieben auf ihren Veranstaltungen willkommen.

Die beteiligten Frauen sahen sich regelmäßig und ihnen war schnell klar, dass sie selbst bei Henriette nicht mehr willkommen wären, wenn sie die alte Generalswitwe einluden. Das änderte die Situation.

Plötzlich wurde die alte Frau zu keiner Feier mehr eingeladen und blieb komplett außen vor. Sie organisierte selbst sowieso wenig, fanden die übrigen Witwen.

Henriettes Plan war gelungen, über Friederike und den Oberst wurde nicht mehr geklatscht.

Nach einiger Zeit verschwand die alte Dame von der Szene. Es hieß, dass sie Wesel verlassen hatte, um mit einem Verwandten in einer anderen Stadt zu leben.

Friederike hatte von allen diesen Intrigen nichts bemerkt. Sie war völlig beschäftigt, ihren Haushalt so zu führen, dass alles einwandfrei funktionierte. Sie ließ die Köchin nur solche Speisen kochen, von denen sie wusste, dass der Oberst sie gern mochte und versuchte, ihm so viel wie möglich zu gefallen.

In dieser Zeit musste er ständig nach Soest, weil ein Teil seines Regimentes dort vorübergehend stationiert war.

Sie nutzte die Gelegenheit, ihn so oft wie möglich zu begleiten, um ihre Mutter zu besuchen. Jedes Mal, wenn sie Helene sah, bemerkte sie, dass ihre Mutter immer dünner wurde, und sie fragte sich, wie lange sie ihre Krankheit noch ertragen konnte. Mit aller Kraft versuchte sie, ihre Mutter zu sich nach Hause zu holen, um sich dort um sie persönlich kümmern zu können.

Doch alle Argumente, die sie vorbrachte, konnten ihre Mutter nicht überzeugen. Helene erklärte, Hannah und Adolphine kümmerten sich hervorragend um sie und ihr Wunsch war, in ihrer eigenen Umgebung zu bleiben, um dort ihre letzte Zeit zu verbringen. Nach jedem Besuch bei ihrer Mutter kam Friederike deprimiert und traurig nach Hause.

Glücklicherweise hatte sie so viel zu tun, dass es sie ablenkte. Sie musste mit ihrem Mann viele Empfänge zu offiziellen Anlässen besuchen, und Henriette lud Friederike und den Oberst immer zu allem ein, was sie organisierte. So lernte Friederike viele neue Leute kennen, die wiederum sie und den Oberst zu sich einluden. Auch wenn sie erst kurze Zeit verheiratet war, musste sie selbst viele Diners für die Offiziere ihres Mannes geben, so dass die Tage sehr schnell vorübergingen.

Als Friederike fast zwei Monate in Wesel wohnte, erreichte sie Ende August die Nachricht aus Soest, dass sich der Gesundheitszustand ihrer Mutter sehr verschlechtert hatte. Sie bat ihren Mann um die Erlaubnis, ihre Mutter besuchen zu dürfen, die er ihr natürlich erteilte. So reiste Friederike erneut, aber diesmal allein, zur Sandwelle in Soest. Als sie dort ankam und ihre Mutter wiedersah, war sie sehr erschrocken. In wenigen Wochen war Helene durch ihre Erkrankung stark gealtert. Ihr Gesicht war ganz blass, unter den Augen zeigten sich große dunkle Schatten, und ihr Körper hatte so stark abgenommen, dass sie nicht mehr die Kraft hatte zu gehen und nur noch im Bett liegen konnte.

Sie hatte unerträgliche Schmerzen und konnte kaum noch etwas essen. Friederike kochte spezielle Suppen für ihre Mutter und erzählte zur Ablenkung von ihrem neuen Leben in Wesel.

Obwohl sie im Beisein ihrer Lieblingstochter einen leichten Aufschwung erlebte, war es unvermeidlich, dass Helene von Schwedler-Wegener am Samstag 4. September 1802 im Alter von fünfzig Jahren starb.

Nach Friederikes Heirat hatte Helene ihre anderen Kinder über ihre Krankheit informiert. Sie sah so schlecht aus, dass sie es nicht mehr verbergen konnte und sogar ihre Freunde und Bekannten davon erfuhren.

Ihr Tod kam also nicht überraschend.

Jedoch, ihre Töchter und auch ihr Sohn Leopold waren untröstlich. Sie hatten ihre Mutter, die immer versucht hatte auch die Vaterrolle zu übernehmen und immer für sie da gewesen war, über alles geliebt.

Als es ihr klar wurde, dass ihre Mutter bald sterben würde, hatte Friederike einen Kurier zu ihrer Schwester und ihrem Bruder geschickt und auch einen nach dem Oberst. Sie informierte sie, dass ihre Mutter vor dem Tod stehe, und bat sie auf, umgehend zu kommen. Charlotte war sofort mit ihren Kindern und ihrem Mann nach Soest abgereist, und auch ihrem Bruder war es gelungen, in den letzten Stunden bei seiner Mutter zu sein, um sich von ihr zu verabschieden.

Von dem Oberst hatte sie aber nichts gehört. *Vielleicht,* dachte sie, *war er irgendwo mit seinem Regiment unterwegs auf einem Marsch und hatte keine Zeit, zum Begräbnis zu kommen.* Trotzdem war sie unruhig darüber, keine Nachricht von ihm erhalten zu haben.

Ihre Mutter war stets als eine liebe und hilfreiche Pfarrerstochter, eine geschätzte Frau in Soest gewesen. Viele Bewohner kamen deshalb zu ihrer Beerdigung in die Kirche, um der Verstorbenen die letzte Ehre zu erweisen. Es war eine wahre Trauergemeinde, die Friederike und ihre Geschwister zum Friedhof begleitete.

Als sie mit ihrer Familie hinter dem Sarg lief und später am Grab stand und ihr Schwager noch ein Gebet zum Abschied sprach, bemerkte sie, wie es sich hinter ihr bewegte und fühlte eine Hand, die ihren Arm fest umschloss. Ohne sich umzudrehen wusste sie es, der Oberst war gekommen. Er wollte sie nicht alleine lassen in dieser für sie so traurigen Zeit.

Obwohl sie von Kind auf gelernt hatte, ihre Emotionen zu beherrschen, konnte sie ihre Tränen kaum bezwingen und schluchzte geräuschlos. Er bemerkte das und legte seinen Arm um ihre Schulter, um sie zu trösten und wissen zu lassen, dass er für sie da war.

Nachdem das Gebet zu Ende war und der Sarg in das Grab hinuntergelassen wurde, gingen sie ohne zu sprechen in Stille zusammen mit dem Rest der Familie zurück zum Haus in der Sandwelle. Henriette, ihr Mann, ihre Eltern und Geschwister, alle waren zum Begräbnis gekommen. Das Haus ihrer Mutter war voller Menschen, die der Familie ihr Beileid bezeugen wollten.

Später, als nur die Angehörigen wieder zusammen waren, wurde während des Abendessens kaum gesprochen. Jeder war mit seinen eigenen trüben Gedanken beschäftigt.

Es wurde vereinbart, dass Friederike bei ihrer Familie im Haus blieb, während der Oberst bei der Familie von Klocke übernachtete.

Am nächsten Tag mussten sie zum Notar, denn dann würde das Testament eröffnet. Aber sie wussten bereits, was darinstand, weil ihre Mutter es ihren Kindern erzählt hatte, bevor sie starb. Es würde deshalb keine Erbstreitereien geben.

Nach dem Verkauf des Elternhauses bekäme jedes Kind seinen Anteil. Dann wurde beim Notar vorgelesen, dass gemäß dem Wunsch ihres Großvaters das Kind, das Pfarrer wurde oder einen Pfarrer heiratete, die Einkünfte aus den Gütern erhalten sollte. Als Friederike dies hörte, konnte sie sich ein kleines Lächeln nicht verkneifen, obwohl sie immer noch sehr bestürzt und traurig über den Tod ihrer Mutter war. *Vielleicht hat das Charlotte dazu gebracht, Ludwig zu heiraten,* dachte sie, denn Einkommen war Charlotte immer sehr willkommen gewesen.

Der Oberst, der auch beim Notar anwesend war, bemerkte dies sofort und warf ihr einen wissenden Blick zu, als wüsste er genau, was sie dachte. Das vertrauensvolle Verschwörungsgefühl, das sie mit ihm teilte, gab ihr von innen ein sehr warmes und intimes Gefühl.

Sie war glücklich, mit ihm verheiratet zu sein.

Es gab bereits einen Käufer für das Haus, der Preis war vereinbart und alle waren einverstanden, also musste nur noch der Kaufvertrag unterschrieben werden.

Oberst von Hagken musste zu seinem Regiment zurückkehren, aber Friederike blieb, um das Haus aufzuräumen und die persönlichen Dinge ihrer

Mutter zu verteilen. Charlotte und Adolphine verbrachten ein paar Tage bei ihr, um beim Aufräumen zu helfen, und so war das schnell erledigt. Der Rest der Möbel war für Friederike, wie ihre Mutter es ihr versprochen hatte, denn Adolphine sollte mit Charlotte von nun ab im Pfarrhaus wohnen.

Mit dem Verkauf des Hauses und der Entgegennahme und Verteilung des erhaltenen Betrages hatte Friederike nun zum ersten Mal in ihrem Leben selbst Geld und war deswegen von niemandem abhängig. Obwohl der Grund dafür sehr traurig war, gab es ihr doch ein gewisses Gefühl der Zufriedenheit und Sicherheit.

In den Tagen vor und nach dem Tod ihrer Mutter war sie so beschäftigt gewesen, dass ihr erst auf der Rückfahrt nach Wesel bewusst wurde, wie müde sie von all den Gemütsbewegungen war.

Der unwiderrufliche Abschied von ihrer Mutter und dem Haus, in dem sie so viele Jahre gelebt hatte, hatte sie sehr getroffen.

Zurück wieder in ihrem Haus wartete der Oberst bereits auf sie.

Friederike war sehr niedergeschlagen und in einer schwermütigen Stimmung, wollte nicht viel essen und antwortete kaum auf seine Frage, wie alles gelaufen sei.

Der Oberst war es von seiner sonst so fröhlichen jungen Frau nicht gewohnt und wusste nicht gut damit umzugehen.

Nach dem Abendessen sagte sie ihm, sie sei sehr müde und wolle früh zu Bett gehen, und ging in ihr Schafzimmer. Aber als sie in ihrem Bett lag, konnte sie nicht schlafen. Sie war deprimiert und wollte sich geborgen fühlen. Sie wollte ihren Mann nicht mehr im Schlafzimmer nebenan haben, sondern neben sich im Bett. Sie brauchte jetzt Trost in Form von Wärme und Liebe und beschloss, etwas Champagner zu trinken, um sich locker zu fühlen. Als das Dienstmädchen ihre Kleidung aufgeräumt und ihr eine gute Nacht gewünscht hatte, bat sie sie, eine Flasche Champagner zu bringen. Obwohl Anfang September, war es draußen warm, und sie hatte ein dünnes Nachthemd angezogen und Kerzen angezündet, um eine romantische Atmosphäre zu schaffen. Im Bett liegend, begann sie, den Champagner zu trinken. Sie fühlte sich ruhig, ein bisschen schläfrig werdend und alle ihre Hemmingen waren auf einmal verschwunden. Nicht lange danach hörte sie ihren Mann in seinem Schlafzimmer und wie üblich kam er herüber um ihr eine gute Nacht zu wünschen.

Als er sich über sie beugte, um ihr den traditionellen Kuss auf ihre Stirn zu geben, legte sie ihren Arm um seinen Nacken und zog ihn zu sich. Er war ganz überrascht, als sie anfing, ihn leidenschaftlich auf seinen Mund zu küssen, und zu streicheln. Sie war so aufgeregt, dass sie es kaum bemerkte, als er sie zu seiner leiblichen Frau machte.

Das Bett, in dem sie lag, war groß und breit und als sie am nächsten Tag wach wurde, erwartete sie ihren Mann neben sich zu sehen, aber er war schon weg. Er hatte sie schlafen lassen. Sie erinnerte sich jetzt wieder, was da letzte Nacht passiert war. Wie würde er darüber denken, dass sie sich letzte Nacht so gehen ließ, fragte sie sich unsicher.

Aber sie konnte beruhigt sein. Als er an diesem Abend nach Hause kam, wirkte er sehr entspannt, als wäre ihm eine Last von den Schultern genommen worden, und tat so, als wäre nichts geschehen. Von da an schliefen sie regelmäßig miteinander und ihre Beziehungen wurden inniger denn je. Sie war erstaunt zu sehen, wie kräftig sein Körper aussah. Das viele Exerzieren, Marschieren und Reiten mit der Armee hatten ihn sehr stark gemacht. Sie hatte natürlich keine Erfahrung, aber sie hielt ihn für einen sehr guten und zärtlichen Liebhaber. Von Anfang an hatte sie sich bei ihm sehr wohl gefühlt. Und jetzt, wo auch das Körperliche nichts mehr zu verbergen hatte, fand sie ihre Beziehung trotz des Altersunterschieds außerge-

Antikes Glas mit dem von Hagken-Wappen aus der zweiten Hälfte der 18. Jahrhunderts. Quelle: Privatbesitz.

wöhnlich.

Das Jahr 1802 ging schnell zu Ende und Friederike hatte sich schon nach einigen Monaten an ihr Leben als Soldatenfrau gewöhnt. Jeden Tag beim Abendessen erzählten sie einander, was sie den Tag gemacht hatten und sie liebte es, wenn er Geschichten erzählte, von seinen militärischen Erlebnissen. Auch das gesellschaftliche Leben verlangte nach ihnen, sie gingen viel aus und wurden oft zu Empfängen oder zum Abendessen eingeladen. Die Gesprächsthemen gingen normalerweise viel über die politischen und kriegerischen Ereignisse in Europa. Das fand Friederike lehrreich, denn im Gegensatz zu den meisten anderen Frauen war sie immer daran interessiert, so viel wie möglich über politische und militärische Angelegenheiten zu erfahren. Sie war keine Frau, die vor allem über die Familiensituation anderer Frauen reden wollte oder nur ja oder nein sagte bei einem Gespräch.

Und so näherten sie sich der Weihnachtszeit. Um dieses Fest und Neujahr zu feiern, wurden sie und der Oberst zu den von Ellers eingeladen. Obwohl Henriette im letzten Monat ihrer Schwangerschaft war, hatte sie darauf bestanden, ein großes Weihnachtsessen zu organisieren. Sie hatte ihre Eltern und viele ihrer Freunde eingeladen und auch am Silvesterabend hatte sie für ihre intimen Freunde eine kleine Feier organisiert. Mit ihnen zusammen wollte sie auf das neue Jahr anstoßen.

Strahlend sah sie aus, als sie mit fröhlicher Stimme sagte, dass sie sehr glücklich sei, bald Mutter zu werden.

Während Henriettes Schwangerschaft besuchte Friederike ihre Freundin regelmäßig und wartete ebenfalls mit Spannung auf die Geburt des Kindes. Nach einiger Zeit war es so weit. Als sie eines späten Nachmittags Henriette wieder besuchen wollte, hörte sie, dass die Kontraktionen angefangen hatten und das Kind jeden Moment geboren werden konnte. Am nächsten Tag früh am Morgen, gerade als Friederike zu den von Ellers gehen wollte, um zu erfahren, ob das Kind schon geboren worden war, kam das Dienstmädchen von Henriette außer Atem zu ihr gerannt. Ihr Gesicht war ganz rot und kaum kam sie aus ihren Worten. Mit stockender Stimme meldete sie, dass es Frau von Eller nicht gut ging und bat Friederike, sofort mit ihr zu kommen. Als sie im Haus der von Ellers ankam, sah sie alle mit bedrückten Gesichtern herumlaufen. Henriette, die so gesund war und ihre Schwangerschaft ohne Probleme überstanden hatte, litt unter Komplikationen. Sie erfuhr, dass die Entbindung so schwierig gewesen war, dass die alte, erfahrene Hebamme einen Arzt um Hilfe gebeten hatte. Nachdem er alles getan hatte, um der Gebärenden zu helfen, brachte sie am frühen Morgen einen Jungen zur Welt. Sie lag nun blass und mit geschlossenen Augen im Bett, und man befürchtete, dass sie bald vor Erschöpfung sterben würde.

Als Friederike ganz vorsichtig in ihr Zimmer trat, sah sie, dass Henriettes Eltern auf der einen Seite und der Major auf der anderen Seite neben ihr saßen und jeder ihre Hand in der seinen hielt.

Fassungslos starrte der Major auf das reglose Gesicht seiner jungen Frau und konnte nicht glauben, dass er sie verlieren könnte. Er dachte an frühere Zeiten, als er sie zum ersten Mal gesehen hatte. Das war gewesen, als er nach Borghausen kam, um ihren Vater, seinen Freund Franz Philipp von Klocke zu besuchen. Sie war damals ein kleines Mädchen gewesen, das kaum laufen konnte. Er erinnerte sich noch daran, wie sie ihn heiter angelächelt hatte. Es war so niedlich zu sehen, dass er sie sofort bei ihrer ersten Begegnung in seinem Herzen gehalten hatte. Als sie ein wenig reden konnte und sie ihn wieder zu Besuch kommen sah, rief sie schon von ferne: »Mein lieber Onkel ist gekommen.« Obwohl er nicht zur Familie gehörte, rief sie das immer, wenn sie ihn sah, rannte auf ihn zu und streckte ihm ihre kleinen Arme entgegen. Sie wollte, dass er sie hochhob, auf sein Pferd setzte und sie um das Haus herumritt. Dann quietschte sie vor Vergnügen und drückte aus Dankbarkeit ihre Wange an seine und gab ihm einen dicken Kuss. Ihre Eltern waren überrascht, als sie sahen, wie sehr ihre Tochter ihn liebte. Sie war ein süßes Mädchen, das zu allen nett war, aber außergewöhnlich zu ihm. Er brachte regelmäßig Geschenke mit für die Kinder, aber immer etwas Besondere für die kleine Henriette, oder etwas, von dem er wusste, dass sie es gerne haben wollte.

Er hatte zwar gelegentlich Freundinnen, aber war er nie verheiratet und blieb ein hartgesottener Junggeselle, der sich nur für Politik und die Armee interessierte.

Als Henriette älter wurde, war er noch immer ihr lieber Onkel und sie gingen oft zusammen reiten. Er wurde ihr Vertrauter, dem sie alles erzählen konnte. Einmal, als er zum Mittagessen kam und man über jemanden sprach, der bald heiraten würde, sagte sie: »Ich brauche mir keine Sorgen zu machen, jemanden zu finden, ich heirate später meinen lieben Onkel.« Alle am Tisch lachten, aber sie sagte es in voller Ernsthaftigkeit. Für sie war es eine ausgemachte Sache. Als er das hörte, fragte er sie scherzend: »Willst du mich wirklich heiraten, so einen alten Mann?« Sie hatte ihn erstaunt angesehen und geantwortet: »Aber natürlich werde ich dich heiraten, jemand anderes kommt überhaupt nicht in Frage. Du wolltest doch nicht, dass ich eine alte Jungfer werde, oder?«

Von diesem Moment an hatte er sie mit anderen Augen gesehen. Er betrachtete sie nicht mehr als das kleine Mädchen von früher, sondern als eine junge Frau, die mit ihren neunzehn Jahren genau wusste, was sie wollte. Als er daran dachte, eines Tages zu heiraten, musste er sich eingestehen, dass sie tatsächlich die einzige Frau war, die dafür in Frage kam. Später, als er sich von der Familie verabschiedete und Henriette ihn zur Tür begleitete, sagte er: »Komm und gib deinem lieben Onkel einen Kuss.«

Sie blickte zu ihm auf und er sah sie ernst an: »War es nur als Scherz gemeint oder willst du mich wirklich heiraten?«

»Ja sicher, über so etwas Wichtiges macht man doch keine Witze«, antwortete sie und sah ihn strafend an. *Wie goldig sieht sie aus*, dachte er und nahm sie in seine Arme, um ihr einen langen Kuss zu geben.

Es war für beide eine neue Erfahrung, sich so nah beieinander zu fühlen, aber gleichzeitig fühlte es sich auch wie eine Selbstverständlichkeit an.

Henriettes Eltern hatten schon lange bemerkt, dass die Zwei eine spezielle Beziehung zueinander hatten. Einmal, als er eine Anspielung auf eine Ehe mit ihrer Tochter machte, hatten sie gesagt, nichts dagegen zu haben. Von dieser Seite würde es wegen des großen Altersunterschieds keine Probleme verursachen. Also meinte er, dass sie dann nicht zu lange warten sollten und schlug vor, am 4. Dezember zu heiraten, als er von den Herbstmanövern zurückgekehrt war. Es geschah, wie er es sich wünschte, sie waren in Weihnachtsstimmung verheiratet. Das alles war nur vor etwas mehr als einem Jahr geschehen. Sie waren beide so glücklich miteinander und hatten sich so auf die Geburt ihres Erstgeborenen gefreut. Er konnte nicht glauben, dass sein kleiner Sohn, sein Stammhalter, der so perfekt aussah, keine Mutter haben würde.

Nach der Entbindung hatte der Arzt zu seinem Entsetzen ihm gesagt, er hielte es für fragwürdig, ob seine Frau die schwere Geburt überleben würde.

Und jetzt lag seine sonst so lebenslustige große Liebe mit einem blassen Gesicht anscheinend leblos vor ihm.

Es klopfte leise und der Arzt trat ein. Niemand sprach ein Wort, alle warteten gespannt darauf, was er ihnen sagen würde. Er untersuchte Henriette kurz und teilte mit: »Sie schläft noch, wir müssen abwarten.« Mit einem: »Ich komme heute Abend wieder«, verabschiedete er sich.

Schweigend und aufgebracht verließ Friederike mit dem Arzt das Zimmer. Sie konnte nichts für Henriette tun und niemand beachtete sie. Major von Eller und ihre Eltern starrten weiterhin auf Henriettes Gesicht, als wollten sie sie damit zwingen, die Augen zu öffnen und sich zu erholen. Sie hofften inbrünstig, dass sie wieder zu Kräften kommen würde, wenn sie genug schlief und sich ausruhte.

Aber am Abend bekam sie hohes Fieber und alles, was der Arzt die ganze Nacht versuchte, um das Fieber zu senken, blieb vergebens. Ihr Mann und ihre Eltern waren bei ihr, als der Arzt zum letzten Mal ihren Puls fühlte und seinen Kopf schüttelte. Sie hörten ihren letzten Atemzug, und wussten, dass sie ihren Kampf gegen den Tod verloren hatte. Ohne das Bewusstsein wiedererlangt zu haben, starb Henriette von Eller am frühen Morgen des 21. Januar 1803 im Alter von nur zwanzig Jahren. Sie ließ ihren Mann, ihre ganze Familie und viele Freunde völlig verstört zurück.

Ihre Beerdigung empfand Friederike als äußerst bewegend.

Major von Eller ging wie ein gebrochener Mann mit Henriettes Eltern und Geschwistern hinter dem Sarg. Er bemerkte, wie beliebt seine Frau gewesen war, denn jeder, der sie gekannt hatte, war zu ihrem Begräbnis gekommen.

Johanna, ihre Mutter, war ganz verzweifelt. Weinend erzählte sie Friederike, dass sie selbst zwei Kinder verloren hatte, als sie erst einige Monate alt waren. Nach der Geburt dieser Kinder war auch sie sehr krank gewesen, aber sie hatte es zweimal überstanden. Sie konnte nicht verstehen, dass sie nach der Geburt ihrer entschlafenen Kinder noch lebte und dass ihre Tochter nach der Geburt ihres kleinen Sohnes gestorben war. Sie hatte es Friederike nie sagen wollen, weil die Erinnerung zu schmerzhaft für sie war.

Friederike, die ebenfalls nicht mit Henriettes Tod gerechnet hatte, war zutiefst zerrüttet. Erst hatte sie ihre Mutter verloren. Jetzt, einige Monate später, ihre beste Freundin, ihre Vertraute, die stets für sie da war.

Charlotte, die wusste, wie sehr Friederike unter dem Verlust ihrer Freundin litt, hatte ihr einem Brief geschrieben;

»Liebe Friederike, Henriettes Tod war Gottes Wille. Dagegen hätte man nichts tun können. Ich verstehe, dass dich das sehr traurig macht. Aber du musst dich damit abfinden und es einfach akzeptieren.«

Gereizt warf Friederike den Brief auf den Tisch. *Das war mal wieder typisch Charlotte,* dachte sie, *kurz und bündig und natürlich war auch die Erwähnung von Gott dabei.*

»Wenn es einen gerechten Gott gäbe, hätte er Henriette nicht sterben lassen«, sagte sie ihrem Mann rebellisch, als sie ihm Charlottes Brief vorlas.

Noch immer betroffen von Henriettes Tod, erfuhr sie einen Monat später Anfang Februar, dass sie nun selbst ein Kind erwartete. Ohne es mit jemandem besprechen zu können, bangte sie jeden Tag um ihr Leben. Sie wollte gern Kinder bekommen und freute sich darüber. Der Gedanke, dabei sterben zu können, ließ sie aber während ihrer ganzen Schwangerschaft keinen Moment los.

Der Oberst, der intuitiv fühlte, wie es seiner jungen Frau zumute war, versicherte ihr, dass es nicht oft passierte, dass eine Frau nach der Geburt starb. Henriettes Tod war eine Ausnahme gewesen. Friederike wusste aber, dass das nicht stimmte und war nicht beruhigt.

Ihre dunklen Gedanken wurden abgelenkt, als einige Monate später am 5. Mai 1803, ihr Mann ernannt wurde zum Chef des Infanterieregiments Nr. 44. Das Regiment stand damals in Münster und mit dieser Ernennung folgte er seinem Freund Ludwig von Strachwitz nach. Er war stolz darauf, jetzt ein eigenes Regiment zu haben, das von diesem Moment an auch seinen Namen führte. Nicht nur das, sondern am Ende desselben Monats wurde er zum Generalmajor befördert, was ihn außerordentlich erfreute. Friederike war auch sehr zufrieden darüber. Sie wusste, dass diese Beförderung und dabei ein eigenes Regiment zu haben, ein Seelenwunsch und deshalb sehr wichtig für ihn war. Außerdem war sie jetzt selbst Frau Generalmajorin und hatte das Gefühl, auch befördert worden zu sein.

Der Oberst musste nun nach Münster abreisen, doch da sie schwanger war, wurde entschieden, dass sie bis zur Geburt ihres Kindes in Wesel bleiben würde. So verließ er innerlich besorgt seine Frau und machte sich auf den Weg in seine neue Garnisonsstadt.

Das Fürstbistum Münster war ein Jahr zuvor im *Pariser Vertrag* vom 23. Mai 1802 von Frankreich als Entschädigung für die *französischen Unabhängigkeitskriege* an Preußen abgetreten worden. Die dort lebenden Soldaten mussten in der preußischen Armee untergebracht werden. Der Generalmajor war daher Tag und Nacht damit beschäftigt, die Soldaten der Stadt zu betreuen und allerlei Proviant für sie zu besorgen. Der Verwaltungsaufwand war so groß, dass er kaum Zeit hatte, Friederike in Wesel zu besuchen.

Ein Monat später im Juni begann eine bedrohliche Zeit, als Napoleon Boulogne besuchte, wo er mit Hunderttausenden seiner Soldaten eine Invasion nach England vorbereitete. Er wollte Preußen mit in den Krieg gegen England ziehen und beanspruchte vom König Friedrich Wilhelm III. die Stadt Hannover, die zu diesem Zeitpunkt zu Preußens gehörte. Diese Stadt wollte er besitzen, weil er dann die Möglichkeit hätte, die Flüsse Elbe und Weser für den britischen Handel zu sperren. Um dies zu erreichen, zog seine Hauptarmee unter Leitung von Generalleutnant Edouard Mortier nach Hannover und besetzte die Stadt.

Das hannoversche Heer wurde schnell entwaffnet und aufgelöst. Mit der *Konvention von Artlenburg*, ratifiziert am 5. Juli desselben Jahres zwischen dem Hannoverschen Oberbefehlshaber Johann Ludwig Wallmoden-Gimborn und Generalleutnant Mortier, war Hannover jetzt französisches Eigentum.

Die Leute hatten allgemein Angst vor einem Krieg und warteten angespannt darauf, was als nächstes passieren würde.

Es war ein warmer Sommer und Friederike versuchte, sich auszuruhen, und blieb viel zu Hause. Sie vermisste Henriette und hatte daher auch keine Lust, Einladungen anzunehmen. Zu ihrer großen Erleichterung verlief ihre Schwangerschaft ganz normal. Ohne die gefürchteten Komplikationen gebar sie am 6. Oktober 1803 einen Sohn, dem sie den Namen Friedrich Alexander gaben.

Sie hätte ein Kindermädchen für das Kind anstellen können, aber das wollte sie nicht. Ihre Mutter hatte sich immer zu Hause um ihre Kinder gekümmert und sie wollte das Gleiche tun. Sie hatte jetzt Gefühle, die sie noch nie empfunden hatte, mütterliche und Verantwortungsgefühle gegenüber diesem kleinen Kind. Weil die Versorgung ihres kleinen Sohnes viel ihrer Zeit beanspruchte, verging dieselbe wie im Flug.

Mitte Dezember wurde der Pfalzgraf Herzog Wilhelm von Gelnhausen zum Statthalter im Herzogtum Berg ernannt, zu dem auch Wesel gehörte, und diese Ernennung mit vielen Empfängen gefeiert, zu denen auch Friederike und der Oberst eingeladen waren.

Weihnachten rückte näher mit all den Feierlichkeiten, die damit einhergingen.

Der Generalmajor war herübergekommen und blieb bei Friederike zu Hause. Sie dachten an Henriette und das letzte Weihnachtsessen mit ihr und ihrem Mann.

Mit traurigen Erinnerungen traten sie in das Jahr 1804 ein.

Münster war im Augenblick zwar noch immer seine Garnisonsstadt, aber der Generalmajor blieb auch viel in Wesel. Er musste regelmäßig hin und her reisen, weil in Soest auch noch ein Bataillon seines Regiments stand. In dieser Zeit verlief für Friederike mit der Fürsorge ihres Söhnchens und ihres Mannes jeder Tag wie der vorige. Dann aber hörte man im Mai, dass Napoleon am 18. dieses Monats durch den französischen Senat zum erblichen Kaiser ernannt worden war. Die Leute fragten sich, was das für Preußen bedeuten würde. Drei Monate später wurde im August, Franz Joseph Karl, als Kaiser Franz I. von Österreich zum Nachfolger seines Vaters Leopold gekrönt.

Während all dieser Entwickelungen war Napoleon viel auf Reisen, um seine Popularität zu erhöhen und neue Kontakte zu knüpfen. Dazu kam er am 15. September dieses Jahres nach Rhynberg auf Durchreise nach Köln. Er war in Begleitung von verschiedenen seiner Generäle und Leibwächter, die bestanden aus einem Detachement von reitender Artillerie und Elitetruppen der Gendarmen.

Der nach außen kontrolliert wirkende Generalmajor von Hagken war innerlich aufgeregt, weil er gebeten wurde, an der Spitze seines Infanterieregimentes mit einigen Offizieren Napoleon willkommen zu heißen.

Der neue Kaiser schätzte das sehr und er lud ihn zum Frühstück, wobei er auf das Wohl der preußischen Majestät und auf seine brave Armee trank.

Der Generalmajor seinerseits stieß galant auf Napoleons Wohlergehen an. Als er nach Hause kam, erzählte er Friederike über die freundliche und höfliche Weise, wie Napoleon ihn und seine Offiziere empfangen hatte und wie das Volk dem Mann enthusiastisch zugejubelt hatte. Überall waren in der Stadt Ehrenbögen, Kränze und entsprechende Aufschriften zu sehen. Nachher war er auch noch dem Botschafter der Niederländisch Batavischen Republik begegnet, Rutger Jan Graf Schimmelpenninck, der ebenfalls auf Durchreise nach Köln war. Er musste zugeben, dass Napoleon ganz anders war, als er sich vorgestellt hatte. Überhaupt nicht hochnäsig war er aufgetreten, eher zuvorkommend und charmant.

Trotzdem traute er ihm nicht und die Begegnung hatte seine Gefühle über diesen Mann nicht geändert. Ob Napoleon nicht doch ein Wolf im Schafspelz war, wusste er nicht, aber er fürchtete das Schlimmste.

Das bewahrheitete sich auch einige Monate danach.

Nach der Begegnung mit Napoleon ging das Leben wieder seinen üblichen Gang. Friederike war beschäftigt mit der Versorgung und Erziehung ihres kleinen Sohnes. Der kleine Friedrich sah genauso aus wie seine Mutter mit seinen dunklen Haaren und Augen. Nur an seiner Nase und seinem Mund konnte man sehen, dass er auch ein Sohn des Generalmajors war. Er war ein ruhiges Kind, schrie nicht viel, aß gut und schlief viel.

Obwohl das Schlimmste noch bevorstand, überfielen französische Truppen unter dem Kommando von Marschall Jean-Baptiste Bernadotte, dem späteren König von Schweden, am 24. Oktober 1804 den englischen Botschafter in Hamburg, Sir George Rumbold, in seinem Landhaus. Sie nahmen ihn fest unter dem Vorwand, dass er gegen Frankreich handelte, und führten ihn als Gefangenen nach Paris. Hier musste er einige Zeit in dem *Temple*, dem berühmt berüchtigten französischen Gefängnis verbringen, bevor man ihn nach England schickte. König Friedrich Wilhelm III. protestierte sofort, aber das störte Napoleon nicht und er reagierte nicht darauf.

Das Einzige, was ihn in dieser Zeit wirklich interessierte und womit er sich ausschließlich beschäftigte, war seine Krönung zum Kaiser der Franzosen und König von Italien vorzubereiten. Das geschah am 2. Dezember 1804 in einer prachtvollen Zeremonie in der Notre Dame, als er sich selbst und seine Frau Josephine als Kaiser und Kaiserin von Frankreich krönte.

Obwohl man gehofft hatte, dass es keinen weiteren Krieg mit Frankreich geben würde, entschied das Schicksal anders. Drei Monate nach der Krönung Napoleons, am 2. Februar 1805, beschlossen alle 19 französischen Staatsräte auf Vorschlag von Minister Charles Maurice de Talleyrand, so lange zu kämpfen, bis alle Länder Europas unterworfen seien.

Es würde also doch Krieg geben.

Der Krieg

Als die Kriegsdrohung von Frankreich bekannt wurde, beschlossen England, Russland, Österreich und Schweden, ein Bündnis zu schließen, um sich gegenüber Frankreich verteidigen zu können.

Der Generalmajor von Hagken war wieder von Münster nach Wesel mit seinem Regiment zurückgekehrt. Die Soldaten, die er in Münster rekrutiert hatte, waren so vorbereitet, dass sie Anfang 1805 die Okkupationstruppen der Preußischen Armee ersetzen konnten. Er musste jetzt, wie die anderen Generäle, die Kriegsentwicklungen abwarten und sein Regiment auf einen möglichen Krieg einstellen.

Anfang September erhielten sie die Nachricht, dass 72.000 österreichische Soldaten unter dem Kommando von General Karl Mack den Inn überschritten hatten. Ein wenig später, dass französische Truppen unter der Leitung der Marschälle Davout, Lannes, Soult und Ney mit ihrem Armeekorps den Rhein überquert hatten.

Die Lage wurde zunehmend gefährlicher, und der Generalmajor fragte sich besorgt, wie es weitergehen würde.

Er hatte gehört, dass Napoleon zu dieser Zeit voll damit befasst war, einige deutsche Staaten auf seine Seite zu ziehen, um den Erfolg seiner Pläne zu sichern. Auch deren Fürsten wollten keinen Krieg, und so wurden im Oktober 1805 Bündnisverträge zwischen Baden, Bayern und Württemberg mit Frankreich abgeschlossen.

Als die Franzosen einige Wochen später die *Schlacht von Trafalgar* trotz der Unterstützung durch spanische Kriegsschiffe verloren, beschloss Napoleon, die seit langem geplante Invasion Englands aufzugeben. Er beschloss nun, seine ganze Aufmerksamkeit noch mehr auf den Kontinent zu richten, und jeden Tag gab es neue Nachrichten über seine Feldzüge. Die Menschen waren gespannt, ob es Preußen gelingen würde, sich tatsächlich aus dem Krieg herauszuhalten. Die österreichische Armee, die in der Zwischenzeit bereits mehrere Feldzüge verloren hatte, wurde in Bayern nach dem Einmarsch von Napoleons *Grande Armée* im Oktober bei Ulm völlig vernichtet.

Die Lage war so ernst, dass der Zar von Russland Alexander 1. begann, sich persönlich einzumischen. Er bemühte sich, genauso wie die Gesandten

Englands und Österreichs, den König zum Anschluss an das Bündnis zu gewinnen. Napoleon versuchte auch, Preußen auf seine Seite zu ziehen. König Wilhelm Friedrich III. wollte jedoch auf keinen Fall einen Krieg. Er fürchtete sich vor dem, was ein Krieg seinem Volk bringen könnte, und wollte um jeden Preis die Neutralität wahren.

Daher lehnte er alle Vorschläge und Gespräche darüber ab. Doch als französische Truppen unter der Führung von General Bernadotte Ansbach durchquerten und in München einmarschierten, änderte sich die Lage.

Der Zar von Russland drängte den König erneut, seine Armee zu mobilisieren. Obwohl der König weiterhin neutral bleiben wollte, sah er nun ein, dass die Situation zu kritisch geworden war.

Er sah sich gezwungen, einen Teil seiner Truppen kampfbereit zu machen.

Am 2. Dezember 1805 fand die große *Schlacht von Austerlitz* statt. Obwohl die Franzosen gegenüber den österreichischen und russischen Soldaten deutlich in der Minderheit waren, wurden die Alliierten durch Napoleons brillante Kampftaktik gnadenlos besiegt.

Der König schickte Christian Graf von Haugwitz nach Wien, um mit dem französischen Kaiser zu verhandeln. Preußen sollte unter keinen Umständen in den Krieg hineingezogen werden. Es wurde der *Vertrag von Schönbrunn* geschlossen, in dem Preußen unter anderem Ansbach und Bayreuth sowie Wesel, Cleve und Berg an Bayern abtreten musste. Im Gegenzug erhielt Preußen einen Anspruch auf Hannover, das sich wieder in englischer Hand befand. Der Vertrag wurde zwar unterzeichnet, aber der König fand die Bestimmungen zu günstig für Frankreich und akzeptierte ihn nicht.

Der gewöhnlich ruhige Generalmajor von Hagken war außer sich vor Wut, als er hörte, dass Ansbach, wo er geboren worden war, und Bayreuth, wo er so glücklich am Hofe der Markgräfin gewesen war, und seine Garnisonstadt Wesel ebenfalls abgetreten werden sollten.

Auch das Volk war der Meinung, dass der König diese Konditionen nicht akzeptieren sollte.

Aufgrund der allgemeinen Unzufriedenheit wurde eine Kriegspartei gegründet.

Viele Prominente schlossen sich ihr an, darunter Louis Ferdinand Prinz von Preußen und sogar die beiden Brüder des Königs, Heinrich Wilhelm und Friedrich Wilhelm.

Diese Kriegspartei war der Meinung, dass Napoleon schon viel früher hätte bekämpft werden müssen. Sie hielten den Außenminister, Christian Graf von Haugwitz, und auch die Regierung für unfähig und wollten schnelle Änderungen. Eine Denkschrift, die auch die Stimme des Volkes repräsentierte, wurde dem König von Minister Karl Baron vom Stein vorgelegt. Aber wieder wollte der König darauf nicht hören. Er lehnte alle Bitten und Empfehlungen ab, dem Bund gegen Frankreich beizutreten. Als er schließlich einsah, dass er handeln musste, gab er den Befehl, die gesamte preußische Armee zum Kampf einzuberufen.

Generalmajor von Hagken konnte nicht länger in Wesel bleiben, da er erneut mit seinem Regiment nach Münster geschickt wurde. Dort musste er auf weitere Befehle warten.

Am Anfang blieb Friederike mit ihrem Söhnchen zurück in Wesel und sie fragte sich, ob es tatsächlich Krieg geben würde, wie jeder fürchtete. Sie schrieb ihrem Mann, dass man in den Weseler Salons nur noch über die militärischen Ereignisse und den König sprach.

Man hatte gehört, dass seine Hofentourage ebenso wie die Berliner Gesellschaft dachte, dass es keinen Krieg geben würde und die wirkliche Bedrohung nicht sehen wollte. Sie erzählte ihm auch in einem ihrer Briefe, dass sie von den Klatschtanten gehört hatte, dass die Königin Louise sich sehr gut mit dem Prinzen Louis Ferdinand verstand. Man meinte, dass der König eifersüchtig auf diesen Cousin war und ihn nicht gut leiden konnte. Das wäre auch einer der Gründe gewesen, warum er alle Denkschriften der Kriegspartei abgelehnt hatte.

Die Staatskasse war zwar leer, aber trotzdem gab es noch immer Festlichkeiten am Hofe. Friederike hörte, dass sich das Volk über die hohen Steuern anfing zu beschweren. Auch die Unentschlossenheit und Untätigkeit des Königs wurde kritisiert. Nach dem *Vertrag von Paris* am 15. Februar 1806 wurde Wesel tatsächlich von den Franzosen besetzt, und Napoleon ernannte seinen Schwager Joachim Murat zum neuen Großherzog des Herzogtums Berg. Dass dies der Auftakt zu etwas noch Schlimmerem war, war zu diesem Zeitpunkt noch nicht absehbar.

Der Generalmajor wollte nicht, dass Friederike in Wesel blieb, während die Stadt von den Franzosen besetzt war, und bat sie, zu ihm nach Münster zu kommen.

Es war eine anstrengende Zeit für seine junge Frau. Sie musste sich entscheiden, was sie mitnehmen wollte, ihr Geschirr, Tischzeug, Teppiche, die Gemälde, all ihre persönlichen Gegenstände mussten gepackt werden, um sie nach Münster zu schicken.

Nur wenige Wochen, nachdem sie sich in ihrem neuen Zuhause eingelebt hatte, stellte sie fest, dass sie wieder schwanger war. Das hätte ein freudiges Ereignis sein sollen, aber in dieser Atmosphäre des Krieges machten sich beide nur Sorgen um die Zukunft.

Es war nun klar geworden, dass Napoleon nicht nur ein ausgezeichneter Feldherr war, sondern auch ein sehr guter Stratege.

Er wollte unbedingt in Deutschland seine Position noch mehr verstärken. Der Sohn seiner Frau Josephine, Eugene de Beauharnais, und auch ihre Tochter Stephanie mussten ihm dabei helfen. Er wollte ihre Kinder als strategische Pioniere einsetzen. Dafür hatte er arrangiert, dass ihr Sohn sich vermählte mit Auguste Amalia von Bayern und ihre Tochter mit Karl Ludwig Friedrich von Baden. Währenddessen hatte er in der Zwischenzeit auch noch den *Rheinbund* gegründet. Sechzehn süddeutsche Fürsten waren aus dem Heiligen Römischen Reich Deutscher Nation ausgetreten und hatten sich zum Zweck der Selbsterhaltung mit ihm zusammenschlossen. Sie wollten versuchen, sich vor einem französischen Angriff zu schützen. Zu diesem Zweck unterzeichneten sie wenig später, im Juli 1806, die *Verfassung des Rheinbundes*. Damit sollten sie sich des Schutzes Napoleons versichern. Der französische Kaiser hatte nun einen perfekten Puffer zwischen seinem Land, Preußen und Russland geschaffen. Das war genau das, was er im Sinn hatte.

Das kleine Preußen war nun vollständig von mit Frankreich befreundeten Ländern eingeschlossen.

Der König hatte zwar ein Bündnis mit Russland und Sachsen abgeschlossen, aber das Volk fragte sich, ob das ausreichen würde. Jeder wusste, dass der König den Krieg hasste und nur Frieden, Ruhe und Wohlergehen für sein Volk verlangte. Deshalb wollte er, koste es was es wolle, noch immer die

Neutralität wahren. Die Diplomaten von England, Russland und Österreich versuchten noch ständig ihn zu bewegen, sich dem Bundvertrag anzuschließen, aber wie vorher scheiterten jetzt wieder, alle ihre Versuche. Wie die Diplomaten konnten auch viele Menschen nicht verstehen, dass man in Berlin überhaupt keine Ahnung hatte, was da eigentlich im Lande los war.

Die politischen Ereignisse im Jahre 1805 und 1806 stärkten Napoleons Macht und er erklärte Russland und Österreich den Krieg. Um diese Länder zu erreichen, musste er jedoch das preußische Reich durchqueren und hatte damit bereits begonnen.

Das alarmierte den König. Auf dringenden Wunsch Zar Alexanders, aber auch weil er sich mit dieser Entwicklung nicht einverstanden fühlte, forderte der König Napoleon auf, sein Heer aus Preußen abzuziehen. Er stellte ihm ein zweiwöchiges Ultimatum. Wenn Napoleon seinen Bedingungen nicht zustimmte, würde er, der König, gezwungen sein, ihm den Krieg zu erklären.

Aber Napoleon wollte Krieg, also lehnte er dieses Ultimatum ab und versammelte seine Truppen bei Saalfeld.

Nun geschah, was der Generalmajor bereits befürchtet hatte. Auch Preußen musste sich parat halten für einen Krieg gegen Frankreich. Es dauerte nicht lange, bis die Kriegstrompeten erklangen und am 9. August 1806 die gesamte preußische Armee zum Kampf einberufen wurde.

Anfang September erreichte ihn der Befehl von Generalfeldmarschall Gebhard von Blücher. Er sollte sich mit seinem Regiment, zusammen mit General von Brüsewitz, unter das Kommando des Generals Karl Ludwig von Le Coq stellen. Man wollte Hannover gegen die Franzosen verteidigen und deshalb wurde die Festung Hameln ausgesucht als Standort. Alle Waffen und benötigtes Kriegsmaterial sollten dort hingeschickt werden. Falls es Probleme auf dem Wege nach Hannover gab, so konnten die Regimenter sich in diese Festung zurückziehen.

Der Generalmajor und sein Regiment befanden sich zu dieser Zeit in der Gegend von Paderborn, wo er versuchte, neue Rekruten zu werben. Aufgrund der angespannten Zeiten waren unzählige Soldaten desertiert. Auch wenn er allen eventuellen Rückkehrern Straffreiheit zusagte, nützte es nur wenig.

Außer dem Rekrutieren musste er auch alles anordnen, was für sein Regiment nötig war für den bevorstehenden Abmarsch.

Allerlei Kriegsmaterial und Proviant mussten ausgesucht und auf Waggons nach Hameln geschickt werden. Als das erledigt war, sollte er nach Münster zurückkehren, um sich unter das Kommando von General von Le Coq zu stellen.

Dort mussten inzwischen auch noch Unterkünfte für die ihn begleitenden Soldaten gefunden werden.

Es war eine hektische Zeit für ihn, aber auch für Friederike. Sie war im siebten Monat schwanger und bangte darüber, was in einem Krieg passieren könnte. Ohne den Schutz ihres Mannes wäre sie als Soldatenfrau allein und hilflos. Umso erleichterter war sie, als sie die Nachricht bekam, dass er auf dem Heimweg von Paderborn sei.

Als der Generalmajor mit seinem Regiment in Münster eintraf, freute ihn zwar das Wiedersehen mit seiner kleinen Frau, aber er war äußerst besorgt um sie und das ungeborene Kind. Er hatte genau die gleiche Angst wie Friederike. Wie könnte er sie und seine Kinder vor den Franzosen schützen? Er würde nicht in Münster sein, sondern irgendwo mit seinem Regiment unterwegs. Außerdem fühlte er sich nicht gut. Er war nie richtig krank gewesen. Aber jetzt hatte er, vielleicht wegen der spannungsreichen Zeit, Magenbeschwerden bekommen und spürte, wie seine Kräfte nachließen. Auf einmal fühlte er sich wirklich alt.

Friederike flehte ihn an, bei ihr zu bleiben. Sie sah, dass er sich nicht wohlfühlte und Schmerzen hatte. Wieso meldete er sich nicht krank und blieb zu Hause bei seiner Familie?

Doch der Generalmajor war im Herzen ein Soldat, und seine Pflicht rief, er konnte seinen König, sein Land und sein Regiment nicht im Stich lassen. Nachdem sie nur wenige Wochen zusammen verbracht hatten, verabschiedeten sie sich leidenschaftlich voneinander.

Am 9. Oktober begab er sich mit seinem Regiment, zusammen mit General von le Coq, auf den Weg nach Hannover.

Als er wenig später auf seinem Pferd saß, sah er sich genervt um. Sein Regiment, auf das er vor ein paar Jahren noch so stolz gewesen war, hatte sich stark reduziert. Als der Krieg drohte, und viele seiner Soldaten desertiert waren, hatte er sie durch alle möglichen Männer unterschiedlichen Ranges ersetzen müssen. Er war enttäuscht von dem, was er sah, und schämte sich jetzt für seine Soldaten. Die unwilligen Kerle, die er mit großer Mühe rekrutiert hatte, betrachtete er als Gesindel. *Wie sollten die überhaupt fechten, dachte er, das sind doch keine Soldaten. Nicht einmal gut marschieren können sie. Anstatt in einem gleichmäßigen Tempo zu gehen, trampeln sie weiter. Motiviert zum Kämpfen sehen sie auch nicht aus. Kein Wunder, dass wir nur so langsam vorankommen.*

Sein Pferd schnaubte verächtlich, und schüttelte kräftig seine Mähne, als ob sein Herr ihm seine Gedanken übertragen hätte und er ihm zeigen wollte, dass er mit ihm übereinstimmte. Dann senkte er den Kopf, als ob auch er den Mut zum Kampf verloren hätte.

Je länger der Oberst unterwegs war, desto weniger war er mit seinen Gedanken dabei. Er dachte an seine Frau und fragte sich, wann sie gebären würde, oder ob sie vielleicht schon ihr Kind bekommen hatte. War es eine komplikationsfreie Geburt gewesen? Was würde es sein, ein Sohn oder eine Tochter? Dann wieder dachte er über den Krieg nach und machte sich dauernd Sorgen, wie die Lage sich weiterentwickeln würde.

Er zeigte es nicht den anderen Offizieren und Generälen, aber er hatte nur pessimistische Gedanken darüber. Deshalb war er nicht überrascht, als sie zehn Tage später am 19. Oktober auf dem Wege nach Hannover, eine schreckliche Nachricht von einem herbeigeeilten Kurier erhielten.

Stotternd vor Aufregung berichtete er, dass es eine große Feldschlacht bei Jena-Auerstedt gegeben hatte. Praktisch die ganze Preußische Armee wurde geschlagen. Die alarmierten Generäle entschieden sich sofort, sich in die Festung von Hameln zurückzuziehen. Dort angekommen, fühlte der Generalmajor sich krank und schwach. Seine Bauchschmerzen hatten nach der Reise und nach dem Hören der schlimmen Nachricht noch mehr zugenommen. Er fühlte sich machtlos. Er war in diesem Moment noch mehr als vorher verzweifelt, was aus diesem Krieg werden würde. Früher war er mit voller Überzeugung zum Kampf gezogen, aber jetzt wollte er im Grunde nur noch nach Hause.

Jedoch General Le Coq beschloss, auf keinen Fall zu kapitulieren, sondern durchzuhalten. Er hatte zur Verteidigung die Stadtmauern der Festung mit zahlreichen Geschützen verstärken lassen. Lebensmittel, alles was man brauchte, um einen Bestand auszuhalten, hatte er bestellt und wurde in Vorratskammern gelagert. Soldaten von anderen Regimentern und auch viele Flüchtlinge trafen jeden Tag ein. Sie erzählten erschütternde Geschichten über den Krieg. Nachdem Ende Oktober und Anfang November die Festungen Magdeburg, Spandau, Prenzlau und Stettin kapituliert hatten, sah der Zustand völlig hoffnungslos aus.

Diese Festungen hatten sich fast alle ohne viel Widerstand zu leisten und so, dass kaum ein Schuss gefeuert wurde, den Franzosen ergeben.

Mittlerweile war auch die Festung Hameln in Gefahr. Der französische General Mortier hatte 6000 Männer zurückgelassen, um die Stadt zu belagern, während er nach Hannover marschierte und diese Stadt am 12. November einnahm. Er übte großen Druck auf General Le Coq aus, die Festung den Franzosen zu übergeben. Dieser hatte aber, nachdem er die Situation mit den übrigen Generälen und Stabmitgliedern besprochen hatte, nicht an eine Übergabe denken wollen.

Aber dann traf etwas später der französische General Anne Jean Marie Savary ein und bat um ein Zusammentreffen mit General von Le Coq und seinen Generälen. Er teilte ihnen mit, dass Kaiser Napoleon schon mit dem Botschafter des Königs, Girolamo Lucchesini, die Konditionen eines Friedensvertrags ausgearbeitet hatte. Eine Übergabe aller Festungen wurde dabei gefordert. Weiter berichtete er, dass ihre Festung völlig abgeschnitten war von den Kommunikationslinien des Hinterlands. Sie konnten deshalb keine Hilfe bei einer Belagerung von anderen Regimentern erwarten. Nun verlangte er von den Generälen, dass man sich ohne Widerstand zu leisten ergeben sollte.

Eine der Bedingungen für die Kapitulation der Festung war, dass der Besatzung freier Abzug und ungehinderter Marsch zum Überrest der preußischen Armee und zum König bewilligt wurde.

Nach der Kapitulation von Hannover wurde dies jedoch vom König von Holland, Louis Bonaparte, Napoleons Bruder, abgelehnt.

Im Haus des Kommandanten des Forts, General von Schöler, der damals schon fünfundsiebzig Jahre alt war, wurden mit den anderen Generälen die Bedingungen für eine Übergabe besprochen. Angekündigt wurde, dass es im

Falle einer Kapitulation einen freien Rückzug geben würde für die Generäle, Kommandeure und Offiziere. Der Generalmajor war zwar dabei anwesend, aber fühlte sich zu kraftlos, um sich gegen eine Übergabeerklärung zu wehren.

Er war, wie die anderen Generäle der Meinung, dass nach der Schlacht bei Jena-Auerstedt und der Aufgabe der vielen Festungen, die Situation für Preußen hoffnungslos war und der Krieg verloren.

Die meisten Diskussionen darüber, was gemacht werden sollte in der Festung, überließ er seinem Oberleutnant und Kommandeur seines Regiments, von Hamelberg. Er wollte nur noch Frieden und nach Hause gehen. Als der General de Le Coq ihn um Erlaubnis bat, das Fort zu übergeben, stimmte er zu, wenn auch nicht von ganzem Herzen.

Nachdem die Entscheidung getroffen war, wurde den Soldaten mitgeteilt, dass die Kommandeure einer Übergabe des Forts zugestimmt hätten, um Tod und Blutvergießen zu vermeiden. Ein wütendes Heulen erhob sich. Die Männer wollten kämpfen. Sie wussten, was eine Übergabe für sie bedeutete.

Französische Gefangenschaft, endloser Marsch nach Frankreich in eine ungewisse Zukunft.

Es gab auch mehrere Offiziere, die mit der Kapitulation nichts zu tun haben wollten und sich weigerten. Die Generäle von Schöler und von Le Coq diskutierten hin und her, was in dieser Situation zu tun sei. Zuletzt stimmte General von Schöler sogar zu, dass einer der Offiziere zu General Savory gehen sollte, um ihm mitzuteilen, dass die Kapitulation zurückgezogen worden sei.

Nachher wurde das wieder geändert und zweimal wurden die Mannschaften zum Appell gerufen und zweimal wurde er wieder abgeblasen.

Die Soldaten waren so frustriert und wütend über die unentschlossene Haltung ihrer Vorgesetzten, dass die Situation völlig außer Kontrolle geriet. Die Hölle brach los.

Unter lautem Geschrei und Fluchen auf ihre Vorgesetzten gingen sie in die Stadt, um zu plündern, was sie konnten. Sie brachen die Türen der Lagerhäuser auf und aßen und tranken alles, was sie darin fanden. Als sie betrunken waren, fingen sie an, auf die Häuser zu schießen. Als es keine Kugel mehr gab, schlugen sie mit ihren Gewehren gegen die Wände, bis sie zerbrachen.

Der Feind durfte sie nicht in die Hände bekommen und benutzen. Überall herrschte totales Chaos. In diesem ungeordneten Zustand gelang vielen Soldaten am nächsten Morgen die Flucht. Aber als die französische Armee in die Festung eindrang, wurden viele von ihnen trotzdem noch gefangen genommen und nach Frankreich abtransportiert.

Die Kapitulation des Forts Hameln wurde am 22. November 1806 unterzeichnet.

Nun konnte der Generalmajor nach Hause gehen.

Die Abbildung von Hameln stammt von Matthäus Merian dem Älteren aus dem 17. Jahrhundert (1620–1650). Quelle: Der 2D-Scan stammt aus den 5000 Stadtansichten von Directmedia.

Nach der Übergabe von Hameln

Von einem Moment auf den anderen hatte der Generalmajor von Hagken nichts mehr, kein Regiment und damit weder Geld noch Ansehen. Er kehrte niedergeschlagen mit einigen seiner Offiziere nach Münster zurück. Den ganzen Ritt konnte er sich kaum aufrecht halten auf seinem Pferd und die Reise fiel ihm äußerst schwer. Gelegentlich hatte er schreckliche Magenkrämpfe und verzog sein Gesicht vor Schmerzen. Er fragte sich, ob er überhaupt bis nach Hause durchhalten könnte. Unterwegs sah er viele Flüchtlinge und Soldaten, die ebenfalls unterwegs waren, um irgendwo eine gute Unterkunft zu finden oder nach Hause zurückzukehren. Jeder versuchte, ein Dorf oder eine Stadt zu erreichen, wo es keine Franzosen gab. Das war eine schwierige Angelegenheit, weil sie sich beinahe überall befanden.

Die Franzosen hatten auch Münster besetzt. Nur weil sie die Frau eines Generalmajors und schwanger war und außerdem Französisch sprach, hatte man Friederike nicht belästigt und das Haus nicht betreten.

Als der Generalmajor endlich erschöpft zu Hause ankam, hatte Friederike am 10. November gerade ihr zweites Kind, ein Töchterchen, zur Welt gebracht. Sie war so erleichtert, ihren Mann wiederzusehen, dass die ganze Anspannung der letzten Wochen von ihr abfiel. Weinend umarmte sie ihn und konnte nicht aufhören.

Erst als er sie in seine Arme zog und ihren Rücken streichelte, konnte sie sich noch nachschluchzend beruhigen. Sie sah ihn jetzt genau an und war erschrocken, wie schlecht er aussah. Sein Gesicht hatte auf einmal Falten bekommen und seine Haut sah aschgrau aus. Von dem einst so selbstbewussten Mann, der ihr früher so imponiert hatte, war nicht viel mehr übrig.

Er war auf einmal richtig ein alter Mann geworden.

Die ersten Tage nach seiner Heimkehr hatte der Generalmajor nur wenig geschlafen und gegessen und war kaum ansprechbar gewesen. Das Einzige, was ihn ablenkte, waren seine zwei kleinen Kinder. Er war gerührt, als er zum ersten Mal seine kleine Tochter sah und fand, dass sie ihm, mit denselben blauen Augen wie er, ein bisschen ähnelte. Sie mussten sich noch einen Namen für sie einfallen lassen und beschlossen, sie nach seinem zweiten Vornamen, Alexandrine zu nennen.

Es war jetzt Anfang Dezember und sehr kalt. Friederike hielt es für besser, noch ein paar Monate in Münster zu bleiben, um abzuwarten, wie sich die Gesamtsituation entwickeln würde. Sie mussten auch besprechen, was zu tun sei, wenn sich die Lage verschlimmerte.

Durch den beklagenswerten Gesundheitszustand ihres Mannes und auch weil die finanzielle Lage nicht günstig war, begann sich Friederike tief um ihre Zukunft zu sorgen.

Obwohl es das Letzte war, was sie tun wollte, überlegte sie, ob sie als einziger Ausweg nicht zu ihrer Schwester Charlotte nach Uentrop gehen könnten.

Sie sah keinen anderen Ausweg. Sie musste diese Option offenhalten.

In dieser Zeit einen Kurier zu schicken, war viel zu gefährlich, sie musste damit noch eine Weile warten. Weihnachten kam, wurde aber nicht gefeiert, sie mussten jetzt sehr genügsam sein. So gingen sie beide betrübt in das Jahr 1807. Von dem Geld, das sie gehabt hatten, war nicht mehr viel vorhanden, und wenn sie Glück hatten, reichte es noch bis zum Ende des Jahres. Der Generalmajor wusste nicht einmal, ob es Einnahmen aus seinem Lehen gab oder ob die Mühle zerstört oder geplündert worden war.

Sie wurden gelegentlich von anderen Generälen und Offizieren besucht, aber keiner wusste, wie es weiter gehen oder was passieren würde.

Dann bekamen sie die Nachricht, dass der König auf Anraten seiner Minister einen neuen Befehl erlassen hatte. Die Verantwortlichen der Festungen oder Städte, die sich jetzt noch ohne zu kämpfen den Franzosen übergaben, wurden mit der Todesstrafe belegt. Deshalb sollten noch Tausende von Soldaten sterben, bevor es erst im Juli des Jahres 1807 mit dem *Frieden von Tilsit* zum Waffenstillstand und zur Kapitulation der preußischen Armee kam.

Einen Moment hatten Friederike und der Generalmajor noch ein wenig Hoffnung gehabt, dass sich alles vielleicht doch noch zum Guten ändern könnte.

Im Februar dieses Jahres vernahmen sie, dass sich die russischen Truppen mit den preußischen verbündet und die Franzosen bei Eylau geschlagen hatten.

Es gab Gerüchte, dass Napoleon seinen General Bertrand nach Memel geschickt hatte, um einen Sonderfrieden zu verhandeln. Der König und der Zar von Russland waren dazu nicht bereit. Es würde also keinen Sonderfrieden geben. Kurz danach fielen Danzig und Friedland. Der Zar fing nach diesen Niederlagen an, sich um Friedensunterhandlungen mit Napoleon zu bemühen, gefolgt vom König.

Langsam begriffen die Menschen, dass sich die Dinge endgültig für Preußen zum Schlechten wenden würden.

Man hörte, wie Napoleon den König behandelt hatte. Stundenlang hatte er ihn warten lassen, bis er endlich Zugang zu ihm bekam. Auch ein Gespräch mit der Königin Louise hatte Napoleons Bedingungen für den Frieden nicht ändern können. Preußen musste alle Gebiete westlich der Elbe, und die polnischen Gebiete bis auf Westpreußen abtreten. Dazu mussten 154,5 Millionen Francs Kriegskontribution gezahlt und der Kontinentalsperre gegen England beigetreten werden.

Ab November 1807 sollte der Generalmajor nur noch die Hälfte seines Gehalts bekommen. Das war normal für die Offiziere, die nicht tätig waren. Aber aufgrund der andauernden Kriege war die Staatskasse schon längst leer.

Die Friedensbedingungen von Napoleon für die Preußen beinhalteten auch noch, dass jeder, der Einkünfte aus dem Lande bekam, diese abgeben musste. Damit hatte Generalmajor von Hagken auch keine Einkünfte mehr aus seinem Lehen.

Jetzt, als es kaum noch Geld gab, schlug Friederike ihm vor, den König um Hilfe zu bitten. Er kannte ihn doch persönlich, und vielleicht hatte Seine Majestät Verständnis für seine schwierige finanzielle Lage. Es wäre vielleicht möglich, dass er ihm zumindest helfen konnte, die Einnahmen aus seinem Lehen wiederzuerlangen. Der Generalmajor wusste, dass sich auch der König selbst in einer sehr prekären finanziellen Situation befand. Friederike zuliebe, aber auch wegen seiner eigenen Bedrängnis, beschloss er jedoch, ihm am 4. November 1807 einen Brief zu schreiben. Darin schilderte er seine Finanznot und bat ihn um Hilfe. Ohne seine Regiments- und Lehnseinkünfte fehlte ihm das Geld, um die Miete zu bezahlen und seine Familie zu versorgen. Was er aber in seinem Herzen schon befürchtete, wurde Wahrheit. Der König schrieb ihm zwar, dass seine Verhältnisse ihm leidtäten, aber dass er nicht in der Lage war, irgendetwas für ihn tun zu können.

Wochen später wurde allgemein bekannt, wie viele Festungen und Städte den Franzosen kaum Widerstand entgegengesetzt hatten.

»Es ist eine Schande, dass sich einige sogar ergeben haben, ohne dass ein Schuss abgefeuert wurde!«, klagten viele wütende Stimmen in der Bevölkerung. Daraufhin berief der König Ende des Jahres 1807 eine Kommission ein, um die Kriegsereignisse zu untersuchen.

Die Schuldigen, die sich dem Feind unterworfen hatten, sollten dafür bestraft und alle ihre Pensionen, Gehälter und sonstige Einkünfte konfisziert werden.

Der Generalmajor hatte die Gerüchte gehört.

Zu seinem Entsetzen wurden nicht nur die Generäle von Schöler und von Le Coq für die Kapitulation der Festung Hameln verantwortlich gemacht, sondern auch er selbst und die anderen Kommandeure und Offiziere. Von da an wusste er, dass er, wenn er tatsächlich angeklagt würde, keine einzigen Einkommen mehr erwarten konnte. Es bestand sogar die Möglichkeit, dass er zum Tode verurteilt werden könnte.

Ihm war schmerzlich bewusst, dass seine Karriere unehrenhaft beendet worden war. Dies stürzte ihn in eine schwere Depression.

Die Ruhe war unterdessen ein wenig zurückgekehrt. Die Franzosen hatten zwar viele Festungen und Städte in Beschlag genommen, aber nach einer Weile waren die meisten ihrer Soldaten wieder nach Frankreich zurückgekehrt. Friederike sah sich gezwungen, einen Brief an Charlotte zu schreiben. Sie hasste es, jemandem um einen Gefallen zu bitten und hatte es so lange sie konnte vor sich hergeschoben. Ausgerechnet Charlotte musste sie jetzt demütig bitten, ob sie mit ihrer Familie im Pfarrhaus in Uentrop bleiben konnte. Notgedrungen tat sie es widerwillig. Es gab kein Geld mehr, um noch länger in Münster bleiben zu können. Währenddessen war es Dezember 1807 geworden und auch dieser Winter wieder bitterkalt.

Sie hatte schon kein Personal mehr und machte alles selbst, musste kochen, waschen und versorgte ihre Kinder und ihren Mann so gut sie konnte. Der Generalmajor war in so eine schlechte körperliche und geistige Verfassung geraten, dass er alles seiner jungen Frau überließ.

Nach einiger Zeit erhielt sie eine Nachricht von Charlotte, die ihr kurz schrieb, dass sie natürlich willkommen seien. Wieder mussten ihre Habseligkeiten gepackt und für die Reise vorbereitet werden. Sie fanden einen zuverlässigen Kutscher, der bereit war, sie nach Uentrop zu bringen.

Der Generalmajor, der die Gegend gut kannte, versuchte, einen Reiseplan zu erstellen, damit sie so sicher wie möglich reisen konnten. Zwar hatte er nach der Kapitulation von Hameln ein freies Geleit erhalten, aber er wusste nicht, was passieren würde, wenn sie unterwegs auf eine Gruppe französischer Soldaten stießen. Deshalb wollten sie so spät wie möglich aufbrechen, als es bereits zu dämmern begann. Als alles vorbereitet war und sie sich in der Kutsche auf den Weg machten, sahen sie, wie trostlos es überall aussah.

Viele Häuser und Bauernhöfe auf dem Land waren zerstört oder niedergebrannt. Die Wiesen sahen leer und verwaist aus. Es gab kein Vieh mehr, denn es herrschte Hunger, so dass es von den Bewohnern oder den Soldaten gefressen worden war. Obwohl sie dick gekleidet waren, war ihnen in der Kutsche kalt, und die Reise dauerte länger als gewöhnlich, da der Kutscher alle möglichen Nebenstraßen nehmen mussten. Stunden waren sie unterwegs gewesen, bevor sie endlich das Pfarrhaus in Uentrop erreichten.

Sie waren beide todmüde, aber dankbar, ohne Schwierigkeiten angekommen zu sein. Charlotte und ihr Mann Ludwig gaben sich alle Mühe, um sie herzlich willkommen zu heißen. Es tat ihnen so schrecklich leid wegen allem, was passiert war. Sie sympathisierten mit ihrem Schwager und Friederike. Natürlich konnten sie so lange bleiben, wie es nötig war.

Das Pfarrhaus war nun allerdings sehr voll. Ludwig hatte ein eigenes Arbeitszimmer, aber Charlotte hatte dieses zum Schlafzimmer für Friederike und den Generalmajor umfunktioniert. Die Kinder konnten so lange bei ihren Cousinen schlafen. Die kleine Henriette war gerade sechs, der fünfjährige Louis und Carl, der wie Alexandrine ein Jahr alt war.

Ludwig richtete nachher in einem Teil des Hauses, wo früher das Vieh stand, seinen neuen Arbeitsplatz ein. Eigentlich war er froh, jeden Tag dorthin gehen zu können, denn jetzt war noch mehr Kindergeschrei in seinem Haus als vorher. Während er an seiner Predigt arbeitete, dachte er oft an die vielen Geschichten in der Bibel von Krieg und Gewalt, die Menschen zur Flucht gezwungen hatten.

Dann sah er das Paar wieder vor sich, als es wie ein Häufchen Elend in seinem Haus angekommen war.

Es war spät am Abend gewesen. Das ganze Dorf lag bereits im Tiefschlaf und im Haus war es ganz still. Er hatte sich mit seiner Frau am Kamin in der Küche unterhalten. Gerade als er das Feuer schürte, hörten sie in der Ferne das dumpfe Getrampel von Pferdehufen, die sich näherten. Einen Moment später klopfte es leise. Als sie die Tür öffneten, sahen sie das Paar völlig erschöpft vor sich stehen.

Der Generalmajor war so gealtert, dass er ihn kaum noch erkannte. Sein Gesicht war blass und er hatte tiefe Tränensäcke unter den Augen und sein einst gerader Rücken war nun gekrümmt. Friederike hielt Alexandrine in ihren Armen und ihren kleinen Sohn an der Hand. Als der Kutscher das Gepäck auslud, blickte der dunkelhaarige Junge überrascht und verschlafen um sich.

Er sieht genauso aus wie ein von Schwedler, dachte der Pfarrer unwillkürlich. Er hatte sich oft darüber gewundert, wie ähnlich sich die Familie von Schwedler war, obwohl ihre Charaktere so unterschiedlich waren. Sofort hatte er seinen Schwager in die Küche mitgenommen und ihm etwas Warmes zu trinken gegeben. Seine Frau war mit Friederike und ihren Kindern schon nach oben gegangen. Die Schwestern sprachen flüsternd miteinander und brachten die beiden Kinder ins Bett. Etwas später, nachdem sie erst noch etwas gegessen und getrunken hatten, kamen Friederike und ihr Mann in ihr Schlafzimmer. Ein Feuer im Kamin hatte den Raum bereits behaglich warmgemacht. Sie waren beide so müde, dass sie gleich einschliefen.

Erst beim Aufstehen am nächsten Morgen sahen sie, wie einfach und sparsam das Zimmer möbliert war. Wie anders, als es die beiden bis jetzt gewohnt gewesen waren. Friederike flüsterte dem Generalmajor zu: »Es tut mir leid, dass ich dir nichts Besseres bieten kann.« Er zuckte die Achseln. »Was kannst du in einem Pfarrhaus in einem kleinen Dorf mit ein paar hundert Einwohnern auch erwarten? Lass uns froh sein, dass wir im Moment ein Dach über dem Kopf haben.«

Es war ihm egal, wo er sich in seinem tief depressiven Zustand befand. Außerdem hatten im ganzen Land viele Plünderungen stattgefunden, waren viele Sachen den Menschen abgenommen und nach Frankreich gebracht worden.

Das gesamte Land steckte in einer großen wirtschaftlichen Krise. Friederike hatte vernommen, dass selbst Königin Louise ihren Schmuck und wertvolle Möbel hatte verkaufen müssen. Die Königin beabsichtigte, davon einen Teil der Schuld zu zahlen, die den Preußen von Napoleon auferlegt worden war.

Viele Menschen lebten in Armut, aber im Pfarrhaus hatte man wenigstens immer zu essen. Das Haus war von Ludwigs Vater, der auch Pfarrer gewesen war, im Jahr 1777 gebaut worden als ein landwirtschaftliches Anwesen. Es war ein großes zweigeschossiges Ziegelfachwerkhaus mit Stallungen nebenan für Kühe, Pferde, Schweine und für Geräte. Vieh gab es nicht mehr, das war schon vor langer Zeit von den Franzosen gestohlen worden.

Das Pfarrhaus von der Rückseite mit dem fensterlosen Teil auf der linken Seite, wo früher das Vieh stand.
Quelle: Foto aus dem Nachlass des Herrn Heinrich Graevinghoff.

Insgeheim hatten sie es geschafft, ein Schwein und einige Hühner zu retten. Ansonsten gab es hinter dem Haus noch einen Obst- und Gemüsegarten. Im Sommer hatten sie dadurch immerzu frisches Gemüse und Früchte.

Die Einkünfte aus dem Land wurden zwangsweise abgetreten, aber den Bauern, die regelmäßig in die Kirche kamen, gelang es manchmal, etwas für die Familie des Pfarrers mitzunehmen, sodass die beiden Familien wenigstens nicht hungern mussten.

Friederike versuchte, sich nicht über ihre neue Lebenssituation zu grämen und sie zu akzeptieren.

Sie war nun gezwungen, die ganze Zeit in Gesellschaft ihrer Schwester zu sein. In Charlottes Haus überhaupt kein Mitspracherecht zu haben, war schwer für sie, aber sie musste sich damit abfinden. Es ging nicht anders, denn Charlotte regierte ihren Haushalt mit eiserner Hand. Alles musste genau so laufen, wie sie es wollte.

In Wesel und Münster war Friederike die Ehefrau eines adligen Generalmajors mit entsprechendem Status gewesen. Hier in Uentrop war sie nur eine verarmte junge Frau mit einem alten Mann. Ihre Mutter hatte sie zu Sparsamkeit erzogen, deshalb war sie nie eine verschwenderische Frau geworden, aber sie konnte ebenfalls schwer verkraften, jetzt ständig knausern zu müssen.

Nach ein paar Tagen im Pfarrhaus war sie überrascht zu beobachten, wie sehr sich Adolphine verändert hatte. Sie wusste, dass ihre jüngste Schwester sich einige Jahre zuvor mit dem Sohn eines örtlichen Herrenbauern verlobt hatte, den sie in der Kirche ihres Schwagers kennengelernt hatte. Obwohl er einfacher Abstammung war, verstand sie sich gut mit ihm und fühlte sich glücklich. Wie Adolphine liebte er das Landleben, die Natur und die Tiere, und sie hatte sich darauf gefreut, zu ihm auf den großen Hof seiner Eltern zu ziehen. Doch kurz vor ihrer Hochzeit ereignete sich eine Katastrophe. Er hatte sich an einem Eisenzaun die Hand verletzt und eine Blutvergiftung bekommen und starb nach kurzer Krankheit daran. Ihre Hoffnung auf eine glückliche Ehe mit Kindern war für immer dahin. Der verträumte Ausdruck in ihren Augen war durch einen gleichgültigen und kalten Blick ersetzt worden.

Sie ging wie ein Gespenst im Haus umher, und wann immer sie etwas gebeten wurde zu tun schlich sie sich davon. Es schien, als gab sie allen die Schuld an ihrem Unglück und war zu einer egoistischen Frau geworden, die sich um niemanden kümmerte oder die Gefühle anderer achtete. Als Friederike ihr einmal sagte, dass sie sich ihrer Meinung nach so sehr verändert habe, antwortete sie: »Ja, das habe ich, ich bin nicht mehr so wie früher«, und ging davon, um ein Gespräch darüber zu vermeiden.

Es schmerzte Friederike sie so zu sehen, und sie sprach Charlotte darauf an. Diese war der Meinung, dass Adolphine als Jüngste der Familie zu verwöhnt und behütet gelebt hatte und deshalb nie erwachsen geworden war, so dass sie nicht wusste, wie sie mit Rückschlägen in ihrem Leben umgehen sollte. Sie alle ließen sie einfach in Ruhe und hofften, dass sie mit der Zeit wieder die alte Adolphine werden würde. Zu jedermanns Bedauern sollte dies jedoch nie geschehen. Bis an ihr Lebensende würde sie immer eine wankelmütige und verbitterte Frau bleiben.

Während ihrer Zeit im Pfarrhaus half Friederike viel im Haushalt und war mit der Erziehung ihrer Kinder beschäftigt. Der Generalmajor saß meist schweigend in seinem Stuhl und starrte vor sich hin. Er befand sich noch immer in grenzenloser Gemütsverstimmung und auch gesundheitlich in einer sehr schlechten Verfassung. Anfang 1808 erfuhr er von einem Freund aus der Armee, dass sein Verhalten bei der Kapitulation der Festung Hameln nun mit Sicherheit infrage gestellt werden würde.

Die Kriegskommission wollte die Untersuchung der Ereignisse nutzen, um ihn und die anderen Generäle anzuklagen. Nachdem er diese Nachricht erhalten hatte, verschlechterte sich sein physischer Zustand noch weiter.

Der Pfarrer Neuhaus hatte Mitleid mit dem alten Mann. Er und Friederike taten, was sie konnten, um zu versuchen, ihm das Leben so bequem wie möglich zu machen. Sie suchten nach Wegen, ihn ein bisschen aufzuheitern.

In seinem langen Leben hatte der Generalmajor noch nie erfahren, dass Menschen in seiner Umgebung ihm Mitleid zeigten. Eifersucht und sogar Neid, damit war er vertraut und hatte das in seiner direkten Umgebung mehrmals wahrgenommen. Er erinnerte sich, dass auch er einmal neidisch gewesen war. Es war im Herbst 1775, als er, gerade einunddreißig Jahre alt, erfahren hatte, dass eine Compagnie vakant geworden war bei seinem Regiment von Eichmann Nr. 48. Seine Vorgesetzten hatten diese jedoch an einen anderen Stabkapitän fallen lassen. Er hatte sich gleich beim Kabinett beschwert und das hatte sich gelohnt. Er wurde gebeten, noch etwas Geduld zu haben, denn mit der Zeit würde er auch wieder aufrücken. Das geschah auch und in der Rangliste von 1777 war die alte Ordnung hergestellt. Er stand wiederum vor dem anderen Stabkapitän. Aber dieses Gefühl des Mitleids, das ihm seine Familie nun entgegenbrachte, war für ihn neu, und er war sich nicht ganz sicher, wie er darauf reagieren sollte.

Er war nie eine gesprächige Person gewesen. Jetzt blieb er noch mehr in sich selbst gekehrt und redete kaum noch.

Was ihm blieb, um seine Gedanken über seine heutige Situation abzulenken, war, in die Vergangenheit zurückzugehen. Nachzudenken über sein früheres Leben und seine Kindheit. Sein Leben in Bayreuth am Hofe der Markgräfin, seine erste Frau Johanna, seine Geschwister und seine Eltern. Sein Vater Wolfgang, der die Familienverhältnisse immer für sehr wichtig gehalten hatte.

Deshalb hatte er ihm von den tapferen Rittern erzählt, die es damals in seiner Familie gegeben hatte. Er erinnerte sich gut an seinen Vater. Äußerlich war er, wie die meisten Höflinge am Hof der Markgräfin, ein sehr formeller Mann gewesen. Aber innerlich war er im Gegensatz zu seiner Frau ein warmherziger Mensch. Er liebte seine Kinder und wollte das Beste für sie. Wenn er das Hofetikett nicht berücksichtigen musste, konnte er im Familienkreis sehr ausgelassen sein, und spielte mit seinen Kindern, als wäre er ihr bester Freund. Oft erhielt er dabei tadelnde Blicke von seiner Frau, die meinte, dass dieser Überschwang nicht zu seinem Status passte. Er war kraftvoll mit breiten Schultern gebaut und der junge Christian war beeindruckt von ihm und ehrte und liebte seinen Vater.

Als er ein junger Knabe war, konnte sein Vater ihm kein größeres Vergnügen bereiten, als Geschichten zu erzählen über die verschiedenen tapferen Ritter seiner Familie. Seine Lieblingsgeschichte war jedoch eine Legende über den alten fabelhaften Ritter Hagk, der in längst vergangenen früheren Zeiten gelebt hatte. Schon damals wollte er genau so mutig und tapfer werden, wie dieser Ritter.

Er erinnerte sich noch genau an die Geschichte, weil sein Vater ihm erzählt hatte, dass alle Hagkens von diesem Ritter abstammten. Er war der sogenannte Stammvater gewesen.

Eines Tages bat er seinen Vater erneut, ihm die Geschichte zu erzählen.

Sein Vater mochte diese Geschichte selbst auch und fing an zu reden:

»An einem Abend im Jahr 532 ritt ein Thüringer aus der Stadt Scheidungen mit seinem Habicht dem Fluss Unstrut entlang, als ihm der Habicht über das Wasser floh und von einem Sachsen abgefangen wurde. Als er das sah, bat der Thüringer, dass er ihm den Habicht wiedergebe, aber das verweigerte ihm der Sachse. Dann sprach der Thüringer: »Lass mir den Vogel wieder zukommen und ich will dir etwas sagen, das dir nützlicher ist als hundert Habichte«, und er versicherte ihm das mit seinen Eiden. So ließ der Sachse den Habicht fliehen.

Daraufhin sprach der Thüringer: »Die Könige haben sich miteinander versöhnt, aber wenn ihr nicht diese Nacht von dannen zieht, so geschieht euch nichts Gutes.«

Der Sachse wollte das nicht glauben und schimpfte: »Du lügst doch, oder ist es wahr?«

Darauf sprach der Thüringer: »Der künftige Morgen soll beweisen, dass ich die Wahrheit sage«, und wieder versicherte er ihm das mit seinen Eiden.

Der Sachse ritt schnell zu seinem Heer und erzählte dies seinen Hauptleuten und die vermuteten nun, dass die Thüringer sie in der Nacht überfallen wollten.

Da war ein alter Ritter unter ihnen, der hieß Hagk, der erwischte ein Banner, das ihm gehörte, und leuchtete es an und dann sprach er:

»Ihr allerliebsten Sachsen, wie stellt ihr euch an also verzagt. Ich habe eine lange Zeit gelebt und bin zu diesem Alter gekommen. Ich bin in manchen großen Schlachten gewesen, da habe ich einmal gesehen, dass meine Freunde, die Sachsen, fliehen! Ich hätte ohne Flucht auch nicht länger überlebt. So ist mir jetzt süßer, dass ich hier sterbe, denn dass ich wieder fliehen sollte. Ich erwähne das zum Gedenken der Leichname unserer Freunde, die heute erschlagen sind und hier um uns liegen, die da lieber haben sterben wollen, als dass sie vor den Feinden geflohen wären. Nun was soll ich lange davon reden, wir gehen nun sicher zum Kampf, um unsere Feinde zu töten! Wir lassen die Feinde und die Stadt noch eine Weile in Ruhe, damit sie sich sicher fühlen und sich keines Übels bewusst sind. Dabei sind sie auch sehr müde von dem Kampf, den sie heute gestritten haben und bei dem viele verwundet worden sind und bleiben heute unbesorgt und stehen Wache. Darum wollen wir den Feind überfallen, wenn ihr Schlaf am tiefsten und am süßesten ist und haben also allen unserem Willen mit ihnen. Ich gelobe euch, meinen Kopf zu geben, kommt es nicht, wie ich euch gesagt habe! Nun esset ein wenig und bereitet euch in der Stille vor mit allen Dingen, bis ich euch ein Zeichen gebe, dass ihr alle zugleich bereit seid.«

»Und so kam es«, erzählte sein Vater weiter, »dass der Ritter Hagk sich bei Nacht und Nebel mit hundert Soldaten zu der Stadt Scheidungen begab in dem ersten Schlaf und sie stiegen hinein über die Mauern und überfielen dieselbe. Etliche Menschen, die noch auf den Gassen liefen und meinten, dass die Sachsen doch ihre Freunde waren, wurden erschlagen.

Einige wurden über die Mauern geworfen und verdarben. Alle Türen der Häuser wurden geöffnet und alle darin erschlagen.

Zahlreiche junge Leute wurden gefangengenommen und als der alte

König Herminafried mit seiner Frau Amalaberga, seinen Kindern und mit wenig Volk zu einer Pforte an den Stadtmauern kam, wurden sie auch alle getötet. Also war all da in der Stadt großes Morden und Totschlagen. So hatte der Ritter Hagk die Festung für die Sachsen eingenommen.«

Damit war die Geschichte über den tapferen Ritter aber noch nicht zu Ende.

Wappen der Familie von Hake auf einer erhaltenen Platte an der Bäkemühle, über einer historischen Inschrift zum Mühlenneubau im Jahr 1695. Die namensgebenden drei Haken stilisieren drei Gemshörner. Kleinmachnow, Brandenburg. Fotograf: Lienhard Schulz. Quelle: Wikipedia.

»Die Sachsen«, so berichtete sein Vater, »hatten damals unter dem Fränkischen König Theudebert gefochten und der König hatte gesehen, was für ein tauglicher Krieger dieser Hagk war, und auch bei dem Hause Sachsen war sein Ansehen sehr groß. Der König gab ihm deshalb die Sachsenburg auf dem Finnischen Berge, um den Franken desto stärkeren Beistand zu leisten. Diese Burg wurde ihm auf Lebenszeit mit allem Zugehörigen geschenkt. Wegen seiner ritterlichen Tat war er nicht allein hoch verdient, sondern wurde ihm neben der Sachsenburg, ganz gnädig noch ein besonderes Haus auf einem Berg gebaut, dass er für sich und alle seine Erben behalten konnte. Das Schloss daselbst samt dem Berg wird noch heutigen Tages die Hakenburg genannt. Jahrhundertelang war die Sachsenburg danach im Besitz der Hagkens.

Während einiger Fehden und Streitigkeiten mit dem Grafen von Beichlingen über die Wildbahnen haben sie sich dann aber doch entschlossen, die Hakenburg und ihre Güter an ihn zu verkaufen.«

Sein Vater habe ihm auch erzählt, dass er selbst die Urkunde aus dem Jahr 1335 gesehen hatte, in dem Heinrich Hacke, in einem Kaufbrief, Heinrich Graf von Hohenstein dem Älteren und seinen Söhne Heinrich und Bernhard bescheinigt habe, sein Haus mit allem, was dazu gehörte, an Heinrich von Beichlingen und dessen Sohn Friedrich abzutreten.

Nachher war die Familie in verschiedene Länder umgezogen und hatte teilweise die Schreibweise des Namens und des Wappens geändert.

Sein Vater erklärte ihm, das mit den Namensänderungen auch verschiedene Äste innerhalb der Familie entstanden seien und zeigte ihm die verschiedenen und dazu passenden Wappen. Er selbst trug den Namen Hagck, aber es gab auch Familienmitglieder, die Hacke, Hagk, Haecken, Haacke, Hake oder Ähnliches gewählt hatten.

Jedenfalls habe die Familie in der Umgebung der beiden Schlösser eine große Anzahl von Gütern besessen und viele in ihrer Linie hätten später das alte Wappen beibehalten.

Sein Vater meldete ihm auch, dass sie ursprünglich abstammten von den Märkischen Hakes aus der Mark Brandenburg. Im Jahre 1550 war sein Vorfahre, Erasmus von Hack, Erbsaß zu Pornimb, mit seinem Freund Georg von Starhemberg nach Österreich gezogen. Er hatte dort am 15. Februar 1553 Marie Salome von Hoheneck zu Hagenberg und Braitenbruch geheiratet und das Schloss Tannbach gekauft. Im Jahre 1571 hatte er dann seinen Anteil auf Pornimb für 1650 Thaler an seinen Bruder Hans verkauft. Obwohl er seinen Anteil verkauft hatte, nannten er und seine Nachkommen sich noch immer Erbsaß zu Pornimb, wahrscheinlich, dachte sein Vater, um ihre Zugehörigkeit zu der Pornimbschen Linie zu dokumentieren.

Ihre älteste Linie, die Pornimbsche, zu der sie gehörten, war also zunächst nach Österreich und dann nach Ansbach gezogen.

Die Märkischen Hakes hatten sich übrigens schon sehr früh in drei Hauptlinien aufgeteilt, die *rote,* die *schwarze* und die *weiße* Pornim oder Bornim Linie, der sie angehörten.

Siegel von Constantin von Hagken. Quelle: Familienbesitz.

Als sein Vater anfing, von den Familienlinien und den dazugehörigen Dörfern zu erzählen, wurde ihm ganz schwindlig, so viele Namen und Informationen über Dinge zu hören, die ihn überhaupt nicht interessierten.

Was er hören wollte, waren vor allem Geschichten über die tapferen Ritter seiner Familie. Sein Vater bemerkte, dass die Aufmerksamkeit seines Sohnes nachließ. »Christian«, sagte er, »es ist wichtig, was ich dir erzähle, es geht um deine Herkunft. Kannst du mir einen Gefallen tun und einfach zuhören?« Obwohl er zu der Zeit seinem Vater nur mit halbem Ohr zugehört hatte, wusste der alte Generalmajor noch genau, was sein Vater damals gesagt hatte.

Sein Vater hatte ihn zuerst aufgehoben und auf sein Knie gelegt, bevor er fortfuhr. »Weißt du, wie viele Dörfer der Pornimbscher-Zweig, von dem wir abstammen, umfasste?«, fragte er seinen Sohn versuchend ihn für seine Familiengeschichte zu interessieren. Er hatte langsam den Kopf geschüttelt, nein, er wusste es nicht und es war ihm auch egal.

»Die Dörfer Pornim und Stülpe und der österreichischen Linie gehörten die Dörfer Rangsdorf, Rudow-Buchholz, Genshagen, Biese-Kaltenhausen und Petkus.«

Der alte Generalmajor erinnerte sich, wie er auf dem Knie seines Vaters zu zappeln begonnen hatte.

Wie langweilig so viel Besitz zu haben, dachte er, *hat die Auflistung denn kein Ende?* Bei dieser Erinnerung konnte der Generalmajor ein inneres Lächeln nicht unterdrücken. Was hätte er gegeben, um jetzt nur einen Teil dieses Besitzes zu haben. Ein tiefer Seufzer entrang sich seinen Lippen, als er daran dachte, wie reich seine Familie früher gewesen war und was er jetzt nicht mehr besaß.

Sein Vater, der sah, dass das Interesse seines Sohnes nachließ, versuchte erneut ihn wieder in seine Familiengeschichte einzubeziehen. Er wusste zwar, dass sein Sohn nur Anekdoten über die Ritter hören wollte, war aber dennoch der Meinung, dass er seine Geschichte zu Ende erzählen sollte.

Er hatte zu ihm gesagt: »Wenn du stillsitzt und mir zuhörst, erzähle ich dir später von den Rittern.«

Das half, er hatte aufgehört zu wippen und saß nun ruhig da und ließ seinen Vater ungestört weiterreden.

Als sein Vater erwähnte, dass ab 1616 das Amt des Erbschenkers an Daniel von Lützendorf von der sogenannten Roten Linie gegangen war, weil seine Mutter Emerentia von Hake war, und dass sie seither zusätzlich zu den drei Hacken den Schenkenbecher im Wappen führten, meist im Schild selbst, manchmal nur auf dem Helm zwischen zwei Hacken, war sein Interesse ein wenig geweckt.

Er hatte seinem Vater jetzt zugehört und quasi interessiert gefragt: »Was ist ein Schenk?« Sein Vater erklärte ihm, dass ein Schenk oder auch Mundschenk genannt ursprünglich ein germanisches Hofamt war und unter anderem mit der Aufsicht über die höfischen Weinkeller und Weinberge verbunden war. Im Mittelalter wurden häufig Ministeriale mit diesem Amt betraut und stiegen in den Adelsstand auf. Seit dem Ende des Mittelalters war dieses Erbamt allerdings mit keiner Funktion verbunden und es war ein Ehrenamt geworden.

Der Wohnsitz eines Schenks war in der Regel eine kleine Burg mit dazugehörigem Landbesitz. Gewöhnlich leiteten die Schenk-Familien ihren Namen von dem Hofamt her.

Als die rote Linie ausgestorben war, gelangte dieses Ehrenamt an die schwarze Linie, Wilhelm von Hake aus Genshagen. Sein Vater erwähnte auch noch, dass die Lehenbriefe der österreichischen Hackes noch bis 1639 gedenken. Allerdings nur in den vom Administrator zu Magdeburg ausgestellten Lehenbriefen über Stülpe. Dieses wurde 1645 an Oberst Hans von Rochow verkauft.

Als er seine Geschichte über die verschiedenen Zweige seiner Familie endlich beendet hatte, fing sein Vater zur Begeisterung des Sohnes an, von weiteren Rittern zu erzählen.

»Es gab einen Ritter in unserer Familie«, begann er, »der Ernestos hieß und in die Heimat seiner Vorfahren, die Mark Brandenburg, zurückgekehrt war. Dieser war beim Markgrafen Waldemar in besondere Gnaden gefallen und war auch dessen Geheimrat und Landregent gewesen. Als damals dem Markgrafen ein Unfall passierte, weil er von einem seiner Vettern überfallen wurde, hatte dieser Ernestos seinen Dolch dem Übeltäter hingeworfen und ihn mit seiner Faust niedergestreckt.«

Der Generalmajor sah noch genau vor sich, welche Bewegungen sein Vater dabei gemacht hatte, um die Geschichte spannender zu machen.

Dann fuhr er wieder weiter: »Danach wollte der Markgraf niemanden außer diesen von Hagke um sich haben und wegen solcher Treue und männlicher Tatkraft, hatte er ihn hoch geehrt, zum Ritter geschlagen und in den Herrenstand erhoben.«

Sein Vater hatte bemerkt, wie fasziniert er ihm zuhörte und erzählte ihm deshalb mit Spaß von den verschiedenen Hagken Rittern, die vor

Jahrhunderten an Turnieren teilgenommen hatten oder in den Krieg gezogen waren.

»Im 14. Jahrhundert«, berichtete er, »gab es einen Werner von Hagken, der in Worms für Kaiser Philipp, Herzog von Schwaben, turnierte und dafür Dank erhielt.

Eine anderer Friedrich von Hägkchen, der *tolle Ritter* genannt, weil er vor niemanden Angst hatte, turnierte im 14. Jahrhundert mit Bernhard von Metternich in der Stadt Braunschweig zu Fuß und zu Pferd auf den Tod, war dageblieben und in der Stadt ansehnlich begraben worden.

Einen heiligen Gralsritter gab es auch, den Heinrich, er hatte zu Ingelheim und Bamberg turniert und auch er hatte dafür Dank bekommen. Im 16. Jahrhundert war ein Justus von Haghken verfeindet gewesen mit dem Grafen von Mansfeld zu Vorderort zu Zeiten des *Schmalkaldischen Krieges*, als er mit Kaiser Karl V. von 1546 bis 1547 gekämpft hatte gegen ein Bündnis von protestantischen Fürsten und Städten im Römischen Reich. Das hatte ihm hernach keinen Schaden getan. Er hatte das Schloss des protestantischen Grafen Hugo von Mansfeld-Vorderort erobert, den Grafen Hugo herausgeholt und zwei Jahre gefangen gehalten.«

Der kleine Christian hatte seinem Vater mäuschenstill zugehört.

»Ein anderer von Hagkchen, von welchem ich seinen Vornamen nicht weiß, hatte unter Kaiser Heinrich gekämpft. Dieser Kaiser lag in den Jahren 926 und 927 zu Stendal und berief dahin einen Landtag.

Dort verlangte er von seinen Getreuen, den Altenmärkern, Sachsen und Thüringern, dass sie ihm Hilfe leisten sollten gegen die Wenden. Er belagerte im Jahre 927 Brandenburg und weil es ein sehr kalter Winter war, schlug er sein Feldlager auf dem Eis auf. Sie brachten damit die Wenden in solche Not, dass sie sich ergeben mussten samt ihrem Schloss. Die Wenden und Obotriten und alles was drinnen lag, wurden ohne Erbarmen erwürgt.

Danach besetzte der Kaiser die Stadt mit Sachsen und Thüringern und als Dank wurden viele von ihnen geadelt, darunter auch Hacken.

Etwa zehn Jahre später wurde sogar ein Feldhauptmann Hake von den Obotriten erschlagen.

Das waren die Geschichten, die er in seine Jugend hatte hören wollen!

Turniere mit Rittern, Schlachten mit Mord und Totschlag, das fand er spannend.

Ein anderes Mal hatte er seinen Vater gefragt, woher das Lehen stammte, dass er geerbt hatte. Dieser erläuterte ihm, dass sein Großvater und Enkel von Ernestos von Hack, Heinrich Wilhelm von Hack Erbsaß zu Pornimb, Herr zu Gamerschwang und Stetten, Ober-Amtmann zu Weerberg und Herrieden später Oberst und Kriegsrat des Fränkischen Kreises und Bayerischer Oberst Leutnant des Kurfürsten Ferdinand Maria von Bayern gewesen war. Von ihm hatte er das Lehen bekommen.

Er hatte sich um eine Übertragung dieses Lehens beworben, mittels Eingaben in Stetten ob Lontal im Jahr 1661. Seine Begründung war, dass er als ein österreichischer Edler Landmann und Vasall von Jugend an für das Haus Österreich und Bayern, mit der Satzung *von Blut und Gut*, treu Kriegsdienste geleistet hatte.

So wie auch durch Annahme der katholischen Religion, weil die Kurfürsten auch katholisch waren.

In Ansehung der besonderen Empfehlung von Seiten der verwitweten Kurfürstin Maria Anna von Bayern, der Mutter des Kurfürsten, erfolgte die Übertragung einige Monate später.

Es gab auch noch eine Eingabe desselben Jahres, in dem sich Heinrich Wilhelm bei den Kurfürsten entschuldigte, dass er: *seinen schuldigen Gehorsam noch nicht abgelegt habe, und sich leider bisher nicht im Land seines gnädigen Fürsten und Herrn zu Franken aufgehalten hatte. Deshalb hatte er sein Amt nicht vollständig ausüben können, weil er unterschiedliche Reisen amtshalber verrichten müsse.*

Sein Vater hatte ihm auch erzählt, dass dieser Heinrich Wilhelm im Jahre 1672 gestorben war und dass er insgesamt sechzehn Kinder hatte. Er war in erster Ehe mit Anna Franziska von Speth-Schülzburg verheiratet gewesen und in zweiter Ehe mit Sophie Elisabeth von Jaxtheim.

Als er starb, hinterließ er aus seiner ersten Ehe einen Sohn, den Gottlieb und aus seiner zweiten Ehe einen Sohn, Marquard, der Großvater des jungen Christian.

Gottlieb, der Stiefonkel seines Vaters, erhielt das Lehen im Jahre 1673 und 1680 und als er starb, hinterließ er seine Frau Magdalene von Vestenberg und seinen Sohn, Hans. Er erhielt das Lehen nach dem Tod seines Vaters. Hans starb später in Markoberschönfeld und hinterließ auch nur einen Sohn, Hans Sigismund. Dieser arme Kerl war jedoch nicht alt geworden. Er erhielt das Lehen ein Jahr nach dem Tod seines Vaters im Jahr 1721, starb aber nur zwei Jahre später im päpstlichen Seminar in Fulda, wohin er zum Studium geschickt worden war.

Als er starb, gab es keine Nachkommen, und so war die Linie des ältesten Sohnes seines Großvaters Heinrich Wilhelm, ausgestorben.

Sein Vater erzählte ihm weiter, dass sein eigener Vater Marquard im Jahre 1702 in den Reichsfreiherrenstand erhoben wurde. Nach seinem Tod erwarb er das Lehen später selbst. Er hatte dann auch das Amt seines Vaters bei der Markgräfin von Ansbach übernommen.

Der Generalmajor erinnerte sich lebhaft daran, dass er, als sein Vater ihm mitteilte, dass das Lehen später für Johan und ihn selbst sein würde, seinen Vater gefragt hatte, ob das genug sei, damit sie beide davon leben könnten.

Sein Vater hatte darüber herzlich gelacht und ihm geraten: »Such dir eine reiche Frau mit guten Lebensbedingungen, wenn du später feststellst, dass dein Erbe nicht groß genug ist.«

Aber er brauchte sich damals keine Sorgen um seine finanzielle Situation zu machen, denn seine Mutter war reich.

Später, als sein Vater starb und er und Johann die Einkünfte aus dem Lehen erhielten, nutzte sein Bruder seinen Anteil für Reisen und hinterließ seiner Familie, was er nicht brauchte.

Sein Vater war stolz auf seine Abstammung gewesen und wollte diesen Stolz an ihn weitergeben. Deshalb erzählte er ihm auch von seinen Onkeln Franz und Carl, welche ebenfalls hohe Posten bekleidet hatten bei der Kurpfalz, und über seine Mutter Magdalene von Grumbach. Sie stammte aus einer sehr alten und reichen fränkischen Uradelsfamilie.

Diese Familie gehörte nicht nur zu den ältesten Thüringischen, sondern auch zu den ältesten deutschen Familien überhaupt.

Sowohl unter den deutschen Fürsten- als auch Regentenhäusern gab es überhaupt nur wenige Geschlechter, die ihren Namen so weit in die ferne Vorzeit zurückzuführen vermochten, wie es bei seiner Familie der Fall war.

Weil das Hackische Geschlecht schon seit vorgeschichtlichen Zeiten existierte und auch in Thüringen bereits so viel von sich reden gemacht hatte, gab es dazu ein altes Thüringisches Sprichwort, das sagte: *Als Karl der Große ins Land kam, da waren die Hagks schon drinnen.*

Verschiedene Chronisten hatten, laut seinem Vater, gemeldet, dass ihr Stammvater, der Ritter von Hagk, der die Franken geschlagen hatte, Hattagost oder Hatagutus hieß und ein Sohn Hattenacks und Enkel des Herzogs Hengisti gewesen war. Sollte dies zutreffen, dass sie von Herzog Hangesti abstammten, so bestärkte dieser Umstand die Annahme, dass dieser Ritter einer alten Dynastie angehörte.

Weil sie, wie andere adlige Familien, ihren Namen nicht einem Ort entlehnten, fügten sie das Prädikat *von* nicht bei und schrieben nur ihre Nachnamen. In vielen alten Urkunden hatte seine Familie das Prädikat *vir nobilis* beigelegt, welches nur dem hohen Adel gegeben wurde.

Sein Vater hatte ihm alle diese Geschichten erzählt, weil er diese mutigen und wichtigen Vorfahren seinem Sohn für sein zukünftiges Leben als Vorbild vorführen wollte. Das Motto seines Vaters: *Lieber sterben als ein Held, als leben wie ein Feigling,* hatte er häufig genug gehört.

Er hatte nie genug davon bekommen können, wenn sein Vater ihm von den alten Zeiten erzählte.

In seiner jungenhaften Fantasie hatte er sich oft gesehen, sitzend auf einem Pferd in einer Waffenrüstung, wie früher die Ritter sie getragen hatten mit der Lanze in seiner Hand, um für seinen König und sein Vaterland zu kämpfen. Es war in diesen Momenten gewesen, als er sich fest entschloss, Soldat zu werden und in die Armee zu gehen. Er wollte ebenso tapfer sein wie die Männer unter seinen Vorfahren. Den Namen seines Vaters Hagck änderte er später in Hagken, sodass dieser am meisten dem Nachnamen des furchtlosen Ritters Hagk glich.

Nachdem er seinem Vater mitgeteilt hatte, dass er in den Militärstand eintreten wollte, erhielt er, wie es selbstverständlich war bei den Adelsfamilien, eine strenge methodische militärische Erziehung.

Der Generalmajor starrte einen Moment aus dem Fenster und dachte melancholisch an sein früheres Leben.

Obwohl die Kapitulation von Hameln auch für ihn dramatisch geendet war, hatte er seine Entscheidung, der Armee beizutreten, nie bereut.

Oft, wenn er nach einem Nickerchen aufwachte und an seine Kindheit zurückdachte, dachte er wehmütig an seine Mutter. Sie war eine große, gutaussehende Frau gewesen, die zurückhaltend wirkte und sich ihrer Stellung im Leben sehr bewusst war. Auf ihre Mitmenschen wirkte sie oft wie eine kalte Persönlichkeit, obwohl sie das eigentlich nicht war.

Sie hatte die gleichen blauen Augen wie er und ein rundes, errötendes Gesicht. Alle fanden immer, er sähe ihr sehr ähnlich.

Die wenigen Male, in denen seine Mutter ihm ihre volle Aufmerksamkeit schenkte und ihm aus ihrem Leben erzählte, waren für ihn immer glückliche Momente gewesen.

Als er noch ganz klein war, hatte sie ihn häufiger mitgenommen zum Besuch im Schloss Trautskirchen im gleichnamigen Dorf im Zenntal. Ihr Vater Ernst Ludwig von Seckendorff hatte im Jahre 1706, dasselbe Jahr, in dem sie geboren wurde, das Gut und die Burg von dem damaligen Besitzer Philipp Friedrich Graf von Wolfstein gekauft. Er ließ den bekannten Architekten Johann Dientzenhofer ein Barockschloss entwerfen und errichten.

Sie hatte dort eine wunderbare Kindheit mit ihrer Mutter Christine Sophie von Ellrichshausen, ihren vier Brüdern, zwei Schwestern und ihrem Vater verbracht. In 1733, als sie bereits verheiratet war, hatte er das Schloss zu ihrem Bedauern verkauft.

Schloss Trautskirchen.
Privatbesitz. Quelle: Foto und Bildrechte:
Julia Callens.

Stolz hatte sie ihrem Sohn erzählt, dass ihr Vater zu Lebzeiten ein hohes Ansehen genoss, als bekannter preußischer Minister und Siedlungsunternehmer für die preußischen Provinzen sowie für Russland und dass er viel gereist sei und viele wichtige Leute getroffen habe. Seine Großeltern hatte der Generalmajor nicht gekannt, da sie schon einige Jahre tot waren, bevor er 1744 geboren wurde, aber er hatte viel über sie gehört.

Als seine Mutter über ihre Eltern sprach, erzählte sie ihm auch, dass ihr eigener Großvater Heinrich Gottlob gewesen war, der jüngste Sohn des königlich-schwedischen Oberst Joachim Ludwig von Seckendorff und seiner Frau Maria Anna Schertlin von Burtenbach. Er war im Alter von achtunddreißig Jahren gestorben, als ihr Vater noch ein kleiner Junge von nur drei Jahren gewesen war.

Und dann hatte sie ihm eine herzzerreißende Familiengeschichte berichtet, die alle in der Familie lieber vergessen wollten.

Der Großvater ihres Vaters, der Joachim Ludwig, tat als Obrist Leutnant im schwedischen Heer Dienst. Er hatte einen seiner Dienstleute, dem er dachte trauen zu können, zur deutschen Armee geschickt mit einem Brief, in dem stand, dass er dorthin überlaufen wollte. Dieser Brief war verloren gegangen und in die Hände der Schweden geraten. Die hatten ihn daraufhin zum Tode verurteilt. So wurde er am 3. Februar 1642 wegen Hochverrats durch die Schweden auf dem Marktplatz in Salzwedel enthauptet.

Christians Mutter hatte geglaubt, dass es ein Komplott gewesen war. Sie hatte sich gewundert, wieso gerade jemand von der schwedischen Armee, der auch noch das Lesen verstand, was damals nicht selbstverständlich war, diesen Brief gefunden hatte. Weiter hatte sie ihm erzählt, dass der älteste Sohn des Unglücklichen, Veit Ludwig, damals Student und erst sechzehn Jahre alt gewesen war, als sein Vater enthauptet wurde. Das war ein traumatisches Ereignis für ihn und er war lange Zeit in einem Schockzustand. Die Freunde seines Vaters hatten sich aber um ihn bemüht und ihm sehr gut bei seiner Karriere geholfen.

Er wurde später ein sehr bekannter Gelehrter und Staatsmann.

Als seine Mutter starb, stand er bereits im Dienst von Herzog Ernst 1. von Sachsen-Gotha und kümmerte sich liebevoll um seine zwei jüngeren Brüder, Johannes Quirin und Heinrich Gottlob.

Johannes Quirin war bei der Hinrichtung seines Vaters gerade acht Jahre alt gewesen. Obwohl er später als Königlicher dänischer Oberwachtmeister eine Stellung bekommen hatte, konnte er den schrecklichen Tod seines Vaters nie verkraften. Er fing an zu trinken, wurde Alkoholiker und verlor seine Arbeit, um am Ende seines Lebens im Hafen der Stadt Rotterdam in Holland zu verschwinden. Sein älterer Bruder Veit Ludwig schickte noch jemanden nach Holland, um nach ihm zu suchen, aber nach einer Weile war es deutlich, dass man ihn nie finden würde.

Der Generalmajor dachte daran, wie dramatisch seine Mutter erzählen konnte. Nachdem er die Geschichte von der Enthauptung des Joachim Ludwig hatte, konnte er damals sehr schlecht davon schlafen. Er konnte gut verstehen, dass der Bruder ihres Großvaters nach der Alkoholflasche gegriffen hatte, um zu versuchen dieses grausame Ereignis zu vergessen.

Seine Mutter hatte außerdem erzählt, dass ihr Großvater Heinrich Gottlieb eine interessante Karriere gehabt hatte und später am Hofe des Herzogs auf Vorsprache seines Onkels Hof- und Kammerjunker wurde. Leider starb er plötzlich sehr jung am Fleckfieber, während er beruflich auf einer Reise war. Ihre Großmutter Agnes Magdalene, die Tochter des Hofmarschalls Kasper von Teutleben, war genau wie Veit Ludwig tiefbetrübt.

Dieser hatte seinen Bruder über alles geliebt und geschätzt. Nach dem Tod seines Bruders bot er sofort an, mitzuhelfen bei der Erziehung von dessen beiden Söhnen, Ernst Ludwig Christians Großvater sowie seinem um ein Jahr jüngeren Bruder Friedrich Heinrich. Er half den beiden, so viel er konnte, mit allem Nötigen in ihrer Jugend, um Karriere zu machen. Der Generalmajor, der Friedrich Heinrich, den Bruder seines Großvaters noch gekannt hatte, war der Meinung, dass er das mit großem Erfolg getan hatte. Denn er wurde kaiserlicher Feldmarschall, kämpfte in vielen Schlachten und war auch ein wichtiger Diplomat.

Obwohl der Generalmajor seine Mutter aufrichtig geliebt hatte, war ihre Beziehung nicht die gleiche wie die zu seinem Vater gewesen.

Sein Vater, ein warmherziger Mann, war sein Held, den er verehrt hatte.

Er erinnerte sich noch, wie der Vater ihn zum Hofe der Markgräfin Wilhelmine von Bayreuth mitgenommen hatte, um dort eine Stellung als einer ihrer Leibpagen aufzunehmen. Gerade als er seine Anstellung dort angenommen hatte, brannte das alte Schloss 1753 nieder.

Die Markgräfin entwarf selber die Pläne für den Bau des neuen Schlosses, das ein Jahr später, so weit wie möglich, fertiggestellt wurde. Als er dort seinen Einzug genommen hatte, war die Markgräfin noch jeden Tag beschäftigt mit dem Studieren der Bauanlagen und bemühte sich auch persönlich um jede Einzelheit bezüglich der Einrichtung jedes Zimmers. Sie hatte einen guten

Geschmack und wollte, dass die meisten davon nach einem speziellen Motiv dekoriert werden sollten. Wenn sie nicht damit beschäftigt war, dann spielte sie Klavier, malte, veranstaltete Feste, Theaterstücke oder Opern und schrieb sogar selber Stücke dafür. Niemals hatte er sich am Hofe gelangweilt.

Er hatte das Hofleben geliebt, jeden Tag.

Das einzige Kind der Markgräfin, ihre Tochter Elisabeth, war zwölf Jahr älter als er und verheiratet mit Herzog Carl Eugen von Württemberg.

Als sie nicht mehr am Hof ihrer Mutter lebte, hatte er immer das Gefühl gehabt, dass die Markgräfin ihn gern mochte und dass sie ihn ein bisschen adoptiert hatte als ihren kleinen Sohn.

Er erinnerte sich aber auch, dass sie oft traurig aussah und dass er den Grund dafür nicht verstanden hatte. Erst, als er älter wurde, achtete er auf die Gespräche der Hofleute und es wurde ihm klar. Sie war nicht glücklich verheiratet. Ihr Mann betrog sie mit einer ihrer Hofdamen und mehreren anderen Frauen.

Als er das erfuhr und auch gesehen hatte, wie sehr sie darunter litt, versprach er sich selbst, dass, wenn er einmal verheiratet war und seine Frau liebte, er sie niemals betrügen würde. Dieses Versprechen hatte er auch immer gehalten.

Seit seiner Kindheit wollte er Soldat werden, und seine Ausbildung dazu hatte er am Hof der Markgräfin begonnen. Doch einmal gab es einen Moment, in dem er daran zweifelte, ob er die richtige Wahl getroffen hatte. Es war ein Jahr vor dem Tod seines Vaters und er war gerade zwölf Jahre alt geworden, als dies geschah.

Die Jagdsaison hatte gerade begonnen, und sein Vater hielt dies für eine gute Gelegenheit, mit ihm und seinem älteren Bruder Johann auf die Jagd zu gehen. Sie hatten bereits das Schießen gelernt, und es war an der Zeit, dass beide das spannende Element der Jagd kennenlernten und erlebten. Johann war überhaupt nicht interessiert. Er ging mit, weil sein Vater es wollte, aber er selbst war aufgeregt und hatte sich gefragt, wie es wohl sein würde, sein erstes Tier zu erlegen.

Im Wald angekommen, wo es kalt und feucht war, hatten sie lange warten müssen, bis sie endlich einen Rothirsch sahen mit einem großen Geweih. Sein Vater flüsterte ihm zu: »Christian, erschieße ihn.« Er hatte auch schon sein

Gewehr angelegt, als der Rothirsch seinen Kopf langsam umdrehte. Das Tier sah so majestätisch aus und hatte solche wunderschönen braunen Augen, die ihn so unschuldig und vertrauensvoll anschauten, dass er zögerte. Er war ein Naturmensch und er fühlte, dass er so ein schönes Tier nicht einfach erschießen konnte. Um seinen Vater aber nicht zu enttäuschen und um das Tier zu warnen, feuerte er auf so eine Art, dass der Schuss verfehlte. Die Kugel streifte einen nahegelegenen Baum, und das abprallende Geräusch ließ den Rothirsch fliehen. Nachdem das geschehen war, hatte er ganz verwirrte Schuldgefühle bekommen. Er fühlte sich wie ein Versager. Wenn er ein Tier nicht töten konnte, wie sollte er dann in einem Krieg einen Menschen umbringen? Sein Vater und sein Bruder hatten seinen Gemütszustand nicht wahrgenommen und beide waren nur enttäuscht gewesen, erfolglos nach Hause zu kommen.

Zu diesem Zeitpunkt war er noch immer Leibpage gewesen bei der Markgräfin Wilhelmine. Sie hatte einige Tage nachher bemerkt, dass ihn etwas bedrückte, und fragte ihn nach der Ursache. Er hatte sich geschämt und wollte es niemandem erzählen. Das Bedürfnis, sein Geheimnis mit jemandem zu teilen, war jedoch zu stark für ihn. Nach einigem Drängen ihrerseits erzählte er ihr, was während der Jagd geschehen war und wie unangenehm es ihm noch immer war.

Die Markgräfin hatte ihm andächtig zugehört und als er geendet hatte, sagte sie: »Christian, wissen Sie, dass mein Vater der Soldatenkönig genannt wurde, weil er immer mit seiner Armee beschäftigt war? Er wusste viel darüber, auch wie die Soldaten zu kämpfen hatten. Ich hörte ihn einmal zu meinem Bruder sagen, dass ein guter Soldat seinem Feind nie ins Gesicht schaut, sondern nur auf seinen Körper achtet, wo er ihn am besten treffen kann. Das sollten Sie auch tun. Konzentrieren Sie sich nur auf den Körper, ob es ein Tier oder Mensch ist. Es ist noch immer Jagdsaison, sagen Sie Ihrem Vater deshalb, Sie möchten wieder mit ihm auf die Jagd gehen und vergessen Sie nicht, was ich Ihnen gerade erzählt habe.«

Der Generalmajor konnte sich noch gut ins Gedächtnis rufen, wie er nach diesem Gespräch ganz erleichtert gewesen war. Er hatte die Markgräfin immer sehr gern gehabt, aber jetzt hatte seine Verehrung für sie nur noch mehr zugenommen. Tatsächlich war er nochmals mit seinem Vater auf die Jagd gegangen. Er hatte nur ein Kaninchen erschossen, aber damit war doch sein Selbstvertrauen wieder zurückgekommen.

Zu seiner Bestürzung erkrankte plötzlich sein Vater im Sommer des folgenden Jahres an einer Lebensmittelvergiftung. Er bekam hohes Fieber und starb nach einem kurzen Krankenbett im August 1757. Die Markgräfin starb ein Jahr später auch und damit hatte er die beiden Menschen, die ihm am liebsten und wichtigsten waren in seinem Leben, verloren.

Er war damals noch jung und es waren dramatische Erfahrungen für ihn. Der Generalmajor erinnerte sich noch gut, wie sehr er darunter gelitten hatte. Eine richtig lange Trauerzeit war es für ihn gewesen, weil er seine beiden Vertrauten so vermisst hatte.

Das gellende Geschrei von spielenden Kindern draußen vor dem Haus riss ihn aus seinen Gedanken und er betrachtete das Zimmer, in dem er saß.

Er verglich seine heutige Situation mit seinem früheren Leben und der Unterschied war so groß, dass er es kaum ertragen konnte. Dann bedachte er philosophisch, dass ihn das Leben viele unterschiedliche Begebenheiten hatte erleben lassen. Es war jedenfalls niemals langweilig gewesen. Er war jetzt alt, hatte nur noch wenig Kraft und spürte, dass er nicht mehr lange zu leben hatte. Das war ihm auch egal, aber er wurde trübsinnig, wenn er an seine junge Frau dachte und das Leben, das sie und ihre Kinder jetzt führen mussten.

Obwohl er sich nach der Kapitulation der Festung Hameln wie ein Versager fühlte, war er doch der Meinung, dass er nie ein Feigling gewesen war. Er hatte öfter mit Auszeichnung gekämpft. Nach der Schlacht von Jena-Auerstedt war vorhersehbar gewesen, dass der Krieg verloren war. Weiterzukämpfen würde nur Tausende von Toten geben und war daher zwecklos.

Sein einziger Trost war, dass er und die anderen Generäle damals Recht gehabt hatten.

Nachdem der König das neue Gesetz verkündet hatte, dass die Verantwortlichen von Festungen und Städten, die sich widerstandslos ergeben würden, von nun an grundsätzlich mit dem Tod bestraft werden sollten, mussten noch viele Soldaten aufgrund dieser Entscheidung sterben, bis schließlich der *Frieden von Tilsit* unterzeichnet wurde. Friederike und ihre Familie stimmten mit ihm überein, dass dieses Gesetz für den sinnlosen Tod vieler Menschen verantwortlich war.

Aber, als er später erfuhr, dass eine Kommission gebildet worden war, um die Kriegsereignisse zu untersuchen, zu denen auch die Kapitulation Hamelns gehörte, bezweifelte er auf einmal seinen Entschluss nicht weiter gekämpft zu haben.

Innerhalb von zwei Monaten nach der verhängnisvollen Kapitulation war das ganze nördliche Deutschland wie Hannover, Bremen, Lübeck, das Herzogtum Oldenburg, und die Mecklenburgischen Länder mit mehr als zehn Millionen Menschen, in die Hände der Franzosen gefallen.

Der Generalmajor hatte gehört, dass selbst diejenigen, die erst noch in ihrem Optimismus geglaubt hatten, dass man vielleicht den Krieg gewinnen könnte, diesen Glauben nach der Kapitulation der Festungen aufgegeben hatten. Er fühlte sich jetzt verantwortlich, weil er mit der Kapitulation einverstanden gewesen war und fing an, sich selber Vorwürfe zu machen. Vielleicht wäre die Situation ganz anders gewesen, wenn man eine längere Verteidigungsfrist von nur wenigen Tagen in Anspruch genommen hätte. Man hätte dann eventuell bei den Unterhandlungen bedingen können, dass dem Regiment ein freier Abzug nach Preußen zu dem Überrest des preußischen Heeres bewilligt worden wäre. Aber dann dachte er daran, dass dies nicht möglich gewesen war, weil Louis, der König von Holland, es verboten habe. Oder hatte er vielleicht seinen Kommandeur, Oberstleutnant von Hamelberg, zu viele Entscheidungen treffen lassen? Er hatte seine militärischen Aktionen stets mit gutem Gewissen durchgeführt, und mit der festen Überzeugung, nur das zu tun, was für seinen König und das Volk seines Landes am besten war. All die Gedanken ließen ihm keine Ruhe. Manchmal packte er ein auf Seide geschriebenes Gedicht, das ihm seine Offiziere geschenkt hatten, anlässlich eines seiner Geburtstage, und las es noch einmal:

Empfindungen der Ehrfurcht und Liebe
Am 30ten September als am 54ten Geburtstage
Sr. Hochwohlgeborenen Herrn Oberst Freiherrn von Hagken

Verehrter, nimm dies Blättchen als ein Zeichen
Der Treu und Liebe gütig an
Es sage Dir, was Worte nicht erreichen;
Was unser Herz nur fühlen kann
Es sage Dir, wie wir Dich verehren
Wie lauter unsre Liebe glüht
Wie jeder fühlt, dass er von Deinen Lehren
An Dir zugleich das Muster sieht
Der Mann, der unermüdet im Berufe
Sich stets als Patrioten zeigt;
Der in der Achtung schnell von Stuf zu Stufe
Noch mehr als in dem Range steigt;
Der sanft im Umgang, streng im Dienst,
und weise
Und kalt in den Gefahren ist;
Des scharfen Blicks, dem Jüngling wie
dem Greise,
Die Gunst nach den Verdiensten misst;
Dem Manne widmen wir heut' unsre Lieder
Und unsrer heißen Wünsche flehn
Oft----oft noch mög Er diesen Morgen wieder
Zu unser aller Freude sehn!
Das Schicksal streue Blumen auf den Wegen
Des Lebens reichlich um Ihn her;
Es schenk Ihm seinen besten Erdensegen
Denn wer verdient ihn mehr als Er?
Verzeih, Verehrter, unsrer Herzen Sehnen,
Das uns vereint heut zu Dir zog
Und hör es noch im Freudenruf ertönen
Von Hagken lebe----lebe hoch!

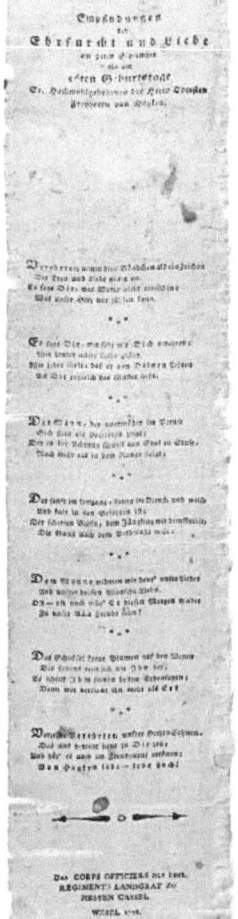

Das Gedicht auf Seide
geschrieben.
DAS CORPS OF-
FICIERS des LOFL.
Regiments Landgraf zu
Hessen-Kassel
Wesel 1798.
Quelle: Privatbesitz

Aber auch das Lesen dieses Gedichts half ihm nicht.

Er gab sich weiterhin die Schuld an der Übergabe der Festung Hameln, und damit verschlechterte sich seine körperliche und geistige Gesundheit von Tag zu Tag. Es schien, als hätte er jegliche Lust am Weiterleben verloren und nichts interessierte ihn mehr. Ohne sein Regiment, das Militärleben, das Gefühl, Preußen nicht verteidigen zu können, und die Vorwürfe, die er sich selbst machte, war das Leben für ihn sinnlos.

Anstatt seine Soldaten zu kommandieren und seine Mannschaften um sich zu haben, saß er jetzt an seinem Schlafzimmerfenster und beobachtete die Kinder, die im Garten spielten. Nur Alexandrine und Friedrich machten ihm etwas Freude. Der Junge sah genauso aus wie Carl, sein damals jüngster Sohn aus der Ehe mit Johanna.

In den letzten Monaten seines Lebens dachte er oft an seine erste Ehe, die daraus hervorgegangenen Kinder und wie sehr er seine Johanna geliebt hatte. Immer hatten sie alles zusammen besprochen und stets war sie nicht nur seine Geliebte, sondern auch sein bester Kamerad und seine Vertrauensperson gewesen. Er erinnerte sich daran, wie über ihre Heirat getratscht worden war, weil Johanna doch keine Adlige war, aber das hatte ihm nichts ausgemacht. Sie waren beide noch jung, als sie sich auf einem Fest in ihrem Haus kennengelernt hatten.

Er war damals zweiundzwanzig und sie achtzehn, als er sich sofort bei ihrer ersten Begegnung in sie verliebt hatte und sie gleich heiraten wollte. Trotz des Widerstands seiner Mutter führte er sie ein Jahr später zum Altar, am Sonntag, dem 17. Juli 1768.

Und er hatte sein Leben mit ihr immer genossen.

Obwohl der Gesundheitszustand seiner Mutter zu diesem Zeitpunkt nicht gut war, wollte sie trotz ihrer Einwände immer noch an seiner Hochzeit teilnehmen. Danach hielt sie sich jedoch von der jungen Familie fern. Erst als ihr erstes Kind, Constantin, geboren wurde, taute sie auf und kam gelegentlich aus Ansbach vorbei, um sich an ihren Enkelkindern zu erfreuen.

Johanna hatte ihm einmal erzählt, dass sie sich oft einsam gefühlt hatte, weil sie ein Einzelkind war. Sie hatte immer ein Geschwisterchen vermisst. So wollte sie mehrere Kinder haben und drei Jahre nach ihrer Heirat wurde seine einzige Tochter Louise geboren. Es war eine Frühgeburt und obwohl sie alles taten, um das Kind am Leben zu erhalten, war sie nicht lebensfähig genug. Zu ihrem Kummer lebte das kleine Mädchen nur wenige Wochen, bevor sie starb. Johanna war lange untröstlich. Sie hatte sich so sehr ein

Mädchen gewünscht und er war auch sehr betrübt gewesen. Das Bild ihres Begräbnisses, als der kleine Sarg im Familiengrab der Tenderings beigesetzt wurde, war etwas, was er nie vergessen würde.

Dieses traurige Ereignis hatte ihre Beziehung jedoch noch stärker gemacht.

Ein Jahr später wurde ihr zweiter Sohn Franziskus geboren und 1773 brachte Johanna ihren dritten Sohn Carl zur Welt. Das fröhliche Kerlchen war mit zweieinhalb Jahre auch gestorben. Er hatte sich eine Darminfektion zugezogen, die mit sehr hohem Fieber einherging. Sie hatten die berühmtesten Ärzte geholt, um ihn zu heilen, aber es gab niemanden, der ihm hätte helfen können. Am Ende starb er qualvoll an Dehydrierung. Seine Frau war nach dem Tod ihres zweiten Kindes ganz verzweifelt.

Sie hatte sich selbst die Schuld gegeben und sich dauernd gefragt, ob sie vielleicht besser hätte aufpassen müssen. Wieso war er krank geworden, sie konnte es nicht verstehen. Lange Zeit war sie sehr depressiv. Auch ihn hatte das Begräbnis seines kleinen Sohnes, als er zum zweiten Mal hinter einem kleinen Sarg zum Friedhof gegangen war, sehr beeindruckt und mitgenommen. Es war ein sehr schwerer Schlag für sie beide gewesen. Er hatte sein Regiment und damit genug Abwechslung, aber für Johanna war es damals eine extrem schwierige Zeit.

Dann wanderten seine Gedanken zum Gut Venninghausen. Obwohl er dort seine glücklichste und auch traurigste Zeit verbracht hatte, dachte er daran, wie wunderbar es für ihn gewesen war, auf diesem Anwesen in Brünen gewohnt zu haben.

Mit Hilfe von Johannas Eltern, die als Bürgen auftraten, konnten sie sich ihren Wunsch erfüllen. 1773, kurz vor Weihnachten, konnten sie einziehen. Er hatte das Leben außerhalb der Stadt immer als sehr wohltuend empfunden. In seiner Erinnerung hörte er, wie ihn die Vögel jeden Morgen mit ihrem Zwitschern weckten. Die Stille, die überall herrschte, das Rascheln der uralten Bäume rund um das Haus. Im Winter, wenn es draußen stürmte und der Wind ums Haus heulte und die Äste der Bäume schwanken ließ. Wie gemütlich saßen sie abends am Feuer am großen Kamin im Wohnzimmer. Das Gefühl, im Haus sicher zu sein, dass dort nichts passieren könnte. Als Herr von Venninghausen hatte er sich zusammen mit Johanna immer mit der Instandhaltung des Gutes beschäftigt. Sie waren Paten gewesen von den Kindern ihrer Pächter, hatten Land verkauft, angekauft oder umgetauscht.

Später, im Jahr 1787, hatten ihre beiden verbliebenen Kinder Constantin und Franziskus ihr Zuhause verlassen und sie beschlossen, Venninghausen zu verkaufen und nach Wesel zurückzukehren.

Er erinnerte sich auch daran, dass wenn er nach einem ganzen Tag auf dem Exerzierplatz oder nach einem Kampf nach Hause kam, es schwierig für ihn gewesen war, gleich umzuschalten auf das häusliche Leben. Er war sich bewusst, dass er manchmal sehr zerstreut und abwesend auf seine Familie gewirkt haben musste.

Es fiel ihm schwer, die Erinnerungen, was er mit seinem Regiment getan hatte oder seine Teilnahme an einer Schlacht einfach aus seinem Gedanken zu vertreiben. Die Toten und Verwundeten, die er um sich gesehen hatte. Die Chirurgen, die amputieren mussten im offenen Felde ohne eine richtige Betäubung geben zu können, das Geschrei und Wimmern der Verwundeten, das man selbst durch die donnernden Kanonen noch hören konnte, die Holzkisten mit den Toten, der schreckliche Geruch der Leichen, die in ein Massengrab gelegt wurden. Diese fürchterlichen Bilder und Ereignisse konnte er nicht leicht vergessen. Seine Begeisterung für das Militärleben war aber niemals weniger geworden oder verschwunden. Er hatte dies mit Erfolg übertragen auf seinen ältesten Sohn, Constantin, und dafür gesorgt, dass dieser später in sein Regiment eintreten konnte.

Von da an war der Kontakt mit seinem Sohn enger geworden und sie hatten nur noch über ihr gemeinsames Interesse, die Begebenheiten in der Armee gesprochen.

Nachdem er Friederike geheiratet hatte, war auf einmal Constantin in ein anderes Regiment versetzt worden und hatte mit Anna Christina und ihren beiden Söhne Wesel verlassen, ohne sich von ihm zu verabschieden. *Natürlich hat Constantin das selbst beantragt*, dachte der Generalmajor. Er vermisste seinen ältesten Sohn und hatte keine Ahnung, wo er jetzt sein konnte. Während des Krieges war auch der Kontakt zu seinem anderen Sohn, Franziskus, abgebrochen. Aus Wesel gab es schon lange Zeit keine Neuigkeiten mehr.

Dann betrachtete er erneut seine finanzielle Situation. Als sein Schwiegervater Hermann Tendering starb, waren seine Schwiegermutter Catharina und Johanna die einzigen Erben. Vor seiner Heirat war vereinbart worden, dass das spätere Erbe seiner Schwiegereltern für Johanna und seine beiden Söhne bestimmt sein sollte. Dagegen hatte er sich nicht gewehrt, da er mit seinem Militärsold und später mit seinen Einkünften aus den Lehnsgütern immer genügend Einkommen hatte. Nun machte er sich auch darüber Vorwürfe, dass er damals dachte, es könne alles so bleiben, wie es bisher gewesen war. Dass er immer die Einkünfte aus seinem Lehen erhalten würde, ohne daran zu denken, dass die Zeiten sich sehr schnell ändern könnten. Auch die Art und Weise, wie ein Krieg geführt wurde, war nicht die gleiche wie damals bei seinem Eintritt in die Armee.

Mit all diesen trüben Gedanken ging es mit seiner Gesundheit weiter bergab. Er aß kaum noch und sein einst starker Körper verlor an Gewicht und damit verlor er auch seine Widerstandskraft.

Am Ende seines Lebens erkrankte er an schwerem Typhus. Als er fürchtete, bald zu sterben, wollte er noch einmal seine beiden Söhne sehen. Er wusste nicht, wo sie waren und bat Friederike, Frau Doktorin Hannes, der Schwiegermutter Constantins in Wesel, eine Nachricht zu schicken. Sie tat dies umgehend und bat die beiden Brüder, schleunigst zu ihrem Vater zu kommen. Er war sehr erkrankt und sie fürchtete, dass er bald sterben würde.

Schon nach wenigen Tagen erhielt der Generalmajor Besuch von Constantin.

Franziskus hatte sich entschuldigt, er könne das Haus seiner Großmutter in Wesel nicht verlassen, weil die Franzosen dort eingezogen seien und er sich um das Haus kümmern müsse.

Als Constantin ankam und das Pfarrhaus betreten wollte, sah er draußen einige Kinder spielen. Er war neugierig, seine Halbgeschwister zu sehen und fragte nach ihnen. Ein kleiner Junge mit dunklen Haaren näherte sich ihm schüchtern. »Du musst Friedrich sein«, begrüßte ihn Constantin freundlich. »Ich bin Constantin, dein Halbbruder«, stellte er sich vor. Der kleine Junge sah ihn verständnislos an und rannte schnell ohne ein Wort zu sagen davon. Constantin lächelte ihm nach und dachte, *das ist also der kleine Friedrich.*

Als er das Haus betrat, fragte er sich unwillkürlich, wem der Junge ähnelte. Drinnen war es still, es herrschte eine beklemmende Erwartung auf den nahenden Tod. Friederike kam aus der Küche in einem Dunst feuchter Hitze von frisch gewaschener Wäsche mit Alexandrine auf ihrem Arm. Sie begrüßte ihm sanft: »Ich bin froh, dass du gekommen bist. Entschuldige, wie ich aussehe, aber die Wäsche deines Vaters muss jeden Tag gewechselt und gekocht werden, um sie frisch zu halten.«

Er sah sie an und bemerkte, wie müde sie aussah. »Wie geht es meinem alten Herrn?«, fragte er, während er seine Halbschwester anschaute und über ihre Wange streichelte. »Was für ein süßes Kind, sie hat die gleichen blauen Augen wie mein Vater.«

Dann zeigte Friederike ihm das Schlafzimmer und er ging herein.

Als der Generalmajor das Gesicht seines ältesten Sohnes sah, leuchteten die Augen des alten Mannes auf. Constantin war immer sein Favorit gewesen. Ein Soldat in Herz und Seele, wie er selbst war. Das Militärleben mit dem Ziel, König und Vaterland zu dienen, hatten sie immer mit großer Hingabe erfüllt. Sie betrachteten es beide als eine große Auszeichnung, und dies war stets der höchste Wert in ihrem Leben gewesen.

Constantin kämpfte immer noch damit, seinem Vater zu verzeihen, dass er wieder geheiratet hatte. Aber als er sah, wie schlecht es ihm ging und auch wie sorgsam Friederike sich um ihn kümmerte, änderten sich seine Gefühle bald. Er sah, dass sein Vater aufgrund seiner Krankheit keine Kraft mehr hatte und nicht mehr lange Leben würde. Der alte Generalmajor winkte seinem Sohn, näher zu kommen, und Constantin versprach feierlich auf den mühsam gesprochenen Todeswunsch seines Vaters, dass er sich immer um Friederike und seinen Halbbruder und seine Halbschwester kümmern würde, wenn es nötig sei. Das war es, was der alte Herr hören wollte. Er konnte jetzt friedlich sterben, da er wusste, dass sein Sohn sein Versprechen niemals brechen würde.

Seine Familie war bei ihm, als der Generalmajor Christian Alexander von Hagken einen Tag später, am Sonntag, demselben Wochentag, an dem er seine beiden Frauen geheiratet hatte, am 8. Mai 1808, endgültig die Augen schloss.

Das Letzte, was er vor seinem Ableben sah, war das besorgte Gesicht seiner jungen Frau, die sich über ihn gebeugt und mit Tränen in den Augen seinen letzten geflüsterten Worten gelauscht hatte: »Ich war doch immer ein braver Soldat.«

Der Generalmajor wurde in einer einfachen Beerdigung ohne Soldaten und seine ehemaligen Offiziere auf dem Friedhof neben der evangelischen Pfarrkirche in Uentrop beigesetzt. Auf seinem Grabstein ließ Friederike eingravieren: *Hier ruht ein braver Soldat.*

Abgesehen von der Familie waren nur wenige Bekannte anwesend. Ludwig, sein Schwager, hielt eine kurze Predigt, in der er über die persönlichen Schwierigkeiten des Generalmajors während des Krieges und die damit verbundenen Folgen sprach. Jeder wusste, dass er damit die Kapitulation von Hameln meinte.

Während der Bestattung fiel Constantin auf, wie aufgewühlt und verzweifelt Friederike war. Konnte es sein, dass sie seinen Vater wirklich geliebt hatte?

Er nahm sie nach der Beerdigung zur Seite: »Friederike, wir müssen miteinander reden. Leider kann ich dich und deine Kinder jetzt nicht zu mir nach Hause nehmen.

Meine Großmutter wohnt derzeit bei uns und du verstehst, dass es für sie zu peinlich wäre, wenn du auch zu uns kämst. Ich verfüge am Moment auch nicht über ausreichende finanzielle Mittel, um ein Haus für dich und die Kinder zu mieten. Vielleicht wäre es besser, wenn du vorerst hier in Uentrop bleiben würdest.«

Friederike verstand es, sie wusste, dass sie jetzt auch nichts anderes von ihm erwarten konnte.

Trotzdem war sie enttäuscht und sie entgegnete kurz: »Selbstverständlich Constantin, ich bleibe vorläufig hier.«

Als er gegangen war, fragte sie sich verzweifelt, ob sie jemals in der Lage sein würde, das Pfarrhaus zu verlassen.

Fotomontage von Heinz Feußner, Hamm, des Bildes von Uentrop auf dem Pokal, den Lehrer Wilhelm Gröpper 1858 von seinen Kollegen überreicht bekam.
Von rechts nach links: Das Pfarrhaus, die Schule, das Armenhaus, die Kirche, das Haus der Familie von der Recke.

Constantin von Hagken
&
Anna Christina Hannes (Witwe Graff)

Nach seinem Gespräch mit Friederike verabschiedete sich Constantin von ihr und ihrer Familie und kehrte zu seiner eigenen zurück. Der Tod seines Vaters hatte ihn mehr getroffen, als er gedacht hatte, und tief in Gedanken versunken trat er die Heimreise an. Er hatte seinen Vater und Friederike seit ihrer Hochzeit kaum noch gesprochen oder gesehen. Um zu vermeiden, ihnen in Wesel regelmäßig über den Weg zu laufen, hatte er um eine Versetzung in ein anderes Regiment gebeten. Dieser Versetzung wurde stattgegeben und er wurde nach Erfurt versetzt. Dort war er auch, als der Krieg begann und sein Vater mit seinem Regiment nach Münster und später nach Hameln geschickt wurde. Er wusste, dass nach der Übergabe dieser Stadt die Kriegskommission seinen Vater auch strafrechtlich verfolgen wollte. Im Grunde seines Herzens war er froh, dass sein alter Herr durch seinen Tod zumindest davon verschont bleiben würde.

Friederike tat ihm leid, dass alles so schlimm für sie und die Kinder ausgegangen war, aber in diesem Augenblick konnte er wenig für sie tun. Seine Verantwortung lag nun nicht nur bei seiner Frau, sondern auch bei seinen beiden Stiefsöhnen Wilhelm und Alexander Graff. Doch auf dem Rückweg zu seinem Haus in Spellen bei Wesel, in dem er jetzt wohnte, kam ihm unabsichtlich derselbe Gedanke wieder in den Sinn. Er dachte, er sei darüber hinweg, aber er glaubte immer noch nicht, dass sein Vater Friederike nur geheiratet hatte, weil er eine Frau an seiner Seite brauchte. Er verstand nun besser, dass der vernarrte Blick, den sein Vater ihr damals beim Abendessen zugeworfen hatte, und die Tatsache, dass er eine andere Frau als seine Mutter hatte lieben können, ihn immer noch ärgerte.

Er dachte nach über sein eigenes Leben und was in den letzten Jahren alles passiert war. Dabei wanderten seine Gedanken zurück zu dem letzten vertraulichen Gespräch, das er mit seiner Mutter geführt hatte. Obwohl sie zu diesem Zeitpunkt noch nicht lange krank gewesen war, ahnte und fürchtete sie jedoch bereits, dass sie sich nicht erholen würde. Nächtelang hatte sie gehustet und sie fühlte, wie jeden Tag ihre Kräfte durch ihr hohes Fieber mehr und mehr abnahmen. In diesem Moment war er schon zweiunddreißig Jahre alt und ihr letzter Wunsch war gewesen, dass er heiratete. Wenn sie gestorben war, musste er doch eine Frau haben, die sich um ihn kümmerte. Sie glaubte, es war Zeit für ihn, eine eigene Familie zu gründen. Zu seiner Überraschung hatte sie deshalb auch schon eine für ihn ausgesucht. Und das war seine Großcousine, die Witwe Anna Christina Graff, Tochter ihrer Cousine Anna Maria Tendering.

Seine Mutter hatte ihm erklärt, dass eine Witwe mit zwei Söhnen nicht gerade ein einfaches Leben führen konnte. Anna Christina lebte wieder bei ihrer Mutter und ihre Chancen, wieder zu heiraten, waren nicht sehr gut. Auch ihre Schwester Susanne, bereits verwitwet und kinderlos, war nach dem Tod ihres Mannes, des Feldpredigers Koch, zu ihrer Mutter zurückgekehrt. In diesem Frauenhaushalt war zu befürchten, dass die Erziehung der beiden Söhne von Anna Christina aufgrund der fehlenden männlichen Führung mit Schwierigkeiten verbunden sein würde. Sie waren in einem Alter, in dem sie eine Vaterfigur in ihrem Leben brauchten.

Obwohl sie sieben Jahre älter war als er, hatte seine Mutter gedacht, dass er Anna Christina doch gern mochte. Die arme Frau hatte eine schreckliche, unglückliche Ehe geführt und litt noch immer an dem, was sie in jener Zeit durchmachen musste.

Er kannte die bedauerlichen Erlebnisse seiner Frau gut. Anna Christina hatte in ihrer Jugend Johann Graff geheiratet, den einzigen Sohn des Kriegsrats Graff aus Rees.

Seine Familie stammte ursprünglich aus Frankreich und war nach der Aufhebung des *Edikts von Nantes* im Jahr 1688, in dem die Protestanten ihre Religion nicht mehr ausüben durften, nach Deutschland geflüchtet. Die Familie gehörte also zu den sogenannten Réfugiés. Ursprünglich hatten sie den

Familiennamen Rave geführt. Das sprach man auf Französisch aber aus wie Rav.

Als die Familie nach Deutschland emigriert war, hatte sie ihren Namen germanisiert und einen nach dem Gehör möglichst ähnlichen angenommen. Aus Rave wurde Graff. Johanns Großeltern hatten auf dem Land in der Nähe von Essen gelebt und sein Großvater war ein äußerst frommer Mann gewesen. Sein Vater, der auch der einzige Sohn war, hatte deshalb Theologie studieren müssen und als Kandidat bereits mehrmals gepredigt. Doch seine Vorliebe für das Militär war nicht verschwunden und setzte sich schließlich durch. Als er im Alter von dreiundzwanzig Jahren, zur Zeit des *Siebenjährigen Krieges* 1756, einem Werbungsoffizier begegnete, war sein Entschluss schnell gefasst. Durch die Vermittlung dieses Offiziers trat er in die preußische Armee ein. Schon bald wurde er zum Hauptmann im Infanterieregiment des späteren Königs Friedrich Wilhelm II. ernannt. Das Regiment wurde dann von dem späteren General Friedrich Wilhelm Graf von Wylich und Lottum kommandiert, mit dem er sich anfreundete. So lange beide lebten, blieben sie durch regelmäßige Briefwechsel im Kontakt.

In der Zeit, als er Offizier war, hatte er ein Fräulein Lilly Jahn aus Spandau kennengelernt und später auch geheiratet.

Im Laufe des *Siebenjährigen Krieges* wurde er mehrfach schwer verwundet und seine Frau war ein ganzes Jahr ohne jede Nachricht geblieben. Sie hatte bereits die Trauerkleidung angelegt, weil sie dachte, dass ihr Mann tot sein müsste. Nach Beendigung des Krieges kam er zu ihrem Glück und ihrer Überraschung trotzdem zurück. Jedoch war er gesundheitlich schwer angeschlagen.

Er konnte wegen seiner Verwundungen nicht länger dienen und bat um den Abschied. Da er infolge seiner universitären Studien ein wissenschaftlich sehr gebildeter Mann war, wurde er als Provinzial-Zoll-Steuer-und-Lizenz-Inspektor mit dem Amtstitel Kriegsrat, in Rees angestellt. In dieser Stellung erreichte er noch für die Zeit ein hohes Alter. Als Altersschwäche und die Folgen seiner vielfachen Verwundungen ihm den Dienst erschwerten, wurde ihm sein einziger Sohn, der Johann, zugeteilt. Er vertrat damit seinen Vater und erhielt dabei das Recht der Nachfolge in seinem Amte.

Dieser Vorzug wurde langjährigen gedienten Staatsbeamten häufiger zuteil.

Anna Christina hatte den alten Kriegsrat und seine Frau noch gekannt. Sie sprach immer mit großer Verehrung über seine Rechtschaffenheit und Uneigennützigkeit und hatte Constantin erzählt, dass der alte Graff ein fein gebildeter und liebenswürdiger Mann gewesen sei. Ihre Schwiegermutter hatte sich ebenso durch Bildung und Geschicklichkeit für die damalige Zeit sehr vorteilhaft bemerkbar gemacht. Die beiden waren überall sehr gerngesehene Menschen gewesen.

Ihr Sohn Johann, der seinem Vater nachgefolgt war, musste wegen seiner amtlichen Stellung häufig nach Wesel fahren, da das Zollamt in Wesel dem von Rees untergeordnet war. Die Zolldirektion war damals in Emmerich und der Direktor, ein Herr von Auer, war ein Freund der Familie. Er kam öfters zu Besuch, so dass für Johann die geschäftliche Arbeit sehr günstig war.

Anna Christina hatte ihren Mann in Wesel kennengelernt bei seiner einzigen Schwester, Eleonore, die verheiratet war mit dem Rentner Johann Tendering.

Dieser Johann war ein Cousin seiner Mutter Johanna und ein Bruder von ihrer Cousine Anna Maria. Anna Christina und Eleonore hatten darüber gescherzt, dass Eleonore nicht nur die Tante von Anna Christina, sondern auch ihre Schwägerin wurde.

Nachdem der Kriegsrat am Ende des Jahres 1782 an der Wassersucht gestorben war, heiratete sie einige Monate später den Johann. Die ganze Familie von Hagken und Tendering waren damals bei der Hochzeit zu Gast. Die Mutter von Johann war nach dem Tod ihres Mannes zu ihrer Tochter Eleonore nach Wesel gezogen. Sie war schon bei schlechter Gesundheit und starb dort einige Jahre später an einem Herzinfarkt. Zu ihrem Glück musste sie die Ehe von Anna Christina und Johann nicht miterleben.

Denn als sie verheiratet waren, sollte es sich herausstellen, dass Johann ganz anders war als seine Eltern. Obwohl sie in dem ersten Jahre ihrer Ehe ziemlich glücklich war, wurde ihre häuslichen Verhältnisse später äußerst schlecht. Johann gelangte bereits in verhältnismäßig sehr jungen Jahren zu einer angesehenen und sehr wichtigen Stellung. Er war ein gutaussehender fröhlicher Mann, aber oberflächlich und mit einem schwachen Charakter.

Dadurch war er überaus beeinflussbar und geriet schon bald nach ihrer Hochzeit in schlechter Gesellschaft.

Seine sogenannten Freunde wussten, das er viel verdiente und wollten versuchen, ihm das Geld wegzunehmen. Von ihnen verlockt, entwickelte er eine Neigung zum Spiel, wobei er häufiger in einer Nacht hundert Dukaten verlor. Und nicht nur das: Wenn er verloren hatte, trank er zu viel und kam schlecht gelaunt nach Hause. Er verschwendete sein gesamtes Gehalt, so dass oft nicht genug Geld übrigblieb, um Lebensmittel zu kaufen.

Anna Christina war dadurch so verzweifelt, dass sie regelmäßig drohte, ihn zu verlassen. Auch verschiedene Familienmitglieder versuchten, ihn vom Spiel abzuhalten. Dann versprach er zwar Besserung und für eine Weile hielt er Wort. Er war aber zu süchtig und kehrte bald zu seiner alten Gewohnheit zurück.

Sie hatte inzwischen zwei Söhne bekommen und für sie versuchte sie, so lange wie möglich bei ihrem Mann auszuharren. Das Glückspiel dominierte jedoch sein ganzes Leben und die Situation wurde immer unerträglicher. Ihre Söhne, insbesondere ihr Ältester Alexander, litten sehr unter seinem Verhalten. Das beschleunigte ihre Entscheidung, mit ihnen aus dem gemeinsamen Haus auszuziehen. Als er wieder einmal trunken nach Hause kam, packte sie ihre Koffer und kehrte mit ihren Söhnen zurück nach Wesel, zu ihrer Mutter.

Das half jedoch auch nicht, denn Johann war so besessen vom Glücksspiel, dass er jeden Abend bis in die Nacht hinein spielte. Er vernachlässigte sich selbst, aß und schlief kaum und wurde schließlich entlassen, so dass er kein Gehalt mehr erhielt. Ein paar Jahre später starb er schließlich ganz allein an einer auszehrenden Krankheit. Wie man es damals bezeichnete, im besten Mannesalter, denn er war erst zweiundvierzig Jahre alt. Nachdem er tot aufgefunden worden war, wurde er einige Tage später in den frühen Morgenstunden in der evangelisch-reformierten Kirche in Rees bestattet. Als die Familie über seinen Tod informiert wurde, waren sie alle erleichtert. Er hatte Schande über sie gebracht und keiner von ihnen nahm an seiner Beerdigung teil.

Zu Anna Christinas Bestürzung stellte sich nach seiner Beerdigung heraus, dass er noch einige tausend Taler schuldete. Als seine Witwe war sie verpflichtet, die Schulden zu bezahlen.

Ihre Mutter gab ihr das Geld, das später mit ihr verrechnet wurde, als das Vermögen nach dem Tod von Doktorin Hannes unter ihren drei Kindern aufgeteilt wurde.

Der einzige Bruder von Anna Christina, Christian, war Gutsbesitzer und verwaltete neben seinem eigenen Geschäft auch andere Güter. Er war ein sanftmütiger Mensch und unterstützte seine Schwester, so gut er konnte, aber er hatte eine eigene Familie mit drei Töchtern und war nicht geeignet, als Vater für ihre Söhne aufzutreten.

Constantin kannte Anna Christina schon sein ganzes Leben und war auch mit ihr gut befreundet. Dem Wunsch seiner Mutter nachkommend, besuchte er sie deshalb nach deren Tod regelmäßig. Sie war älter als er, wirkte aber viel jünger und war eine attraktive Frau, die er gern mochte. Vor einer endgültigen Heiratsentscheidung wollte er zumindest ihre beiden Söhne Alexander und Wilhelm näher kennenlernen. Die Jungen waren zu diesem Zeitpunkt sechzehn und elf Jahre alt. Alexander, der Älteste, war zunächst etwas zurückhaltend und misstrauisch ihm gegenüber. Aber er erkannte bald, dass dieser Mann ganz anders war als sein Vater.

Constantin hatte Anna Christina manchmal gefragt, wie ihre Ehe mit diesem Graff eigentlich für sie gewesen war, aber dann hatte sie ihr Gesicht verzogen und wollte nicht darüber sprechen. Durch Alexander bekam er einen guten Eindruck davon, denn wie dieser ihm später gestand, hatte Johann keine Zeit für seine Söhne und war fast immer schroff zu ihnen. Sie wussten nie, in welcher Stimmung er sein würde, wenn er nach Hause kam. Es hing immer davon ab, ob er beim Glücksspiel gewonnen oder verloren hatte. Meistens war es das Letztere. Die Jungen waren wegen der angespannten Atmosphäre im Haus ständig nervös. Vor allem Alexander war früh gereift und hatte sich zu einem ernsten Jungen entwickelt. Als sich die Jungen Constantin anvertrauten und ihm erzählten, wie ihr Vater sie behandelt hatte, und wie auch ihre Mutter darunter gelitten hatte, taten sie ihm sehr leid. Er versuchte, fast seine gesamte Freizeit mit ihnen zu verbringen, und unter seiner Anleitung blühten sie jeden Tag mehr auf.

Sie liebten seine spannenden Geschichten über die Armee und er wurde bald zu ihrem Helden. Eigentlich fand er sie von Anfang an schon sehr nett und brav, als er sie regelmäßig besuchte. Weil er sich so gut mit ihnen verstand, hielt er bei Anna Christina nach ein paar Monaten um ihre Hand an. Die Jungen waren begeistert, als sie ihnen mitteilte, dass Constantin ihr Stiefvater werden würde.

Um die Trauerzeit für seine Mutter zu respektieren, hatten sie erst ein halbes Jahr nach ihrem Tod Ende Februar des Jahres 1802 geheiratet. Also hatte er in demselben Jahr geheiratet, wie sein Vater mit Friederike.

Als er Anna Christina heiratete, waren ihre Söhne noch im Kindesalter. Da er sich selbst von klein auf zur Armee hingezogen fühlte und immer noch glaubte, dass der Dienst für König und Vaterland das Ehrenhafteste sei, was ein Mann tun könne, wollte er dies auch an seine beiden Stiefsöhne weitergeben. Er hatte gehofft, dass die Jungen in die Armee eintreten wollten. Alexander war bereits zu alt, sich als Junker zu qualifizieren, worüber seine Mutter froh war, und sollte eine Ausbildung zum Ökonomen machen. Dann könnte er später seinen Onkel Christian Hannes bei dessen Arbeit unterstützen. Wilhelm interessierte sich jedoch ebenfalls für militärische Angelegenheiten. Sehr zum Leidwesen seiner Mutter trat er im Alter von fünfzehn Jahren als Junker in das Füsilier Bataillon von Sobbe in Wesel ein. Als 1806 der Krieg gegen Frankreich ausbrach, hatte er die grauenhafte Schlacht von Jena-Auerstedt miterlebt. Beinahe die gesamte preußische Armee wurde von Napoleon erschlagen, und Wilhelm geriet in Kriegsgefangenschaft und wurde abtransportiert.

Auch Constantin selbst wurde nach der Schlacht bei Jena am 14. Oktober 1806 durch die Kapitulation der Festung Erfurt gefangen genommen.

Zu seiner freudigen Überraschung entdeckte er unter dem Gedränge der Soldaten zufällig Wilhelm in Paderborn, wo er mit den anderen Gefangenen auf dem Transport nach Wesel angekommen war. Man hatte den Jungen als Junker einem Transport von Offizieren angeschlossen. Oft erinnerte er sich noch an den schmerzlichen Eindruck, der ihn überfallen hatte, als er seinen Stiefsohn wiedersah. Wilhelm war durch die Strapazen des Krieges in einer sehr schlechten körperlichen Verfassung gewesen. Mit zerrissenen Uniformstücken und verwundeten Füßen mit offenen Blasen hatte er tagelang marschieren müssen. Auf Bitte Constantins erlaubte ihm ein französischer Offizier, seinen Stiefsohn während des Marsches nach Wesel bei sich zu behalten.

Nach der Schlacht von Jena war die Ausrüstung der Offiziere in die Hände der Franzosen gefallen, so dass er weder Geld noch Kleidung hatte, um Wilhelm zu versorgen. In Paderborn bat er schweren Herzens einen Kaufmann, ihm zehn Taler zu borgen, was dieser auch bereitwillig tat, damit er für Wilhelm ordentliche Kleider und Schuhe kaufen konnte. Nach einem endlosen Marsch bei dem sie ständig von französischen Soldaten gejagt wurden, kamen sie todmüde in Wesel an und erfuhren nun, dass ein Adjutant des Königs der Niederlande bei seiner Schwiegermutter, Doktor Hannes, einquartiert war. Durch seine Vermittlung gelang es Constantin, dort mit Wilhelm zurückbleiben zu dürfen. So verhinderte er, dass sie mit den übrigen preußischen Offizieren nach Frankreich weitermarschieren mussten. Er gab vor, krank zu sein, und ihm wurde befohlen, sich wöchentlich bei der französischen Kommandantur zu melden.

Nach einiger Zeit bemerkte er jedoch, dass man ihn nicht besonders beachtete, und unterließ allmählich seine wöchentliche Meldung. In Wesel wollte er mit seiner Familie unter der französischen Besatzung nicht bleiben.

Der Spiekerhof oder Spijker in Spellen am Schied
(Haus Büssum).
Quelle: Stadtarchiv Spellen.

Er suchte sich ein anderes Zuhause und Anfang des Jahres 1807 pachtete er eine Viertelstunde von Wesel, im Dorfe Spellen, ein herrschaftliches Haus mit den dazugehörigen Gärten, Baumgärten und Wiesen. Dieser kleine Landsitz war im Dorfe als *Haus Büssum* oder *Der Spijker* bekannt, was eigentlich der Provinzname für solche in Dörfern gelegenen herrschaftlichen Häuser war. Obwohl er erkannte, dass der Tod seines Vaters ihn doch sehr getroffen hatte, konnte er damals nicht vorhersehen, dass das Schicksal ihm in diesem Jahr einen noch viel schlimmeren Verlust bringen würde.

Noch immer in Gedanken versunken, fuhr er in das Dorf Spelling hinein. Zu Hause angekommen, war seine Familie froh, dass er zurück war, und wollte alle Einzelheiten über die Beerdigung seines Vaters hören.

Insbesondere seine Großmutter. Sie war jetzt zweiundachtzig Jahre alt und noch immer eine gut gepflegte Frau und geistig sehr gegenwärtig. Als Constantin aus dem Krieg zurückkehrte und das Haus in Spellen pachtete, war sie mit ihm aus Wesel weggezogen, um bei ihm zu leben. Sie hätte in Wesel bleiben können, als ihr Haus von den Franzosen beschlagnahmt wurde, aber mit Franzosen um sich herum leben zu müssen, wollte sie nicht. Die letzten Jahre ihres Lebens wünschte sie mit ihm und seiner Familie zu verbringen. Ihr Enkel Franziskus musste dafür sorgen, dass die Franzosen nicht zu viel Schaden anrichteten.

Constantin war zufrieden, dass die Familienbande so fest waren und dass sie sich alle so gut miteinander verstanden. Er war ein Familienmann und immer glücklich, wenn mehrere Familienglieder in seinem Haus wohnten.

Wilhelm Graff

Kaum war er nach Hause zurückgekehrt, als er und seine Frau Anna Christina eine höchst unerfreuliche Überraschung erhielten.

Während er in Uentrop zum Begräbnis seines Vaters war, hatte Wilhelm sich bei der Bergischen Armee angemeldet. Diese Armee brauchte Männer für den Kampf gegen Spanien. Der Grund war, dass Napoleon den König Karl IV. ersetzen wollte durch seinen Bruder, Joseph Bonaparte.

Obschon er noch sehr lange Zeit Albträume gehabt hatte von dem mitgemachten Kampf bei Jena-Auerstedt, so hatte Wilhelm doch genug davon, zu Hause zu bleiben. Auch einer der Freunde seines Bruders Alexander, Wilhelm Lautz und noch mehrere Bekannte von beiden, hatten sich angeschlossen.

Dieser Wilhelm Lautz hatte als Leutnant angefangen in der preußischen Armee, aber kam durch die unglücklichen Ereignisse 1806 außer Dienst. Die jungen Männer wollten wieder in den Kampf ziehen und wussten, dass die preußische Armee keine Soldaten annahm. Constantin selbst hatte sich schon mehrere Male vergeblich beim König um eine neue Anstellung in der preußischen Armee beworben.

Seine Majestät hatte ihm erklärt, dass er die Offiziere, die in den an Frankreich abgetretenen Provinzen lebten, nicht beschäftigen könne.

Als nun Anfang des Jahres 1808 in Düsseldorf das 8. Bergische Infanterieregiment gegründet wurde, traten die beiden Wilhelms und viele ihrer Freunde der Infanterie bei.

Constantin hatte Verständnis dafür gehabt, dass Wilhelm jetzt mit seinen siebzehn Jahren wieder in die Armee gehen wollte, aber Anna Christina wollte ihren Sohn nicht gehen lassen. Er versuchte, sie zu beruhigen: »Das sind doch junge Soldaten, ihnen kann man doch nicht übelnehmen, wenn sie wieder in den Militärdienst zurückkehren möchten. Sie können doch nicht die ganze Zeit ledig zu Hause sitzen. Wilhelm geht nicht allein, er geht mit einer Gruppe von Freunden.«

Aber Anna Christina versuchte immer wieder, ihren Sohn davon abzuhalten, ins Unbekannte zu ziehen. Trotz all ihrer Einwände blieb Wilhelm bei seiner Entscheidung. Der Junge war stolz darauf, dass er nunmehr so jung an Jahren als Sekondeleutnant zusammen mit Wilhelm Lautz nach Spanien abmarschieren konnte.

Lautz war damals zwanzig Jahre alt und als Premierleutnant angestellt. Er machte auf Constantin und Anna Christina einen verantwortungsvollen und ernsten Eindruck. Obwohl er noch sehr jung war, wurde er schon nach einigen Monaten zum Hauptmann und Kompaniechef befördert. Er hatte Constantin und Anna Christina aufrichtig versprochen, ein Auge auf den jungen Wilhelm zu halten.

So marschierten beide Wilhelms im selben Jahr nach Spanien.

Jeden Tag hatten Anna Christina und Constantin Angst, eine schlechte Nachricht zu erhalten. Besonders Anna Christina war äußerst besorgt und hatte schlaflose Nächte, als sie daran dachte, was alles mit ihrem Sohn passieren konnte. Schon nach einiger Zeit empfingen sie einen Brief von Wilhelm mit einer traurigen Nachricht. Wilhelm Lautz war in einem Gefecht in einem Gebirgsdorfe durch einen Schuss im unteren Fußgelenk schwer verwundet worden. Er hatte dadurch nicht rechtzeitig wegkommen können und war den Guerillas in die Hände gefallen, welche ihn mit Messern getötet hatten. Zwei Leuten seiner Compagnie, unter diesen sein Bursche, war es nicht geglückt, ihren Chef rechtzeitig zurückzutragen.

Er selbst war nicht an dieser Stelle gewesen und hatte die Nachricht später von anderen Offizieren erfahren. Er meldete weiter, dass es auf dem Wege nach Gerona passiert war, weil der Kommandeur des Regiments diese Stadt belagern wollte. Von da an blieben jedoch weitere Nachrichten von Wilhelm aus und so bangten Constantin und Anna Christina stets um sein Leben.

Sie hatten gehört, dass die spanischen Soldaten keine guten Kämpfer waren, aber nicht damit gerechnet, dass es auch viele Guerillas gab. Wie das Militär benutzten sie, wenn sie nicht über genügend Waffen verfügten, gewöhnlich Messer, um ihre Gegner abzuschlachten.

Als Constantin davon erfuhr, war er sich eines guten Ausgangs für Wilhelm auf einmal nicht mehr so sicher.

Sie hatten seit Monaten nichts von ihm gehört. Dann erhielt Constantin die Nachricht, vor der sie sich die ganze Zeit gefürchtet hatten. Von anderen Offizieren dieses Regiments erfuhr er mündlich, dass Wilhelm in der Gegend von Gerona von sechs spanischen Soldaten überfallen worden war und durch Messerstiche ums Leben gebracht wurde. Er wurde zu spät gefunden, um ihn noch retten zu können, und starb an den Folgen seiner Verwundungen im dortigen Lazarett. Die beiden Leutnants von Notz und Engels, welche Constantin diese schreckliche Botschaft überbrachten, berichteten ihm auch, dass sie bei Wilhelm Lautzs Compagnie gestanden hatten. Lautz war ein Offizier von außergewöhnlicher Begabung und Kenntnis gewesen, dem eine große Zukunft bevorgestanden hätte, wenn er nicht schon so jung gestorben wäre.

Er war bereits als ältester Hauptmann des Regiments befördert worden. Durch diesen Kampf war er Major geworden, da auch der Bataillonskommandeur an diesem Tage gefallen war.

Constantin hatte bei vielen Familientreffen Adolph Lautz, den Vater von Wilhelm kennengelernt. Dessen älteste Tochter Christiane war verheiratet mit dem Steuereinnehmer Tendering, einem Cousin seiner verstorbenen Mutter. Die Familien waren eng miteinander durch Heiraten verbunden und kannten einander deshalb sehr gut.

Nachdem er die furchtbare Botschaft von den beiden Herren erhalten hatte, besuchte er gleich darauf Adolph Lautz.

Er wollte ihm sein Beileid bezeugen und ihm auch sagen, dass er stolz auf seinen Wilhelm sein konnte, weil die Herren Notz und Engels so gut über ihn gesprochen hatten. Adolph Lautz war in diesem Moment Bürgermeister in Bislich, einem Ortsteil von Wesel. Er und seine Frau Helene Damen hatten viele Kinder, darunter einige Söhne, die auch im Militärdienst waren, sodass sie immer um das Leben dieser Kinder bangten. Sie hatten jedoch entschieden, was für Schlimmes auch passieren würde, ihr Schicksal mutig zu tragen. Für ihre anderen Kinder wollten sie versuchen, ihr Leben so normal wie möglich weiterzuführen.

Constantin teilte Adolph auch den Tod seines Stiefsohnes Wilhelm mit und vertraute ihm an, dass er nicht wusste, wie er es am besten seiner Frau erzählen konnte. Er brauchte Zeit, um darüber nachzudenken.

Erst einige Wochen später hatte er genug Mut gesammelt, ihr von dem furchtbaren Schicksal Wilhelms, ganz vorsichtig zu berichten. Dass Wilhelm gestorben war im Lazarett in Gerona, aber nicht bekannt war, ob es an einer Krankheit oder einer Verwundung gewesen war. Absichtlich hatte er die barbarischen Einzelheiten für sich behalten.

Das Gesicht der Anna Christina wurde bei dieser Nachricht ganz blass und einen Moment fürchteten er und seine Großmutter, dass sie in Ohnmacht fallen würde. Aber dann fasste sie sich und lief schweigend aus dem Zimmer. Sie wollte mit ihrem Kummer alleine sein und niemand war in der Lage, sie zu trösten nach dem Tod ihres jüngsten Sohnes.

Für eine längere Zeit herrschte Trauerstimmung in dem Haus.

Constantin versuchte sein Leben wieder normal weiterzuführen, aber auch für ihn war es eine sehr schwere Zeit. Obwohl Anna Christina ihn nicht beschuldigte oder Vorwürfe machte, hatte er doch manchmal das Gefühl, sie hätte es ihm übelgenommen, dass er ihren Wilhelm für den Militärstand so begeistert hatte. So sehr, dass dieser selbst nach seinen schrecklichen Erfahrungen, die er in Jena gemacht hatte, noch immer in den Kampf zu ziehen bereit war.

Seine Großmutter, die selbst ein Kind verloren hatte, war eine große Stütze für seine Frau.

Er erinnerte sich, wie sie damals unermüdlich Tag und Nacht über seine Mutter gewacht hatte, als sie so krank war. Es war August und sehr heiß gewesen, aber sie hatte sich bis zum Schluss um ihre Tochter gekümmert und sie in die Arme genommen, als sie starb.

Er war froh, dass seine Großmutter eine so starke Frau war und dass sie mit allen Mitteln versuchte, die Gedanken an Wilhelm für Anna Christina abzulenken. Denn Anna Christina hatte immer noch schlaflose Nächte. Ständig musste sie daran denken, dass ihr junger Sohn tot war. Sie glaubte nicht, dass es an einer Krankheit lag, denn er war ein kräftiger, gesunder Junge, als er gegangen war. In ihrer Vorstellung sah sie immer wieder, wie er von

Guerillas genauso gnadenlos wie Wilhelm Lautz ermordet wurde. In ihrem Herzen hoffte sie wider besseren Wissens auf ein Wunder. Vielleicht kam er doch noch zurück, hatte man einen Fehler gemacht.

Es gab keinen Totenschein und von offizieller Seite war nichts bestätigt worden. Aber tief in ihrem Inneren fühlte sie, dass diese Hoffnung vergeblich war.

In dieser Zeit versuchte Constantin wieder regelmäßig, einen neuen Posten zu bekommen. Der König hatte ihm zwar den Rang als Hauptmann verliehen, aber konnte noch immer nichts für ihn tun.

Spellen und auch Wesel waren Bergisch geworden, und Napoleon hatte als Großherzog seinen Schwager, Joachim Murat ernannt. Von ihm bekam Constantin eine Aufforderung, ihn in seinen Diensten als Major anstellen zu wollen. Obwohl seine Lage in finanzieller Hinsicht eine sehr beschränkte war, und er dabei von seiner Großmutter unterstützt wurde, lehnte er diese Bitte ab. Seiner Familie und Freunden erklärte er: »Ich kann nicht zwei Herren dienen, weil ich dem König von Preußen den Eid der Treue geleistet habe und diesen würde ich halten, so lange ich lebe.«

Das war eine Ehrensache für ihn.

Constantins Stiefsohn Alexander war durch den Tod von Wilhelm völlig erschüttert. Er hatte seinem viel jüngeren Bruder sehr nahegestanden und versuchte als älterer Bruder immer, ihm zu helfen und ihn zu beschützen. So oft er konnte, besuchte er seine Mutter und seinen Stiefvater, um sie zu trösten. Nachdem er einige Zeit bei seinem Onkel Christian Hannes gearbeitet hatte, entschloss er sich 1809, in den Beamtenstand zu treten. Er wurde angestellt als Beamter zu dem Ober-Zoll Empfang zu Essen und zog dorthin. Bereits einige Jahre später in 1812 war er Einnehmer der Vereinigten Rechte zu Dorf Nottuln bei Münster geworden, mit einem Gehalt von 3000 Franc.

Schon damals, wenn er seinen Freund Wilhelm Lautz besuchte, hatte er auch Elisabeth, dessen Schwester getroffen.

Nach dem Tod ihres Bruders hatte er Lisette, wie sie zärtlich von ihm genannt wurde, besser kennengelernt. Sie hatten sich verliebt und nach einiger Zeit verlobt.

Während diesen Jahren war es noch immer, wegen der ergriffenen

Maßnahmen von Napoleon, eine unruhige und bedrohliche Zeit. Es gab Gerüchte, dass Napoleon Russland erobern wollte. Dies wurde auch von den Zeitungen berichtet. Alexander, in seiner neuen Stellung, wollte Lisette deshalb so schnell wie möglich heiraten und zwar Anfang Februar des gleichen Jahres. Als Anna Christina und Constantin das hörten, luden sie gleich die Eltern von Lisette zu einem Abendessen ein, um über die bevorstehende Heirat zu reden.

Das Haus Büssum war größer als das Haus der Familie Lautz und daher wollten sie anbieten, die Hochzeit und das dazu gehörende Familienessen bei ihnen stattfinden zu lassen.

Die Einladung wurde dankbar vom Ehepaar Lautz angenommen.

Beim Abendessen waren alle in bester Stimmung. Endlich gab es etwas Positives, auf das man sich freuen konnte. Die Frauen gingen nachher in den Salon, um alle Einzelheiten der kommenden Hochzeit zu besprechen, und Constantin und Adolph zogen sich in die Bibliothek zurück. Während sie in bequemen Sesseln am Kamin saßen und an ihrem Kaffee nippten, fragte Constantin Adolph, ob seine Familie schon immer in der Nähe von Wesel gelebt habe. Er hatte ihn zwar oft bei familiären Anlässen getroffen und auch mit ihm gesprochen, aber eigentlich wusste er wenig über ihn.

»Meine Familie«, begann Adolph, »stammte ursprünglich aus Leipzig. In der ersten Hälfte des vorigen Jahrhunderts zog ein Peter Baron von der Leyen mit seinem Cousin Joachim Lautz, der mein Großvater war, von Leipzig nach Krefeld. Dieser Peter war ein sehr guter Geschäftsmann und gründete dort 1720 die wichtigen Seidenfabriken, während mein Großvater sein erster Buchhalter war.

Die Firma war so erfolgreich, dass die Familie damit sehr berühmt und außerdem sehr reich wurde«, lachte Adolph. »Ich selbst habe noch lange Zeit verwandtschaftlichen Verkehr mit der Familie von der Leyen gehabt und häufig die alte Baronin auf dem Schloss zu Krefeld besucht und wir haben uns Cousin und Cousine genannt.«

Er erzählte weiter, wie sein Vater Johann seine Mutter Wilhelmina kennengelernt und sie im Jahr 1761 geheiratet hatte.

Als sein Vater ihr begegnete, war sie bereits in jungen Jahren von einem Herrn Frentz verwitwet worden, mit dem sie jedoch keine Kinder hatte.

Wilhelminas Vater, Reinhard Neuhaus, war Kriegsrat bei der Kriegs- und Domänenkammer zu Cleve und ihre Mutter Anna war die Tochter des Rittergutsbesitzers Henricus von Diepenbruck und seiner Frau Margaretha Meegen. Seine Mutter hatte noch einen Bruder gehabt, seinen Onkel Ludwig von Diepenbruck, der verheiratet gewesen war mit Magdalena Keller, mit welcher er vier Kinder bekommen hatte, eine Tochter und drei Söhne. Leider war sein Onkel schon früh gestorben, als Regimentskommandeur in Schlesien. Die einzige Schwester seiner Mutter, Franziska, hatte den Bruder seines Vaters geheiratet, seinen Onkel Peter, und sie hatte eine Tochter Susanne, welche verheiratet war mit dem Kriegsrat Boret.

Die Großmutter seiner Mutter, Margaretha von Diepenbruck, hatte seine Eltern zu sich nach Haus Averforth in Haffen und Mehr geholt, wo sein Vater Johann die Verwaltung übernommen hatte.

Haus Averforth, heute Privatbesitz. Quelle: Urheberrechte:www.Rhein-Ruhronline.de.

Weil das Gut von großer Ausdehnung war, konnte die alte Frau Margaretha eine Stunde Wegs auf ihrem Eigentum zurücklegen. Als sie infolge eines Prozesses mit dem Fiskus sich bei Friedrich dem Großen eine Audienz erbeten hatte, nannte er sie: *die reichste Vasallin meines Herzogtums Cleve.*

Als sie älter wurde, brauchte die Großmutter seiner Mutter mehr Hilfe. Dann reichte der Platz im Haus nicht mehr aus, denn auch seine eigene Familie hatte sich durch die Geburt seiner beiden Brüder vergrößert. Sie siedelten daher in ein zum Gut gehörendes Bauernhaus um, den *Scholtenhof*, der durch einen Anbau vergrößert und wohnlich umgebaut wurde.

Nach dem Tod der Margaretha von Diepenbrock, die sehr alt wurde, behielt sein Vater das Rittergut Averforth, wohin sie dann zurückzogen. Er musste aber die übrigen Kinder des Kriegsrats Neuhaus durch Verkauf von Teilen der zum Gut gehörigen Ländereien entschädigen, sodass es nicht denselben Umfang behielt, welchen es zu Lebzeiten seiner Großmutter gehabt hatte.

Sein Vater hatte jedoch nicht viel Glück mit dem Gut gehabt, denn als es in seinen Besitz übergegangen war, gab es mehrere große Schickschalschläge. In einem Jahre kam nachts eine Räuberbande vom linken Rheinufer und verschaffte sich, als sie alle im Tiefschlaf waren, Zugang zu ihrem Haus. Sie schlichen sich ein und überfielen seine Eltern und ihre Dienerschaft und fesselten sie mit Stricken. Dann drangen sie in die Schlafzimmer ein, wo die Kinder schliefen, und banden sie ebenfalls.

»Wir hatten solche Angst«, erinnerte sich Adolph, »wir schrien laut, weil die Räuber Masken trugen, grob und brutal waren und uns wehtaten, als sie uns fesselten. Sie stahlen alles, was wertvoll und leicht zu transportieren war.

Am nächsten Tag fand man in der Nähe des Rheinufers einen mitgenommenen und dort weggeworfenen Kinderstrumpf. Dadurch konnte erst festgestellt werden, dass die Einbrecher sich nach dem jenseitigen Rheinufer begeben hatten. Der Fall wurde zwar gründlich untersucht, aber die Banditen waren verschwunden und wurden nie gefunden.«

Wenn Adolph in der richtigen Stimmung war, konnte er ununterbrochen reden und war kaum zu bremsen.

Constantin störte das nicht, er war immer an der Familiengeschichte anderer Leute interessiert, und noch mehr, wenn sie zur Familie wurden, also hörte er neugierig zu.

»Und dann«, fuhr Adolph fort, und beobachte mit Vergnügen, wie gebannt Constantin ihm zuhörte, »geschah eine weitere Tragödie.

In einer Nacht im folgenden Jahr war ein so schlimmer Sturm mit Unwetter, dass wir einen Blitz am Himmel sahen, der, begleitet von einem lauten Knall, in eine der Scheunen einschlug. Nicht nur die Scheune, sondern sämtliche Gebäude wurden ein Raub der Flammen und alles brannte bis auf den Grund nieder. Der Schaden durch diese beiden Unglücksfälle war so groß, dass er sich auf mehr als 60.000 Taler belief.«

Adolph war noch auf dem Hause Averforth geboren worden, hatte später Jura und Kameralistik, die Wissenschaft der Kammerbeamten studiert, weil er sich dem diplomatischen Fach widmen wollte. Das große Staatsexamen hatte er auch bereits gemacht und nachher bekam er eine Stellung als

Referendar bei der Kreis-und-Domänenkammer zu Moers. Dann aber hatte er einen wichtigen Brief von seinem Vater erhalten.

Dieser schrieb ihm, dass der ihm sehr befreundete Generalleutnant und Gouverneur der Zitadelle Wesel, Friedrich von Gaudi, ihm für seinen Sohn mitgeteilt hatte, dass die Stelle eines Regimentsquartiermeisters und Auditeurs in seinem Regiment vakant geworden war. Der General hatte den Wunsch geäußert, dass er diese Stellung übernehmen sollte. Er wollte dann für sein weiteres Fortkommen sorgen. Sein Vater hatte noch hinzugefügt, dass er nicht glaubte, dass sein Sohn die begonnene Karriere aufgeben würde, doch er hatte ihm den Wunsch des Generals natürlich mitgeteilt.

Als Referendar hatte Adolph sich inzwischen, ohne das Wissen seiner Eltern, in dem Dorf Uerdingen eine Stunde von Moers mit seiner späteren Frau Helene Damen verlobt.

Damals war er fünfundzwanzig Jahre alt gewesen und sah sich durch Annahme der ihm angebotenen Stelle, welche 1200 Thaler eintrug, in die Lage versetzt, um heiraten zu können. Er hatte deshalb dieses Angebot gerne angenommen. Daneben berichtete er, dass der Vater von Helene Kommissar des Vorstandes einer gemeinsamen Behörde war, welche für das Kur-Kölnische preußische und holländische Gebiet die Rheinschifffahrt-Angelegenheiten zu besorgen hatte. Helene war in Amsterdam geboren, wo der Bruder ihres niederländischen Vaters, Herman Damen, ein bekannter Kaufmann war. Er machte regelmäßig Geschäfte mit den Vereinigten Staaten und war auch einige Zeit ihr Konsul. Mit Thomas Jefferson, dem damaligen Präsidenten, führte er sogar Korrespondenz über die Auswanderung von Deutschen nach Amerika. Adolph und Helene hatten viel Kontakt mit ihrem niederländischen Onkel und der Tante gehabt und mochten sie sehr gerne.

Was auch Constantins Interesse an allen Geschichten von Adolph weckte, war, als er erzählte, dass während der in 1792 eintretenden Rhein-Kampagne gegen Frankreich, unter dem Befehl des Kronprinzen, des späteren Königs Friedrich Wilhelm III., eine besondere Armee gebildet wurde, welcher er als Kriegszahlmeister zugeteilt war. In dieser Stellung erhielt er ein monatliches Gehalt von 360 Thalern, 12 Rationen und war im Hauptquartier des Kronprinzen einquartiert worden. Er musste ihm persönlich die Verwaltungsunterlagen übergeben über alles, was die Administration des Armeekorpses betraf.

Seine Beschäftigung als Kriegszahlmeister war jedoch leider nicht von langer Dauer.

Die vom Kronprinzen befehligten Truppen wurden dem österreichischen Oberkommando, dem Prinzen Friedrich Josias von Sachsen-Coburg-Saalfeld untergeordnet. Infolgedessen hatte der Kronprinz den Befehl niederlegen müssen und auch er musste wieder in seinen früheren Beruf, als Regimentsquartiermeister, zurücktreten. Das Kommando seines Regiments hatte schon vor Ausbruch der Rhein-Kampagne, an Stelle des Generals von Gaudi, inzwischen der General Franz von Kunitzki erhalten. Der General von Gaudi war schon Ende 1788, ein Jahr nach seinem Eintritt in seinen Diensten, leider gestorben. Obwohl es eine Veränderung für ihn war, kam er gut mit seinem neuen General klar.

»Das ist ein Zufall«, unterbrach ihn Constantin. Er war froh, dass er endlich einen Namen erkannt hatte. »Mein Vater diente früher auch unter General von Kunitzki, als dieser der Chef des Infanterieregiments Nr. 44 war. Nach dem General von Kunitzki hat ein Freund meines Vaters, der General Ludwig von Strachwitz, dieses Regiment übernommen. Später wurde mein Vater zu ihrem Chef ernannt.«

»Ja«, plauderte Adolph weiter, »ich habe deinen Vater noch gekannt. Aber nicht lange, denn vor dem Ausbruch des Krieges 1806 war die Rede davon, dass ein Teil dieses Regiments nach Warschau verlegt werden sollte. Meine Frau wollte in Wesel bleiben, deshalb habe ich dorthin nicht ziehen wollen und den Abschied genommen.

Als später Wesel an die Franzosen abgetreten worden war, habe ich die Stadt mit meiner Familie verlassen und eine Wohnung bei dem Dorfe Bislich bezogen.

Da wir neun Kinder hatten und ich keine amtliche Stellung bekleidete, so war meine Situation schwieriger geworden. Ich war zwar auf französischer Seite als Bürgermeister angestellt, aber das konnte man nur als Ehrenamt betrachten. Meine finanzielle Lage wurde aber vor einigen Jahren zum Glück erleichtert. Der Onkel meiner Frau, der Konsul in Amsterdam, starb ohne Kinder und in seinem Testament hatte er meiner Frau ein Legat von 30.000 Gulden vermacht.«

Adolph berichtete weiter über seine beiden Brüder, Joachim, und den jüngsten Friedrich, die auch noch auf dem Hause Averforth geboren und herangewachsen waren. Leider hatte der Friedrich eine Geistesstörung bekommen und musste bis zu seinem Tod versorgt werden.

Joachim war später mit seinem Vater auf den Scholtenhof geblieben, um dort die Verwaltung weiterzuführen. Es stellte sich nach dem Tod seines Vaters heraus, dass er ihm, Adolph, in seinem Testament einen weit geringeren als den wirklichen Wert der Besitzung vermacht hatte.

Sein Vater hatte in Betracht gezogen, dass seine Ausbildung und Studienjahre mehr Geldmittel erfordert hatten als die Kosten der anderen Söhne. Adolph erzählte, er habe sich benachteiligt geglaubt und sein Bruder habe sich dann verpflichtet gefühlt, ihn und Friedrich mit Kapital für das väterliche Erbe zu entschädigen. Er habe darauf bestanden, weil er meinte, zu einem größeren Teil berechtigt zu sein.

Als Joachim auf dem Scholtenhof gestorben war, heiratete seine Witwe Helena Rudolph Tendering. Sie und Joachim hatten keine Söhne, wohl aber einige Töchter. Rudolph war ein Bruder des Steuereinnehmers Wilhelm Tendering aus Rees, dessen Frau Christiane, die älteste Tochter Adolphs, war.

Aus dieser Ehe mit Tendering hatte die Witwe einen Sohn, Rudolph Jr., der nach seinem Vater benannt war, und so waren die Familien sehr nahe miteinander verwandt. Rudolph kaufte dann den Scholtenhof, verkaufte ihn aber einige Zeit später wieder und erwarb von Herrn von Ammon aus Düsseldorf das Haus Till zu Grietherbusch in der Gegend von Rees.

Adolph, der sich schon immer sehr für die Chronik seiner Familiengeschichte interessiert hatte, fing dann an über die Familienverhältnisse mit Conrad Heresbach, dem Gründer der Heresbach-Stiftung, zu sprechen. »Diese Stiftung kann für dich später wichtig sein, für den Fall, dass du Enkelkinder bekommst«, erklärte er Constantin. »Die können dann für ihre Studien ein Stipendium beantragen.«

Constantin war äußerst fasziniert von dem Namen Heresbach; er wusste, dass dieser Conrad ein berühmter Humanist und Altphilologe gewesen war. Doch als er von der Stiftung hörte, zog er fragend die Augenbrauen hoch und erkundigte sich verwundert: »Wie kommt der Name Heresbach dann in eure

Familie?«

Adolph erläuterte ihm daraufhin, dass der Urgroßvater seiner Mutter, Gerhard von Diepenbruck, mit Heresbachs Schwester Anna verheiratet gewesen sei. Ihr Sohn Henricus heiratete Magaretha Meegen. Das Ehepaar bekam zwei Söhne, Friedrich und Heinrich von Diepenbruck und eine Tochter, Anna Agneta.

Das war Adolphs Großmutter gewesen, die mit Reinhard Neuhaus, seinem Großvater, verheiratet gewesen war. Aufgrund dieser familiären Beziehung konnten sie später für ihre möglichen Enkel ein Stipendium verlangen. Er erklärte weiter, dass zu den anerkannten Verwandten, die das Stipendien in Anspruch nehmen konnten für ihre Kinder, die Familien von Szczepanski, von Corbin, von Radecke, seine eigene Familie und nach der Ehe auch die Familie Graff gehörten.

Die Stiftung war damals von Heresbach und seiner Frau Mechtild von Dunen in 1557 gegründet worden, weil ihre Ehe kinderlos geblieben war. Sie wollten damit erreichen, dass Knaben ihrer Verwandtschaft mit einem Stipendium studieren konnten. Diejenigen, die berechtigt waren, in den Genuss der Heresbachschen Stipendien zu treten, mussten in erster Linie Blutsverwandte des Stifters sein. Ein Schulrektor hatte den Auftrag, die Kuratoren der Stiftung zu beraten, wer der beste Schüler unter den vorgestellten Jungen war.

Wenn es keine geeigneten in der Familie gäbe, wären Jungen aus den Städten Wesel, Kalkar, Nimwegen, Düsseldorf, Munster, Hamm oder Werden förderfähig. In diesen Städten hatte er selbst seine Ausbildung erhalten, oder auch studiert. Jeder Stipendiat bezog das Stipendium über zehn Jahre, davon fünf Jahre auf der lateinischen Schule mit dreißig Goldgulden und fünf Jahre auf der Universität mit jährlich sechzig Goldgulden. Es war so festgelegt, dass immer einer auf der lateinischen Schule und gleichzeitig einer auf der Universität seine Studien machen sollte und der Erste an die Stelle des Letzteren aufrückt.

Von dem Gelde, welches nach Abzug der Stipendien und der jährlichen Ausgaben übrigblieb, sollte ein Mädchen aus der Verwandtschaft seine Aussteuer erhalten.

Wenn keine vorhanden wäre, wurde wieder eine aus den genannten sechs Städten gewählt.

Adolph hielt kurz inne, um Luft zu holen, und Constantin bemerkte: »Das ist alles äußerst faszinierend und beeindruckend, was du mir erzählt hast.« Dann fragte er wissbegierig: »Aber weißt du noch mehr über Heresbach?«

»Ja, natürlich, wir wissen in der Familie viel über ihn, denn er war eine überaus bedeutende Persönlichkeit, unter anderem auch als Kanzler und Geheimer Rat des Herzogs von Kleve.« Begeistert fuhr er fort: »Conrad wurde 1496 auf dem Gut Heresbach an der Düssel im Herzogtum Berg geboren, das sich schon lange im Familienbesitz befand. Er war ein sehr intelligenter und begabter Mann, der an vielen Universitäten Jura und Theologie studiert hatte. Außerdem war er viel gereist und hatte als Professor an einer Universität Griechisch unterrichtet.

Sein Freund Erasmus, ebenfalls ein bekannter Humanist, stellte ihn dem Herzog Johann III. von Kleve vor, einem seiner Anhänger, der ihn als Hauslehrer für seinen Sohn anstellte. Nach einiger Zeit war der Herzog so beeindruckt von ihm, dass er ihn zum herzoglichen Ratsmitglied ernannte. In dieser Position hatte er großen Einfluss und beriet seinen Dienstherrn auch in politischen und religiösen Fragen. Heresbach war als Humanist tolerant, wie zum Beispiel in Bezug auf die Religion. Er hatte seine religiösen und anderen Standpunkte an Wilhelm, den Sohn des Herzogs, weitergegeben.

Als der Herzog starb und dieser Wilhelm, genannt *Der Reiche*, sein Nachfolger wurde, blieb Heresbach sein Vertrauter und Berater. Er war ebenfalls auf diplomatischer Ebene von Bedeutung. Denn er war es, der die Ehe zwischen Anna, der Schwester des Herzogs, und dem englischen König Heinrich VIII. aushandeln musste. Nachdem er dies arrangiert hatte, reiste er später mit ihr und einer großen Hochzeitsgesellschaft nach England, um der Trauung beizuwohnen.

Später hörte er Gerüchte, dass die Ehe gar nicht vollzogen wurde, weil Heinrich sie so hässlich fand, und außerdem, wie er sagte, stank sie aus dem Mund. Sie war so unschuldig, dass sie glaubte, dass mit dem Kuss, den er ihr jeden Tag morgens und abends gab, die Ehe vollzogen war. Er hatte später sogar die Ehe annullieren lassen. Sie blieben aber Freunde und sie war auch an seinem Hof immer willkommen. Heresbach bedauerte es, dass die Ehe nicht von Dauer war und sie trotzdem weiter in England blieb.

Als er schon fast vierzig Jahre alt war, verlobte er sich im Jahre 1535 mit Mecheld von Dunen und heiratete sie im folgenden Jahre. Mechtild war ein Einzelkind und streng religiös. So weit, dass sie schon in jungen Jahren Nonne werden wollte und auch bereits in einem Kloster am Niederrhein den Schleier genommen hatte. Nach etlichen Berichten war sie sogar Oberin geworden, aber nachher hatte sie trotzdem das Kloster wieder verlassen. Als Heresbach sie kennenlernte, wohnte sie mit ihren Eltern abwechselnd auf dem väterlichen Erbe bei Kalkar, dann wieder auf dem mütterlichen Gute Lohrwardt, einer Rheininsel unterhalb von Wesel.

Konrad Heresbach (1496-1576) und Mechtild von Dunen - Aquarell nach Gemälde von 1660. Sammlung: Kölnisches Stadtmuseum (nach: Zwei Jahrtausende Geschichte der Kirche am Niederrhein, 1998, S. 264).

Sie war der letzte Spross eines alten, im Klevischen seit Jahrhunderten ansässigen ritterlichen Geschlechts gewesen, das viele Besitzungen hatte. Mechtild war wie Heresbach sehr religiös und eine äußerst liebevolle und barmherzige Frau, die immer anderen guttun wollte. Weil sie viel mit ihrem Mann gemeinsam hatte, so fühlten sie sich stark miteinander verbunden und führten eine glückliche Ehe.

Nachdem sie im Jahre 1560 gestorben war, heiratete er zwei Jahre später eine Verwandte seiner ersten Frau namens Mechtild von Loe.

Selbst starb er viel später mit achtzig Jahren 1576 auf seinem geliebten Gut Lohrwardt in der Gemeinde Mehr im Kreis Rees, das er von seiner ersten Frau geerbt hatte. Er wurde neben ihr in dem Willibrordi-Dom in Wesel am Markt begraben.«

Adolph hatte nun genug erzählt, die beiden schwiegen und dachten an diesen außergewöhnlichen Mann, während sie ihren Kaffee tranken.

Bei all diesen Geschichten war es schon spät geworden.

Die Männer warteten auf ihre Frauen, die bald darauf die Bibliothek betraten. Sie hatten alles zu ihrer Zufriedenheit für die bevorstehende Hochzeit besprochen und Adolph und Helene verabschiedeten sich mit dem Versprechen, sich bald wiederzusehen.

In den nächsten Monaten vor der Hochzeit standen die beiden Paare in regelmäßigem Kontakt. Sowohl Adolph als auch seine Frau waren Geselligkeitsmenschen, und Helene erwies sich als vortreffliche Mutter und Hausfrau. Sie war für die sozialen Verhältnisse eine sehr gewandte Dame, so dass auch Anna Christina hervorragend mit ihr auskam.

Obwohl auch Adolph und Helene schwer unter dem Tod ihres Wilhelm gelitten hatten, glaubten sie, dass das Leben weiterging und es ein wunderbarer Hochzeitstag für das zukünftige Paar werden sollte.

Alexander Graff
&
Elisabeth Lautz

Am Hochzeitstag selbst waren alle Geschwister von Lisette und viele Familienmitglieder nach Spellen gekommen. Das ganze Haus war voller Leben, überall gab es Stimmengewirr und Gelächter, und es sollte ein unvergessliches Ereignis für das Brautpaar werden.

Jeder wollte seine Sorgen in dieser schwierigen Zeit vergessen, wenn auch nur für einen Tag, und einfach nur feiern.

Nach ihrer Hochzeit und dem Abschied von ihren Familien nahm Alexander seine Frau mit nach Nottuln, wo sie im dortigen Damenstift wohnten. Für Lisette war dies eine sehr lustige und angenehme Zeit, da sie sich mit den Damen sehr gut verstand und sich mit ihnen anfreundete. An ihre Eltern schrieb sie, dass sie ein wunderbares Leben führte und sich in ihrer neuen Umgebung sehr wohl fühlte.

Einige Monate nach ihrer Vermählung erhielten sie die Nachricht, dass Georg, einer von Lisettes Brüdern, als Leutnant am Russlandfeldzug teilnehmen sollte.

Er hatte ihr geschrieben, dass der König von Napoleon gezwungen worden war, ihn militärisch zu unterstützen.

Aber er war, wie die meisten preußischen Soldaten, überhaupt nicht motiviert, gegen die Russen zu kämpfen. Sie erhielt mehrere weitere Briefe von ihm, als er sich bereits auf russischem Boden befand. »Wir bekommen nicht genug zu essen und es mangelt an einfach allem«, beklagte er sich. »Das Gebiet ist so weitläufig und karg, dass wir nicht einmal auf dem Lande etwas Essbares finden können. Viele von meinen Kameraden sind schon an Hunger und Krankheiten gestorben.«

Diese Aussagen hatten seine Familie sehr beunruhigt und in tiefe Sorge um ein gutes Ende seines Lebens versetzt. Dann bekamen sie keine Briefe mehr von ihm und später im Jahr empfingen sie die Nachricht, dass er schon Anfang September in der *Schlacht von Borodino* getötet worden war. Lisette erinnerte sich traurig, wie gut gelaunt er gewesen war auf ihrem Hochzeitsfest und wie ausgezeichnet er sich amüsiert hatte. Nach Wilhelm war er der zweite Bruder, den sie wegen eines Krieges von Napoleon verloren hatte.

Aus tiefstem Herzen sagte sie zu Alexander: »Ich hasse die Franzosen, und ich will den Namen Napoleon nicht mehr hören. Das kann nicht so weitergehen mit all diesen Kämpfen und Toten. Das muss endlich aufhören.«

Damit hatte sie vorausgesagt, dass Napoleons Macht bald vorbei sein würde.

Im nächsten Jahr, Anfang 1813, als Lisette die Geburt ihres ersten Kindes erwartete, schickte Alexander sie wegen der sich entwickelnden Kriegsereignisse zu seinen Eltern nach Spellen.

Ihr Sohn Friedrich Alexander Graff wurde dort im April während einer hektischen Zeit geboren, weil Napoleon noch immer auf dem Kriegspfad war. Es war ihm zwar nicht gelungen im vorigen Jahr, Russland zu erobern, und seine Armee war durch Hungersnöte und Krankheiten stark ausgedünnt, aber er gewann trotzdem im Mai noch zwei Feldschläge gegen Preußen und Russland. Die Armeen der Alliierten, Preußen, Russland, Österreich und Schweden schlossen sich zusammen, um seine entkräftete Armee zu besiegen. Das geschah mit der *Völkerschlacht von Leipzig*, die vom 16. bis 19. Oktober 1813 stattfand und in der die Truppen der Verbündeten schließlich einen Krieg gewannen gegen die napoleonische Armee.

Constantin hatte sich so auf die Geburt seines ersten Stiefenkels gefreut, aber er konnte das Zusammensein mit dem kleinen Friedrich nur kurze Zeit genießen. Denn, endlich, nachdem er fünf Jahre darauf gewartet hatte, wurde er im November dieses Jahres als älterer Hauptmann im Westfälisch-Arnsbergischen Landwehr-Regiment eingestellt. Das war im Zusammenhang wegen der Kriege gegen Frankreich, ein neu gegründetes Regiment, stationiert in Hamm. Sein Stiefsohn Alexander hatte im Laufe des Jahres seine Stellung als französischer Beamter niedergelegt und sich ebenfalls nach Spellen begeben. Er wollte bei seiner Frau sein und dort die weiteren politischen Ereignisse abwarten.

Zumindest waren die beiden Frauen, Anna Christina und Lisette, nicht allein, nachdem Constantin zu seinem neuen Regiment gegangen war.

Obwohl Napoleon besiegt wurde, gab es trotzdem noch verschiedene Städte, die von den Franzosen besetzt waren, einschließlich Wesel.

Die Brigade des Generalmajors Carl Leopold von Borstell wurde im November in die Stadt kommandiert, um sie durch einen Überfall auf die Franzosen zurückzuerobern. Das glückte aber nicht und nun blieben zur Blockierung nur Kosakenabteilungen und einige Landwehrbataillone zurück. Gleichzeitig wurden drei Land-Sturm-Bataillone aus der Gegend formiert. Eins davon bekam Adolph Lautz als Kommandeur, das andere der Major Alexander Wilhelm von Wittenhorst-Sonsfeld zu Haus Voerde. Das Dritte ging an Bartholomäus von de Wall, dessen Vater das Haus Venninghausen damals vom Generalmajor von Hagken, dem Vater von Constantin, gekauft hatte.

Als Lautz Kommandeur wurde, bat er Alexander, ihn bei der Blockade von Wesel zu unterstützen. Alexander wurde zum Hauptmann des Landsturms ernannt und auch Adolphs Sohn, Adolph Junior, kämpfte im Alter von fünfzehn Jahren ebenfalls im Bataillon seines Vaters mit. Er war ein mutiger Junge, und zum Stolz seiner Eltern erhielt er in diesem Alter schon die Kriegsdankmedaille.

Trotz der Tatsache, dass er kein Berufssoldat war, hatte Alexander sich doch sehr dienstvoll bei der Blockade von Wesel gemacht.

Später wurde in der evangelischen Kirche zu Spellen eine Gedächtnistafel angebracht, auf der man die Namen derer eingravierte, die sich aus der Gemeinde Spellen an der Blockade beteiligt hatten. An der Spitze stand eingraviert der Name von Hauptmann Graff.

In den folgenden Monaten der Belagerung gab es mehrere Schlachten gegen Napoleons Armee auf französischem Gebiet, wobei die Alliierten am 31. März 1814 Paris eroberten. Zu jedermanns Erleichterung wurde Napoleon als Kaiser von Frankreich bedingungslos im April abgesetzt und nach Elba verbannt.

Die Blockade hatte fast ein halbes Jahr gedauert, bis infolge des *ersten Pariser Friedens* am 30. Mai dieses Jahres, Wesel von den Franzosen geräumt wurde. Der Stadt war wieder frei und Frankreich unter König Ludwig XVIII. erneut ein Königreich.

Nachdem Napoleon nicht länger Kaiser von Frankreich war, hoffte man, dass es keine Kriege mehr geben würde. Das Volk hatte so sehr unter all den Feldzügen und den damit verbundenen Plünderungen gelitten, dass das Land nun Frieden und Zeit zum Wiederaufbau brauchte.

Als die Franzosen endgültig verschwunden waren, wurde Alexander in preußischen Diensten angestellt und zwar als Hilfs-Zolleinnehmer in Lippstadt. Lisette blieb mit ihrer Schwiegermutter in Spellen, weil sie ihr zweites Kind erwartete und Ende des Jahres wurde ihr Sohn Alexander geboren. Zum Bedauern der ganzen Familie sah man von Anfang an, dass dieses Kind körperlich verwachsen war und auch geistig so schwach, dass es später niemals einen Beruf ausüben konnte.

Lisette war darüber zutiefst zerstört. Sie fühlte sich schuldig, weil sie wusste, dass der Bruder ihres Vaters eine Geistesstörung bekommen hatte, und sie befürchtete, dass diese Krankheit daher von ihrer Seite der Familie vererbt sein könnte.

Nach der Geburt ihres zweiten Sohnes reiste sie Anfang Januar 1815 ganz deprimiert zu ihrem Mann nach Lippstadt. Constantin war in dieser traurigen Zeit nicht zu Hause, um sich um sie zu kümmern, da er noch bei seinem Regiment in Hamm war.

Die Hoffnung, endlich von Napoleon befreit zu sein, wurde jedoch zerschlagen. Mit Hilfe seiner Getreuen floh er aus Elba und am 1. März dieses Jahres traf er an der Südküste Frankreichs ein.

Von dort aus reiste er triumphierend nach Paris unter Beteiligung vieler seiner ehemaligen Soldaten, die sich ihm angeschlossen hatten. Der König war inzwischen geflohen und Napoleon hatte seine Macht als Kaiser wieder übernommen.

Die Verbündeten wollten ihn so schnell wie möglich wieder aus Paris vertreiben und einigten sich Ende März erneut auf einen gemeinsamen militärischen Schlag. Es würde wieder Krieg gegen Frankreich geben und die Armeen wurden mit großer Eile gesammelt. Constantin wurde in dieser spannungsgeladenen Zeit mit seinem Regiment nach Holland beordert.

Zusammen mit Adolph Junior, der sich als freiwilliger Jäger zum Kampf angemeldet hatte, nahm er am 18. Juni 1815 an der *Schlacht von Waterloo* teil. Am Ende wurde die Armee Napoleons vollständig geschlagen.

Es gab mehrere Familienmitglieder, die in dieser Schlacht gekämpft hatten, und alle beteiligten Familien blieben in Kontakt und warteten gespannt auf weitere Ergebnisse.

Als die beruhigende Botschaft kam, dass Napoleon besiegt worden war, wussten sie noch nicht, ob Constantin und Adolph Jr. die Schlacht überlebt hatten. Nach monatelanger Abwesenheit und Ungewissheit kehrten die beiden zur Freude ihrer Familien unversehrt aus der Schlacht zurück. Napoleon wurde zum zweiten Mal abgesetzt, diesmal jedoch für immer. Er wurde auf die kleine britische Insel Sankt Helena verbannt, wo er 1821 starb.

Bei seiner Rückkehr in Wesel, war Adolph Jr. so überzeugt von der Bedeutung der Armee, dass er Landwehr Offizier wurde. Auf seinen Anspruch auf Zivilanstellung machte er zu seinem Nachteil erst 1825 Gebrauch. Er wollte seinem Vater bei seiner Arbeit helfen und deshalb arbeitete er auch in dessen Büro, wo stets mehrere Sekretäre beschäftigt waren.

Als Constantin Ende 1813 wieder in die Armee eintrat, wusste er nicht, ob er die folgenden Schlachten überleben würde. Bevor er abreiste, hatte er deshalb gegenüber Alexander und Lisette einen Wunsch geäußert, der ihm sehr wichtig war. Falls sie nach Friederichs Geburt weitere Söhne bekamen, sollten sie ihm den kleinen Jungen zur Erziehung überlassen. Er und Anna Christina hatten einige Jahre nach ihrer Heirat einen Sohn bekommen, der jedoch kurz nach seiner Geburt gestorben war.

Seine Absicht war, Friedrich später zu adoptieren, damit er den Namen von Hagken weiterführen konnte.

Alexander und Lisette liebten Constantin und Alexanders Mutter so sehr, dass sie ihm deshalb diesen Wunsch zusagten. Nur während der Zeit, als sein Großvater im Kriege war, lebte Friedrich bei seinen Eltern in Lippstadt, wo sein Vater zu jener Zeit arbeitete.

Nach der Beendigung der Feldzüge gegen Napoleon wurde das Landwehrregiment in 1816 ausgelöscht und Constantin kehrte als Kompaniechef in das Preußische Bataillon Nr. 14. nach Wesel zurück. Der kleine Friedrich kam sofort aus Lippstadt nach Spellen und zusammen mit seiner Großmutter reiste er schleunigst zu seinem Stiefgroßvater. Mittlerweile war während Constantins Abwesenheit im Jahr 1814 seine Großmutter Catharina Tendering in Spellen im hohen Alter von neunundachtzig Jahren an Altersschwäche gestorben.

Wegen der Belagerung von Wesel konnte sie nicht in der dortigen Familiengruft beigesetzt werden und wurde daher auf dem Friedhof in Spellen begraben. Ihr Nachlass war auf ihre beiden Enkel Constantin und seinen Bruder Franziskus übergegangen. Als letzterer ein Jahr später, am 19. März 1815, an einem Herzinfarkt starb, ging sein Anteil auf Constantin über.

Die beiden Brüder hatten nichts gemeinsam gehabt, verstanden sich aber trotzdem gut und waren immer miteinander in Kontakt geblieben. Franziskus wohnte während der gesamten französischen Besatzung im Haus seiner Großmutter in Wesel. Als er hörte, dass Napoleon Anfang März 1815 in Frankreich gelandet war, hatte er befürchtet, dass Wesel wieder unter französische Herrschaft geraten konnte.

Laut der alten Haushälterin, die jeden Tag zum Putzen kam, hatte er sich darüber schrecklich aufgeregt. Sie sagte zu Constantin, sie dachte, dies hätte wahrscheinlich seinen Herzinfarkt verursacht. Er wurde als Erster der Familie im Familiengrab auf dem Zivilkirchhof bestattet und nicht in der Mathenakirche. Sein Großvater, Hermann Tendering, hatte dort zwei Gräber besessen, wo er in einem derselben 1784 beerdigt wurde, ebenso wie 1801 seine einzige Tochter Johanna, die Mutter von Franziskus und Constantin.

Denn früher, im Jahre 1806 und zwar noch vor Ausbruch des Krieges gegen Frankreich, wurde in Wesel ein neues Gesetz erlassen. Weder in den Kirchen noch auf den Friedhöfen innerhalb bewohnter Orte, durften Leichen bestattet werden. Es wurde daher in diesem Jahre ein Zivilkirchhof vor dem Brünner Thor angelegt. Diejenigen Familien, welche Grabstätten in den Kirchen als Eigentum besaßen, erhielten eine gleiche Anzahl Gräber unentgeltlich auf dem neuen Kirchhof zugewiesen.

Seine Großmutter Catharina hatte ein Doppelgrab auf dem neuen Friedhof, aber da sie in Spellen begraben war, war das Grab noch nicht benutzt worden.

Gerade als sie seinen Bruder beerdigt hatten, erhielt er eine traurige

Nachricht. Eine tief betrübte Verwandte seiner verstorbenen Mutter in Wesel, die Kriegsrätin Then-Berg bat Constantin um seine Genehmigung, ihre kleine Enkelin, Luischen, in seinem Familiengrab bestatten zu können. Das kleine Mädchen hatte bei ihr gelebt und war mit nur acht Jahren an Pocken gestorben.

Er hatte sofort zugestimmt und die ganze Familie war hingegangen, um das Kind zu begraben. Jeder in der Familie hatte das süße Mädchen mit den schönen blonden Haaren geliebt. So ein kleines Kind zu verlieren war ein trauriges Ereignis für alle.

Nachdem er in Wesel zurückgekehrt war, zog Constantin in das jetzt leere Haus seiner Großmutter. Es war durch die gute Wartung von Franziskus in einen guten Zustand und es brauchte nicht viel, um es auf die Ankunft seiner Frau und des kleinen Friedrich vorzubereiten. Als später im Jahre 1820 sein Garnisonbataillon aufgelöst und aus diesem eine Garnisoncompagnie errichtet wurde, erhielt Constantin die 4. Garnisonen Compagnie und blieb zu seiner Freude mit seiner Familie in Wesel.

Während er und Anna Christina ihr Leben dort wieder aufbauten, waren Alexander und Lisette noch in Lippstadt. Lisette hatte zwei Brüder wegen des Krieges verloren und sie wusste, wie gern die Männer in den Militärstand treten wollten. Sie befürchtete, dass es immer wieder zu Kämpfen kommen würde, und wünschte sich daher viele Kinder, vor allem Söhne. Sie hoffte, wenigstens ein paar behalten zu können, und die Zahl ihrer Kinder wuchs stetig. Im Jahr 1818 bekam sie ihr drittes Kind, einen Sohn, den sie Carl nannten, nach Constantins verstorbenem jüngsten Bruder. Die Geburt fand gerade statt, kurz bevor Alexander für seine Arbeit in diesem Jahr nach Laasphe im Fürstentum Wittgenstein im Kreis Berleburg versetzt wurde.

In dem Fürstentum lebten sie in sehr angenehmen Verhältnissen. Das Schloss des Fürsten war wunderschön auf einem Berg gelegen, von dem aus man einen prächtigen Ausblick über die ganze Gegend hatte.

Dank des Wohlwollens der fürstlichen Familie genossen sie mancherlei Vorzüge und bewohnten eine sehr schöne Dienstwohnung, die aus einem Jagdschloss des Fürsten bestand. Hier wurde 1823 ihre erste Tochter Louise geboren und zwei Jahre später ein weiterer Sohn, dem sie den Namen Wilhelm gaben, da beide einen Bruder mit diesem Namen im Krieg verloren hatten. Alexander blieb mit seiner Familie in Laasphe, bis er 1827 als Zoll-beamter nach Vlotho versetzt wurde. Dort wurden 1830 auch sein Sohn Louis und ein Jahr später seine Tochter Julie geboren. In Vlotho hatte er aufgrund seiner Position viel zu tun, und die sitzende Lebensweise mag wohl schädlich für seine Gesundheit gewesen sein.

Denn obwohl er immer wie gewohnt arbeitete, entwickelte er körperliche Beschwerden.

Friedrich Graff
&
Alexandrine von Hagken

Von Anfang an, als Friedrich geboren wurde, hatte Constantin eine sehr große Liebe für ihn empfunden. Das entstand auch dadurch, weil er seinen eigenen früh geborenen kleinen Sohn nur einen Moment in seinen Armen gehalten hatte, bevor das Kind starb. Mit dem kleinen Friedrich hatte er das Gefühl, sein eigenes Kind zurückbekommen zu haben. Während Friedrich bei ihm wohnte, verwöhnte er ihn ganz außerordentlich und erfüllte ihm jeden erlaubten Wunsch. Der kleine Junge hatte stets eine sehr besondere Liebe zu Tieren, und durfte die verschiedensten Gattungen halten. Auch durch die vielen Verwandten seiner Großmutter Anna Christina, die regelmäßig zu Besuch kamen, wurden ihm mancherlei Freuden zuteil.

1824, kurz nachdem Constantin zum Major befördert wurde, erlebten sie wieder etwas Trauriges.

Die Mutter seiner Frau, die alte Doktorin Hannes, starb, ebenso ihr Bruder Christian, bei dem sein Stiefsohn Alexander noch gearbeitet hatte.

Beide waren bei der ganzen Familie sehr beliebt und obwohl Wesel lange Zeit von den Franzosen besetzt worden war, hatten sie doch bis ihr Lebensende in sehr günstigen Verhältnissen gelebt. Es gab also in diesem Jahr zwei Begräbnisse, wobei auch Alexander und Lisette herübergekommen waren aus Vlotho, um hierbei anwesend zu sein.

Weil Constantin der Vormund der drei Töchter seines Schwagers Christian, Caroline, Susanna und Maria war, lebten diese Nichten nach dem Tod ihrer Eltern längere Zeit bei ihm und Anna Christina. Diese Cousinen sollten zeitlebens immer liebevolle und freundliche Verwandte sein.

Im selben Jahr, als die Begräbnisse stattfanden, war Friedrich elf Jahre alt geworden und kurz nach seinem Geburtstag bekamen sie neue Nachbarn, Herrn und Frau Calle. Zu Friedrichs Entzücken zählte die Familie viele Kinder und zwei von ihnen, Wilhelmine und Carl, waren nur wenig älter als er. Carl ging in dieselbe Klasse wie Friedrich und die Kinder wurden alle gleichzeitig konfirmiert. Sie waren bald unzertrennlich geworden und Wilhelmine und Carl taten alles, um Friedrich eine Freude zu bereiten.

Herr Calle verwendete viel Geld für Pflanzen und der Garten hinter seinem Haus sah im Sommer aus wie eine vollendete Blumenpracht.

Durch die vielen Blumengeschenke von Wilhelmine und Carl entwickelte auch Friedrich eine große Liebe für Pflanzen. Sein Großvater gab ihm deshalb einen Teil des Gartens hinter dem Haus zur selbstständigen Bepflanzung, was er mit voller Begeisterung versuchte.

Jeden freien Moment war er im Garten zu finden, um dort zu arbeiten. Stolz zeigte er seinem Großvater, wie gut er das Unkraut beseitigt und welche Pflanzen er gesetzt hatte. Constantin sagte oft zu ihm: »Bist du nicht ein wenig zu viel beschäftigt mit deinem Garten? Denk daran, dass du deine Schularbeit nicht vernachlässigst!« Aber Friedrich hatte einen geschliffenen Verstand und kein Problem zu lernen. Sein Großvater brauchte sich darüber keine Sorgen zu machen.

Während er die Privatschule besuchte, hatte er daneben auch Privatstunden und von seinem zehnten Lebensjahr an einen ganz vorzüglichen Unterricht in der Mathematik, sodass er in dieser Wissenschaft anderen Kinder gleichen Alters bald sehr weit voraus war.

Zu Anna Christinas Bestürzung und gegen ihren Willen, hatte Constantin, trotz des tragischen Todes ihres Sohnes Wilhelm, auch ihr ersten Enkelkind vom Militärleben begeistert. So sehr, dass Friedrich unbedingt dem Militärstande beitreten wollte. Schon als kleiner Junge war er beeindruckt, wenn er seinen Großvater in Uniform auf seinem Pferd reiten sah. Constantin war wie sein Vater ein großer Mann und für den kleinen Jungen sah er ganz imponierend aus.

Das wollte er später auch, dachte er, und so hatte er schon als Kind selbst, dazu ermutigt von seinem Großvater, über seine Zukunft entschieden.

Nach seinem Abschluss der Grundschule kam er auf das Gymnasium.

Damals wurde zur Offiziersprüfung keine lateinische Sprache verlangt, so hatte er auch niemals Lust Latein zu lernen und befasste sich nur damit, weil er es musste.

Seine Lehrer in dieser Sprache waren darum auch nie seine Gönner gewesen, aber dagegen genoss er stets die Freundschaft seines Mathematiklehrers. Im Allgemeinen war er ein fleißiger Junge, der seine Schularbeiten pflichtbewusst erledigte.

Zwei Jahre später, als er gerade seinen dreizehnten Geburtstag gefeiert hatte, hörte er seinen Großvater zu seiner Großmutter sagen: »Wir sollten endlich Friederike und Alexandrine bitten, bei uns zu wohnen. Alexandrine ist schließlich meine Halbschwester und es ist nicht ihre Schuld, dass ihre Mutter damals mit meinem Vater verheiratet war und ich mich darüber geärgert habe. Und nach der entbehrungsreichen Zeit, die beiden während des Krieges erlebt haben, möchte ich sie zu uns einladen. Du weißt, dass ich meinem Vater versprochen habe, Friederike und ihre Kinder nie im Stich zu lassen.«

Anna Christina war nicht gleich begeistert von seiner Idee, aber die beiden taten ihr auch leid.

Eine junge Frau, verheiratet gewesen mit einem viel älteren Mann während der fürchterlichen Zeit des Krieges mit all dem Elend, das sie begleitet hatte, und jetzt verwitwet mit zwei Kindern. Das war nicht jemand, auf den man eifersüchtig sein konnte. Also stimmte sie seinem Vorschlag zu.

Friedrich wusste, dass sein Großvater regelmäßig Kontakt hatte mit seiner Stiefmutter Friederike und manchmal hörte er seine Großeltern über sie und Alexandrine sprechen. Sein Interesse für beide war damit geweckt. Allerdings musste er sich noch einige Zeit in Geduld üben. Denn erst im Oktober 1826 kamen Friederike von Hagken und ihre Tochter Alexandrine nach Wesel, um mit Constantin vereinigt zu sein.

Friederike war mit Alexandrine nach dem Tod ihres Mannes aus Geldmangel gezwungen gewesen, über viele Jahre bei ihrer Schwester in Uentrop zu bleiben, wo sie sich nie wohlfühlte. Sie war glücklich, als sie im Jahr 1820 eine Einladung von ihrem Bruder Leopold erhielt, mit ihm zu leben. Leopold von Schwedler war zu jener Zeit Hauptman im 31. Infanterieregiment in Nordhausen und Weißenfels, wo seine Garnison stand.

Dorthin zog Friederike mit Alexandrine, die hier die Gelegenheit hatte, die Töchterschule zu besuchen. Leopold hatte 1818 Henriette geheiratet, die Tochter des Gymnasialdirektors Dr. Strass. Dessen jüngere Tochter Nanny war die zweite Gattin des bekannten Grafen und Generals von Malachovski, der aus einem adligen Geschlecht in Polen und Galizien stammte.

Leopold von Schwedler.
Genealogisches Handbuch
alten Adlige Häuser B
Band II.
Quelle: Verlag C.A. Starke
Glücksberg 956.

Leopold hatte Friederike schon früher öfters versprochen, dass, wenn er verheiratet wäre und genug Raum hatte in seinem Haus, sie und Alexandrine mit ihm leben konnten.

Friederike aber wollte das junge Familienglück ihres Bruders nicht zu lange stören. Im Jahre 1822 hatte sie etwas mehr Geld zu Verfügung, weil das Lehen wieder freigegeben wurde. So entschied sie sich, mit ihrer Tochter nach Marburg zu ziehen, wo Friedrich, ihr Sohn, auf der dortigen Universität Forstwissenschaft studierte.

Obwohl sie wusste, dass Constantin dagegen gewesen war, dass sie seinen Vater heiratete, hielt sie ihn immer noch für einen anständigen Mann. Als er sie also im Jahr 1826 einlud, mit Alexandrine nach Wesel zu kommen, zögerte sie keinen Moment und nahm sein Angebot gerne an.

Endlich bekam sie die Möglichkeit, wieder in einer großen Stadt zu leben und die Menschen wiederzusehen, die sie dort kennengelernt hatte und mit denen sie in der Vergangenheit befreundet gewesen war.

Nachdem der Generalmajor gestorben war, hatte sich viel bei Friederike verändert. Lange Zeit war sie so beschäftigt gewesen mit seiner Versorgung und ihren Kindern, dass sie kaum Zeit gehabt hatte, über ihre eigene Situation nachzudenken.

Ihre Erwartungen, die sie an ein schönes interessantes Leben gehabt hatte, wurden nicht erfüllt. Geld gab es kaum, schöne Kleider kaufen, in ein Theater oder Konzert gehen, kurz alle Sachen, die man in einer Großstadt wie Wesel tun konnte, waren für sie nicht mehr möglich.

Selbst in der ungewissen Zeit in Münster hatte sie doch wenigstens noch einige soziale Kontakte gehabt. Regelmäßig kamen Offiziere und Freunde ihres Mannes aus der Armee zu Besuch, um über die letzten Kriegsereignisse zu reden. Die Situation war für alle gleich schlimm gewesen. Es war eine verräterische Zeit und keiner wusste damals, was noch kommen würde.

Friederikes jugendliche und spontane Persönlichkeit war mit der Zeit nach und nach verschwunden. Durch alle Spannungen und Sorgen war sie abgemagert und fand, dass sie viel zu früh Falten in ihrem Gesicht bekommen hatte. Sie hatte jetzt das Gefühl, eine alte Frau zu sein. Oft stand sie vor ihrem Spiegel und sagte seufzend, als sie neue Krähenfüße an ihren Augen oder neue Falten in ihrem Gesicht sah: »Ich bin viel zu schnell verblüht. Ich bin jetzt wirklich eine alte Frau.«

Sie war unzufrieden mit ihrem Leben und ertappte sich dabei, wie sie sich leicht irritierte.

Von Anfang an, als sie Kinder bekam, wollte sie eine gute Mutter sein und versuchte, das zu tun, was sie für ihre Kinder für richtig hielt. Manchmal wusste und spürte sie auch, dass sie aufgrund ihrer Frustration über ihr Leben oft zu hart mit ihnen umging. Vielleicht hatte sie ihnen nicht genug gezeigt, dass sie sie liebte.

Abhängig zu sein von ihrer Schwester, ihrem Schwager und ihrem Bruder, der ihr gelegentlich Geld schickte, war etwas, was sie nur sehr schwer hatte verkraften können.

Obwohl sie nur kurzer Zeit mit ihm verheiratet gewesen war, vermisste sie ihren Mann noch jeden Tag. Er war mit seinem ruhigen Auftreten ihre Stütze gewesen, mit dem sie immer über alles hatte reden können und der stets, auch als er krank wurde, sie umgeben hatte mit Liebe und Aufmerksamkeit.

Noch einmal heiraten kam für sie nicht in Frage.

In einem Dorf wie Uentrop gab es keine standesgemäßen Männer für sie.

Außerdem waren so viele Soldaten im Krieg getötet worden, dass es kaum Familien gab, die nicht um einen oder mehrere tote Männer trauerten. Nach dem *Tilsiter Frieden* war die Schuld von Preußen an Frankreich derart hoch gewesen, dass das ganze Land damals in einer sehr schwierigen wirtschaftlichen und finanziellen Lage gewesen war. Damit wurde es auch in eine tiefe Armut getaucht. Sie hatte das Leben in dem überfüllten Pfarrhaus jede Minute gehasst. Der erzwungene Aufenthalt in einem kleinen Dorf, in dem es kein einziges Vergnügen gab, war für sie als Stadtmensch zu bedrückend gewesen. Die einzige wirkliche Freundin, die sie dort gehabt hatte, war Henriette von der Recke, eine geborene von Maltitz. Sie war verheiratet mit Ferdinand von der Recke, dem Eigentümer von Haus Uentrop. Er war wie der Generalmajor auch ein Berufssoldat gewesen und zwar Leutnant im Königlich Preußischen Leib-Kürassier-Regiment und schon in 1801 als Rittmeister pensioniert worden.

Er und seine Frau waren für Friederike und ihre Kinder außerordentlich liebenswürdige Freunde geworden. Sie hatten immer, wo sie konnten, versucht zu helfen, das Leben für sie ein wenig angenehmer zu gestalten.

Friederike hatte die Familie kennengelernt bei dem Sonntagsdienst in der evangelischen Pfarrkirche, wo ihr Schwager Ludwig der Pfarrer war. Die beiden Frauen fühlten sich gleich bei ihrer ersten Begegnung zu einander hingezogen und hatten sich angefreundet. Friederike hatte öfters gedacht, welch ein Zufall es war, dass diese Frau genauso wie ihre damals beste Freundin, Henriette hieß und sogar denselben Charakter hatte.

Sie war energisch, fröhlich und eine liebenswürdige Persönlichkeit. Sechs Kinder hatte sie, vier Mädchen und zwei Jungen, von denen der jüngste Wilhelm 1803, in demselben Jahr wie Friederikes eigener kleiner Friedrich, geboren wurde. Die Kinder und auch sie selbst wurden häufig eingeladen zum Abendessen oder zum Teetrinken und ihre Kinder waren immer willkommen, um dort hinzugehen zum Spielen.

Ein Besuch bei den von der Reckes war für Friederike etwas Erfreuliches. Außerhalb des Pfarrhauses in einem schönen, gepflegten Haus zu sein, war für sie wie eine Erholung.

Im Oktober 1826 kamen nun Friederike von Hagken und ihre Tochter Alexandrine nach Wesel, um auf Constantins Einladung hin mit ihm vereint zu sein. Als sie nach Wesel zurückkehrte, wurde sie wieder glücklich. Viele ihrer Freunde waren wegen der Kriege nicht mehr am Leben, aber trotzdem traf sie doch noch einige gute Bekannte.

Sie genoss jeden Moment ihres Aufenthalts in dieser Stadt. Doch zu ihrem Bedauern sollte sie dort mit Alexandrine nicht lange bleiben, denn im Jahre

1827 wurde die Compagnie von Constantin nach Jülich verlegt. Er wollte aus Rücksicht auf die Gesundheit seiner Frau nicht dorthin ziehen. Denn Anna Christina war nach dem Tod ihres Sohnes Wilhelm sehr kränklich geworden und deshalb hatte er im April desselben Jahres um seinen Abschied gebeten. Stets ein tätiger Mann, hatte er genau wie sein Enkelsohn Friedrich ebenso große Freude am Gartenbau und so pachtete er das fünf Minuten von Dinslaken gelegene Rittergut Bärenkamp, welches ein Fideikommiss der Familie von Buggenhagen war. Dorthin zog die ganze Familie zusammen mit Friederike und Alexandrine, nach seinem Ausscheiden aus der Armee.

Es war ein sehr großes Gut, weshalb Constantin auch noch neben dem Haus, die Baumgärten, Gärten und den Park gepachtet hatte.

Der dreizehnjährige Friedrich sah jetzt Alexandrine, die mehrere Jahre älter war als er,

Das Rittergut Bärenkamp.
Quelle: Stadtarchiv Dinslaken, Bildarchiv.

jeden Tag, und weil sie eine sehr liebe, bescheidene junge Frau war, entstand schon hier bei ihm im Stillen eine Zuneigung zu ihr.

Für seine wirtschaftlichen Studien war diese Umsiedlung sehr vorteilhaft, denn dort studierten die Knaben, mit denen er gemeinsam den Unterricht erhielt und die ihm sehr weit voraus waren. Die Jungen lernten mit einem solchen Eifer und einer so regen Lernbegierde, dass er unwillkürlich mit fortgerissen wurde. Von seinem vierzehnten bis siebzehnten Lebensjahre entwickelte er dadurch auch einen großen Fleiß, während Mathematik und Geschichte seine Lieblingsstudien blieben. Er war ein Geselligkeitsmensch wie sein Großvater und liebte es, wenn es Gäste im Hause gab.

Der Besitzer des Gutes, der Geheime Kriegs- und Landrat Julius Heinrich Baron von Buggenhagen starb einige Monate, nachdem sie im Bärenkamp ihren Einzug genommen hatten. Seine Witwe bat Constantin, ihr und ihrer Tochter einige Zimmer in dem großen Hause, wo sie früher so lange glücklich gelebt hatten, abzutreten. Nun war das Haus voller Menschen. Es gab dadurch für Friedrich in dem ländlichen Aufenthalt recht viel häusliche Abwechslung, da nämlich in den Ferien auch die beiden Söhne der Baronin von Buggenhagen zum Besuch bei ihrer Mutter eintrafen.

Friedrich war wie Constantin ebenfalls ein Naturliebhaber, so genoss er jeden Moment seines Verbleibes in dem Bärenkamp mit den prachtvollen Alleen für Fußgänger und Fuhrwerk, welche zum Hause führten. Wenn er im Frühjahr in der Nacht in seinem Bett lag, hörte er immer begeistert zu, wenn die Nachtigallen in dem großen Laubbaum vor dem Haus mit ihrem Gesang die ganze Familie nicht einschlafen ließen. Er dachte, er sei mit seinem Leben vollkommen glücklich.

Friederike war, obwohl sie fürchtete, Wesel zu vermissen, doch froh gewesen, als Constantin das Rittergut mietete und sie und Alexandrine eingeladen wurden mitzukommen. Wieder auf einem schönen großen Gut zu wohnen mit Personal, war etwas, worauf sie sich richtig gefreut hatte.

Das Leben war für sie und Alexandrine, als sie auf dem Bärenkamp wohnten, nach den schwierigen Jahren in Uentrop, viel angenehmer geworden. Sie wären vollkommen zufrieden, wenn sie ihr ganzes weiteres Leben hier verbringen müssten. Da aber der Bärenkamp von nassen Gräben umgeben war und auch in der Nähe ein feuchtes Moor lag, so hatte man im Hause häufig durch die Feuchtigkeit viele Kranke. Nach einigen Jahren, in denen sie ein ruhiges und entspanntes Leben geführt hatten, bekam auch Alexandrine, wie damals ihr Vater, einen sehr heftigen Typhus. Sie war so krank, dass alle im Hause um ihr Leben fürchteten. Constantin ließ die besten Ärzte holen und Friederike pflegte Alexandrine, wie vorher ihren Mann, Tag und Nacht. Jeden Tag sah sie ängstlich zu, wie die Krankheit ihre Tochter entkräftete.

Sie sah das blasse Gesicht ihres Kindes auf dem großen aufgetürmten weißen Kissen im Bett. Ihre blauen Augen sahen sie genau so traurig an wie es ihr Mann getan hatte, bevor er starb. Auf einmal wurde sie überwältigt von einem tiefen Schuldgefühl. Das arme Kind, was für ein Leben hatte sie bisher gehabt? Im Pfarrhaus, wo sie niemals ein Privatleben gehabt hatte, war sie immer umkreist gewesen von der ganzen Familie ihrer Tante.

Ein sorgloses Leben, wie es für ein Kind sein sollte, war es nicht gewesen. Kein Geld, um irgendwie den Kindern eine Freude zu bereiten. Immer finanziell abhängig zu sein von ihrer Familie. Aber Alexandrine hatte sich nie beklagt, war immer ein braves Mädchen gewesen. Manchmal hatte sich Friederike sogar über ihre Tochter geärgert, weil sie Alexandrine zu lieb und folgsam fand. Beide waren sie so unterschiedliche Persönlichkeiten, dass Friederike sich mit ihrem Sohn eigentlich besser verstand als mit ihrer Tochter.

Jetzt aber, als sie ihr Kind so krank sah, fühlte sie nichts als nur noch Mitleid mit ihr. Sie erkannte nun auch, wie sehr sie Alexandrine eigentlich liebte und dachte darüber nach, wie sie sie vermissen würde, sollte sie sterben.

So bangte sie jeden Tag um das Leben ihres Kindes. Eines Tages, als sie wieder an ihrem Bett saß und die Schweißtropfen von Alexandrines Stirn mit einem befeuchteten Tuch abwischte, sagte sie leise zu ihr: »Kind, werde doch besser, lass mich nicht alleine«, und dann im Flüsterton: »Ich liebe dich.« Durch ihre Schwäche hörte Alexandrine die Stimme ihrer Mutter und wurde von einem intensiven Glücksgefühl überwältigt. Ihre Mutter liebte sie, das hatte sie ihr noch nie gesagt oder sie merken lassen.

Vielleicht hatten die Worte ihrer Mutter dazu beigetragen, denn von diesem Moment an ging es ihr jeden Tag langsam etwas besser.

Haus Horst in Kalkar, ehemalige Rittersitz.
Jetzt Pflegeheim.
Quelle: Rhein-Ruhr-online.de.

Sie war aber noch sehr schwach und auf ärztlichen Rat entschied Friederike, mit ihr Anfang August 1830 in das Haus Horst in der Nähe von Kalker zu ziehen, einem Landsitz eine halbe Stunde von Wesel.

Das Haus wurde damals von einer Familie von Knipscheer bewohnt, welche gegen Kostgeld Personen aufnahm. Sie hatte dort einige Zimmer gemietet und jeden Tag machte sie kleine Spaziergänge mit Alexandrine und kümmerte sich darum, dass ihre Tochter gut aß und sich ausreichend ausruhte. Nach einem Aufenthalt von nur einigen Wochen auf dem Haus Horst bekam Friederike einen Schlaganfall, an welchem sie am 28. August 1830 über Nacht starb. Die Versorgung von Alexandrine und die Spannung, die sie dabei gefühlt hatte, als sie um das Leben ihrer Tochter fürchtete, waren zu viel für ihre Nerven gewesen.

Als Alexandrine sie am Morgen zum Frühstück abholen wollte, fand sie zu ihrem Entsetzen ihre Mutter tot im Bett. Völlig verstört setzte sie sich neben sie.

Sie wollte weinen, aber konnte es nicht.

Die Schock, war zu groß für sie. Besonders weil sie das Gefühl hatte, dass sie und ihre Mutter sich nach so langer Zeit nähergekommen waren. *Wieso musste sie gerade jetzt sterben?* fragte sie sich.

Sie konnte es einfach nicht fassen, dass ihre Mutter, die kräftige, energische Frau, nicht mehr für sie da war.

Nachdem sie stundenlang neben dem Bett gesessen und auf das Gesicht ihrer Mutter gestarrt hatte, kam sie wieder zu sich. Sofort schickte sie einen Kurier an alle ihre Verwandten mit der Nachricht, dass ihre Mutter plötzlich verstorben war. Constantin und seine Familie reisten direkt nach Kalkar, um ihr beizustehen.

Weil Friederike kein Familiengrab besaß, wurde beschlossen, sie auf dem dortigen Friedhof beizusetzen.

In Kalkar hatte sie keine Bekannten und nur ein paar ihrer Freunde aus Wesel, ihr Sohn Friedrich, Adolphine und Charlotte mit ihrem Mann waren sowie ihr Bruder Leopold mit seiner Frau nach Kalkar gereist und nahmen an ihrer Beerdigung teil. Es war eine kurze Beerdigung, ohne irgendeine Zeremonie. Ihr Schwager Ludwig sprach ein Gebet an ihrem Grab und Constantin sagte einige Worte zum Abschied.

Nach dem Begräbnis stellte sich heraus, dass Friederike die Miete schon vorher für einige Monate gezahlt hatte. Alexandrine wollte deshalb noch auf Haus Horst bleiben bis zum Ende der Mietzeit. Außerdem verspürte sie das Bedürfnis, einige Zeit mit ihrer Trauer allein zu sein.

Der unerwartete Tod ihrer Mutter, mit der sie dreiundzwanzig Jahre zusammengelebt hatte, war für sie ein sehr schwerer Schlag. Sie hatte die Person in ihrem Leben verloren, die für sie beide immer die Entscheidungen getroffen hatte. Obwohl sie früher nie wirklich das Gefühl hatte, dass ihre Mutter sie richtig liebte, war sie doch auch die Person gewesen, auf die sie sich zu allen Zeiten verlassen konnte. Jetzt stand sie als Waise ganz alleine in der Welt und war wieder von ihren Verwandten abhängig. Ihr Bruder hatte sich weder um ihre Mutter noch um sie gekümmert.

Nachdem sie ihn über den Tod ihrer Mutter informiert hatte, war er zwar zur Beerdigung gekommen und hatte sie alle kurz begrüßt, war dann aber schnell wieder gegangen. Sie hatte noch versucht, ein Gespräch mit ihm anzufangen, aber er hatte nicht darauf reagiert. Er interessierte sich auch nicht für die Familie seiner Tante Charlotte, in der er so lange gelebt hatte.

Einige Jahre zuvor hatten Gerüchte in der Familie kursiert, dass er in Amsterdam wegen Passfälschung verhaftet worden war, aber sie hatten nichts Konkretes erfahren. Vielleicht war ihm das peinlich und er wollte deshalb mit niemandem in seiner Familie in Kontakt treten.

Alexandrine hatte außerdem schon früh den Eindruck gewonnen, dass er auch nichts mit der Familie seines Vaters zu tun haben wollte. *Es könnte sein*, dachte sie, *dass er es seinem Halbbruder Constantin übelnahm, dass er sich nicht um ihn gekümmert hatte, als er klein war.* Aber sie war sich nicht sicher.

Nach der Bestattung hatten Constantin und ihr Onkel Leopold beiden angeboten, dass sie nach ihrem Aufenthalt in Kalkar, solange sie wollte, bei ihnen wohnen konnte. Auch Friedrich beschäftigte sich mit ihr und besuchte sie, so oft er konnte.

Er war im Jahr 1830 von Constantin urkundlich adoptiert worden und zum Weiterführen seines Nachnamens von Hagken, hatte Constantin die allerhöchste Genehmigung von dem König erbeten.

Der König Friedrich Wilhelm III. erteilte diese Zustimmung jedoch nicht, wie aus einem Kabinettsschreiben aus Berlin vom 15. April 1830 hervorgeht. Möglicherweise kam sie nicht zustande, weil Friedrich zu diesem Zeitpunkt noch zu jung war und nur als Student bezeichnet werden konnte. Wenn er älter wäre, könnte er selbst noch mal aufs Neue darum bitten, aber das tat er nie, weil er es nicht für wichtig hielt.

Wenige Monate vor Friederikes Beerdigung, als er im April siebzehn geworden war, hatte er in Düsseldorf die Portepeefähnrich-Tentamen abgelegt. Damals musste dieses dem Eintritt auf Beförderung in ein Regiment vorausgehen. Das Tentamen hatte er bestanden und Constantin brachte ihn im Mai nach Wesel, wo er in die erste Compagnie des 17. Infanterieregiments eingestellt wurde. Das Exerzieren hatte er bereits auf dem Bärenkamp von seinem Großvater gelernt, sodass er gleich in die Compagnie eingestellt werden konnte.

Sein Kompaniechef und sein Bataillonskommandeur hatten ihn schon als Knabe bei seinem Großvater kennengelernt und interessierten sich sehr für ihn.

Er war mit seiner Länge von 1,80 Metern, breiten Schultern und einer robusten Gestaltung, körperlich sehr früh entwickelt. Trotz der Tatsache, dass er so kräftig und stark aussah, fehlte ihm aber die benötigte Ausdauer, da er wegen des vielen Studierens wenig sportliche Übungen gemacht hatte. Das lange anhaltende Exerzieren, jeden Vormittag drei Stunden ununterbrochen, griff ihn so sehr an, dass er nach etwa zwei Monaten ein heftiges rheumatisches Leiden in den Füßen bekam.

Er wollte nicht darüber klagen und dachte es würde von selbst vergehen. Sein Kompaniechef aber war es aufgefallen, dass etwas mit ihm nicht stimmte, weil er kaum laufen konnte, und er war gezwungen es ihm zu zeigen. Er wurde gleich zum Militärarzt geschickt und als dieser seine Füße sah, wurde Constantin sofort informiert und bekam die Erlaubnis, ihn zum Bärenkamp mitnehmen zu dürfen.

Weil er körperlich erschöpft war, bekam er dort genauso wie Alexandrine noch einen Typhus hinzu und erst Ende November war er so weit hergestellt, dass er zum Bataillon zurückkehren konnte.

Sein Regiment musste im Herbst 1830, infolge des Krieges zwischen den Niederlanden und Belgien, der sogenannten *Belgische Unabhängigkeitsrevolution*, an die Grenze rücken und Friedrich erhielt Kleve als Garnison. Die überwiegend katholischen südlichen Provinzen rebellierten gegen die Vorherrschaft der mehrheitlich protestantischen in den nördlichen Provinzen und schon nach wenigen Wochen wurde das Vereinigte Königreich der Niederlande in zwei Staaten geteilt und das neue Belgien entstand.

Constantin wollte ihn nicht alleine reisen lassen und hatte ihn dorthin gebracht. Auch die beiden Söhne der Baronin von Buggenhagen waren in Kleve. Sie besuchten hier die Prima des Gymnasiums, sodass er Bekannte traf, was für ihn sehr erfreulich war.

Da Kleve nur zwei Stunden von Kalkar entfernt ist, so hatte er öfter Gelegenheit, Alexandrine auf Haus Horst zu besuchen. Nach dem Tod ihrer Mutter wollte sie zwar alleine sein, aber nach einer Weile fühlte sie sich oft einsam. Die Besuche von Friedrich waren daher eine willkommene Abwechslung für sie.

Sie betrachtete ihn als einen jüngeren Bruder, mit dem sie gut auskam und mit dem sie gut reden konnte.

Als ihre Miete beendet war, zog sie wieder zu Constantin und Anfang des Jahres 1831, zu ihrem Onkel, dem Oberleutnant Leopold von Schwedler, der in dieser Zeit als Preußischer Etappeninspektor zu Hersfeld befördert war.

Sie hatte ihn gut kennengelernt, als sie mit ihrer Mutter bei ihm gelebt hatte. Er war für sie immer ein besorgter und lieber Onkel, den sie sehr gern mochte.

Friedrich wurde mittlerweile gegen das Frühjahr desselben Jahres Unteroffizier und machte dann in Köln das Portepeefähnrich-Examen und wurde in Juli Portepeefähnrich. Am 1. November 1831 reiste er von Kleve nach Düsseldorf zum Besuch der dortigen Divisionsschule und ging im Juni 1832 mit seinem später sehr intim gewordenen Freund, Karl von Avemann, der später Generalleutnant zur Disposition wurde, nach Berlin zum Offizier Examen.

Als er im Oktober dieses Jahres Sekondleutnant wurde, reiste er von Düsseldorf, wo sein Bataillon in Garnison stand, zu seinem Großvater auf den Bärenkamp. Er wollte sich ihm stolz als Offizier in seiner neuen Uniform präsentieren. Auch Alexandrine war kurz zuvor dort eingetroffen, auf speziellen Wunsch Constantins. Er hatte sie gebeten, seine kränkliche Frau Anna Christina zu pflegen und Gesellschaft zu leisten. Als sie gemütlich zusammensaßen, teilte Constantin ihnen mit, dass Friedrich, der Bruder von Alexandrine, der ebenfalls belehnt wurde mit dem Wiesensteigschen Lehen, den Wunsch geäußert hatte, das Lehen in Eigentum zu erwerben. Sie hatten das Lehen erst in 1821 antreten können, weil es sehr zweifelhaft gewesen war, ob sie infolge der Kriegsprozesse in 1807 das Lehen überhaupt zurückbekommen konnten. Constantin hatte gehört, dass Friedrich aufgrund seiner Verschuldung gezwungen war, seinen Anteil zu verkaufen, da Vorzugsrechte und Pfandrechte gegen ihn angemeldet worden waren. Auf sein Betreiben und mit der Genehmigung von Constantin wurde dann das Mannlehen im Jahr 1832 Allodium.

Er zeigte beiden die Allodifications Urkunde mit dem folgenden

Wortlaut:
Urkundlich die Unterschrift und das beigedrückte Siegel.
Stuttgardt den 25. May 1832.
Königlicher Lehn-Rat gez. Hartmann.
Allodifications Urkunde.
Den bisherigen Königlichen Vasallen, Freiherrn Friedrich, Constantin und Friedrich, Alexander, Leopold von Hagken, wird hiermit auf Ansuchen bezeugt, dass in Folge der Allerhöchster Entschließung seiner Königlichen Majestät als Lehnherrn vom 19. Februar d.J. das von der Krone Württemberg gehende Mannlehen, ein Hof zu Sontheim a/d Brenz und die Ostermühle Langenau samt ihren Zubehörden gegen eine Gebühr von EINTAUSEND GULDEN geeignet worden und daher gedachter Hof und Mühle nebst beiden Zubehörden als ein von dem Lehnsverbande gegen die Krone völlig freies Eigenthum der Eingangs gedachten Freiherrn von Hagken zu betrachten sind.
Erst nachdem dies geklärt war, konnte Constantins Stiefbruder danach seinen Anteil verkaufen, um seine Schulden zu begleichen.

Gerade als sie dachten, sie könnten nun etwas Zeit miteinander verbringen, wurde Friedrich plötzlich zum Regiment zurückberufen. Infolge des *Belgischen Unabhängigkeitskrieges* gegen die Niederlande, in dem die Regierungsarmee des Vereinigten Königreichs der Niederlande die drei wichtigsten südlichen Zitadellen, nämlich Maastricht, Antwerpen und Luxemburg hielt, kamen Französische Freiwilligentruppen den Belgiern zu Hilfe und belagerten Antwerpen. Eine schnelle Besetzung der Grenze war befohlen, da Luxemburg die Bundesfestung des Deutschen Bundes war, und er musste Hals über Kopf weg.

Von November bis Ende Januar 1833 blieb er an der Grenze stehen im Straelen, und in Elmpt.

Friedrich schrieb seinem Großvater, dass es ein düsteres Dorf im Regierungsbezirk Aachen war und dass er hoffte, dort nicht so lange bleiben zu müssen. Sein Wunsch wurde erfüllt und er bekam noch im selben Jahr einen Befehl, nach Wesel zurückzukehren, dass seine neue Garnisonsstadt wurde.

Seine dienstliche Tätigkeit wurde von Tag zu Tag immer mehr in Anspruch genommen und im Frühjahr bekam er dort die Geschäfte der

Bataillons-Ökonomischen-Kommission.

Als er seinem Großvater mitgeteilt hatte, dass er nach Wesel versetzt war, beschloss dieser, sofort mit seiner Frau und Alexandrine wieder dorthin zurückzukehren und damit gewann die Häuslichkeit für Friedrich wieder die alte Annehmlichkeit.

Kurz nachdem er in Wesel angekommen war, würde es wieder einen Verlust geben, weil seine Großmutter mütterlicherseits, Helene Lautz, starb. Er hatte sie, als er vorher auch in Wesel stationiert war, oft gesehen und unterhielt auch regelmäßigen Kontakt mit seinen Onkeln und Tanten. Die familiären Beziehungen waren für ihn genauso wichtig wie für seinen Großvater. Wieder war die ganze Familie zusammen und traf sich bei ihrem Begräbnis auf dem Zivilkirchhof in Wesel. Auch viele ihrer Familienglieder und Freunde waren anwesend, um sich von ihr zu verabschieden. Sein Großvater, Adolph Lautz, vermisste seine Frau so sehr, dass er nach einiger Zeit nicht mehr alleine in seinem großen Haus leben wollte. Er war gewöhnt, immer seine Helene um sich zu haben, und ohne sie fühlte er sich bald einsam. Seine älteste Tochter Christiane hatte dies bemerkt und sie hatten vereinbart, dass er bei ihr und ihrem Mann einziehen sollte.

Ein Jahr lang nahm das Leben wieder seinen normalen Lauf, doch dann, am 31. Januar 1835, fehlte Constantin morgens beim Frühstück.

Als Soldat war er immer sehr pünktlich, und es war nicht seine Art, zu spät zu kommen. Friedrich war sofort alarmiert. Er rannte die Treppe hinauf und ging in das Schlafzimmer seines Stiefgroßvaters. Zuerst dachte er, dass dieser schlief, aber als er sich ihm näherte und versuchte, ihn zu wecken, sah er, dass er sich nicht bewegte und im Schlaf gestorben war. Er hatte schon lange den Verdacht, dass sein Großvater nicht bei guter Gesundheit war. Aber immer, wenn er ihn nach seinem Befinden fragte, bekam er die gleiche Antwort: »Mach dir keine Sorgen um mich, mir geht es gut, ich bin nur ein bisschen müde.« Deshalb war es eine große Erschütterung für ihn und die ganze Familie, als er Constantin auf einmal, ohne Warnung, tot in seinem Bett fand. Friedrich fühlte sich schuldig, weil er seinen Großvater nicht gezwungen hatte, zum Arzt zu gehen. Anna Christina hatte nie daran gedacht, dass ihr jüngerer Ehemann früher sterben könnte als sie. Auch für Alexandrine, die ihren Halbbruder überaus geliebt hatte, eigentlich für die ganze Familie, kam sein Tod unerwartet und alle waren davon zutiefst verstört. Constantin war sein ganzes Leben immer die Stütze der ganzen Familie gewesen und jeder konnte mit seinen Problemen oder um Hilfe bitten zu ihm kommen.

Wieder gab es innerhalb einiger Jahre ein Begräbnis und wieder traf sich die ganze Familie bei einer traurigen Angelegenheit. In demselben Grab, wie sein jüngerer Bruder Franziskus, wurde er auf dem Zivilkirchhof zu Wesel beerdigt und er war damit der letzte männliche Nachkomme von der Familie von Hagken zu Pornimb, welcher in jenem Grab seine letzte Ruhestätte fand.

Im Gegensatz zu seinem Vater wurde es eine beeindruckende Beerdigung, die mit großem Interesse stattfand und an der viele Offiziere seiner ehemaligen Regimenter teilnahmen.

Zum Andenken an ihn ließ Friedrich ein schweres Eisernes Kreuz mit der Inschrift: *Ruhestätte des Majors von Hagken, gestorben 1835,* auf dem Grab aufstellen. Für ihn war es ein ganz besonders schmerzvoller Abschied. Es war nicht nur sein Stiefgroßvater, den er jetzt begraben musste, aber im Grunde sein Ersatzvater. Mit seinem Tod fühlte er, dass er seinen liebsten und besten Freund verloren hatte.

Als Constantin starb, zwar verehelicht aber kinderlos, hatte er seinen Nachlass laut Testament zu Zweidritteln seinem Stiefenkel und Adoptivsohn Friedrich vererbt und zu einem Drittel seiner Halbschwester, Alexandrine. Damit waren sie schon in finanzieller Hinsicht mit einander verbunden. Seine Frau Anna Christina war nach dem Ableben ihrer Mutter selbst wohlhabend geworden und war damit einverstanden gewesen.

In dieser für Friedrich so trüben Zeit war seine Arbeit eine willkommene Zerstreuung für ihn. Aufgrund seiner dienstlichen Tätigkeit wurde er von Jahr zu Jahr mehr beschäftigt. Die Ausbildung sämtlicher Landwehrunteroffiziere, so wie die Einjährig-Freiwilligen des Regiments, nahm viel seiner Zeit in Anspruch. Er wohnte noch immer zusammen mit seiner Großmutter und Alexandrine, die so gut sie konnte die kränkliche Frau pflegte und auch den Haushalt führte.

Sie versuchte, als sie alle sehr niedergedrückt waren nach dem Tod ihres Halbbruders, das Haus doch so gemütlich wie möglich zu machen und viele Freunde von Friedrich wurde öfters zum Diner eingeladen.

Im folgenden Jahr erhielt er erneut eine schlimme Nachricht.

Sein Vater, der im Laufe des Jahres 1827 als Zollamts-Rendant nach Vlotho an der Wesel versetzt worden war, starb unerwartet. Er hatte sich eine Unterleibsentzündung zugezogen, die sich als tödlich herausstellte. Der eilig herbeigerufene Arzt hatte ihm gegen die unerträglichen Schmerzen so viel Morphium gegeben, dass er am 8. Mai 1836 innerhalb von zwei Tagen einschlief. Genau an demselben Sterbetag, einem Sonntag, der achte an dem auch Alexandrines Vater gestorben war.

Friedrich hatte seine Eltern häufig besucht, als er bei seinen Großeltern aufwuchs. Auch seine Eltern kamen regelmäßig mit der ganzen Familie für mehrere Wochen zu ihnen. Er stand also in ständigem Kontakt mit seinen Eltern und Geschwistern. Daher kam der Tod seines Vaters für ihn als eine schmerzliche Überraschung. Er erinnerte sich daran, dass er bei seinem letzten Besuch bei ihnen im Jahr 1834 bereits den Eindruck gewonnen hatte, dass sein Vater in seinem neuen Beruf sehr beschäftigt war. Vielleicht, so dachte er, war er überarbeitet und die anhaltende sitzende Lebensweise war nicht gut für seine Gesundheit gewesen.

Für seine Großmutter Anna Christina war dieser Verlust noch das Schlimmste. Nach der Geburt und dem Tod ihres kleinen Sohnes, den sie zusammen mit Constantin bekommen hatte und der nur kurz gelebt hatte, bevor er starb, hatte sie sich nicht mehr ganz wohl gefühlt.

Ihr Gesundheitszustand hatte sich weiter verschlechtert, als 1808 ihr jüngster Sohn Wilhelm im Krieg gefallen war, und danach brauchte sie immer jemanden, der sich um sie kümmerte.

Nun war auch ihr letztes Kind gestorben, so dass sie das Unglück hatte, den Tod aller ihrer Kinder mitzuerleben.

Trotz ihrer schwachen Gesundheit bestand sie darauf, mit Friedrich nach Vlotho zu reisen. Sie wollte dabei sein, wenn ihr Erstgeborener zu Grabe getragen wurde. Während der Beerdigung stützte sie sich an seinen Arm und starte mit schmerzverzerrtem Gesicht verständnislos auf das Grab, in das der Sarg hinabgelassen wurde. Lisette bemühte sich, nicht zu weinen und sich vor ihren noch kleinen Kindern zu beherrschen. Die standen ganz betrübt und erschüttert da und konnten nicht verstehen, wieso ihr Vater gestorben war. Er hatte Ende April noch seinen zweiundfünfzigsten Geburtstag fröhlich mit ihnen gefeiert und nichts deutete darauf hin, dass er so bald danach sterben würde. Friedrich würde nie vergessen, wie seine kleine Schwester Julie unaufhörlich am Grab weinte. Mit einer Hand hielt sie den Arm ihrer Mutter, während sie mit der anderen eine Puppe umklammerte. Sie hatte sie erst zehn Tage zuvor von ihrem Vater zu ihrem fünften Geburtstag bekommen. Die Puppe würde sie ihr ganzes Leben lang behalten, als bleibende Erinnerung an ihn.

Nach der Beerdigung machte seine Mutter Lisette sich Sorgen darüber, wie es nun weitergehen sollte. Sie hatte jetzt eine sehr schwere Lebensaufgabe, weil sie nicht in der Witwenkasse versichert worden war.

Friedrichs Vater hatte das deshalb unterlassen, weil er nicht annehmen konnte, früher zu sterben, als seine so lange kränkliche Mutter.

Er hatte wohl gedacht, dass durch ihr Vermögen die Existenz seiner Frau und Kinder gesichert war. Einige tausend Thaler, die er hinterlassen hatte, waren bei den vielen Kindern bald verbraucht und nun konnten sie nur noch mit der Unterstützung von Anna Christina leben. Nach Rücksprache mit ihr, holte Friedrich daher einige Zeit später seine Familie in ihr Haus in Wesel.

Seine Großmutter war in dieser Zeit vierundsiebzig Jahre alt und konnte nach einer Weile so viele Menschen in ihrem Haus nicht ertragen.

Alexandrine hatte sie gerne bei sich, weil sie eine ruhige Frau war und außerdem auch den Haushalt erledigte. Der Lärm des unaufhörlichen Geplappers und des Hin- und Herrennens ihrer Enkelkinder war zu viel für sie. Aber sie konnte nicht erwarten, dass die Kinder die ganze Zeit auf Zehenspitzen gingen. Friedrich hatte dies seinem Großvater Adolph Lautz erzählt, der sich daraufhin entschied, nach Wesel zurückzukehren. Er hatte dort noch sein eigenes Haus an der Niederstraße in der Nähe des Willibrordi-Doms behalten, worin er nun mit Lisette und ihren Kindern bis zu seinem Tod leben würde. Er war ein extrovertierter Mann, der seine Enkelkinder liebte und er wurde wie ein zweiter Vater für sie. Immer war er mit ihnen beschäftigt und die Kinder verehrten ihn.

Im Jahr 1839 wurde Friedrich technisches Mitglied der Regiments-Bekleidungskommission. Zur Erledigung all dieser Geschäfte reichte ihm die Tageszeit selten aus. Als er nach zwei Jahren Ende November als Leutnant und

Adjutant seines Regiments beim Landwehrbataillon nach Geldern kommandiert wurde, war ihm das sehr willkommen.

Er lebte in diesem Moment allein mit seiner Großmutter, weil Alexandrine auf Wunsch ihres Onkels Leopold nach Hersfeld gegangen war. Ihre Tante Henriette war nach der Geburt ihres jüngsten Kindes noch immer sehr schwach, sodass er Alexandrine gebeten hatte, zu ihnen zurückzukehren, um ihre Kinder zu betreuen.

Während sie dort verblieb, wurde Friedrich klar, wie sehr er Alexandrine vermisste. Er war daran gewöhnt, dass sie immer bei ihm zu Hause war und sich um ihn und seine Großmutter kümmerte. Als er nach Geldern versetzt wurde, wollte er nicht alleine gehen, er wollte sie mitnehmen und heiraten. Er hatte darüber schon längere Zeit nachgedacht. Manchmal hatte er eine kleine Anspielung darauf gemacht, um zu sehen, wie sie reagieren würde. Sie hatte ihn stets ausgelacht und ihm gesagt, dass sie doch viel zu alt für ihn war, aber das verneinte er immer.

Er fand sie nicht wirklich hübsch, aber sie sah attraktiv und jung aus mit ihren blonden Haaren und den blauen Augen, die sie von ihrem Vater geerbt hatte, und wie er, hatte sie keine Falten im Gesicht. Auch als sie älter wurde, änderte sich ihr Aussehen kaum.

Am Anfang, als sie beide auf dem Gut Bärenkamp wohnten, war er oft empört gewesen, wenn er sah, wie streng ihre Mutter sie behandelte. Er fand, dass sie manchmal ohne Grund einen tadelnden Blick oder Schelte bekam. Er hatte sie dafür bewundert, dass sie resigniert alles über sich ergehen ließ und sich nicht darüber aufregte.

Aus ihren Erzählungen wusste er auch, dass sie eine extrem schwere Kindheit in Uentrop gehabt hatte.

Als sie sich anfangs kennenlernten, hatte er nichts als Mitleid für sie empfunden, aber dieses Gefühl hatte sich mit zunehmendem Alter allmählich in eine tiefe Zuneigung verwandelt. Es war keine echte Schwärmerei, sondern ein Gefühl der Liebe, der Vertraulichkeit und der Kameradschaft, dass er für sie verspürte. Außerdem hatte er lange vor dem Tod seines Großvaters ein vertrauliches Gespräch mit ihm geführt, in dem dieser ihn nach seinen Gefühlen für Alexandrine befragte.

Constantin hatte bereits festgestellt, dass er sie mochte und dass sie sich gut verstanden. Er hatte ihm auch gesagt, dass er sich freuen würde, wenn er Alexandrine heiraten wollte. Gleichzeitig hatte er ihm erzählt, dass er laut seinem Testament die Einkünfte aus dem Lehen zusammen mit Alexandrine bekommen würde. Außerdem brauchte sie jemanden, der sich nach seinem Tod um sie bemühte. Er wies ihn auch darauf hin, dass es für einen Soldaten ein Vorteil sei, eine Frau zu heiraten, die wisse, wie es sei, mit einem Berufs-soldaten verheiratet zu sein, und die die Gepflogenheiten bei der Armee kannte. Zudem fand er, dass sie sehr gut zueinander passten. Sein Großvater hatte ihm nichts aufzwingen wollen, aber Friedrich wusste, dass seine Ab-sicht, Alexandrine zu heiraten, ihn sehr gefreut hätte.

Als er sich ganz sicher war, dass er das unbedingt wollte, schrieb er ihr einen Brief. Darin kündigte er seinen baldigen Besuch an und dass er etwas Wichtiges mit ihr besprechen wollte.

Nachdem sie einen Termin für dieses Treffen vereinbart hatten, machte er sich entschlossen auf den Weg. Als er im Haus ihres Onkels ankam, fiel ihm auf, wie still es war.

Ihr Onkel Leopold war nicht da und Alexandrine hatte ihn düster willkom-men geheißen. Die Kinder, die noch zu Hause lebten, saßen niedergeschlagen im Wohnzimmer. Nachdem er sie begrüßt hatte, führte Alexandrine ihn in ein Nebenzimmer, wo sie ihm erzählte, dass der Arzt gerade ihre Tante Henriette untersucht hatte und mit einem besorgten Blick gegangen sei. Die Kinder hat-ten dies gesehen und befürchteten nun, dass ihre Mutter nicht mehr lange le-ben würde.

In dieser deprimierten Stimmung kniete er vor ihr nieder und machte ihr einen formellen Heiratsantrag.

Wieder lachte sie: »Aber Alexander, ich bin viel zu alt für dich.« Inzwi-schen war sie bereits fünfunddreißig Jahre alt und keine junge Frau mehr. Doch er fühlte sich mit seinen achtundzwanzig Jahren reif für die Gründung einer Familie. Darum widersprach er allen ihren Vorbehalten energisch und überzeugte sie schließlich davon, dass es das Beste für sie sei, ihn zu heiraten.

Als die Hochzeit also zwischen beiden definitiv beschlossen war, wollte Alexandrine noch einige Zeit bei ihrem Onkel bleiben. Sie hatte Angst, dass ihre Tante bald sterben würde und sie wollte dortbleiben, um sie in ihren letzten Stunden zu unterstützen. Einige Tage nach einem trüben Weihnachtsfest, starb ihre Tante Henriette schließlich friedlich im Schlaf.

Alexandrine blieb noch eine Weile, um ihrem Onkel beim Einräumen der Sachen ihrer Tante zu helfen, bis sie sich an einem kalten, nieseligen Wintertag Ende Januar 1842 von ihm und ihren Cousinen verabschiedete und die Rückreise nach Wesel antrat. Ihr Onkel hatte schnell einen Fußwärmer in die kalte Kutsche gelegt, aber der reichte kaum aus, um sie warm zu halten. Um sich abzulenken, dachte sie über ihre zukünftige Ehe nach.

Und auch darüber, wie sich ihr Leben ändern würde. Sie hatte schon viele Hochzeiten mitgemacht, aber dass sie selbst nun auch heiraten würde, hatte sie nie geglaubt.

Sie erinnerte sich, wie sie mit Friedrich anwesend gewesen war, bei der Hochzeit eines seiner Cousins mütterlicherseits, Friedrich Wilhelm Ross, und wie gemütlich das gewesen war. Er war Graf und Herr von und zu Loo und Pottdeckel am Rhein, und hatte sich, im Mai 1840, mit Ida aus dem Weerth, Tochter des Kommerzrates aus dem Weerth verheiratet.

Die Familien Tendering, Hannes, Graff, aus dem Weerth und Ross waren dabei anwesend gewesen und alle Geschwister von Friedrich Wilhelm waren mit ihren Ehegatten zur Hochzeit gekommen. Es wurde ein großes fröhliches Familientreffen. Seine Geschwister, die Alexandrine noch nicht kannte, wurden ihr vorgestellt, und später hatte Friedrich Wilhelm ihr erzählt, welche Berufe sie hatten.

Sein Bruder Wilhelm Adolf, Königlicher Preußischer Steuerrat in Dresden und Rechtsritter des Johanniter Ordens, kam mit seiner Frau Adelheid Meinhold, seine Schwester Caroline mit ihrem Mann Hermann Gustav Wentzel, Hauptmann des 28. Infanterieregiments, und seine Schwester Louise, verheiratet mit dem Doktor Medikus Schneider, war ebenfalls dabei.

Sie waren alle anwesend, um an diesem wichtigen Ereignis teilzunehmen. Die jungen Töchter seiner verstorbenen Schwester Antoinette, Caroline, Berta, Louise und Betty Tendering, waren auch eingeladen worden. Antoinette war mit dem ebenfalls verstorbenen Besitzer des Ritterguts Haus Ahr bei Wesel, Carl Christian Tendering, verheiratet gewesen.

Es war nur ein Jahr her, seit ihr Vater gestorben war, und ihre Verwandten wollten den jungen Mädchen einen heiteren Tag verschaffen. Ihr Großvater und Vater des Friedrich Wilhelm war der Bischof Wilhelm Johann Gottfried Ross, Dr. Theologe und General Superintendant der Provinz Westfalen und des Rheinlandes und Besitzer des Gutes Haus Loo bei Alpen, zwei Stunden von Wesel sowie auch dem Gut Pottdeckel, dass er 1837 gekauft hatte. Er und seine Frau Caecilie hatten sich den ganzen Tag rührend um ihre Enkelinnen gekümmert.

Sie erinnerte sich daran, wie Friedrich, der sich sehr für Familiengeschichte interessierte, die Familie Ross gründlich erforscht hatte. Er hatte ihr seine Erkenntnisse detailliert mitgeteilt, dass es sich um eine uralte Familie handelte, die zu einem berühmten schottischen Haus gehörte, dessen Adelige bereits in der Geschichte Schottlands neben den ersten Herrschern des Landes erwähnt wurden. Friedrichs Cousin hatte ihm einmal erzählt von den Thanen von Ross, ehemaligen Grafen und Herren der Landschaft gleichen Namens, welche ihren Ursprung von den Caledoniern ableiteten, ein antikes Volk in Schottland. Die Thanen dienten als Gefolgsleute ihrem König.

Die Königin von Schottland, Euphemia, die zweite Gemahlin von Robert II. im Jahre 1371, war eine geborene Gräfin von Ross gewesen und ihr zweiter Sohn mit dem Schottischen König, führte den Titel eines Grafen von Ross. Ein Zweig dieses Hauses, Alexander von Ross, Herr von Inverschastly, vermählt mit Susanna Murno, begab sich, infolge der Schottischen Religionsunruhen, im Jahre 1692 in die Niederlande. Ein Nachkomme von ihm, Johannes Matthias Graf von Ross, war holländischer Gouverneur-Direktor in Bengalen, einer Region im nordöstlichen Teil Indiens, und vermählt gewesen mit Johanna Catharina von Schubert. Er war der Vater des Johannes Graf von Ross, welcher im November 1787 geboren, in Berlin lebte und nicht verheiratet war. Von der Gemahlin des indischen Gouverneurs hing ein Bild mit der Grafenkrone in der Wadzeck-Waisenanstalt in Berlin, welcher der beiderseitige Sohn, Johannes, 80.000 Thaler vermacht hatte. Der Bischof von Ross war erbberechtigt gewesen, hatte aber das reiche Erbe für sich zurückgewiesen und die Verwendung des Geldes in vorstehender Weise angeraten.

Das Waisenhaus war am 3. August, dem Geburtstage des damaligen Königs Friedrich Wilhelm III., im Jahr 1819 gegründet worden vom Theologen Friedrich Wadzeck. Er selber war sehr jung Waise geworden und wusste, was das bedeutete, also wollte er etwas für die armen Kinder tun. Das Alter der dort untergebrachten Jungen und Mädchen betrug sechs bis siebzehn Jahre, während im Schwindlerischen Waisenhause in Berlin, Friedrichs-Gracht Nr. 57, zugleich Wohnung des Bischofs als Kurator, nur Knaben untergebracht wurden.

Von letzterem war der Bischof Vorstand gewesen und hatte auch dort manchmal gewohnt. Er wollte, dass, sollten sich in der Familie einmal hilfsbedürftige Waisen befinden, dieselben das erste Anrecht auf Aufnahme in beiden Anstalten hatten, unter der Bedingung des Urahnen Bischof Graf von Ross. Sein Cousin hatte ihm weitererzählt, dass Graf Johannes, der Sohn des Gouverneurs, ein Sonderling war und ein eigenes Haus besaß in der Johannisstrasse in Berlin, beim Monbijou-Platz, und dass er große Kameen-Broschen Sammlungen hatte. Auf dem *Wiener Kongress* am 12. Oktober 1814 hatte er einem Attentäter in dem Augenblick, als dieser den Monarchen Friedrich Wilhelm III. ermorden wollte, den Dolch entrückt und später dieses Ereignis in einem großen Ölbild darstellen lassen.

Als Dank bekam er von seinem Königlichen Gönner zum Geschenk ein Bild der im Nordosten von Schottland existierenden alten Ruine, Stammburg des alten Thanen und Grafen von Ross, bei Duncansby. Die alte Ruine, welche der Familie noch gehören sollte, wurde auf Befehl von König Friedrich Wilhelm III. von einem dortigen gesandten Maler abkonterfeit.

Dieser Johannes war ein bekannter Kunstkenner und ein Freund des Staatskanzlers, Fürst von Hardenberg, und hatte sogar König Friedrich Wilhelm IV. ein goldenes Service gegeben und seine Sammlungen dem Königlichen Museum vermacht. Als sein Vater Graf Johannes Senior kurz nach seiner Geburt im Jahr 1788 starb, heiratete seine Mutter erneut und zog mit ihm und ihrem neuen Ehemann einige Jahre später nach Warschau, wo sein Stiefvater als Bankier arbeitete.

Dort ließen sie sich nach einigen Jahren scheiden, aber seine Mutter blieb mit ihm in Warschau wohnen. Sie machte sich im Jahre 1813 äußerst nützlich, als sie den niederländischen Soldaten der napoleonischen Armee in Warschau Unterschlupf bot und sich liebenswürdig um sie kümmerte. Johannes selbst legte in den Jahren nicht ohne große Opfer, vielfach seine Teilnahme an Preußens Interesse an den Tag.

Seine Mutter kehrte mit ihm 1814 nach Holland zurück, weil sie krank war, und starb kurz danach in Amsterdam. Johannes war in dieser Zeit sechsundzwanzig Jahre alt und siedelte über nach Berlin. Für seine Dienste für Preußen erhielt er im Januar 1816 von König Friedrich Wilhelm III. die Preußische Anerkennung seiner Zugehörigkeit zum Schottischen Uradel als Grafen.

Ein Vetter dieses Grafen Johannes war der Bischof. Er war nicht nur Doktor der Theologie und Bischof der evangelischen Kirche, sondern daneben Wirklicher Oberkonsistorialrat Probst und vortragender Rat im Königlich Preußischen Ministerium der geistigen Angelegenheiten, bei der Abteilung der äußeren Evangelischen Kirchen Angelegenheiten. Später war er für alle seine Arbeiten vom König zum Ritter des Verdienstordens *Pour le Mérite* für Kunst und Wissenschaften ernannt worden.

Im September 1795 hatte er sich vermählt mit Marie Louise Caecilie, aus dem Weerth, die ein Jahr nach der Hochzeit ihres Sohnes Friedrich Wilhelm sterben würde.

Der Bischof Ross gelangte im Jahre 1830 zu einer königlichen Bestätigung seiner Grafenwürde. Selbst hatte er sich des ihm zustehenden gräflichen Titels für seine Person nie bedient und diesen nur für seinen Sohn verlangt.

Zur Freude von Friedrich war der Gesundheitszustand seiner Großmutter, Anna Christina, in diesem Moment ziemlich gut und sie konnte anwesend sein bei der Hochzeit von Friedrich Wilhelm. Sie war deshalb eingeladen worden, weil ihre verstorbene Mutter Anna Maria Hannes, eine geborene Tendering, und sie selbst eine Cousine des ebenfalls verstorbenen Carl Christian Tendering waren.

Mit all diesen Gedanken und Erinnerungen erreichte Alexandrine das Haus ihrer Schwägerin, Friedrichs Großmutter.

Es war eine lange Reise gewesen und sie war todmüde, aber das Leben ging weiter und sie musste mit den Vorbereitungen für ihre Hochzeit beginnen. Der Weg von Geldern nach Wesel war nicht weit und Friedrich kam regelmäßig, um sie abzuholen.

Als er zum Adjutanten ernannt wurde und nach dorthin umziehen musste, hatte er in einem Zimmer gewohnt. Nachdem sie beschlossen hatten zu heiraten, suchten er und Alexandrine eine Wohnung, die sie nach ihrem Geschmack einrichten konnte, was sie auch gerne tat. Als dies alles erledigt war, heirateten sie am Dienstag, dem 24. Mai 1842. Die Familienmitglieder sahen sich nun wieder und viele waren nach Wesel gekommen, um der Hochzeit beizuwohnen. Wie in der Familie üblich, wurde auch diese Ehe in der evangelischen Mathenakirche geschlossen. Ihr Onkel Leopold war einer der Zeugen, wie er es bei ihrer Mutter gewesen war, und begleitete sie zum Altar.

Er war, obwohl er seine Frau schmerzlich vermisste, mit einigen seiner Kinder zur Hochzeit gekommen, um seiner Nichte damit zu gratulieren.

Für Alexandrine war es ein seltsames Gefühl, in derselben Kirche zum Altar zu schreiten, in der einst ihre Mutter mit ihrem Vater getraut worden war. Sie war, auch wenn sie es nicht zeigen wollte, innerlich sehr traurig, dass ihre beide Eltern diesem für sie so wichtigen Tag nicht beiwohnen konnten. Friedrich und Anna Christina hatten sich alle Mühe gegeben, Alexandrines Tag unvergesslich für sie zu machen. Er ließ das gesamte Haus seiner Großmutter mit ihren Lieblingsblumen schmücken, und sie arrangierte, dass die Hochzeit später dort mit einem üppigen und festlichen Mittagessen in Anwesenheit der gesamten Familie und Verwandtschaft gefeiert wurde.

Von nun an teilte Alexandrine das Lebensschicksal Friedrichs in guten und schlechten Zeiten.

Kurz nach ihrer Heirat, während sie sich noch an ihre neue Umgebung gewöhnte, erreichte sie die Nachricht, dass Friedrichs Bruder Carl, der wie er früher Leutnant im 17. Infanterieregiment in Wesel war, im Alter von vierundzwanzig Jahren an Wassersucht, zu der noch Typhus hinzugekommen war, einen besonders schmerzhaften Tod gestorben war. Bei ihrer Hochzeit war er noch bei bester Gesundheit gewesen, und nichts deutete darauf hin, dass er so frühzeitig sterben würde. Obwohl Friedrich fünf Jahre älter war als sein Bruder und nicht mit ihm aufgewachsen war, waren sie einander in der Armee regelmäßig begegnet und ein sehr gutes Verhältnis zueinander gehabt.

Die Beerdigung, an der alle seine Geschwister und viele seiner Verwandten teilnahmen, war ein sehr trauriges Ereignis, besonders für seine Mutter. Auch der Tod seiner noch so jungen Brüder hat Friedrich sehr betroffen gemacht.

Außerdem war dieses Jahr für ihn auch ein sehr schwieriges Dienstjahr.

Sein Regiment hatte Königsmanöver, bei denen er gleichzeitig Adjutant und Buchhalter war. Die vielen Märsche und langen täglichen Übungen, 39 Tage lang mit dem Bataillon aus Geldern, machten ihm die Arbeit fast undurchführbar.

Alexandrine musste sich nun daran gewöhnen, viel allein im Haus zu sein. Aber sie genoss jede Minute. Endlich konnte sie tun und lassen, was sie wollte. Nie wieder musste sie sich anderen anpassen oder auf die Wohltätigkeit ihrer Verwandten angewiesen sein. Sie hatte jetzt ihr eigenes Haus, ihr Einkommen aus dem Lehen und immer genug Geld, um sich alles zu kaufen, was sie wollte oder brauchte. Oft dachte sie an die triste Zeit zurück, die sie und ihre Mutter bei ihrer Tante und ihrem Onkel in Uentrop verbracht hatten.

Das alte Pfarrhaus mit seiner knarrenden Treppe, das eigentlich nicht geeignet war, um so viele Menschen zu beherbergen. Der unaufhörliche Lärm, den die Kinder machten, so dass es nie einen ruhigen Moment gab. Die stressigen Zeiten, als das Gebiet noch unter französischer Herrschaft stand. Das große französische Korps, das eines Nachts nach der Rückkehr vom verlorenen Russlandfeldzug im Dorf biwakierte. Die erschöpften Soldaten, die befürchteten, dass die Kosaken sie verfolgen würden und den Befehl hatten, das ganze Dorf niederzubrennen, falls sie tatsächlich kommen würden. Gott sei Dank geschah das nicht, und sie kamen erst, als die Franzosen bereits abgezogen waren. Sie war damals gerade sechs Jahre alt, aber sie konnte die Todesangst, die unter den Erwachsenen im Pfarrhaus herrschte, noch immer spüren. Die Menschen, die überall in Armut lebten, die vielen Waisenkinder, die ganz allein durch die Straßen herumliefen und um etwas zu trinken oder zu essen bettelten. Das Armenhaus hinter der Schule, das nur aus ein paar Zimmern bestand und immer überfüllt war. Die Schule, in der es im Winter eiskalt war und die kaum geheizt werden konnte. Ihr Bruder, der so schnell wie möglich studieren wollte, um vom Pfarrhaus wegzukommen. Ihre Mutter, die kaum jemals gelacht hatte, die Spannungen zwischen den drei Schwestern ihrer Mutter und ihren beiden Tanten mit ihren verschiedenen Charakteren. Ihr ernster Onkel Ludwig, der so viel Zeit in seinem Arbeitszimmer verbrachte, um dem Lärm im Haus zu entgehen, das viele Beten und ständig fromm sein müssen. Wie froh war sie gewesen, als sie 1820, gerade vierzehn

Jahre alt, mit ihrer Mutter die Einladung bekam zu ihrem Onkel Leopold nach Nordhausen ziehen zu können.

Ihr Onkel, der immer besorgt um sie war und auch sonst für gute Laune im Haus sorgte. Ihre Tante Henriette, die gerade ihr zweites Kind bekommen hatte.

Natürlich hatten sie von Alexandrine erwartet, dass sie im Haushalt half und sich um die Kinder kümmerte. Aber das hatte sie gerne getan. Bei ihrer Tante und ihrem Onkel Neuhaus hatte sie früh gelernt, dass man für alles, was man im Leben empfing, dankbar sein sollte und immer bereit sein sollte, anderen zu helfen. Dies war ihr schon als kleines Kind eingeprägt worden, so dass sie überall, wo sie war, das Gefühl hatte, hilfreich sein zu müssen. Sie wusste auch nicht besser, als dass eine Ehefrau ihrem Mann gegenüber liebevoll und vorzugsweise unterwürfig sein sollte. Da sie schon immer ein ernsthaftes Mädchen mit einem zuvorkommenden Character gewesen war, fiel ihr diese Aufgabe nicht allzu schwer.

Sie hatte auch bemerkt, dass ihre Familienmitglieder sie mochten, aber manchmal hatte sie das Gefühl, dass sie hauptsächlich in ihr Haus eingeladen wurde, um sich um die anderen Familienmitglieder zu kümmern.

Als sie zwanzig Jahre alt war, hatte ihre Mutter die Einladung von Constantin erhalten, mit ihr in den Bärenkampf zu ziehen. Dort hatte sie zum ersten Mal Friedrich kennengelernt, der damals dreizehn Jahre alt war. Weil sie beide die Jüngsten im Haus waren, hatte sie sich für ihn gegenüber wie eine ältere Schwester verhalten und waren sie viel zusammen gewesen. Als er älter und sehr groß und stark geworden war, wurden sie oft für Bruder und Schwester gehalten. Nach dem Tod ihrer Mutter hatte er sie so oft wie möglich besucht und war sehr fürsorglich zu ihr gewesen.

Da sie lange Zeit im selben Haus gewohnt hatten und sich daher gut kannten, waren sie sehr vertraut miteinander und deshalb fühlte sie sich bei ihm sehr wohl. Zwischen den beiden hatte sich eine Kameradschaft entwickelt, die in ihrem späteren Leben immer Bestand haben würde, auch in schwierigen Zeiten.

Anfangs hatte sie nicht einmal daran denken wollen, ihn zu heiraten. Ihre Freundschaft und das Vertrauen, das sie beide füreinander empfanden, hatten sie schließlich dazu gebracht, trotzdem zuzustimmen. Außerdem wusste sie genau, was sie erwartete, wenn sie ihn nicht heiratete. Eine ältere Frau ohne viel Geld hatte nicht viele Möglichkeiten, einen Ehemann zu finden. Sie zog es vor, lieber nicht daran zu denken, für den Rest ihres Lebens von ihrer Familie abhängig zu sein. Durch ihren Onkel und ihren Stiefbruder Constantin hatte sie zwar viele Männer kennen gelernt, aber keiner von ihnen hatte ihr gefallen oder sich für sie interessiert.

Tatsächlich war sie meist nur damit beschäftigt gewesen, sich um ihre Verwandten zu kümmern und deren Haushalt zu führen. Sie hatte sich oft gefragt, ob es ihr Schicksal sein könnte, als alte Jungfer zu sterben. Dass Friedrich sie liebte, wusste sie, und als er sie in den Arm genommen hatte, nachdem sie eingewilligt hatte, ihn zu heiraten, und sie sich zum ersten Mal geküsst hatten, waren die schwesterlichen Gefühle, die sie bis dahin für ihn empfunden hatte, völlig verschwunden. Sie sah in ihm nun einen erwachsenen Mann, den sie auch körperlich lieben konnte.

Als Friedrich nach dem Ende der königlichen Manöver nach Hause kam und das häusliche Leben wieder einen Anfang nahm, wurde sie deshalb auch schnell schwanger.

Es war eine neue Erfahrung für sie, nicht nur immer die Frauen in ihrer Familie schwanger zu sehen, sondern nun selbst ein Kind zu erwarten. Nicht mehr die Sprösslinge ihrer Verwandten versorgen zu müssen, sondern in der Zukunft nur ihre eigenen.

Bei ihrer ersten Schwangerschaft war sie fast siebenunddreißig Jahre alt, aber alles lief hervorragend, bis sie einige Wochen vor der Entbindung sehr krank wurde. Friedrich und sie befürchteten das Schlimmste für ihr ungeborenes Kind und sahen der Geburt mit Bangen entgegen. Gerade als er preußischer Leutnant im 7. Westfälischen Infanterie-Regiment Nr. 56 in Geldern geworden war, wurde am 20. April 1843 am frühen Morgen ihr ältester Sohn Friedrich Christian Leopold Graff geboren. Mit seiner Geburt verschwand eine große Besorgnis bei ihnen, da das Kind gesund war und schon kräftig schreien konnte. Am 24. Mai, dem Tag ihrer Hochzeit, wurde der Knabe von dem Prediger von der Heyden getauft.

Seine Paten, die sorgfältig ausgesucht waren, bestanden aus den ältesten Gliedern aus Alexandrines und Friedrichs Familie, die auch anwesend waren.

Die Namen für den kleinen Jungen waren abgeleitet von den Namen von Friedrichs Großmutter Anna Christina, und von Alexandrines Onkel, Leopold von Schwedler, der inzwischen zum Oberstleutnant befördert war. Den Rufnamen Fritz erhielt er von Friedrich, der das Kind persönlich zur Taufe hielt. Seine Großmutter war mit zwei Wagen voller Verwandter aus Wesel angereist, die der Taufe beiwohnten und für einen fröhlichen Tag sorgten.

Ihr Onkel Leopold kam mit einigen seiner Kinder, denn er war der Patenonkel des kleinen Fritz.

Nach der Geburt des Jungen gab es in diesem Jahr ein weiteres freudiges Ereignis: Friedrichs Schwester Louise heiratete im September in Wesel Major a.D. Johann Sasonsky. Seine Großmutter war nicht bei der Hochzeit ihrer Enkelin gewesen, weil ihre Gesundheit sich innerhalb weniger Monate weiter verschlechtert hatte. Friedrich und Alexandrine fuhren so oft sie konnten nach Wesel, um sie zu besuchen und obwohl sie sehr lange kränklich war, hatte sie doch noch das Alter von zweiundachtzig Jahren erreicht, als sie 1844 starb. Mit eisernem Willen hatte sie so lange wie möglich leben wollen, um an den wichtigen Erlebnissen ihrer Familie teilnehmen zu können. Doch ihre Schmerzen waren vor ihrem Tod so stark geworden, dass Friedrich und Alexandrine dankbar waren, als ihr Leidensweg endlich ein Ende hatte. Sie war eine bekannte Persönlichkeit in Wesel, und daher kamen viele Menschen zu ihrer Beerdigung. Ehrenvoll wurde sie in der Nähe ihres Mannes beigesetzt.

Dieses Jahr gab es noch mehrere traurige Ereignisse. Susanna Lautz, eine Schwester seiner Mutter, starb in den Niederlanden. Sie war verehelicht gewesen mit dem Geschäftsmann Johann Hendrik Merckens, welcher später in 's-Hertogenbosch einen kaufmännischen Betrieb in Seide eröffnet hatte. Ihr Mann war zur Zeit der Verheiratung wohlhabend und hatte ein Vermögen von mindestens 30.000 Thalern.

Die späteren Verhältnisse machten sie jedoch äußerst unglücklich. Auf einer Geschäftsreise in Deutschland erlitt ihr Mann einen Schlaganfall, wodurch auch das Gehirn schwer beschädigt wurde. In diesem unzurechnungsfähigen Zustande wurde er jähzornig und durch die dazu gehörende Heftigkeit führte sie fortan ein beklagenswertes Leben. Sie starb in 's-Hertogenbosch und das vorhandene Vermögen war durch die Missgeschike des Mannes ganz verloren gegangen. Nach dem Tod seiner Frau wurde er von seiner Familie mit seinen zwei Söhnen nach Emerich gebracht, wo sein Vater früher Prediger gewesen war. Die Kinder wuchsen, obwohl sie unterstützt wurden durch einige Geschwister ihrer Mutter, doch in sehr dürftiger Lage auf. Ein Sohn, der ebenfalls geistesschwach war, wurde nach dem Tod des Vaters auf dem Lande untergebracht und zwar in der Wohnung des Bruders von Friedrich, des Bürgermeisters Wilhelm Graff in Vrasselt. Der konnte also auf die körperliche Pflege seines Cousins achten, während die Stadt Emmerich beschlossen hatte, für den Jungen das Kostgeld zu zahlen. Der andere Sohn Merckens lebte in Nijmegen in Holland und sollte als Uhrmacher ausgebildet werden.

Als Friedrich die Nachricht von dem Tod seiner Tante empfangen hatte, war er überaus bewegt darüber, weil gerade diese Susanna ein gutes Lob verdient hatte. Sie war eine gutmütige und nette Frau gewesen, die von ihren Geschwistern und von Friedrich, da er sie noch gekannt hatte, wegen ihrer steten Freundlichkeit geschätzt und geliebt worden war.

Als ob die traurigen Ereignisse kein Ende nähmen, starb in diesem Jahr auch sein Großvater Adolph Lautz an einem Schlaganfall, im gleichen hohen Alter von 82 Jahren wie Friedrichs Großmutter. Er hatte sowohl seine Frau als auch viele seiner Kinder überlebt, aber zum Glück hatte er am Ende noch Elisabeth und ihre Kinder übrig.

Wie Friedrichs Großmutter Anna Christina wurde auch er auf dem Zivilkirchhof in Wesel begraben. So hatte Friedrich seine letzten Großeltern verloren.

Sein Großvater war beim Wiederbeginn der Preußischen Herrschaft mit der Landrätlichen Stellung für den Kreis Rees betreut, infolgedessen er auch von Bislich nach Rees gezogen war. Da aber das Gehalt für seine Bedürfnisse nicht genug war, zog er einen Kassen-Posten vor und wurde dort Kanton- oder Bezirksempfänger, wo er jährlich 3000 Thaler als Salär bekam. Aus diesen Kanton-Kassen entstanden später die *Kreiskassen* und in den 20er Jahren war er als Kreis-Einnehmer nach Wesel geschickt worden. Die Gehälter waren jedoch mit der Zeit reduziert worden und hier war sein Gehalt nur 1750 Thaler. Im Jahr 1832 hatte sein Großvater deshalb den Abschied genommen.

Friedrich hatte einmal von seiner Mutter gehört, dass sein Großvater oft sehr viel Geld ausgegeben hatte. Bis in sein hohes Lebensalter war er immer noch ein gewandter und geistig sehr befähigter Mann gewesen.

Seine Mutter hatte ihm auch erzählt, dass ihr Vater eigentlich nur am militärischen Leben interessiert gewesen war. Sie hatte geglaubt, dass er nie Neigung für das Kassenwesen gehabt hatte, weil nur Soldat oder Diplomat für ihn gegolten hatten als Berufsstände, die seinen Sympathien entsprachen.

Das Schicksal hatte aber anders für ihn entschlossen.

Nach dem Tod seines Großvaters blieb seine Mutter in seinem Haus in Wesel, mit ihrer Tochter Julie und ihren Söhnen Alexander und Louis wohnen. Durch die Erbschaft seiner Großmutter Anna Christina hatte sie finanziell ein etwas leichteres Leben.

Friedrich war es traurig zumute, dass er jetzt wieder zwei Personen, die er sehr geliebt hatte, vor allem seine Großmutter, verloren hatte. Sie war wie seine zweite Mutter gewesen und hatte ihn als ihr eigenes Kind erzogen. Das Leben ging aber weiter und seine Gedanken wurden jeden Tag völlig in Anspruch genommen durch seine Beschäftigung in der Armee und zu Hause mit dem kleinen Fritz. Die körperliche Entwicklung des kleinen Jungen war für seine Eltern eine sehr erfreuliche, die angenehmen Gesichtszüge und sein freundliches Wesen machten ihn bei allen sehr beliebt. Besonders bei einer Familie, die ihm gegenüber wohnte und zu deren Besitz auch das von Friedrich und Alexandrine bewohnte Haus gehörte. Bei der Familie handelte es sich um die verwitwete Frau Notar Portmann mit zwei erwachsenen Töchtern, Caroline und Therese und einem Sohn Carl. Als Fritz so weit war, dass er allein über die Straße zu jenem Haus gehen konnte, war er regelmäßiger Gast beim 11-Uhr-Frühstück von Frau Portmann.

Wenn sich im Sommer ihr Sohn Carl dem kleinen Fritz gegenüber ans offene Fenster setzte und eine Pfeife mit dickem Meerschaumkopf in den Mund steckte, strahlte das ganze Gesicht des kleinen Jungen vor Entzücken.

Jedes Mal, wenn er glaubte, unbemerkt bleiben zu können, rannte er mit großem Eifer aus dem Haus. Alexandrine musste ihn dann suchen, und sehr oft wurde er in einer kleinen Kinderschule in der Nähe gefunden, wo er die Zuneigung der Lehrer und Kinder gewonnen hatte.

Von klein auf hatten seine Eltern schon bemerkt, dass ihm ein sehr fester

Wille, der mitunter an Sturheit grenzte, angeboren war. Als er eben gehen konnte, nahmen Friedrich und Alexandrine den Knaben auf den nahegelegenen Stadtwall zu Spaziergängen mit. Kam nun etwas vor, was nicht nach seinem Sinne war, so machte er kehrt, und unbekümmert um die Entfernung von seinen Eltern, ging er nach Hause. Wollte man ihn nun keiner Gefahr aussetzen, so mussten sie ihm beobachtend folgen.

Das Zusammensein mit Friedrich und dem kleinen Fritz waren für Alexandrine die glücklichsten Momente in ihrem Leben und sie genoss sie in vollen Zügen. Doch nach seiner Zeit in Geldern wurde Friedrich im November 1846 als Adjutant abgelöst und kehrte mit seiner Familie nach Wesel zurück, um sich wieder seinem Regiment anzuschließen.

Gerade als sie dort wieder einige Monate gelebt hatten und auch ihre Familie regelmäßig sahen, starb sein jüngster Bruder Louis im Alter von nur siebzehn Jahren. Er hatte bis dahin mit seiner Mutter im Haus seines Großvaters gelebt und war, obwohl noch sehr jung, an Tuberkulose erkrankt, die nicht geheilt werden konnte.

Die Familie traf sich wiederum und nun war es sein zweiter Bruder und der zweite Sohn seiner Mutter, den sie begraben mussten. Seine Mutter war eine tapfere Frau und trug ihr Schicksal mit einer Gelassenheit, was ihn manchmal erstaunte. In Wesel versuchte er sie so oft er konnte zu besuchen und sah auch regelmäßig seine Schwester Louise, die dort mit ihrem Ehemann Johann Sasonsky wohnte. Als Familienmensch luden er und Alexandrine oft die ganze Familie ein, und die familiäre Bindung zu ihnen war sehr stark.

Für den kleinen Fritz hatte Friedrich eine Kinderschule ausgesucht, die von den beiden Neve-Schwestern gegründet worden war. Er kannte die beiden Damen von früher, denn sie waren die Töchter eines verstorbenen Hauptmanns in seinem Regiment.

Dass sein kleiner Sohn einen eigenen Willen hatte, zeigte sich eines Tages, als er fünf Jahre alt war und bereits in ihrer Schule unterrichtet wurde. Es war das Jahr 1848, die Zeit der *deutschen Revolution*, in der die Revolutionäre in den deutschen Staaten politische Freiheiten in Form demokratischer Reformen und der nationalen Vereinigung der Fürstentümer des Deutschen Bundes anstrebten. Die Armee wurde angeordnet, außer der preußischen Kokarde auch die deutsche schwarz-rot-goldene Kokarde zu tragen. Der kleine Junge hatte Friedrich zu Hause viel darüber reden hören, dass er die letzteren Farben nur widerwillig anzog, weil sie bisher die Farben der Demagogen gewesen waren. In Wesel trugen zu dieser Zeit jedoch viele Bürger diese deutschen Kokarden, und viele Kinder, die mit Fritz in der Schule waren, taten dies ebenfalls. Eines Tages erschien auch Fritz mit einer Kokarde, aber nicht mit einer deutschen, sondern mit einer preußischen. Wahrscheinlich hatte er sich von den Burschen von Friedrich eine solche annähen lassen.

Am folgenden Mittag kam er nicht zur gewöhnlichen Zeit nach Hause, sodass Alexandrine zur Schule ging, um den Knaben zu holen, und hier erfuhr sie von den Damen, was sich zugetragen hatte: Fritz hatte die Kinder morgens aufgefordert, die deutschen Kokarden wegzuwerfen, was diese natürlich nicht tun wollten. Während die Kinder um zehn Uhr auf dem Spielplatz blieben, war er zurückgegangen, hatte von sämtlichen Mützen die deutschen Kokarden abgerissen und dieselben in eine Mülltonne geworfen. Der Täter dieser Handlung wurde bald entdeckt und die Jungen waren sehr böse darüber.

Sie kamen überein, ihn durchzuprügeln, sobald die Schule ausging. Die Damen Neve konnten ihn nur dadurch schützen, dass sie Fritz zurückbehielten. Für eine lange Zeit musste der Bursche von Friedrich das Kind zur Schule bringen und auch wieder abholen, bis der Groll der Knaben vorüber war. Als sie Fritz fragten, warum er das gemacht hatte, war er sich keiner Schuld bewusst. Sein Vater wollte doch auch nicht die deutsche Kokarde tragen, oder? Damit hatte er seine Tat gerechtfertigt, weil sein Vater sein Ideal und Vorbild war.

Fritz besuchte später noch die Elementarschule zu Wesel und was er damals schon als Kind zeigte, hielt er bis an sein Lebensende, die preußischen Farben immer sehr hoch.

Im selben Jahr, als Fritz seinen Kindheitsstreich spielte, bekamen Alexandrine und Friedrich eine Einladung zur Hochzeit der Carolina Tendering, oder Lina, wie sie genannt wurde, mit Franz Duncker. Sie war eine Enkelin des Bischofs von Ross, den sie bei der Hochzeit ihres Onkels Friedrich Wilhelm kennengelernt hatten.

Der Bräutigam war Mitglied der bekannten Verlagsfamilie Duncker und arbeitete als Verleger, Buchhändler und Redakteur der Volkszeitung und als Abgeordneter im Preußischen Abgeordnetenhaus in Berlin. Es wurde ein sehr lebhaftes Familientreffen, wobei sie viele ihrer Familienverwandten wie die Familien Ross, Wentzel und Tendering trafen. Zur Freude von Friedrich wurden die familiären Bindungen auch mit diesen Verwandten wieder gestärkt.

Im nächsten Jahr, im Mai 1849, bekam Friedrich den Befehl zum Ausmarsch, nachdem sein Regiment vorher mobil gemacht wurde.

Alexandrine war wieder schwanger und konnte jeden Moment ihr zweites Kind bekommen. Er konnte aber nicht bei ihr bleiben, weil er im Juni in die Pfalz ausrücken musste, um den im Großherzogtum Baden ausgebrochenen Insurrektion, den *Badischen Krieg,* zu bekämpfen. Rebellen wollten eine Republik, und daher war eine Revolution entstanden, die man unterdrücken musste. In der Nacht vom 19. bis 20. Juni ging sein Regiment bei Germersheim über den Rhein und die folgenden Tage kämpfte er bei dem Gefecht bei Philippsburg mit und schlug sich auch bei Waghäusel. Ebenso nahm er eine Woche später bei Bischweier und bei Kuppenheim an einem Gefecht teil. Bei Waghäusel war sein Kompaniechef, der Hauptmann von Montowt, durch einen Schuss im rechten Bein verwundet worden und Friedrich musste seine Compagnie bis Mitte September führen, als der Hauptmann geheilt zurückkehrte. Nach der Niederschlagung des Aufstandes verlieh ihm Großherzog Leopold von Baden später die Badische Gedenkmedaille, den *Zähringer Löwenorden*, für seine Auszeichnung in der Schlacht bei Waghäusel.

Die Badische Gedächtnis Medaille den Zähringer Löwen-Orden.
Quelle: Privatbesitz.

Nachdem Friedrich längere Zeit in Freiburg, Breisach, Beckingen und Konstanz gestanden hatte, wurde er Anfang Oktober nach Wesel zurückgeschickt, um dort Rekruten zu holen. Bei seinem Eintreffen sah er nun zum ersten Mal, zu seiner Freude, seinen am 25. Mai geborenen jüngsten Sohn Alexander.

Die Geburt seines jüngeren Bruders bereitete Fritz große Freude. Vielleicht war es auch der Erziehung von Alexandrine zu verdanken, die selbst kein gutes Verhältnis zu ihrem Bruder hatte, dass die

Liebe, die Fritz für seinem Bruder empfand, in ihrer beider Leben stets unverändert blieb. Da er sechs Jahre älter war, hatte er immer das Bedürfnis verspürt, seinen kleinen Bruder unter seine Obhut zu nehmen.

Einige Zeit später wurde Alexander unter großem Interesse von Verwandten und Freunden vom damaligen Pfarrer Rübel in der Mathenakirche getauft. Den Namen Johann erhielt er von dem Schwager Friedrichs, dem Major Sasonsky, welcher mit dessen Schwester Louise verheiratet war und seinen Namen Friedrich nach einem Vetter Friedrichs, dem Kaufman Friedrich Tigler, der verheiratet war mit seiner Cousine Susanne Hannes. Seinen Rufnamen Alexander entnahmen sie dem Vornamen seiner Mutter Alexandrine.

Bei seiner Rückkehr nach Hause hatte Friedrich zu seiner Überraschung ein Schreiben empfangen vom Staat, worin stand, dass das Wiesensteigsche Lehen, noch bis zum Jahr 1849-1850 im Besitz von Friedrich und Alexandrine bleiben würde. Ab diesem Zeitpunkt trat nach dem Revolutionsjahr 1848 mit der *Bauernbefreiung* indessen eine Änderung ein. Zum großen Nachteil der Beteiligten wurden alle derartigen Gefälle abgelöst und sie erhielten dafür sogenannte *Gefall Ablösung Obligationen*, welche innerhalb von fünfundzwanzig Jahren nach verschiedenen Serien eingelöst werden sollten. Diese Ablösung traf somit Friedrich wie auch Alexandrine und als später im Jahre 1870 die letzte Obligation ausbezahlt wurde, waren hiermit leider alle Lehenrechte erloschen.

Friedrich hatte das Lehen als eine Selbstverständlichkeit angenommen und sich nie besonders dafür interessiert, woher es eigentlich kam. Als er aber diese Nachricht bekam, fand er es auffallend, dass der nach Österreich gegangene Hack, der 1661 belehnte Oberstleutnant Heinrich Wilhelm, der in Kurfürstlich Bayerischen Diensten gestanden hatte, seine Berechtigung für das Lehen auf die Geburt als Österreichischer Edler gestützt hatte.

Er musste annehmen, dass sich die Hackes in solchen österreichischen Ländern niedergelassen hatten, welche unter Bayrischer Oberhoheit gestanden hatten, weil die Geschichte ihn lehrte, dass seit Anfang des 9. Jahrhundert bis in die neueren Jahrhunderte hinein, Österreichs Gebiet zum Kurfürstentum Bayern gehört hatte. Es war ihm auch aufgefallen, dass der Kurfürst von Bayern ein Lehen vergeben hatte, das in Württemberg lag. Er hatte die Erklärung dafür gefunden, dass das Lehen im Württembergischen Oberamt

Heidenheim lag, welches bis zum Jahre 1503 Bayerischer Besitz gewesen war und in diesem Jahre an Württemberg abgetreten wurde.

Wahrscheinlich hatte der Kurfürst von Bayern sich noch Hoheitsrechte über einzelne Teile vorbehalten, denn in 1806 schien Württemberg erst in den Vollbesitz aller Rechte gekommen zu sein. Die Lehnsakten befanden sich bei dem Königlich Württembergischen Lehnrat und diesbezügliche Entschließungen, wenigstens im 17. Jahrhundert, waren von der Krone Württembergs ausgegangen. Weil er sich für Geschichte interessierte und besonders jetzt, wo er das Lehen verloren hatte, war er zum Lehnrat in Stuttgart gegangen, um Nachfrage zu stellen.

Und dort hatte er mittels alter Urkunden, die er einsehen durfte, alles herausgefunden.

Danach ging er mit einem Rekrutenkommando nach Koblenz, wo dieselben ausgebildet werden sollten, von dort nach Trier, wo er sich später im November mit dem aus Baden zurückkehrenden Bataillon vereinigte. Einmal wieder zurück in Wesel, übernahm er im März 1850 die dort gegründete Landwehr-Stamm-Compagnie.

Als im November die Mobilmachung der gesamten Armee für das sogenannte *Strafbayern* angeordnet wurde, in dem die bayerisch-österreichischen Besatzungstruppen im Rahmen einer Bundesintervention die Durchführung der konservativen Konterrevolution im Kurfürstentum Hessen erzwingen sollten, marschierte er als Kompaniechef mit dem Landwehrbataillon nach Hessen. Nach etwa dreimonatiger Abwesenheit kamen sie wieder nach Wesel zurück. Erneut erhielt er eine Stammcompagnie und marschierte im Mai mit derselben nach Köln, wohin das 1. und 2. Bataillon des 17. Infanterieregiments verlegt worden war. Er blieb deshalb in Köln und als er ein zupassendes Zuhause gefunden hatte, ließ er im Juni 1851 seine Familie nachkommen.

Die Stammcompagnien wurden im Oktober aufgelöst und im Dezember wurde er zum Hauptmann und Compagnie Chef ernannt und erhielt die 6. Compagnie.

In dieser Zeit hatte der kleine Alexander periodisch an sehr schlimmen Kopfschmerzen zu leiden. Die Ärzte, die ihn untersuchten, konnten jedoch keinen Grund finden und ihn daher auch nicht behandeln, so dass Alexandrine und Friedrich sich um sein Leben sorgten. Alexandrine dachte, dass die regelmäßige Abwesenheit von Friedrich und die Umzüge vielleicht zu viel Spannung für den kleinen Jungen erzeugt hätte. Sie waren erleichtert, als einige Jahre später allmählich seine Schmerzen verschwunden waren.

Das blasse Kleinkind wurde ein gesund aussehender Junge, der gerne die Elementarschule besuchte. Seine Eltern merkten, dass es ihm gut ging, weil er die Familie häufig erfreute durch den Gesang von Liedchen, welche er in der Schule lernte, und ganz deutlich zeigte er hier ein Talent für Gesang und Musik.

Mittlerweile hatte Fritz in Wesel bereits einen Spielkameraden kennengelernt, Alexander von Montowt.

Er war der Sohn des damaligen Hauptmanns Eduard von Montowt, der Friedrich zu seiner Zeit in Waghäusel vertreten hatte und der später in 1859 als Oberst in Posen an einem Nervenschlag starb. Auch der Hauptmann war nach Köln geschickt worden, so dass sich die beiden Familien oft trafen und Fritz und sein Freund weiterhin ihren Umgang fortsetzen konnte. Den sie auch häufig besuchten, war Friedrichs unverheirateter Onkel und hochgeschätzter Bruder seiner Mutter, Adolph Jr. Lautz.

Nachdem dieser bei seinem Vater in den Kassengeschäften gearbeitet hatte, trat er später in die Zollpartie und war in Köln Haupt-Steuer-Amts-Assistent geworden. Da er unverheiratet und oft allein war, war er froh, dass sein Neffe und dessen Familie dorthin gezogen waren, und sie wurden regelmäßig zum Essen in sein Haus eingeladen.

Sie trafen auch eine sehr nette Jugendfreundin von Friedrich, die Tochter Augusta von Domänenrätin Althoff zu Dinslaken. Sie war mit einem Kunsthändler, Herrn Schmitz, verheiratet und wohnte zufällig in der gleichen Straße wie sie, der Klingelpützstraße. Bei dieser Familie, in deren Haus man seine Kinder so gerne sah, war Fritz oft zu Gast. Die Kinder der Familie waren in seinem Alter und wurden für ihn zu besonders lustigen Spielkameraden, mit denen er die Elementarschule besuchte und seit Herbst 1853 die Sexta des Gymnasiums.

Genau wie sein Vater war auch Fritz schon von Kindheit an beeindruckt gewesen vom Militärleben und wollte dann auch zum großen Entsetzen von Alexandrine in die Militärstände eintreten.

Als er dies seinen Eltern mitgeteilt hatte, sagte sie beunruhigt zu Friedrich: »Er ist doch viel zu jung, um selbst so eine wichtige Entscheidung zu treffen.«

Friedrich sah sie erstaunt an: »Ich kann doch nichts dafür, vielleicht versucht du es einmal es aus seinem Kopf heraus zu reden.«

Das tat sie auch. Jedes Mal, wenn sie die Möglichkeit dazu hatte, wies sie ihn auf die Gefahren der Armee hin.

»Weißt du eigentlich, was alles mir dir passieren kann, wenn du dich der Armee anschließt? Wenn es einen Krieg gibt und du kämpfen musst, kannst du so furchtbar verletzt werden, dass du für den Rest deines Lebens behindert bist, oder noch schlimmer sogar getötet wirst. Du bist noch so jung, warum suchst du nicht einen anderen Beruf?«

Als seine Mutter ihm über alle Gefahren der Armee erzählte, sah Fritz sie mit großen Augen an. Aufregend, dachte er, in den Krieg ziehen und den Feind besiegen.

Das war was echte Männer, wie sein Vater, taten. Es konnte doch nicht so schlimm sein, wie sie es sagte, denn sein Vater kam immer wieder gesund nach Hause zurück. Trotz all ihrer Einwände erreichte sie das Gegenteil, Fritz war fest entschlossen sich der Armee anzuschließen. Unter dem Motto *Wir sind eine Soldatenfamilie* wurde er dabei von seinem Vater unterstützt. Zusammen mit seinem Freund Alexander von Montowt wurde er im Mai 1854 in das Kadettenhaus zu Bensberg aufgenommen.

Er war erst elf Jahre alt.

Im Herbst desselben Jahres erfuhr Friedrich mit Betroffenheit, dass sein Cousin, Friedrich Wilhelm Ross, Anfang Oktober bei einem Besuch bei seinem Bruder in Dresden plötzlich verstorben war. Er hatte ein Ohrleiden bekommen, wobei der Abszess sich nach innen ergossen hatte, sodass er unter unerträglichen Schmerzen gestorben war. Sein alter 82-jähriger Vater, der Bischof Ross, der diesen Schock nicht verkraften konnte, starb einige Wochen später am Ende dieses Monats in der Wadzeck Anstalt in Berlin.

Der damalige Prediger von St. Marien, Julius Müllensiefen, hielt eine Rede zum Gedächtnis des in dem Herrn entschlafenen evangelischen Bischofs, Doktor der Theologie Ross. Unter dem Bilde des Bischofs standen folgende Worte: »*Im Dienst der Menschheit frühe zu vergehen, rief eine*

Schickung sie hinweg vor Gottes Thron, jetzt weilt der Edle dort in lichten Höhen, empfängt der schönen Taten ewig schönen Lohn.«

Er wurde in Budberg, wo er 33 Jahre Pfarrer gewesen war, unter großem Interesse auf dem Dorffriedhof beerdigt.

Im folgenden Jahr, von Oktober 1855 bis April 1856, befand sich Friedrichs Compagnie in Deutz, wohin er und seine Familie übersiedelten. Nach weniger als vier Jahren in Köln musste Alexandrine wieder alles zusammenpacken und sich erneut auf Wohnungssuche begeben. Der Aufenthalt in Deutz sollte nur von kurzer Dauer sein, denn im April des folgenden Jahres wurde Friedrichs 17. Regiment nochmals nach Wesel verlegt. Obwohl er seinen Sohn Fritz während seines Aufenthaltes in Deutz regelmäßig gesehen hatte, weil Bensberg nicht allzu weit entfernt war, war Friedrich zufrieden, wieder nach Wesel zurückkehren zu können.

Dort hatte er nicht nur seine Familie, sondern auch viele Freunde und es war diese Stadt, in der er sich immer am wohlsten fühlte und am liebsten blieb. Der Aufenthalt in Wesel dauerte zur Enttäuschung beider jedoch auch nicht lange. Unter der am 9. Dezember 1858 eintreffenden Kabinettsorder wurde Friedrich zum Major und Kommandeur des Landwehrbataillons Soest ernannt.

Wieder mussten sie in eine andere Stadt ziehen. Alexandrine war es gewohnt, ständig umsiedeln zu müssen, und nie beschwerte sie sich. Allezeit war sie die verständnisvolle und pflichtbewusste Frau. Oft sagte Friedrich zu ihr: »Ich hätte mir keine bessere Frau als dich wünschen können.« Dann dachte er an das, was ihm sein Großvater früher gesagt hatte, und wie recht er gehabt hatte. Wenn er ihr dieses Kompliment machte, war sie vollkommen im Reinen mit ihrem Leben und nahm die vielen Umzüge einfach in Kauf.

Friedrich hatte schnell ein Haus in Soest gemietet und Alexandrine beeilte sich, ihr neues Zuhause einzurichten.

Alles musste rechtzeitig fertig sein, um Weihnachten zu feiern. Alexander musste noch ein paar Wochen in Wesel bleiben, um sein Schuljahr zu beenden. Er hatte dort, nachdem er seine Elementarschule beendet hatte, zuletzt eine Garnisonschule besucht und wegen des schlechten Wetters folgte er erst Anfang Januar 1859 seinen Eltern nach Soest. Seine Kopfschmerzen waren zur Erleichterung seiner Eltern total verschwunden und er kam hier zuerst noch in eine Elementarschule und einige Monate später zu Ostern in die Sexta des dortigen Gymnasiums.

In Soest war Alexandrine noch nie gewesen, und die Ankunft war eine ziemlich emotionale für sie. Dies war die Stadt, in der ihre Mutter ihre Jugend verbracht und vor ihrer Hochzeit gelebt hatte. Sie besuchte das Haus in der Sandwelle zum ersten Mal und auch die Orte, von denen ihre Mutter erzählt hatte.

Alle ihre Geschichten wurden jetzt lebendig für sie und sie versuchte sich vorzustellen, wie das Leben früher vor dem Krieg gegen Napoleon gewesen war.

Nachdem sie einige Zeit dort gelebt hatte, erlebte sie eine große Überraschung. Ihr Cousin Friedrich Franz Neuhaus schickte ihr eine Nachricht, in der sie gefragt wurde, ob ihr Mann Pate seines neugeborenen Sohnes Friedrich werden wolle. Alexandrine hatte, nachdem sie mit ihrer Mutter das Haus ihres Onkels und Tante Neuhaus verlassen hatte, kaum Kontakt zu ihren Cousins und Cousinen gehalten. An Friedrich Franz konnte sie sich noch gut erinnern. Seit seiner Geburt musste sie sich jeden Tag um das kleine Kind kümmern, weil sie immer im Haushalt helfen musste. Später, als sein Vater gestorben war, trat er dessen Nachfolge als Pfarrer in Uentrop an und hatte Alexandrines Fürsorge für ihn nicht vergessen.

Er hatte von ihrem gemeinsamen Onkel Leopold gehört, dass sie und ihr Mann nach Soest gezogen waren und dachte, es sei eine großartige Gelegenheit, sich wiederzusehen. Sein Bruder Ludwig war Pfarrer in Westhofen bei Schwerte geworden und würde die Taufe leiten. Ludwig war fünfzehn Jahre älter als er und beide hatten früh beschlossen, ermutigt von ihrem Vater, das Pfarramt anzutreten. Obschon Alexandrine keine schönen Erinnerungen an ihren Aufenthalt in dem Pfarrhaus hatte, wollte sie doch hingehen. Sie hatte die Absicht, die Gelegenheit zu nutzen, um gleichzeitig das Grab ihres Vaters zu besuchen.

Als der Tag herankam, war sie ziemlich aufgeregt, sie hatte ihre Cousins lange Zeit nicht gesehen und den Kontakt nicht rege gehalten.

Sie fragte sich, was für Menschen sie geworden seien und was sie von ihnen erwarten könnte. Während der kurzen Fahrt nach Uentrop war sie doch ein wenig angespannt darüber. Sie konnte jedoch beruhigt sein, denn bei der Ankunft wurden sie und Friedrich von der ganze Familie Neuhaus herzlich willkommen geheißen. Alle ihre Cousins und Cousinen waren mit ihren Ehepartnern gekommen und jeder hatte auch ihre Kinder mitgenommen. Nachdem sie einander begrüßt und etwas getrunken hatten, gingen sie gemeinsam

Evangelische Kirche Uentrop mit Friedhof.
Quelle: Fotografiert von Reimund Lining.

zur Taufe vom Pfarrhaus zur Kirche. Alexandrine begleitete sie schweigend und nachdenklich. Ihre Erinnerungen an die Zeit, als sie dort gelebt hatte und die sie am liebsten vergessen wollte, kamen auf einmal wieder ganz lebendig zurück. Sie fragte Friedrich Franz, wo genau das Grab ihres Vaters sei, und er zeigte es ihr. Auf dem Friedhof neben der Kirche konnte man das darauf gestellte Kreuz schon von weitem sehen. Für einen Moment entschuldigte sie sich bei ihrer Familie.

Allein ging sie langsam darauf zu, um die Blumen, die sie mitgebracht hatte, darauf zu legen. Das Grab sah vernachlässigt aus, offenbar hatte sich nach dem Tod ihres Vaters niemand mehr darum gekümmert. Mit der Hand fegte sie das Laub weg und entfernte einige Unkräuter, die zwischen den Steinen gewachsen waren. Sie dachte daran, dass ihr Leben und das ihrer Mutter ganz anders verlaufen wäre, wenn es im Jahr ihrer Geburt nicht diesen fatalen Krieg gegen Frankreich gegeben hätte.

Ihr armer Vater, der so unehrenhaft gestorben war, nachdem er sein Leben dem Militär geopfert hatte.

Sie war am Boden zerstört, als sie an sein Schicksal dachte und daran, wie sie sich immer mit ihm verbunden gefühlt, obwohl sie ihn nie gekannt hatte. Ihr ganzes Leben lang hatte sie ihren Vater stets vermisst und phantasierte viel über ihn. Niedergeschlagen ging sie zu den anderen zurück, und als sie neben Friedrich in der Kirche saß, versuchte sie, sich abzulenken, indem sie sich auf das Innere konzentrierte. Die alten Wandmalereien, der schöne Chor, das alte Taufbecken, wo der kleine Friedrich gerade getauft wurde. Als Kind hatte sie niemals Augen dafür gehabt, weil es im Sommer manchmal zu heiß und im Winter in der Kirche immer eiskalt war. Die Kirchgänger hatten sich damals sehr warm anziehen müssen und nur für diejenigen, die das Glück hatten ein Stövchen mit Kohlen drin zu haben, war es noch einigermaßen auszuhalten gewesen. Als sie nach der Taufe zum Pfarrhaus zurückgingen, warf Alexandrine noch einmal einen Blick zum Grab, sie wusste, dass sie es niemals wiedersehen würde, es war ihr zu schmerzvoll gewesen.

Im Hause ihres Cousins wurden sie noch eingeladen für ein Mittagessen und als sie später Abschied nahmen, war das mit dem Versprechen, einander bald wieder zu treffen.

Alexandrine wusste aber, dass sie, nachdem sie ihre Cousins wiedergesehen hatte, sich nie an das Versprechen halten würde. Sie wollte so möglichst wenig Kontakt haben mit denjenigen Menschen, die sie zu viel an ihre Zeit in Uentrop erinnern konnten. Die unglücklichen Ereignisse in dieser Zeit wollte sie am liebsten vollständig aus ihrem Gedächtnis verbannen.

Zurück zu Hause in Soest war sie noch sehr beeindruckt von ihrem Besuch am Grab ihres Vaters. Viel Zeit zum Nachdenken darüber blieb ihr nicht, denn schon bald erreichte sie die beunruhigende Nachricht, dass Fritz krank sei. Es stellte sich heraus, dass er ein sehr schmerzhaftes Geschwür innerhalb des rechten Ohres hatte. Als er während der Ferien zu ihnen kam, musste er nach dem Ende des Urlaubs noch mehrere Wochen zu Hause bleiben. Das Ohrleiden hatte einen ganz bedenklichen Umfang angenommen und sie sahen, wie viel Schmerz er hatte. Die Ärzte, die ihn untersuchten, fanden eine Operation jedoch zu riskant. Sie hofften, dass es mit genügend Ruhe von selbst verschwinden würde. Das tat es aber nicht und seine Eltern machten sich große Sorgen, weil sie die Konsequenzen für sein Gehör nicht kannten. Als er später nach Berlin zurückkehrte, musste er noch sechs Monate lang im Lazarett verbleiben. Trotz seines größten angewandten Fleißes war die natürliche Folge seiner Krankheit, dass er das Portepeefähnrich-Examen nicht bestand. Der Schmerz hielt an und erschöpfte ihn so sehr, dass doch beschlossen wurde, eine Operation durchzuführen. Der Lazarettarzt hatte ihn deshalb zum bekannten Spezialisten, dem geheimen Sanitätsrat Cramer geschickt, der ihn von seinem Ohrleiden befreite. Es war eine überaus gefährliche und komplizierte Operation, wobei leider sein Trommelfell des rechten Ohres zerstört wurde.

Die Ursache dieser Krankheit war nach Fritzens Ansicht eine nicht gut versorgte Erkältung beim Baden gewesen.

In diesem Jahr gab es wieder einer Mobilmachung, wobei die süddeutschen Staaten mit Österreich gegen die Franzosen und Italiener kämpfen mussten im Französisch-Österreichischen Krieg, der sogenannte *Italienische Unabhängigkeitskrieg.*

Friedrich wurde nun beauftragt, sein Bataillon nach Essen, in der Gegend bei Köln zu verlegen. Nach seiner Rückkehr fingen die ersten Schritte zur Reorganisation der Armee an und bis zum Juli 1860 hatte er neben den Geschäften des Landwehrbataillons auch die Führung des errichteten Stammbataillons zu besorgen. Letzteres erhielt Anfang Juli den Namen 1. Bataillon 7. Westfälisches-Infanterieregiment Nr. 56 und Friedrich wurde als dessen Kommandeur ernannt. Er musste nun die Geschäfte des Landwehrbataillons abgeben. Es machte ihm nichts aus, da er mit seiner neuen Ernennung zufrieden war.

Zum großen Leidwesen seiner Mutter Alexandrine wollte Alexander, wie sein Bruder Fritz, unbedingt Soldat werden. Er wollte immer dasselbe tun wie sein großer Bruder, den er vergötterte. Für ihn war es selbstverständlich, in seine Fußstapfen zu treten. Wie schon zuvor bei Fritz versuchte Alexandrine mit allen Mitteln, ihm diese Idee auszutreiben. Aber was sie auch sagte, es war alles vergeblich, genau wie bei seinem Bruder. Niemand konnte ihn dazu bewegen, seine Entscheidung zu ändern. Als sie sich erneut bei Friedrich darüber beschwerte, sagte er zu ihr: »Aber Alexandrine, fast alle unsere Familienmitglieder sind beim Militär, wir sind doch schließlich eine richtige Soldatendynastie? So wurden wir erzogen, wir wissen es nicht besser.«

Er dachte noch immer, das Militär sei die wichtigste Aufgabe für einen Mann. Deshalb wurde auch sein jüngster Sohn Anfang Mai 1860 persönlich von ihm in das Kadettenhaus in Bensberg gebracht.

Zum Bedauern von Alexander war sein großer Bruder nicht mehr da, als er ankam, weil Fritz am selben Tag vor einem Jahr in das Korps zu Berlin versetzt worden war. Wegen des Altersunterschieds musste er sich daran gewöhnen, dass er nicht immer mit seinem Bruder vereint sein konnte. Ein wenig beunruhigt darüber nahm er Abschied von seinem Vater.

Blätter aus einem Fotoalbum aus dem Nachlass des Kadetten
Werner Pannes, geboren am 6.7.1906 in Krefeld,
gestorben am 24.10.1991 in Stuttgart.
Winteraufnahme vom Schloss Bensberg - Kadettenhaus;
Blick von der Jan-Wellem-Straße auf das Neue Schloss Bensberg.
Quelle: Stadtarchiv Bensberg.

Wieder zu Hause hörte Friedrich von Alexandrine, dass sie zur Hochzeit seiner Großcousine Betty Tendering, eine andere Enkelin des Bischofs Ross, eingeladen wurden. Ihre Ehe mit dem Brauereibesitzer Heinrich Tigler, einem Sohn des Friedrich Tigler und der Susanne Hannes, würde im Juni 1860 in Wesel stattfinden.

Friedrich freute sich, Susanne wiederzusehen, eine Tochter von Christian Hannes, dem Bruder seiner Großmutter.

Er hatte sie gut kennengelernt, als sie nach dem Tod ihrer Eltern mit ihren beiden Schwestern lange bei ihm und seinen Großeltern gewohnt hatte. Zu seinem Leidwesen musste er bald feststellen, dass sein Zeitplan aufgrund seiner Arbeit bei der Armee keinen Raum für die Teilnahme an der Hochzeit ließ.

Alexandrine wollte gerne nach Wesel fahren. Sie war nun wieder allein zu Hause ohne *ihre Männer*, wie sie zu sagen pflegte, und hatte viel Zeit. Sie fand es eine gute Abwechslung für sich, nicht ständig mit dem Soldatenleben ihrer Familie konfrontiert zu werden.

Die Braut hatte ihnen geschrieben, dass sie ihren zukünftigen Ehemann kennengelernt hatte, als sie in Berlin bei ihrer Schwester Carolina Duncker zu Besuch war. Betty war nicht nur eine bekannte Schönheit, sie war auch hochintelligent und kultiviert. Friedrich und Alexandrine hatten nicht nur sie, sondern die gesamte Familie immer sehr gemocht und hielten auch regelmäßig Kontakt zu ihnen. Sie waren immer begierig, über alle Familienangelegenheiten Bescheid zu wissen.

Es war ein strahlender sonniger Tag, als Alexandrine nach Wesel reiste, um an der Hochzeit teilzunehmen.

Es wurde für sie zu einer interessanten Begegnung, bei der sie viele bekannte Persönlichkeiten wie die Gebrüder Duncker und auch ihre Familienmitglieder wiedersah. Ganz zufrieden kehrte sie nach Hause zurück.

Nachdem sie ihr normales Leben als Soldatenfrau wieder aufgenommen und sich an den Aufenthalt in Soest gewöhnt hatte, erreichte sie ein Jahr später die wunderbare Nachricht, dass Fritz und von Montowt durch einen Kabinettsbeschluss vom 26. April 1861, als Unteroffiziere zum 7. Westfälischen-Infanterieregiment Nr. 56 nach Soest versetzt wurden. Endlich konnte sie Fritz wieder regelmäßig sehen. In den Jahren, in denen er in Bensberg war, hatte er zwar die längeren Ferien und die Herbstferien bei seinen Eltern verbracht, aber das war nur von kurzer Dauer. Während seiner Zeit beim Kadettenkorps in Berlin hatte er sie auch so oft wie möglich besucht, damit sie ihn ab und zu treffen konnte. Er selbst war überglücklich, als er hörte, dass er und sein Freund von Montowt in Soest untergebracht worden waren, und vermutete, dass sein Vater dafür gesorgt hatte. Denn als sie gerade eingetroffen waren, hatte der Regimentskommandeur, Oberst von Bonin, sie beide auf Wunsch seines Vaters in sein Bataillon versetzt, wo er Fritz in der 3. Compagnie von Hauptmann De Greck stellte. Als er später seinen Vater fragte, hatte Friedrich nur geheimnisvoll gelächelt.

Doch zu Alexandrines Bedauern war sein Aufenthalt in Soest nur von kurzer Dauer, denn nach zwei Monaten Dienst ging Fritz in die Vorbereitungsanstalt des Dr. Kube in Berlin.

Hier blieb er drei Monate, legte dann die Portepeefähnrich-Examen ab, die er bestand und wurde im Dezember 1861 Portepeefähnrich. Im Januar folgenden Jahres trat er in die Kriegsschule in Erfurt ein, wo er nach einem Aufenthalt von acht Monaten das Offizierssexamen bestand. Zusammen mit von Montowt wurde er im November 1862 Offizier. Beide blieben während dieser Zeit bei Friedrichs Bataillon und Fritz lebte bei seinen Eltern im Hause, solange er in Soest stand.

Dies war eine besonders glückliche Zeit für sie.

Friedrich war froh, dass er Fritz selbst für seinen Militärberuf ausbilden konnte und Alexandrine, weil sie ihren Sohn zu Hause hatte. Wenn sie die beiden Männer bei ihren Militärübungen beobachtete, konnte sie nur verständnislos und traurig den Kopf schütteln. Sie hatte immer die gleiche Idee, wenn sie das sah, dass es niemals gut enden konnte.

Im nächsten Jahr wurde Friedrich im März 1863 zum Oberstleutnant befördert. Durch seine Arbeitsfreude stieg er stetig an Rang und zu ihrer Zufriedenheit waren sie noch immer in Soest stationiert.

Einige Wochen später im April erhielten sie die traurige Nachricht, dass der Onkel von Alexandrine, Leopold von Schwedler, in Hersfeld gestorben war. Er hatte das hohe Alter von dreiundachtzig Jahren erreicht und bis zu seinem Tod dort gelebt, zuletzt als Königlicher Preußischer Oberstleutnant und Etappen-Inspektor für Kurhessen.

Nach dem Tod von Constantin von Hagken, war er der älteste Verwandte gewesen und hatte seine Pflichten als Pater Familias übernommen.

Er sorgte dafür, dass die Familie regelmäßig Kontakt hielt und übereinander informiert wurde. Nach dem Tod seiner ersten Frau heiratete er wenige Jahre später, im 1845, Thekla Kraushaar. Insgesamt zeugte er dreizehn Kinder, von denen einige bereits gestorben waren.

Er war schon in den Sechzigern, als er Thekla heiratete, die mit fünfundzwanzig Jahren viel jünger war als er. Trotz seines fortgeschrittenen Alters hatte sie noch sechs weitere Kinder mit ihm, und als das letzte im 1857 geboren wurde, war Alexandrine sehr erstaunt, denn er war bereits achtundsiebzig Jahre alt.

Weil Friedrich und ihre Söhne keine Zeit hatten, zur Beerdigung zu gehen, reiste Alexandrine allein nach Hersfeld. Unterwegs hatte sie viel Zeit, um an ihren Onkel zu denken.

Was für ein herziger und sympathischer Mann er gewesen war. Auch er hatte während und nach den Kriegen gegen Napoleon kein leichtes Leben gehabt. Nicht zu wissen, wie und ob er lebend aus den vielen Kriegen zurückkommen würde, hatte ihm viel Anspannung verursacht. Er hatte damals auch nicht viel Geld mehr gehabt, aber er unterstützte ihre Mutter finanziell immer so gut er konnte. Sie dachte, das war wahrscheinlich der Grund, warum er so spät geheiratet hatte, erst als er fast vierzig war. Es hatte mit den vielen Kindern in seinem Haus auch viel Lärm gegeben, aber es gab zugleich daneben auch viel Fröhlichkeit. Ihre Zeit im Haus ihres Onkels hatte Spaß gemacht, und war ganz anders als ihr Leben im Pfarrhaus in Uentrop gewesen.

Im Gegensatz zu ihrer Tante Charlotte, war ihre Tante Henriette eine gemütliche Frau gewesen und überhaupt nicht streng. Wenn ihre Mutter wieder mal unfreundlich zu ihr war, setzten sich ihre Tante und ihr Onkel immer für sie ein. Dann versuchten sie beide, sie aufzumuntern und besonders nett zu ihr zu sein. Sie erinnerte sich daran, wie ihre elegante Tante Henriette, mit ihren zarten Gesichtszügen und wunderschönen braunen Locken so schrecklich gelitten hatte, bevor sie schließlich starb.

Bis zum Ende ihres Lebens war sie stark und süß geblieben. Sie hatte noch gerade Weihnachten gefeiert mit ihrer Familie und war nachher wegen der vielen Morphinpulver friedlich eingeschlafen. Nachdenklich sinnierte sie: *Mein Onkel Leopold und meine Tante Henriette haben mich immer unterstützt und waren immer gut zu mir. Die beiden habe ich wirklich hochgeschätzt.*

Als sie im Haus ihres Onkels eintraf, war seine ganze Familie da, um sie willkommen zu heißen, und alle umarmten sie.

Obwohl sie sehr betrübt war, dass sie nun auch ihren Onkel verloren hatte, machte die Wärme, die sie von seinen Kindern erhielt, das wieder wett.

Die zweite Frau ihres Onkels, Thekla, war genauso einnehmend wie früher ihre Tante Henriette. Sie sah jedoch ganz anders aus, groß und dünn, mit einer langen, schmalen Nase und einem kleinen runden Mund. Wenn sie einen Moment Zeit hatte, sah man sie mit einem Buch in den Händen. Wahrscheinlich, weil ihr Vater Professor am Gymnasium in Hersfeld und Schriftsteller gewesen war, hatte sie seine Liebe zum Lesen geerbt.

Alexandrine fand, dass sie komisch aussah, und sie war sicherlich nicht die Schönheit, die ihre Tante Henriette gewesen war. Sie war jedoch eine ebenso mütterliche und fürsorgliche Frau, und Alexandrine dachte, dass ihr Onkel sie vermutlich deshalb geheiratet hatte. Er hatte dringend eine neue Frau gebraucht, die sich um seine Kinder und den Haushalt kümmern konnte. Sie mochte Thekla, weil sie einen guten Sinn für Humor hatte und nannte sie oft scherzhaft *Tante*, obwohl sie selbst viel älter war.

Nachdem sie alle begrüßt hatte, brachte Thekla sie sofort in ihr ehemaliges Schlafzimmer, um ihren Koffer auszupacken und sich auszuruhen.

Das Zimmer hatte sich in all den Jahren nicht verändert. Alles befand sich noch an der gleichen Stelle wie damals, als sie mit ihrer Mutter dort wohnte. Nur ein zusätzliches Bett war wegen der vielen Kinder aufgestellt worden.

Am nächsten Tag wurde ihr Onkel beerdigt, was in Hersfeld ein wichtiges Ereignis war. Da er schon so lange dort lebte, kannte er viele Leute, und Alexandrine schien es, dass die ganze Stadt anwesend war. Er wurde unter großer Anteilnahme und mit militärischen Ehren beerdigt.

Sie war sehr beeindruckt, als sie die Offiziere und viele ihrer Verwandten in ihren Uniformen sah und wie pietätvoll die Beerdigungszeremonie war. Obwohl sie alles, was mit dem Militärleben zu tun hatte, verabscheute, dachte sie unwillkürlich: *Friedrich hat Recht, wenn wir in unserer Familie über Hunderte von Jahren Soldaten hervorgebracht haben, dann sind wir in der Tat eine echte Soldatendynastie.*

Zu Hause in Soest, erzählte sie Friedrich ausführlich über ihre Familie und ihres Onkels Beerdigung. Aber was sie dabei gedacht hatte, verbarg sie vor ihm.

Nachdem sie wieder einige Monate zuhause war machte Friedrich gemeinschaftlich mit Fritz die Herbstübung der Armee mit. Beide Männer waren begeistert, so viel Zeit miteinander verbringen zu können. Das würde jedoch nicht lange dauern, da im folgenden Jahr Ende März 1864 Friedrich nach Essen versetzt wurde. Vor seinem Transfer hatte er schon eine länger bestehende Schwäche seiner Augen bemerkt, die sich allmählich verschlimmerte. Er wurde dadurch gezwungen, um eine andere Stellung zu bitten, wo er nicht so weit zu sehen brauchte, oder um den Abschied. Er würde noch dem gleichen Monat mit Pension und der Erlaubnis zum Tragen der

Regimentsuniform zur Disposition gestellt und mit der Vertretung des Kommandeurs des Landwehrbataillons Essen Nr. 36 beauftragt.

Deshalb mussten sie nun von Soest nach Essen umziehen. Alexandrine, der es in Soest gerade richtig gut gefiel und die dort auch neue Freunde gefunden hatte, musste wieder alles packen. Sie hatten inzwischen von Fritz gehört, dass sein Regiment nach Köln verlegt war und dass es nun seine Garnisonsstadt geworden sei.

Wenige Monate später, im Mai wurde Fritz infolge des *Schleswig-Holsteinischen Krieges*, wobei Österreich mit Preußen gegen Dänemark kämpfte zum Ersatz Bataillon des 4. Garde-Grenadier-Regiments *Königin Augusta* nach Koblenz kommandiert.

Er schrieb ihnen, dass die Königin dort in dem am Rhein gelegenen Kurfürstliche Schloss von Koblenz den Sommer über residierte und dass er wöchentlich, entweder zum Diner oder zu Abendgesellschaften zu ihrer Majestät befohlen wurde.

Er wurde ihr vorgestellt von Max Duncker, einem damaligen bekannten Historiker und Politiker und Bruder von Franz Duncker, der mit Carolina Tendering verheiratet war. Max war ein gern gesehener Gast am Hof und Fritz wurde oft zusammen mit ihm eingeladen. Er hielt die Königin für eine angenehme, liberale und moderne Frau, die sich für Politik und Militär interessierte. Sie wollte auch immer alles über sein Regiment und sein Leben wissen und er genoss die Abende im Schloss mit ihr außergewöhnlich. Nebenbei hatte er die Annehmlichkeit, Rekruten dem Regiment nach Jütland nachbringen zu können, wodurch er die dänische Insel Alsen und Hamburg zu sehen bekam.

Nach ein paar Monaten wurde es wieder Winter, und gerade am Weihnachtsabend, als Alexandrine und Friedrich den Christbaum anstecken wollten, klingelte es laut. Um sie zu überraschen, war Fritz aus Koblenz gekommen, um Weihnachten mit ihnen zu verbringen.

Er war auf der Durchreise zu seinem Regiment in Köln, wo er jetzt Dienst bei der 1. Compagnie tat. Nachdem er ein paar wundervolle Weihnachtstage mit ihnen verbracht hatte, musste sich Alexandrine mit Schmerz im Herzen wieder von ihm verabschieden. Sie hasste es, sich jedes Mal von ihrem Mann und ihren Kindern trennen zu müssen, wenn sie zu ihrem Regiment zurückkehrten. Aber als Frau eines Militärs verstand sie, dass es nicht anders möglich war.

Etwas später schrieb Fritz seinem Vater, dass er öfter den Adjutanten vertreten musste, weil er als sehr guter Reiter galt.

Zum Erlernen des Reitens hatten die Pferde von Friedrich und der Kriegsschule ihm die Gelegenheit gegeben und er war dankbar dafür, weil es für seine Karriere von Vorteil war.

Das Leben ging im folgendem Jahr 1865 ruhig weiter, bis sie die Nachricht bekamen, dass Anfang November die Mutter von Friedrich, Lisette Graff, ganz plötzlich an einem Herzversagen gestorben war. Sie waren unangenehm überrascht, weil seine Mutter sich nie wirklich über körperliche Beschwerden beklagt hatte. Sie hatte ihn zwar nicht erzogen, aber durch regelmäßigen Kontakt hatten sie einander auch viel in Wesel gesehen. Die Beziehung zu seinen Eltern war stets sehr herzlich und innig gewesen. Seine Mutter hatte immer befürchtet, dass sie vor ihrem behinderten Sohn Alexander sterben würde, und sorgte sich deswegen, weil sie sich dann nicht mehr um ihn kümmern könnte. Ihre Tochter Julie lebte aber noch bei ihr und hatte versprochen, sich ein Leben lang um ihren Bruder zu kümmern. Julie war eine starke, unabhängige Frau, die Friedrich und Alexandrine später erzählte, dass sie selbst in den letzten Jahren alles für ihre Mutter im Haushalt geregelt und auch die gesamte Verwaltung übernommen hatte.

Friedrich war beruhigt, er wusste, dass sein Bruder bei ihr in guten Händen war. Auch die Beerdigung hatte sie perfekt organisiert, und viele Familienmitglieder waren mit ihren Kindern anwesend. Obwohl er weit weg wohnte, war auch der Bruder ihrer Mutter, sein Onkel Friedrich gekommen, auf den sie so stolz gewesen war, als er in den Adelsstand erhoben wurde und sich fortan Friedrich *von* Lautz nennen durfte.

Nach der Bestattung erkannte Friedrich, dass er jetzt nicht nur seinen Erzieher Constantin von Hagken und seine Großmutter Anna Christina verloren hatte, sondern auch seine beiden Eltern und Großeltern Lautz. Er wusste, dass er sich damit abfinden musste, dass ältere Familienmitglieder und auch Geschwister sterben konnten, doch traf ihn auch dieser Verlust sehr hart. Er war froh, dass seine Arbeit viel Zeit in Anspruch nahm und deshalb eine gute

Ablenkung für seine niedergedrückten Gedanken bot. Im März 1866 wurde seine Stellung als Bezirkskommandeur für das Landwehrbataillon definitiv bestätigt und er erhielt im Juni den Titel als Oberst. Er war hochzufrieden mit dieser Ernennung und fühlte sich von seinen Vorgesetzten geschätzt.

Während ihrer Zeit in Essen erfuhr Friedrich noch etwas Merkwürdiges. Als er noch ein Knabe gewesen war, hatte seine Großmutter Anna Christina ihm ein silbernes Schaustück geschenkt. Sie erzählte ihm dabei, dass, als ihre Urgroßeltern väterlicherseits die goldene Hochzeit feierten, sie für ihre Kinder solche Schaustücke in Gold und für die Enkel in Silber hatten prägen lassen.

Das Schaustück hatte auf der einen Seite einen Baum, an welchem sich sechs Äste und an diesem sich wieder vierzehn Zweige befanden. Unten am Baum war eine längere Inschrift, und zwar geschrieben in der klevischen Sprache. Diese Sprache war im 17. Jahrhundert allgemein in Wesel als Umgangssprache gebräuchlich und wurde in allen Volksgeschichten in den Städten des früheren Herzogtums Kleve genutzt.

Diese Inschrift hatte am Anfang ungefähr die Worte: *sechs Knoten die vertone, drei Töchter und drei Söhne,* und am Schluss ungefähr die Worte: *Kindeskinder sind gewesen, sind vierzehn mit Leben.*

In hochdeutscher Sprache würde dies heißen: Sechs Zweige sollten bezeichnen, drei Töchter und drei Söhne und ferner Kindeskinder, also Enkel, sind gegeben und es sind vierzehn am Leben. Ein solches Schaustück in Gold, hatte seine Großmutter ihm gesagt, sei noch im Besitz ihrer damals lebenden Mutter, der Doktorin Hannes. Aus diesem Schaustück war es zu ersehen, dass in der ersten Zeit des 17. Jahrhunderts die ganze Familie des Jubelpaares aus drei Söhnen, drei Töchtern und vierzehn Enkeln bestanden hatte und dass die Familie noch zahlreich genannt werden konnte.

Als sie nun zurzeit, wo Friedrich Bezirkskommandeur in Essen war, bei dem Weinhändler Lucanus wohnten, hatte Alexandrine eine Tischdecke, welche meistens nicht gebraucht wurde und wahrscheinlich durch das Liegen gelb geworden war, gewaschen und auf die Bleiche im Lucanischen Garten liegen lassen. Hier bemerkte die Familie Lucanus, dass unter demselben sich eines befand, welches im Muster und Namenszeichen ganz übereinstimmte mit einer Tischdecke, welches durch Erbschaft auf Frau Lucanus gekommen war.

Unzweifelhaft hatte das Schaustück denselben Ursprung wie auch das, welches Friedrich durch die Erbschaft seiner Großmutter von Hagken bekommen hatte, welche es wiederum von ihrer Mutter, der Frau Hannes erhalten hatte.

Frau Lucanus, eine geborene Nevelmann, hatte dies Faktum einem Fräulein Ascherfeld, die ebenfalls in Essen wohnte, mitgeteilt, deren Mutter die Schwester von Frau Lucanus war. Fräulein Ascherfeld zeigte Friedrich nun ein silbernes Schaustück, welches von ihren Verwandten in aufsteigender Linie auf sie gekommen war.

Sie teilte ihm dabei mit, dass sie auch gehört hatte, dass diese Verwandten aus Wesel stammten. Das Schaustück des Fräulein Ascherfeld war genau dasselbe wie das, welches seine Großmutter ihm geschenkt hatte. Er hatte aber bei einer Gelegenheit, als er noch ein junger Offizier war, dieses Schaustück gegen andere Schaustücke eingetauscht, um seinen Kindern ein Geschenk in Silber zu machen. Die Voreltern der Frau Lucanus und des Fräuleins Ascherfeld gehörten also jedenfalls zu den Enkeln des Jubelpaares Hannes. Das goldene Schaustück, das sich noch im Besitz der Eltern seiner Großmutter befunden hatte, war jedenfalls durch Erbschaft auf sie gekommen, da der Vater nicht ein Sohn, sondern nur ein Enkel des Jubelpaares gewesen sein konnte. Die beiden Familien staunten darüber, dass sie also sehr weit entfernt verwandt waren miteinander und dass sie das herausgefunden hatten durch eine Tischdecke auf der Bleiche. Von diesem Moment an wurden sie sehr gute Freunde. Obwohl weit weg, war es doch Familie.

Mittlerweile war Alexander bis zum April 1866 in Bensberg geblieben, an welchem Tage er dort in Anwesenheit seiner Eltern konfirmiert wurde. Er besuchte bereits ein Jahr die Tertia, als zur Sorge von Alexandrine und Friedrich seine starken Kopfschmerzen wieder zurückkamen.

Sofort als sie darüber informiert wurden, holte Friedrich ihn nach Essen, damit Alexandrine ihn selbst mit der von einem Arzt vorgeschriebenen Kreuznacher Mutterlauge behandeln konnte.

Als es ihm wieder besser ging, wurde er in die Tertia der dortigen Realschule aufgenommen und im Herbst nach Leander versetzt, wo er während

dieser Zeit im Englischen Privatunterricht bekam. So hatte Alexandrine ihn
wieder in ihrer Nähe.

Fritz Graff
&
Clara von Homeyer

Im folgenden Monat Mai 1866 wurde die Armee aufgrund von Streitigkeiten zwischen Preußen und Österreich mobilisiert. Die Rivalität zwischen den beiden Ländern im Deutschen Bund und die Zukunft der Herzogtümer Schleswig und Holstein nach dem *Deutsch-Dänischen* Krieg, in dem der dänische König Christian IX. die Herzogtümer an beide Großmächte abtreten musste, spielten dabei eine wichtige Rolle.

All dies führte zum *Preußisch-Deutschen Krieg.*

Fritz kam wiederum zum Königin Augusta Garde-Grenadier-Regiment Nr. 4 nach Koblenz und machte mit diesem den Feldzug und die Schlachten von *Trautenau* und *Königgrätz* mit, in dem Österreich besiegt wurde und beide Herzogtümer an Preußen fielen, das sie zur Provinz Schleswig-Holstein vereinigte.

Immer wenn ihre Männer in den Kampf ziehen musste, ging Alexandrine still und mit blassem Gesicht herum. Dann sprach sie wenig und dachte nur darüber nach, was für schreckliche Dinge ihnen passieren könnten. Diese Gedanken gingen ihr nicht aus dem Kopf und sie wartete nervös darauf, dass sie nach Hause zurückkehrten.

Im Oktober kehrte das Regiment nach den gewonnenen beiden Schlachten unter dem Kommando von Oberstleutnant Otto von Strubberg nach Koblenz zurück und Fritz wurde entlassen.

Zwischendurch hatte er die Gelegenheit, seine Eltern in Essen zu besuchen und als Alexandrine sah, dass es ihm gut ging, konnte sie wieder ruhig atmen.

Fritz kehrte dann zu dem 56. Regiment zurück, das unterdessen mit dem

Stabe und dem 1. Bataillon in Göttingen garnisoniert war. Nach einigen Tagen dort wurde er als Adjutant zum neu errichteten Landwehrbataillon-Geestemünde kommandiert, wo er sehr viel zu tun hatte.

Es gab aber auch bald eine besondere Neuigkeit für ihn. Während seines Aufenthalts in Soest hatte Fritz Clara kennengelernt, die Tochter der verwitweten Majorin von Homeyer, und hatte sich in sie verliebt. Er wollte sie heiraten und sie hatten sich auch schon verlobt, bevor er nach Geestemünde versetzt worden war. Sie war eine Tochter des im Jahre 1856 in Soest verstorbenen Majors Friedrich Gottlieb von Homeyer und der Angelika von Reckow, einer Tochter des in Düsseldorf verstorbenen Generalleutnants Eduard von Reckow.

Clara hatte ihm umfassend von ihrer Familie und ihrem Vater erzählt, da auch sie einen militärischen Hintergrund hatte. Sie berichtete ihm, dass ihr Vater auf dem Gut Wietzow seines Großvaters im Dorf Demmin in Vorpommern geboren worden war. Er war der einzige Sohn aus der ersten Ehe seines Vaters Gottlieb Daniel mit Friederike Elisabeth Siebmann. Im Alter von achtzehn Jahren trat er in das 8. Preußische Infanterieregiment ein und nahm im folgenden Jahr am Russlandfeldzug teil. Anschließend kam er zur *Russisch-Deutschen Legion*, einem auf Befehl von Zar Alexander I. aufgestellten Truppenkontingent, mit dem er an den Feldzügen von 1813-1814 teilnahm.

In den letzten Jahren wurden aus der Legion das 30. und 31. Infanterieregiment gebildet, und er schloss sich dem 30. Regiment an, mit dem er den Waterloo-Feldzug erlebte. Später erhielt er das Regiment Trier als Garnison, wo er seine spätere Frau Angelika kennenlernte.

Sie war die älteste Tochter des Generalmajors und Kommandeurs der 16. Brigade von Reckow, der ebenfalls in Trier stationiert war. Die beiden heirateten im Juli 1823 und Clara wurde im Dezember 1838 dort geboren.

Als sie zwei Jahre alt war, wurde ihr Vater als Major und Kommandeur des Landwehrbataillons nach Neuss versetzt, und sieben Jahre später kam er als Bataillonskommandeur zum 27. Infanterieregiment nach Magdeburg. Im Jahr 1849 nahm er, als er unter Doppelrechnung des Feldzuges die Pension für 40-jährige Dienstzeit erreicht hatte, den Abschied. Er siedelte mit seiner Familie nach Soest um, wo sie den dort gelegenen Burghof, ein Fideikommiss des Grafen Fürstenberg-Herdringen bezogen. Leider war schon in diesem Moment seine Gesundheit angeschlagen, denn er hatte Herzprobleme und er starb einige Jahre später an der Wassersucht. Er wurde beerdigt auf dem *Walburger Kriegshofe* in Soest und danach blieb seine Frau Angelika noch auf dem Burghof wohnen.

Als Fritz sie um Erlaubnis bat, ihre Tochter heiraten zu dürfen, hielt Angelika es für angebracht, ihm von ihrer Familie zu erzählen. Sie war eine selbstbewusste, redselige Dame und sie berichtete ihm von ihrem Leben und von ihrem Vater.

So erfuhr er, dass sie zu Warschau geboren wurde, wo ihr Vater damals als Leutnant im Infanterieregiment von Plötz in Garnison stand.

Ihre Mutter war eine geborene Jeannette von Förster aus Schlesien und eine sehr gläubige Frau. Mit ihrer kleinen Tochter kam sie überhaupt nicht zurecht. Angelika hatte als Kind einen starken Willen und verstand sich auch nicht besonders gut mit ihren beiden jüngeren Schwestern.

Zu Fritz sagte sie: »Daran könnte meine Mutter schuld sein, denn sie hatte keine Ahnung von Kindererziehung.

Als meine Schwester geboren wurde, war meine Mutter sehr krank geworden und man befürchtete, dass sie sterben würde. Sie hatte meine Schwester angesteckt, aber beide erholten sich nach einiger Zeit und wurden wieder gesund. Danach hatten sie eine besondere Beziehung zueinander, und sie war der Liebling meiner Mutter. Ich fühlte mich ausgeschlossen und war wahrscheinlich auch eifersüchtig. Meine Mutter beschwerte sich immer bei meinem Vater, dass ich widerspenstig sei und ihr nicht gehorche. Als wir im Jahre 1807 meinem Vater nach Königsberg folgten, wurde ich von dort aus gegen meinen Willen von meiner Mutter nach Schlesien geschickt.«

Sie entrüstete sich: »Stell dir vor, ich war ein erst zehn Jahre altes Mädchen, als ich zu der Erziehungsanstalt im Ursulinenkloster in Breslau geschickt wurde. Meine Mutter gehörte der katholischen Konfession an und wollte unbedingt, dass ich ihr in dieser Religion folgen sollte.

Nach meiner Erfahrung im Kloster wollte ich das sicher nicht und habe daher ihren Wunsch dann auch nicht erfüllt. Ich hasste es dort. Das habe ich meinem Vater geschrieben und weil ich dort zur Strafe schon ein Jahr gewesen war, durfte ich es nachher verlassen. Meine Mutter wollte mich noch immer nicht zu Hause haben und deshalb wurde ein Zimmer für mich gemietet in einer Pension in Hirschberg im schlesischen Gebirge. Dort bekam ich Privatunterricht. Es war nicht ideal, aber alles war besser, als im Kloster bleiben zu müssen.

Ich habe mich mit meinem Vater immer gut verstanden, aber er war andauernd unterwegs und hatte nicht viel Zeit für mich. Er war inzwischen im Jahre 1808 während der Reorganisation der Armee als Hauptmann in das 9. Colbergsche Infanterieregiment versetzt worden.

Das stand damals in Pommern namentlich in Homin und Greifenberg. Erst als ich fünfzehn Jahre alt war, vereinte ich mich mit meinen Eltern.«

Sie erzählte noch, dass ihr Vater ab August 1813 das 21. Infanterieregiment kommandierte und später infolge des Krieges gegen Frankreich viele Jahre abwesend war. Ihre Mutter beschloss daher, mit ihren drei Töchtern nach Berlin zu ziehen, wo sie Familie hatte.

Nach dem Kriege vereinigte sich die Familie mit dem Vater in Mainz, wo inzwischen seine Garnison stand. Er war jetzt Oberst und wurde als Landwehrinspektor nach Aachen versetzt, wo er zum General befördert und zum Kommandeur der 16. Infanteriebrigade in Trier ernannt wurde.

In diese Garnison war ihm seine Familie gefolgt und hier lernte Angelika ihren Mann kennen, den sie 1823 heiratete. Später wurde ihr Vater nach Düsseldorf versetzt, wo er die 14. Landwehrbrigade kommandierte, als er krank wurde und im Jahr 1835 starb. Das war ein schwerer Schlag für sie, denn er war tatsächlich der Einzige in der Familie, mit dem sie gut auskommen konnte.

Nach seinem Tod änderten sich jedoch allmählich ihre Gefühle für ihre Mutter und ihre beiden Schwestern Bertha und Thekla. Sie wurde milder und begann, ihre Mutter zu schätzen und zu lieben und ihr früheres Verhalten zu verstehen.

Als sie erfuhr, dass es ihrer Mutter gesundheitlich nicht gut ging, bat sie sie sofort, von Düsseldorf, wo sie noch lebte, zu ihr nach Soest zu ziehen, um sich um sie zu kümmern. Nachdem sie sich lange Zeit nicht gesehen hatten, waren sie nun wieder vereint. Ihre Zweisamkeit währte jedoch nicht lange, denn ein Jahr später, 1851, starb ihre Mutter. Ihr Leichnam wurde nach Düsseldorf überführt, wo sie an der Seite ihres Mannes beigesetzt wurde.

Mit ihm hatte sie drei Töchter gehabt, von denen sie die mittlere, Bertha, schon früher verlor. Ihre jüngste Tochter Thekla überlebte sie nur um ein Jahr, als auch sie vorzeitig starb. Glücklicherweise musste ihre alte Mutter dies nicht miterleben.

Clara war dreizehn, als ihre Großmutter ihr weggenommen wurde, und als sie erst achtzehn war, starb auch ihr Vater. Sie war das genaue Gegenteil ihrer Mutter. Eine ruhige, mütterliche Frau, nicht sehr gesprächig und mit einem ernsten Charakter.

Fritz war ihr bei gemeinsamen Freunden begegnet und sie hatte ihm gleich sehr gefallen. Als ihre Mutter eine Geburtstagsfeier für sie veranstalten wollte, hatte sie ihn auch eingeladen und von da an trafen sie sich regelmäßig. Sie war zwar fünf Jahre älter als er, aber der Altersunterschied war ihm gleichgültig. Wie Alexandrine sah sie viel jünger aus, als sie wirklich war. Er hatte gesehen, dass, obwohl seine Mutter sieben Jahre älter war als sein Vater, sie immer eine sehr glückliche und harmonische Ehe führten. Mit ihrer Familie verstand er sich auch hervorragend. Ihre älteste Schwester Thekla, benannt nach ihrer bereits verstorbenen Tante, und die jüngste Magdalena. Dann hatte sie noch drei Brüder, Fritz, Eduard und August.

Über August wurde in der Familie nicht gesprochen, weil er in Ungnade gefallen war, als er zweimal des *einfachen Diebstahls*, nämlich eines Garten-buchs und eines Jagdmessers sowie einer Unterschlagung, für schuldig be-funden und 1857 seines Adelstitels enthoben wurde. Er musste dabei sechs Wochen im Gefängnis verbringen, während ihm gleichzeitig für ein Jahr die Bürgerrechte aberkannt wurden. Geboren 1828, arbeitete er zuerst als Öko-nom und wurde später, vom Schicksal gezwungen, Eisenbahnrangierer. Er lebte noch in Soest, sah seine Familie aber kaum, weil seine Mutter die Scham nicht ertragen konnte.

Sein Vater war ein Jahr zuvor gestorben und hatte dieses bedauerliche Er-eignis zum Glück nicht erfahren müssen.

Clara und Fritz verbrachten so viel Zeit wie möglich miteinander und schmiedeten bereits Pläne für ihre Hochzeit. Währenddessen warteten sie un-geduldig auf eine Heiratszulage aus der königlichen Schatzkammer, die sie für die Hochzeit benötigten. Der Chef des 56. Regiments- und Kommandeur des VII. Infanteriekorps der Armee, Eduard Vogel von Falkenstein, wollte ihnen dabei helfen. Nach dem Feldzug von 1866 hatte er deshalb König Wilhelm I. gebeten, Fritz auf die Warteliste derjenigen Offiziere zu setzen, die später eine Heiratszulage aus der *Königlichen Schatulle* beziehen konnten.

In November kam von dem König, der in 1861 seinem Bruder Friedrich Wilhelm IV. nachgefolgt war, die bejahende Antwort zurück. Fritz war hocherfreut, dass er jetzt auf der Liste stand, und hatte diese günstige Nachricht Friedrich von Tronchin, dem Sohn von Thekla, der verstorbenen Schwester der Angelika, mitgeteilt. Dieser wohnte in Bremerhaven und holte sofort seine Cousine Clara für ein paar Monate zu sich nach Hause. So hatte Fritz die Gelegenheit, sie oft zu sehen und eine schöne Zeit mit seiner Braut zu verbringen.

Friedrich befand sich noch in Essen, wohin er im Mai desselben Jahres wegen der angeordneten Mobilmachung des Krieges gegen Österreich in den großen Bezirk des Landwehrbataillons Essen, zu dem auch der Bezirk Elberfeld und Barmen gehörte, versetzt worden war.

Gleichzeitig musste er die Bezirksablösung fortsetzen und konnte sich weder Tag noch Nacht ausruhen, weil es so viel zu tun gab. Schon nach wenigen Wochen hatte er alle Linientruppen bereit.

Dann musste er noch das Besetzungs-Bataillon formieren und war gerade damit beschäftigt, die zweite Compagnie zusammenzustellen, als er zu seinem Entsetzen plötzlich das Augenlicht schwand. Infolge der Anstrengung der Augen, der Stress und dem anhaltemden Betrachten auf dem weißen Papier im hellen Sonnenschein, hatte sich wegen des vielen Lesens die Netzhaut abgelöst. Zu seiner Verzweiflung hatten die angewandten Mittel zur Wiederherstellung des Augenlichtes keinen Erfolg. Er musste deshalb gezwungenermaßen im November um Entbindung von seiner Stelle bitten, weil er kaum noch etwas sehen konnte. Anfang Januar folgenden Jahres wurde ihm die Entlassung von seiner Stelle auch bewilligt.

Fritz war während dieser Zeit noch immer mit der Armee in Böhmen, wohin er wegen des Kampfes von Preußen gegen Österreich befohlen worden war. Alexander war deshalb der Einzige, der sich um seine Eltern kümmern konnte. Er erlebte eine trostlose Zeit, wo er ihnen so viel wie möglich half und ihnen liebevoll zur Seite stand.

Ende Januar ging er nach Berlin in die Vorbereitungs-Anstalt des Dr. Kube, nachdem er vorher seinen Bruder noch einige Tage in Geestemünde besucht hatte, wohin dieser wieder zurückgekehrt war.

Als im September 1867 sein Landwehrbataillon nach Bremen verlegt wurde, war es für Fritz noch einfacher, Clara regelmäßiger sehen zu können, weil sie noch immer im Haus ihres Cousins wohnte. Für ihn war in Bremen jedoch eine erneute schwierige Arbeit gekommen, aber weil Clara auch dort war, gefiel ihm seine Zeit dort doch recht gut. Das Landwehrbataillon, welches bis Ende 1868 dem 10. Armee Korps angehört hatte, wurde nun dem 9. Korps überwiesen und deshalb wurde auch die Stelle des Adjutanten durch einen anderen Offizier des letzteren Korps besetzt. Fritz wurde daher als Adjutant zum II. Bataillon versetzt.

Alexander war bis Januar 1868 in Berlin geblieben, von wo er, nachdem er das Portepeefähnrich-Examen abgelegt hatte, zu seinen Eltern nach Essen zurückkehrte. Im März trat er in das 7. Westfälische-Infanterieregiment Nr. 56 in Göttingen und zwar bei der 1. Compagnie auf Beförderung ein. Er avancierte im Juli desselben Jahres, dem Jahrestage der *Schlacht von Königgrätz*, zum Unteroffizier und im Januar des nächsten Jahres zum Portepeefähnrich. Im März kam er, so wie sein Bruder früher, auf die Kriegsschule zu Erfurt. Er machte Anfang August das Offizier Examen und wurde später nach der Rückkehr zum Regiment, auf Bitte seines Bruders, zum II. Bataillon versetzt, wo dieser Adjutant war.

Im Januar 1869 gewährte der König, der spätere Kaiser Wilhelm I., der mit Königin Augusta verheiratet war, Fritz endlich die ihm versprochene Heiratszulage. Seiner Heirat stand nun nichts mehr im Wege, und die Hochzeit mit Clara fand am 6. Juli auf dem Burghof in Soest statt.

Friedrich war für die Hochzeit aus Essen und Alexander von der Kriegsschule in Erfurt, wo er sich damals aufhielt, nach Soest gekommen. Auch Claras ältester Bruder, Hauptmann von Homeyer, der in Tapiau bei Königsberg lebte, war mit seiner Frau und seinem ältesten Sohn unerwartet als Überraschung für Clara eingetroffen.

Alexandrine hatte sich einige Monate nach dem Beginn von Friedrichs

Sehschwäche im Mai 1866 ein krankes Knie zugezogen und litt unter schrecklichen Schmerzen. Die Reise nach Soest war für sie viel zu anstrengend, und zu ihrem großen Bedauern konnte sie nicht an der Hochzeit ihres ältesten Sohnes teilnehmen. Friedrich, der selbst nicht bei guter Gesundheit war, machte sich schreckliche Sorgen um sie, als er sah, wie sehr sie zu leiden hatte.

Der Burghof in Soest.
Quelle: Stadtarchiv Soest.

Er verließ sie verzweifelt, küsste sie zum Abschied und versprach ihr, ihr nach seiner Rückkehr einen ausführlichen Bericht zu geben. Sie weinte innerlich, als sie verstand, dass sie sich damit zufriedengeben musste, und blieb tief betrübt zurück.

Der Burghof war ein sehr geeigneter Platz für eine Hochzeitsfeier und viele Verwandte und Freunde waren zur Hochzeit gekommen, die aufwendig gefeiert wurde.

Nach einer kurzen Hochzeitsreise begleitete Clara ihren Mann nach Hameln, wohin er nun als Adjutant des II. Bataillons versetzt worden war. Dort hatte er mit Clara bereits eine Etage gemietet, um nach der Hochzeit mit ihr dort einzuziehen zu können. Alexander hatte ebenfalls eine Wohnung im selben Haus gefunden, und die beiden Brüder nahmen gemeinsam an der Herbstübung teil und kehrten Mitte September 1869 nach Hameln zurück.

Einen Monat nachdem Alexander im Oktober desselben Jahres zum Offizier ernannt worden war, besuchten Friedrich und Alexandrine ihre Söhne im November in Hameln. Friedrich war vorerst in Essen geblieben, um abzuwarten, ob sie beide in einer Garnison vereint werden würden.

Als dies der Fall war und es Alexandrine etwas besser ging, hatten sie die Gelegenheit genutzt, ihre beiden Söhne in deren neuer Garnisonsstadt Hameln zu besuchen. Friedrich hatte sie jedoch nicht über den Gesundheitszustand ihrer Mutter informiert, da er sie so kurz vor der Hochzeit nicht damit belästigen wollte. Sie hatten sie seit einiger Zeit nicht mehr gesehen und wussten daher nicht, wie es ihr ging. Als sie sahen, wie schlecht sie gehen konnte und welche Schmerzen sie hatte, waren beide Brüder erschrocken.

Da der Gesundheitszustand beider Eltern so bedenklich war, wollten Fritz und Alexander sie um jeden Preis in ihrer Nachbarschaft haben, und es wurde sofort beschlossen, dort eine Wohnung zu mieten. Erneut mussten sie umziehen, und obwohl es für Alexandrine aufgrund ihres Gesundheitszustands sehr schwierig war, alles zu organisieren, gab ihr die Aussicht auf ein baldiges Wiedersehen mit ihren Söhnen neue Kraft.

Ende April 1870 fand der Umzug von Essen nach Hameln statt und für Alexander war es eine glückliche Zeit, da er die Abende meist mit seinem verheirateten Bruder oder mit dem jungen Ehepaar im Haus seiner Eltern verbrachte.

Zum Glück seiner Eltern beschloss er, einen Monat später in ihre Wohnung umzuziehen. Er hatte gesehen, wie schwer die beiden zu kämpfen hatten, und wollte ihnen so viel wie möglich behilflich sein.

Als sie so vergnügt zusammen waren, hofften alle auf eine glückliche Familienvereinigung für wenigstens eineinhalb Jahre. Danach bestand die Möglichkeit, dass sie wieder in eine andere Stadt versetzt würden.

Aber schon nach drei Monaten, nachdem Alexandrine und Friedrich umgesiedelt waren, beschloss es das Schicksal anders.

Der Wunsch auf eine unbesorgte Familienvereinigung sollte nicht erfüllt werden, denn am 16. Juli 1870 kam die unheilvolle Nachricht mit dem Befehl zur Mobilmachung gegen Frankreich.

Kurz danach, am 28. Juli, erfolgte der Ausmarsch des Bataillons und sie wurden alle getrennt. Zur Bestürzung von Alexandrine mussten jetzt ihre beiden Söhne ins Feld rücken, um den Erbfeind schlagen zu helfen. Fritz und auch Alexander waren äußerst motiviert zu kämpfen, denn der Hass gegen die Franzosen, wegen der vielen Kriege gegen dieses Land, war ihnen von früher Jugend an eingeimpft worden.

Der Auslöser dieses *Deutsch-Französischen Krieges* war die spanische Thronkandidatur des Prinzen Leopold von Hohenzollern, mit welchem der Kaiser Charles Louis Bonaparte von Frankreich, Napoleon III., nicht einverstanden war.

Friedrich, Alexandrine und Clara mussten sich jetzt von Fritz und Alexander verabschieden.

Sie hielten alle den Schein aufrecht und taten es in der frohen und optimistischen Hoffnung, dass sie einander bald wiedersehen würden. Clara war fast im vierten Monat schwanger und hatte fürchterliche Angst, dass ihr Mann verwundet oder schlimmer noch getötet werden könnte. Aber von ihrer Mutter hatte sie gelernt, dass sie als gute Soldatenfrau das niemals zeigen sollte. Also umarmte sie ihren Mann fest und sagte mit vorgetäuschter Unbekümmertheit: »Bis bald Liebling, sei vorsichtig und pass gut auf dich auf.«

So verließen die beiden Brüder ihre geliebte Familie.

Fritz, der im März Premierleutnant geworden war, wurde infolge des Dienstalters Führer der 5. Compagnie seines Regiments, weil deren Chef Hauptmann von Thümmel, zum Landwehrbataillon Bochum abkommandiert worden war. Alexander war im II. Bataillon und zwar auch bei dem 7. Westfälischen Infanterieregiment Nr. 56, sodass beide Brüder bis zum Tage der Schlacht von Vionville am 16. August 1870 vereinigt waren.

In der Nacht vom 30. auf den 31. Juli wurde das Bataillon in Minden auf die Eisenbahn ein- und in Bingerbrück ausgeschifft. Von hier rückte das Bataillon in die Garnison, bei Kreuznach, wo es mehrere Tage verblieb, um sich auf den Kampf vorzubereiten. Am 15. August wurde das Bataillon in Pont-à-Mousson, südlich von Metz, einquartiert und marschierte am nächsten Tag um vier Uhr morgens nach Thiancourt. Hier konnte man bereits den Kanonendonner hören, von dem bei Vionville kämpfenden III. Armee Korps. Gegen drei Uhr Nachmittag kamen auch das I. und II. Bataillon des 56. Regiments in die Gegend von Rezonville in den Kampf.

Die Bataillone mussten einen Wald durchqueren und wurden bei ihrem Vormarsch durch feindliches Infanterie- und Artilleriefeuer stark behindert, als sie aus dem Wald herauskamen. Beim Vorgehen erhielt Fritz' schönes Pferd einen Schuss und während Fritz abstieg, sogleich einen zweiten, sodass es tot zu Boden stürzte.

Auch er zog sich bei dieser Gelegenheit, wie man später vermutete, eine Wunde am Bein zu, da er nach Aussage einiger Soldaten hinkend gegangen sei. Er ging jedoch nicht zum Verbandplatz, sondern blieb bei seiner Compagnie. Das Bataillon rückte weiter vor, und führte längere Zeit liegend den Kampf mit dem in Schützengräben postierten Feinde fort, als zwei feindliche Bataillone plötzlich aus der Reserve hervorbrachen. Das II. Bataillon musste sich gezwungenermaßen zurückziehen, weil es seine Munition bereits verschossen hatte.

Bei Einbruch der Dunkelheit warf sich Fritz mit dem zusammengezogenen Teil seiner Compagnie den Feinden entgegen. Dabei erlitt er einen tödlichen Bajonettstich in die Brust.

Am folgenden Nachmittag dem 17. August bezogen Teile des 84. Regiments die Vorposten in jener Gegend. Ein Hauptmann Pfeifer und ein Leutnant von Wolffradt fanden einen ihnen dem Namen nach unbekanntem preußischem Leutnant des 56. Regiments. Um herauszufinden, wer er war, zogen sie seinen Trauring ab, der im Inneren die Buchstaben CVH erhielt. Weiter fanden sie einen Leutnant Ernst Ballauf des 56. Landwehrregiments und einen Portepeefähnrich Erich von Bosse vom 72. Infanterieregiment.

Der Leutnant Ballauf hatte bei der von Fritz geführten Compagnie gestanden und der Portepeefähnrich von Bosse, Sohn des Obersten und Bezirkskommandeur von Bosse zu Küstrin, war in der Dunkelheit von seinem Truppenteil abgekommen und hatte sich dem 56. Regiment angeschlossen. Die Offiziere Pfeifer und Wolffradt begruben Fritz, Ballauf und von Bosse in einem gemeinsamen Grab, welches in dem Talgrund gelegen war, der vom Dorf Rezonville zum Bois des Ognons führte und zwar in der Nähe eines auf der Höhe gelegenen weißen Hauses.

Fritzens Regiment wusste nichts von seinem Tod, weil es nach der Schlacht nicht in der Lage war, sich um seine Toten und Verwundeten zu kümmern.

Man glaubte, dass Fritz verwundet oder von den Franzosen gefangen genommen war und nach Metz transportiert wurde. Das war ein Schicksal, das mehrere Soldaten seiner Compagnie gehabt hatten. Erst der Eingang des Ringes, mit den Anfangsbuchstaben des Namens CVH, brachte die Überzeugung, dass Fritz tot sein musste.

Der von seinem Commando als Adjutant des Bezirkskommandos Bochum abgelöste und beim Regiment eingetroffene Leutnant von der Boeck, ein Freund der Familie, hatte den Ring als Fritz zugehörig erkannt.

Deshalb konnte der Regimentskommandeur Oberst Hugo von Block Anfang September den Ring an Fritzens Gattin schicken, die sich seit dem

Ausmarsch ihres Mannes bei ihrer Mutter in Soest befand. Der Ring und der dazu gehörige Brief sind niemals angekommen und man musste wohl annehmen, dass sie auf der Feldpost verloren gegangen waren. Clara wusste daher lange Zeit nicht, dass ihr Mann getötet worden war und lebte die ganze Zeit in Ungewissheit.

Nachdem der Kampf einen Anfang genommen hatte, wurde Alexander und zwar an der Stelle, wo das Bataillon am weitesten vorgerückt war, ins rechte Knie geschossen. Er blieb aber trotz seiner Verwundung bei der Compagnie. Bald darauf wurde der Kompanieführer, der preußische Leutnant Groschuff erschossen und auch der in der Compagnie anwesende ältere Leutnant Donant bekam eine Verwundung am Kopf, weswegen er auf den Verbandplatz ging.

Weil nun Alexander einen zur Compagnie kommandierten Landwehroffizier auch nicht mehr sah, hielt er sich dort für den einzigen Offizier. Dies bestärkte seinen Entschluss, trotz der immer stärker werdenden Schmerzen und dem Beginn einer bedeutenden Anschwellung des Knies, bei der Compagnie auszuharren. Der Kampf dauerte hier noch über zwei Stunden fort, als gegen Abend zwei französische Bataillone aus der Reserve einen Vorstoß machten und die im Kampf engagierten Bataillone I und II, sich zurückziehen mussten. Er wollte mit ihnen gehen, aber stellte zu seiner Bestürzung fest, dass er sein rechtes Knie überhaupt nicht mehr bewegen konnte und gezwungen war, liegen zu bleiben.

Als er verängstigt dalag, stürzte sich eine Gruppe französischer Soldaten auf ihn, die sein Regiment verfolgten. Er lag ganz still und atmete kaum, um nicht bemerkt zu werden, aber als einer der Soldaten über ihn trat und sah, dass er nicht tot war, hatte dieser schon sein Gewehr bereit, um ihn zu erschießen. Ein vorbeikommender französischer Offizier, der es zufällig sah, verhinderte dies, indem er dem Soldaten befahl, ihn nicht zu töten.

Vielleicht lag es daran, dass Alexander ihn an jemanden aus seiner Familie erinnerte oder an jemanden, den er gern mochte. Was auch immer sein Grund gewesen sein mag, nur durch Dazwischenkunft dieses Offiziers wurde Alexanders Leben gerettet. Er konnte jedoch nicht verhindern, dass andere Soldaten seinen Säbel, seinen Regenmantel und das Portemonnaie aus der Tasche nahmen. Letzteres warfen sie ihm aber, fünf Silbergroschen darin lassend, wieder zu und stürmten dann vorwärts. Nach ungefähr einer halben Stunde mussten sich die Franzosen zurückziehen und die Schützen nahmen wieder Position an der Stelle, wo Alexander lag. Sein Körper wurde als deckender Gegenstand benutzt und einige hatten sogar ihre Gewehre auf ihn gelegt. Die von preußischer Seite kommenden Kugeln schlugen dicht neben ihm ein, so dass er vor Anspannung und Schmerz bald in eine tiefe Ohnmacht fiel.

Erst Mitternachts im Dunkeln wachte er aus dieser wieder auf, als die Franzosen verschwunden waren. Um ihn herum war eine unheimliche Stille und beim Licht des Mondes bemerkte er jetzt die vielen umherliegenden Gruppen von Toten. Die Schmerzen an seinem Knie waren kaum ertragbar und gerade als er sich fragte, was jetzt mit ihm passieren würde, hörte er ein leichtes Geräusch und sah durch seine Augenlider eine Gestalt auf einem Pferd, die langsam näherkam. Zu seiner Erleichterung war es ein Leutnant der III. Artilleriebrigade, die zufällig auf das Schlachtfeld gekommen war, um nach einem Verwundeten und vermissten Fähnrich zu suchen. Alexander rief leise nach diesem Offizier, der sofort zu ihm kam und sehr überrascht war, dass es unter den vielen Toten noch einen Lebenden gab. Er stieg schnell von seinem Pferd, dessen Huf Alexander dabei in der Dunkelheit unsanft berührte, stellte sich vor als Leutnant Hamel und fragte besorgt, wo er verwundet war und nach seinen Wünschen.

Die bestanden lediglich nur darin, auf einen Verbandsplatz gebracht zu werden und seinen quälenden Durst gestillt zu bekommen.

Der Leutnant ritt sofort los und kam bald darauf zurück mit einem Lazarettgehilfen und zwei Halberstädter Kürassieren von der nicht weit entfernten Feldwache, welche Alexander in etwa einer halben Stunde in das Dorf Flavigny trugen.

Diese Männer mussten ihn häufig wegen seiner Schwere niederlegen, was ihm stets große Schmerzen bereitete. Beim Passieren einer Kürassier Feldmarsche, vom 7. Kürassierregiment, erhielt Alexander ein Stück Brot, einen Schluck Wasser und einige Kaffeebohnen. Die waren umso labender, weil es während des Tages große Hitze gegeben hatte und das Bataillon seit vier Uhr morgens weder zu essen noch zu trinken bekommen hatte.

In einer Scheune voller Stroh und ohne Dach, da dasselbe von Granaten zerschossen worden war, mit einem Nebengebäude, das noch leicht brannte, wurde Alexander während der Nacht hineingetragen. Ein einjähriger Freiwilliger der 8. Compagnie des 56. Regiments, mit dem Namen Klages, selbst schwer verwundet und später an seinen Wunden verstorben, blieb die Nacht über ebenfalls in jener Scheune. Es war für Alexander, der bei vollem Bewusst sein war, schrecklich zu sehen, wie dieser arme junge Mann, der in seine Nähe lag, leiden musste. Er versuchte ein wenig zu schlafen, aber wegen seiner Schmerzen und des Stöhnens der Verwundeten gelang es ihm nicht und er blieb die ganze Nacht wach. In der Zwischenzeit wurden von Soldaten der 35. Regimenter immer mehr Verletzte in die schon übervolle Scheune getragen, weil man mit ihnen nirgendwo anderes hingehen konnte.

Am anderen Morgen, gegen elf Uhr, kam Seine Majestät der König Wilhelm I. mit seinem Gefolge auf dem Schlachtfeld an.

Ein Preußischer Leutnant und Flügeladjutant des Großherzogs Carl Alexander von Sachsen-Weimar-Eisenach, namens Aimé Charles von Palézieux-Falconnet, traf in jene Scheune ein, welche inzwischen mit Verwundeten voll belegt worden war und bot ihm seine Dienste an. Alexander hatte ihn gebeten, seinen Eltern von seiner Verwundung Nachricht zu geben, was derselbe auch sofort getan hatte. Der Leutnant von Palézieux kam nach einer halben Stunde mit einem älteren Herrn in Zivil zurück und die beiden gingen sofort auf Alexander zu. Es war der Leibarzt des Großherzogs, der Ober-Geheim-Medizinalrat Dr. Matheis aus Eisenach. Er untersuchte sofort die Wunde und ohne

Kirche von Vionville.
Quelle: Aus der Postkartensammlung
von Herrn Francis Pochon.
Fotograf: Herr Nels.

Betäubung schnitt er drei Fünftel der Kugel seitwärts aus dem Knie. Dann legte er sorgfältig einen Verband an und ließ Alexander auf einer Bahre in die Kirche von Vionville tragen, wo er vor dem Altar niedergesetzt wurde. Alexander war nicht sehr religiös, aber als er vor diesen Altar gestellt wurde, sah er das als ein Zeichen Gottes. Er betete jeden Tag zu ihm, um ihm für sein Leben zu danken und um den Schutz seiner Familie zu erbitten. In der Kirche blieb er bis zum 20. August liegen und wurde dann mit noch mehreren Offizieren in ein nahegelegenes Bauernhaus gebracht. Der Besitzer desselben hieß Monsieur Lerond und in seinem Haus hatte man das Feldlazarett Nr. 9 des III. Armee Corps untergebracht. Es fehlte in diesem Lazarett in der ersten Zeit sowohl an ausreichenden Lebensmitteln, als auch an genügend Verbandzeug. Trotzdem wurden nach Möglichkeit die unzähligen Verwundeten gut versorgt. Alexander teilte sein Zimmer mit einem Leutnant Hermann Erich von Reichenbach vom 24. Regiment und nebenan lag ein Hauptmann Tortilovius vom Regiment 64. Auch waren noch ein Hauptmann von Hymmen und ein Reserveofficier names Leutnant Ulrich von Loeper in jenem Hause untergebracht, beide, soviel sich Alexander später erinnerte, vom selben Regiment 64. Der Bursche des Hauptmanns Tortilovius sorgte, soweit er konnte, auch für die anderen Herren. Der Tod von einigen dieser Offiziere, namentlich von Tortilovius, von Reichenbach und von Loeper war vorauszusehen, weil sich stellenweise auch Eiterungsgifte zeigten.

Das hohe Fieber und die unerträglichen Schmerzen, die damit zusammenhingen, ließen die Männer ständig stöhnen und jammern.

Die anderen Soldaten brauchten ihre Ruhe, aber konnten wegen des Gestankes und des Lärms nicht schlafen. Deshalb entschieden die Ärzte, sie und Alexander am 30. August, über Ars-sur-Mosel, Rémilly und Saarbrücken nach Speyer zu transportieren. Ein Zivilarzt aus Karlsruhe, ein Dr. Mann leitete den Transport, der am nächsten Tag nachmittags in Speyer eintraf.

Monsieur François Lerond.
Quelle: Foto im Besitz von
Herrn Philippe Lerond.

Die ersten zehn Stunden des Transportes war eine Fahrt um Metz herum gewesen und es war für die Verwundeten eine große Strapaze, so unbequem reisen zu müssen. Inzwischen lagen alle Orte, welche der Eisenbahnzug ab Courcelle berührte, so mit Verwundeten überfüllt, dass erst in Speyer an die Ausladung gedacht werden konnte. Alexander war dermaßen erschöpft, dass er bei diesem Transport fast die ganze Zeit über schlief.

In Speyer fand er eine sehr gute Aufnahme. Die Pflege geschah durch freundliche Damen aus den höheren Ständen, für die Alexander später dankbar die Frau Tanera, die Geschwister Fräulein Meyer, Fräulein Weltz, Frau Bender und Fräulein Niebour als diejenigen erwähnte, die sich besonders hingebungsvoll um die Verwundeten gekümmert hatten. Von den Herren, die jeden Tag kamen, um ihre Hilfe anzubieten, erinnerte er sich später noch an die Namen des Geheim-Medizinalrats Dr. Nocke, Dr. Kubi, Dr. Weltz, Herrn Moschel, Landwehr-Leutnant Maahs und an Herrn Fränkel.

Das Reservelazarett hatte jedoch keine besonderen Räume für Offiziere, man hatte auf deren Unterbringung in Privatpflege gerechnet. Alexander wollte sich aber wegen der mannigfachen Hilfe, welcher er bedurfte, nicht dorthin bringen lassen und blieb lieber im Lazarett.

Als Friedrich und Alexandrine die Nachricht von dem Tod ihres ältesten Sohnes Fritz erhielten, waren sie fassungslos und verzweifelt.

Sie wussten schon, dass Alexander verwundet, aber nicht, dass Fritz getötet worden war. Sie sahen einander entsetzt an, ihr Fritz, der schon so viel Kampferfahrung hatte, wie hatte das bloß passieren können?

Friedrich war durch sein Augenleiden so geschwächt, dass er nach dieser dramatischen Nachricht in einer sehr schlimmen Verfassung war. Weinend sagte er zu Alexandrine: »Ich kann Alexander nicht benachrichtigen über Fritzens Tod, ich kann es einfach nicht.« Obwohl Alexandrine glaubte, sie würde in Ohnmacht fallen, als sie die Nachricht hörte, musste sie ihre Gefühle Friedrich zuliebe zügeln. Nur sie konnte, mit schwerem Herzen, Alexander einen Brief über das Schicksal seines Bruders schreiben. Daher erfuhr er erst im Lazarett, was mit Fritz geschehen war. Wie bei seinen Eltern drang die entsetzliche Nachricht zunächst nicht richtig zu ihm durch. Dann war er ebenso wie sie, äußerst aufgebracht. Er erinnerte sich an den letzten Moment, als er Fritz kurz vor Beginn des Kampfes gesehen hatte und dieser ihn mit den Worten: »Tag, Sander, wie geht es dir?« begrüßt hatte.

Beide Brüder hatten sich mit einer Umarmung verabschiedet, in fester Überzeugung, einander nach dem Krieg bald wiederzusehen. Er hatte nie geglaubt und auch nicht daran denken wollen, dass sein so mutiger und tapferer großer Bruder im Kampf sterben konnte. Die Gewissheit, ihn nie wieder zu sehen, wühlte ihn so auf, dass sein Zustand sich verschlimmerte und die Ärzte es für ratsam hielten, ihn zu seinen Eltern nach Hameln transportieren zu lassen.

Anfang September 1870 wurde er, unter unsäglichen Schwierigkeiten, per Bahn auf einem Strohsack liegend, über Ludwigshafen, Worms, Mainz, Frankfurt und Kassel nach Hannover gebracht und von dort in einem Möbelwagen nach Hameln transportiert, wo er am 8. September 1870 abends todmüde eintraf.

Sein Vater holte ihn ab, zusammen mit seinem Freund Major Stolz, der ihn wegen seiner kaum noch vorhandenen Sehkraft unterstützte.

Überglücklich war Friedrich, Alexander wieder in den Armen zu halten, und so bewegt, dass er keine Anstalten machte, seine Emotionen zu kontrollieren. Immer wieder musste er sein Taschentuch benutzen, um sich die Tränen wegzuwischen, die über sein Gesicht liefen.

Einmal zu Hause angekommen, wurde er von seiner Mutter mit rot geschwollenen Augen begrüßt und fest umarmt. Er erschrak, als er sie sah.

Alexandrine war nie eine sehr kräftige Frau gewesen, aber jetzt hatte sie sich in so kurzer Zeit verändert durch den Verlust ihres Sohnes und die Schmerzen in ihrem Bein, dass er sie kaum wiedererkannte.

Sie stützte sich mit schiefem Rücken auf einen Spazierstock, und es schien Alexander, als ob sie zusammengeschrumpft war. Obwohl seine beiden Eltern alles über die Feldschläge hören und genau wissen wollten, wie und wo er so verwundet worden war, erzählte er doch nur vorsichtig seinem Vater die grausamen Einzelheiten.

Dieser war, nachdem Fritz getötet und Alexander schwer verwundet worden war, in eine tiefe Depression geraten. Er machte sich ständig Vorwürfe, dass er seinen beiden Söhnen den Militärstand als Beruf anempfohlen und sie so dem Feind entgegengeschickt hatte.

Wegen der zahlreichen Kriege gegen Napoleon war der Hass auf die Franzosen bei ihm von klein auf eingehämmert worden. Er hatte diesen Hass, auch wegen der schrecklichen Kriegsgeschichten und der vielen Männer in der Familie, die dadurch ihr Leben verloren hatten, an seine Söhne weitergegeben.

Als er nun hörte, dass Alexander nur am Leben geblieben war durch das Dazwischentreten eines französischen Offiziers, dankte er Gott auf den Knien für diesen Mann.

Obwohl Alexandrine kaum laufen konnte und große Schmerzen hatte, bestand sie darauf, Alexander selbst zu versorgen. Es war der Verlust ihres ältesten Sohnes, weshalb sie beschlossen hatte, so viel wie möglich bei ihrem Jüngsten zu verbleiben. Jeden Moment war sie an seiner Seite, um zu sehen, ob ihm etwas fehlte, oder nur um bei ihm zu sitzen und etwas zu reden. Sie versuchte, sich gut vor ihm zu halten, aber irgendwann wurde es ihr zu viel. Schluchzend sagte sie verzweifelt zu ihm: »Gott sei Dank habe ich dich noch, versprich es mir, dass, wenn du später heiratest und Söhne bekommst, du sie nicht ermunterst, Soldat zu werden. Eine Mutter sollte es nicht erleben müssen, dass ihr Sohn getötet wird und sie ein Kind überlebt.«

Als sie dies zu ihm sagte, schaute er sie nur ernst und schweigend an und antwortete nicht, denn er war selbst Soldat und nicht sicher, was die Zukunft für ihm bringen wurde.

Im Hause seine Eltern war kein Lachen mehr zu hören. Es war eine tieftraurige Zeit. Jeder dachte ständig an Fritz. Der fröhliche und liebenswerte Fritz, den sie nie wieder sehen würden. Sie sprachen nicht darüber, um einander Kummer zu ersparen, aber alle glaubten, niemals über diesen Verlust hinwegkommen zu können.

Die Tage vergingen eintönig, einer nach dem anderen, und jeder versuchte, das Leben so normal wie möglich weiterzuführen.

Friedrich, der nun völlig erblindet war, und Alexandrine, die furchtbaren Schmerzen hatte in ihrem Bein, beschwerten sich niemals.

Alexander konnte jedoch gut sehen, und war sich voll bewusst, dass seine Eltern sehr unter ihren Gebrechen litten. Es gab ihm ein Gefühl der Hilflosigkeit, dass er nichts für sie tun konnte, um ihre Qual zu lindern.

Als er schon einige Monate bei ihnen wohnte, kam auch Clara wieder nach Hameln. Sie war am Ende ihrer Schwangerschaft und wollte die Geburt ihres Kindes in Hameln abwarten, damit auch Fritzens Eltern bei der Taufe anwesend sein könnten. Kurz nach dem Ausmarsch des Bataillons von Fritz war sie nach Soest zu ihrer Mutter, Angelika, gezogen, um dort die erhoffte Rückkehr ihres Gatten abzuwarten. Aber als sie schließlich erfuhr, dass er gestorben war, was jene Aussicht zunichtemachte, kehrte die so früh verwitwete Frau in Begleitung ihrer Mutter und ihrer Schwester Magdalene Anfang November nach Hameln zurück. Die beiden Familien waren alle zutiefst betrübt und besuchten einander regelmäßig, um sich gegenseitig zu trösten. Nach einer normalen Schwangerschaft ohne Komplikationen gebar Clara am 12. Dezember 1870, in Hameln, der letzten Garnison ihres Mannes, ihren Sohn Friedrich Eduard Alexander Graff, und zwar im Haus in der Osterstraße Nr. 34, welches später dem Bäckermeister Spohr gehörte. Dort hatte sie auch mit Fritz gelebt, bis er nach Frankreich ging, um zu kämpfen.

Die Osterstrasse in Hameln um 1900.
(Foto von einer Lithographie).
Quelle: Wikipedia.

Als ob das Wetter die Stimmung der Anwesenden widerspiegeln wollte, fand die Taufe an einem finsteren Winternachmittag im Februar 1871 durch Pfarrer Grütter in der Wohnung von Friedrich und Alexandrine in der Bäckerstraße 1. statt. Man hatte sich entschlossen, dieses für die Familie so wichtige Ereignis in ihrem Haus stattfinden zu lassen, damit sie beide dabei sein konnten.

Denn Alexandrine war so schwer und besorgniserregend an ihrem Bein erkrankt, dass sie, wie auch der verletzte Alexander, die Wohnung nicht verlassen konnte.

Friedrich selbst nahm seinen Enkel bei der Taufe in den Arm, so wie er es bei dessen Vater Fritz getan hatte. Es war ein sehr gefühlsbetontes Ereignis für ihn und die anwesenden Familienmitglieder. All ihre Gedanken waren beim Vater des Kindes. Das Neugeborene erhielt nach seinem Vater und seinem Großvater auch den Rufnamen Friedrich. Die Großmutter des Knaben, Angelika von Homeyer, war ebenfalls Taufpatin. Auf ihren Wunsch hin erhielt der Täufling zusätzlich den Namen Eduard, da dies der Name ihres verstorbenen Vaters gewesen war und auch ihr jüngster Sohn diesen Namen führte.

Der Junge bekam dazu noch den Namen Alexander, nach seinem Onkel, der noch immer Sekondleutnant im 7. Westfälischen Infanterieregiment Nr. 56 war. Neben den Familienmitgliedern waren die Zeugen Adolphine Lodemann, die Tochter des dort lebenden Obersten-Leutnant-Adjutant, Laura Kehl, die Tochter des Justizrats zu Essen, ein alter Freund der Familie, und Major Stolz, ein enger Freund von Friedrich.

Der brandneue Großvater blickte nicht ohne Sorge in die Zukunft seines Enkels, welcher der Stütze und Fürsorge seines Vaters beraubt war, noch ehe er das Licht der Welt erblickt hatte. Als er den Säugling in seinen Armen hielt, war es, als ob er in die Zeit zurückgegangen war. Er sah seinen Sohn Fritz wieder vor sich und wie im Gebet sagte er sanft zu ihm: »Möge Gott dir gnädig sein und dass du ein so braver Mann werden mögest, wie es dein Vater gewesen ist.«

Die Anwesenden hatten während der Taufe nur an Fritz gedacht und obwohl es ein fröhliches Ereignis sein sollte, waren sie alle nur niedergedrückt gewesen. Viele hatten Tränen in ihren Augen.

Claras Mutter und Schwester blieben in Hameln, um zu helfen ihren Sohn zu versorgen, bis sie Ende März nach Soest zurückkehrten. Sie wollten jedoch in der Nähe ihrer Familie sein und kehrten Anfang Juli dieses Jahres zurück, um sich dauerhaft in Hameln niederzulassen. Das Kind hatte also bereits den Vorteil, neben der Pflege der Mutter auch die Fürsorge und Liebe von Großmutter und Tante genießen zu können.

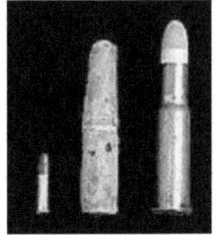

Chassepotkugel.
Autor: Amenhtp.
Quelle: Wikipedia.

Die Wunde an Alexanders Knie war nun weitgehend verheilt, aber er musste einen Stock benutzen, um zu gehen. Der Arzt hatte ihm die herausgeschnittene Kugel zur Erinnerung mitgegeben, aber er wusste, dass noch ein Stück im Knie war. Dies wurde bestätigt, weil die vorhandene Kugel nicht die Größe und das Gewicht einer Chassepot-Kugel hatte. Seinem rechten Bein fehlte es noch an Kraft und Beweglichkeit, deshalb besuchte er im Sommer die Therme Bad Oeynhausen-Rehme, um sich dort behandeln zu lassen.

Er war ziemlich nervös, denn in dieser Zeit war es noch nicht vorherzusehen, wie sich seine Zukunft gestalten würde. Es war deshalb eine Befriedigung für ihn, dass er im März dekoriert wurde mit dem *Eisernen Kreuz II. Klasse.*

Danach musste er sich in Geduld üben und abwarten.

Als die betroffenen Familien von dem Tod ihre Söhne Nachricht bekommen hatten, baten sie um weitere Informationen. Sie hörten nach einiger Zeit, wo und mit wem sie begraben wurden.

Aber die genaue Stelle war nicht bekannt. Die Eltern hatten sich deshalb gegenseitig kontaktiert, um zu besprechen, was sie tun wollten, um das herauszufinden.

Der Oberste von Bosse hatte die Familie Ballauf sowie Friedrich und Alexandrine aufgesucht, um sie zu informieren, dass er fest entschlossen war, die provisorischen Gräber zu finden, wo ihre Söhne bestattet wurden. Nach Rücksprache wollten die Eltern neue Gräber mit einem kleinen Denkmal zu ihrem Gedenken errichten.

Erst nach dem offiziellen Kriegsende Anfang Mai 1871 mit dem *Frieden von Frankfurt* konnte der Oberst sein Versprechen einhalten. Er reiste zu dem Schlachtfeld bei Vionville, um zu erforschen, wo genau das provisorische Grab lag. Durch seine Ausdauer gelang es ihm, die Lokation zu finden und Ende Mai mittags wurden die Leichen seines Sohnes sowie die von Fritz und Ballauf, in seinem Beisein von Pionieren eines herbeigerufenen Militärarztes exhumiert und in bereitstehende Särge gelegt.

Der Boden des Tales, in welchem das Grab gelegen war, war meistens nur im Sommer wasserfrei und dies gab dem Oberst von Bosse die Veranlassung, das neue Grab an einem höhergelegenen Platz herrichten zu lassen.

Fritz und Ballauf erhielten nunmehr getrennte, nebeneinanderliegende Ruhestätten. Der Fähnrich von Bosse wurde etwa 800 Schritt weiter zu seinem an demselben Tage gefallenen Stiefbruder, dem Premierleutnant von Boemcken vom 72. Regiment, gebettet.

Beim Ausgraben der Leichen ergab es sich, dass, obwohl sie bereits acht Monate in der Erde gelegen hatten, Fritz ein seidenes Taschentuch um den Kopf gebunden hatte. Blutspuren waren noch an seinem Hals und im Gesicht sichtbar. Wann er die Kopfwunde erhalten hatte, konnte man leider nicht ermitteln, da er sich das Tuch wahrscheinlich noch selbst umgebunden hatte. Auch ließ der Zustand der bereits in Verwesung begriffenen Körper eine nähere Untersuchung der Kopf- und Brustwunde nicht mehr zu.

Der Oberst von Bosse reiste speziell von Metz nach Hameln, um die Gegenstände, welche die verhältnismäßig noch gut erhaltenen Körper bei sich trugen, Alexandrine und Friedrich zu zeigen. Alexander und Clara waren auch dabei anwesend und die Familie konnte ihre Tränen kaum zurückhalten, als sie die Zigarrenpfeifchen, welche Fritz in einer Verbandtasche bei sich getragen hatte, sowie seine Sporen als sein unzweifelhaftes Eigentum erkannten.

Damit war der Identität von Fritz definitiv festgestellt.

Nachdem er ihnen die Objekte übergeben hatte, musste der Oberst auch diese Familie mit gebrochenem Herzen verlassen. Alexander begleitete ihn zur Tür und als er sich verabschiedete, hatte er genug Mut gesammelt, um ihn nach den Einzelheiten des Todes seines Bruders zu fragen. Seinen gebrechlichen Eltern hatte der Oberst es nicht sagen wollen, nur ihm wollte er die erschreckenden Details der Todesursache durch den Bajonettstich erzählen.

Grabstätte Fähnrich von Bosse und Premier-Leutnant von Boemcken. Quelle: Foto Frederic Campos.

Während ihrer Trauerzeit unterhielten die Familien regelmäßig Kontakt zueinander und vereinbarten, dass die Grabstätte, wo Fritz und Ballauf jetzt ruhten, von Oberst von Bosse mit einer lebenden Hecke umgeben werden sollte. Friedrich wurde dann später eine verschließbare Lattentüre anfertigen lassen. Am Kopfende der beiden Gräber standen zwei gleichartige, fünf Fuß hohe hölzerne Kreuze, deren Aufschrift mit entsprechender Änderung für Ballauf folgendermaßen lautete:

Hier ruht in Gott Premier-Leutnant Graff vom Infanterieregiment 56 gestorben am 16. August 1870.

Diese Holzkreuze sollten später durch ein steinernes Monument ersetzt werden, sobald sich die Gelegenheit dazu bot. Alexandrine und Friedrich erhielten danach einen Plan der Gegend von Gorze und Rezonville, welchen Alexander gezeichnet hatte und auf diesem war die Ruhstätte genau angegeben. Diese lag wenige Schritte südlich des Weges Rezonville-Gorze an einem Abhang und war von Rezonville am leichtesten zu finden.

Anfang November war das vorher in Aussicht gestellte Monument auf den Gräbern von Fritz und Ballauf vollendet.

Die Eltern der Gefallenen hatten darauf einen gemeinschaftlichen Gedenkstein setzen lassen. Dieser war von gelbem Sandstein, in Form eines Obelisken sich nach oben verfugend, in der Höhe von zwei Meter hergestellt.

Die Nordseite war in der Mitte durch einen Strich in zwei Teile geteilt worden und über derselben das Eiserne Kreuz eingehauen.

Die Inschrift lautete:

Hier fanden den Heldentod am 16. August 1870 Der Premier-Leutnant und Compagnie Führer Friedrich Graff vom König. Preuss. Infanterieregiment Nr. 56 geboren den 20. April 1843 zu Geldern.

Sekondleutnant Ernst Ballauf aus Hattingen a/d Ruhr vom König. Preuss. Landwehr Regiment Nr. 56 geboren den 14. Juli 1843 auf Weile bei Hattingen.

Grabstätte Friedrich Graff und Ernst Ballauf Quelle: METZ 1870. Autoren: F. Hoff, B.Pollino et F. Pochon.

Die von Oberst von Bosse angepflanzte Hecke war leider nicht angegangen und die beiden Eltern beschlossen, das Grab mit einem eisernen Gitter einfriedigen zu lassen und an demselben eine verschließbare Tür anzubringen. Am Fußende der Gräber innerhalb des Gitters wurde eine hölzerne Bank gestellt. Die beiden Holzkreuze, als die ersten Wächter der Gräber, waren stehengeblieben.

Der Feldwebel Gaertner der 4. Compagnie des Schleswig- Holsteinischen-Pionierbataillons Nr. 9 hatte die ganze Angelegenheit in die Hand genommen und die Ausschmückung der Gräber besorgt. Er hatte den Familien sehr viel Teilnahme und Bereitwilligkeit erwiesen, und ohne seine tatkräftige Unterstützung wären sie wohl nur schwer zum Ziel gekommen. Den Schlüssel zum Grab bekam der Händler François-François in Gorze, der sich verpflichtet hatte, die Gräber zu überwachen und in Ordnung zu halten, was er auch immer gewissenhaft machte. Er nahm sogar Blumen aus seinem Garten, um die Gräber damit zu schmücken.

Feldwebel Gärtner, der bis zum Oktober 1872 in Metz gestanden war, war leider nicht mehr da, weil sein Bataillon am genannten Tag nach Rendsburg zurückverlegt wurde.

Die Familie Ballauf, die noch immer Kontakt zu Friedrich und Alexandrine unterhielt, hatte die Gräber bereits mehrfach besucht und mit Kränzen aus heimatlichem Grün geschmückt. Da sie wussten, dass Alexandrine und Friedrich das Grab von Fritz nicht besuchen konnten, ließen sie es fotografieren und schickten ihnen mehrere Kopien zu.

Der Tod von Fritz verursachte Alexandrine und Friedrich einen tiefen Seelenschmerz, der bis an ihr Lebensende andauern sollte. Von da an spürte man nur noch einen Schleier von Traurigkeit in ihrem Zuhause.

Als Alexander verwundet war und nicht laufen konnte, ihr Mann erblindet, hatte Alexandrine die beiden so gut wie möglich versorgt. Ihr hartnäckiges Knieleiden ging aber später über in einen kalten Abszess in der linken Hüfte. Der Arzt hatte zwar den Abszess geöffnet, um den Eiter herauszulassen, aber die Wunde wollte nicht mehr richtig heilen. Jeden Tag musste sie sich einen neuen Verband anlegen und die Qualen wurden stets stärker. Sie wollte sich das nicht anmerken lassen, aber an ihrem blassen Gesicht konnte man deutlich erkennen, wie sehr sie litt. Lange Zeit war sie verzweifelt und fragte sich, warum es ihr nicht besser ging, warum ihr das passieren musste. Sie hatte alles versucht, um die Wunde zu heilen und sogar regelmäßig spezielle warme Kräuterkompressen aufgetragen, aber nichts hatte geholfen.

Nach dem Tod ihres ältesten Sohnes war all ihr Lebensmut verschwunden und nun war es ihr egal, ob sie leben oder sterben sollte.

Nie hatte sie verstanden, wieso Männer überhaupt in die Armee gehen wollten. Mit Anna Christina, Friedrichs Großmutter, hatte sie öfter darüber gesprochen, als sie seinen Großvater Constantin im Garten des Bärenkamps beschäftigt sahen, den Jungen auf seinen militärischen Beruf vorzubereiten. Anna Christina hatte ebenfalls einen Sohn während eines Krieges verloren, ihren Jüngsten Wilhelm, und hatte auch nie begreifen können, dass solche sonst so anständigen liebenswürdigen Männer Mordmaschinen wurden, wenn sie in den Kampf zogen.

Friedrich hatte Alexandrine einmal zu erklären versucht, welche Gefühle er und die anderen Soldaten hatten und warum sie sich zum Militärleben hingezogen fühlten. Der Stolz, für das Vaterland zu kämpfen, die Ehre, dem König zu dienen, die Kameradschaft unter den Männern, die Fähigkeit, einander zu vertrauen, das Gefühl der Spannung und Aufregung, wenn man den Donner der Kanonen, den Trommelwirbel und das Klappern der Waffen hörte, der Klang des Trompeters, um den Beginn der Schlacht anzukündigen. Das Adrenalin, das durch den Körper floss, als der Kampf begann.

Die Frauen kannten dieses Gefühl jedoch nicht und konnten es daher nicht verstehen. Sie empfanden das, was sie betrachteten, als ein gefährliches Jungenspiel, aus dem später im Kampf tödlicher Ernst wurde, als ein Verschwenden von Menschenleben. Zu ihrem Leidwesen mussten sie sich mit ihrem Schicksal abfinden und damit versöhnen, wenn sie als Folge davon ihre Söhne und Männer in einem Kampf verloren.

Als Alexander wieder ein wenig laufen konnte, kam seine Mutter nicht mehr aus ihrem Bett und wartete nur auf den Tag, an dem sie sterben würde. Sie sah durchsichtig und gebrechlich aus und jeden Tag spürte sie, wie die Kräfte in ihrem abgemagerten Körper abnahmen. Die Ärzte konnten nichts mehr für sie tun und gaben ihr nun Morphinpulver gegen die quälenden Schmerzen. Durch die Einnahme des Pulvers schlief und träumte sie viel. In den Augenblicken, wenn sie wieder einen Moment wach war, dachte sie öfter an ihre und die Lebensgeschichte ihrer Mutter. Die schwierige Zeit während des Krieges, die sie zusammen in Uentrop erlebt hatten. An das Schicksal, dass gerade, als sie und ihre Mutter besser miteinander auskamen, diese sterben musste.

Sie dachte an ihren Vater, den sie nicht gekannt hatte und der nur durch die Geschichten, die ihre Mutter über ihn erzählt hatte, lebendig für sie wurde. In ihrer Fantasie hatte er dadurch für sie existiert. Öfters, wenn sie traurig war oder Schwierigkeiten hatte, wünschte sie, sie könnte es mit ihm besprechen und vermisste es sehr, dass er nicht für sie da war. *Was für ein Zufall*, dachte sie, *dass ich jetzt in Hameln sterben werde, der Stadt wo seine Karriere so bejammernswert endete.*

Oft erschien auch ihr Onkel Leopold in ihren Gedanken, der immer so fürsorglich für sie gewesen war, seine Ehefrauen und seine vielen Kinder. Ihr Stiefbruder Constantin, der sie gastfreundlich bei sich wohnen ließ und wo sie Friedrich kennengelernt hatte. Und wie später ihre beiden Leben miteinander verbunden wurden.

In ihren letzten Lebenstagen saß Friedrich fast die ganze Zeit neben ihrem Bett. Er versuchte sie abzulenken, indem er leise sprach über die Ereignisse eines jedes Tages.

Einmal, als er wieder bei ihr war, machte er sich plötzlich Sorgen, dass sie nicht glücklich mit ihm gewesen sein könnte. Er war sich bewusst, dass er in der Tat immer mit seiner militärischen Karriere beschäftigt gewesen war. Hatte sie sich vielleicht vernachlässigt gefühlt? Sie war allezeit die liebevolle, verständnisvolle Frau gewesen, die ihm immer mit Rat und Tat zur Seite gestanden hatte. Nie hatte sie sich beklagt, aber war sie mit ihrem Leben zufrieden gewesen? Diese Frage brannte nun in seiner Seele. Bevor sie starb, wollte er es unbedingt wissen, um seinen Seelenfrieden zu bewahren. Zögernd fragte er sie: »Bitte sag mir ehrlich, hast du jemals bereut, mich geheiratet zu haben?«

Alexandrine hörte den unsicheren Klang in seiner Stimme und versuchte, ihn trotz ihres vom Schmerz verzerrten Gesichts beruhigend anzulächeln, als sie ihm aufrichtig antwortete: »Nein, Friedrich, nicht einen Augenblick lang, ich war immer sehr glücklich mit dir.«

Aber durch seine blinden Augen konnte er ihr Gesicht nicht sehen und hörte nur ihre sanfte Stimme. Ihre Stimme hatte, zu seiner Beruhigung, aufrichtig geklungen, so dass er überzeugt war, dass sie die Wahrheit sprach.

Obwohl sie beide lange Zeit nach dem Tod von Fritz vermieden hatten, seinen Namen zu nennen, wollte nun Alexandrine, bevor sie sterben würde, mit Friedrich noch über ihn reden. Sie fragte sich, wie es gewesen wäre, wenn er nicht gefallen wäre. Die vielen Möglichkeiten, die er gehabt hätte, und vielleicht hätte er auch mehrere Kinder bekommen. Ihre Traurigkeit, dass sie ihr Enkelkind nicht aufwachsen sehen würde.

Dann wieder sprach sie über Alexander, dass sie sein weiteres Leben vermissen würde und wie besorgt sie war um seine Gesundheit.

Als Friedrich das seinem Sohn erzählte, konnte Alexander sie beruhigen. Er war im Sommer 1871 für eine lange Behandlung in Bad Oeynhausen gewesen. Nach drei Monaten hatte er eine so deutliche Besserung von seinem Knie verspürt, dass er am Ende des Jahres seinen Regimentskommandeur bitten konnte, er möge seine Kommandierung in irgendeine Stelle, wo er im Büro beschäftigt werden konnte, beantragen. Durch Verfügung des Königlichen-Generalkommandeurs des 7. Armee Corps, erhielt er die Nachricht, dass er behufs seiner Einarbeitung für die Position eines Bezirksadjutanten im folgenden Jahr im Mai zum Landwehr-Bezirkskommando Wesel kommandiert wurde.

Er konnte also noch lange zu Hause bleiben und half seinen Eltern, wo immer er konnte.

Nachdem Fritz gestorben war, hatte er ständig das Gefühl, dass er für seine Eltern da sein müsste, und er hatte Schuldgefühle, wenn er das nicht verwirklichen konnte. In dieser schwierigen Zeit, die er mit ihnen verbrachte, vermisste er seinen Bruder noch mehr als sonst. Wenn es Probleme gab und er nicht wusste, was er tun sollte, hatte Fritz immer eine Lösung gefunden.

Mit Schmerzen im Herzen sah er zu, wie seine Mutter jeden Tag kraftloser wurde und sein blinder Vater versuchte, ohne sich zu stoßen, durch das Haus zu gehen.

Selbst als Alexandrine ihre Augen geschlossen hatte und die beiden Männer nicht wussten, ob sie schlief oder nur schlummerte, saßen sie bei ihr. Beide hielten jeweils eine ihrer Hände, so dass sie fühlte, dass sie nicht alleine war.

An ihrem Lebensende, nach fünfzehn Monaten langen und schweren Leidens hatte sie so sehr abgenommen und war so schwach geworden, dass Friedrich und Alexander wussten, dass das Ende nahe war. Sie saßen an ihrem Bett, als in der Nacht vom 15. auf den 16. März 1872 ihr Herz aufhörte zu schlagen und sie schlafend von ihrem Leben in den Tod überging.

Als sie wussten, dass Alexandrine gestorben war, blieben Friedrich und Alexander noch lange an ihrem Bett sitzen.

Friedrich weinte lautlos, während Alexander neben ihm saß und seinen Arm tröstend um ihn legte. Er hatte bemerkt, dass sein Vater nach seiner Erblindung und dem Tod von Fritz instabil geworden und nicht mehr in der Lage war, seine Gefühle zu kontrollieren oder irgendetwas anderes zu tun.

Zum Glück für Friedrich war Alexander noch zu Hause und kümmerte sich um alles und arrangierte auch die Beerdigung seiner Mutter.

Am 18. März nachmittags wurde Alexandrine auf dem Offizierskirchhof bestattet, wo sie 72 Schritte vom Eingange zur Seite links unmittelbar am Wege, ihr Grab fand. Auf Wunsch von Friedrich hatte Alexander, um ihr Grab zu schmücken, ein steinernes Denkmal machen lassen, welches die Inschrift trug:

Hier ruht die Frau Oberst Graff, geborene Alexandrine Freiin von Hagken gestorben am 16. März 1872.

Während der Beerdigung stützte Friedrich sich auf dem Arm von Alexander und beim Grab dachte er an Constantin, seinen Stiefgroßvater. Er war gerührt, als er zu seinem Sohn sagte: »Ist dir klar, dass mit deiner Mutter das letzte Glied einer Familie, deren Namen vierzehn Jahrhunderte hindurch Bestand hatte, zu Grabe getragen wurde?«

Deshalb hatte er auf ihrem Denkmal, als letzte ihres Stammes, das Wappen ihrer Familie mit drei Haken in einem silbernen Felde auftragen lassen. Es war zum ehrenden Andenken an die Verstorbene, sowie an den erloschenen ältesten Stamm der Familie von Hagken, die von Hagken auf Pornimb, damit dasselbe nicht in Vergessenheit geriet.

Alexandrines Tod wurde im Kirchenbuche zu Hameln durch den Militärprediger Grütter eingetragen, welcher auch ihr Enkelkind, den kleinen Friedrich, getauft hatte. Viele ihrer Verwandten und Freunde kamen zum Begräbnis, um den tiefbetrübten Ehemann und Alexander beizustehen.

Friedrich hatte sich über lange Zeit damit beschäftigt, Stammbäume und Familiengeschichten aufzuschreiben, und damit auch immer zu all seinen Geschwistern, Neffen und Nichten viel Kontakt unterhalten. Die intensivste Verbindung hatte er jedoch zu seinem Bruder Wilhelm. Dieser reiste sofort mit seiner Frau Ida und seinem Sohn Fritz, der später Oberbürgermeister von Bochum wurde, zur Beerdigung nach Hameln. Seine jüngste Schwester Julie, für die er immer eine Schwäche hatte, weil sie ihr ganzes Leben für ihre Mutter und ihren Bruder Alexander gesorgt hatte, war auch sofort aus Wesel gekommen.

Sie war zusammen gereist mit ihrer Schwester Louise, deren Ehemann der Major Johann Sasonsky, deren Tochter Adolphine, und ihren Söhnen Julius und Wilhelm. Der junge Wilhelm war erst siebzehn Jahre alt, als er ebenfalls in der Schlacht von Vionville als Premierleutnant mitgekämpft hatte und durch eine Granate schwer am Kopf verwundet wurde. Obwohl die Wunde seitdem geheilt war, hatte er während seines ganzen Lebens dadurch körperliche Beschwerden und eine schwierige Zukunft.

Man konnte sehen, dass es ihm nicht gut ging, aber er wollte trotzdem zur Beerdigung gehen, um sich von seiner Tante zu verabschieden.

Selbst der Pfarrer Neuhaus war aus Uentrop gekommen mit seinem Sohn Friedrich, von welchem Friedrich Pate war. Auch viele Kinder ihres verstorbenen Onkels Leopold hatten die Reise gemacht, um an der Beerdigung teilnehmen zu können. Sie hatten nicht vergessen, dass Alexandrine früher regelmäßig mit ihnen gelebt und sie betreut hatte, als ihre Mutter schwer krank war. Sie war für sie wie eine Ersatzmutter gewesen und alle liebten und achteten sie sehr. Deshalb war auch seine zweite Frau Thekla ebenfalls mit drei ihrer Kinder, darunter Sophie, ein Patenkind von Alexandrine, bei der Beerdigung anwesend. Mit all diesen betrübten Verwandten wurde dieser Tag zu einer traurigen Familienangelegenheit.

Nachdem Alexander in einigen Zeitungen eine Anzeige des Todes seiner Mutter hatte vermelden lassen, bekam er ein Schreiben von Friedrich Bernhard von Hagke, dem Landrat von Kreis Weißensee und Eigentümer des Schlosses Schilfa.

Dieser war ebenso sehr interessiert an den Familienverhältnissen und mit ihm unterhielt Alexander lange Zeit Kontakt, in der sie einander regelmäßig schrieben, um Einzelheiten auszutauschen.

Nach dem Tod von Alexandrine verging die Zeit schnell und Anfang Mai 1872 musste Alexander sich von seinem Vater verabschieden, um nach Wesel zu reisen.

Er ging sehr besorgt weg, weil er seinen Vater in einem schlimmen Zustand verlassen hatte und ihm nun nicht mehr helfen konnte. Obwohl er froh war, nach Wesel versetzt zu sein, fragte er sich beunruhigt während seiner Reise, wie sein Vater ohne seine Hilfe auskommen würde.

Clara hatte zwar versprochen, seinen Vater regelmäßig zu besuchen, aber sie war mit ihrem kleinen Sohn und ihrer eigenen Familie sehr beschäftigt.

Sie würde also nicht viel Zeit haben. All diese Gedanken dämmten seine Erwartungen, nach Wesel zu gehen.

Nachdem er sich nach einiger Zeit in seiner neuen Garnisonsstadt niedergelassen hatte, versuchte er in jedem Moment, in dem er Zeit hatte, seinen Vater zu besuchen.

Friedrich wollte nach dem Tod seiner geliebten Alexandrine in seiner bisherigen Wohnung bleiben. Er fühlte sich ohne sie sehr einsam und konnte ihren Tod nicht verkraften. Das Dienstmädchen blieb bei ihm und außerdem engagierte Alexander für seine Versorgung ein Fräulein Grange als Hausdame. Sein Freund, der Major Stolz, besuchte ihn, so viel er konnte, und dieser ging auch sehr viel mit ihm spazieren und kümmerte sich rührend um ihn.

Wahrscheinlich kam es durch die vielen Spannungen, die die Krankheit von Alexandrine und der Tod von Fritz mit sich gebracht hatten, dass sich bald ein schweres Magenleiden einstellte, welches eine fortgesetzte Dosis von Morphinpulver verlangte.

Er ertrug die oft fürchterlichen Schmerzen mit großer Geduld, um seine Umgebung nicht zu belästigen, aber öfters sah man, dass sich sein Gesicht vom Schmerz verzog und dadurch auch, wie er leiden musste.

Alexander hatte mittlerweile in Wesel bemerkt, dass er sein Bein noch immer nicht gut nutzen konnte. Auf Anraten seines Arztes wiederholte er im August die Badekur in Oeynhausen, blieb fünf Wochen dort und kam dann noch acht Tage zur Nachkur zu seinem Vater nach Hameln. Zu seiner Bestürzung sah er, wie der einstmals so starke Körper seines Vaters immer mehr verfiel und im Frühjahr 1873 wusste Alexander, dass der Tod nur eine Erlösung von seinen Schmerzen sein würde.

Er war inzwischen von Wesel nach Bochum kommandiert worden und ernannt als Adjutant zum 1. Bataillon Bochum 7. Westfälische Landwehrregiment Nr. 56. In jener Zeit in Bochum war er schwer abkömmlich, weil er viele Monate ohne Kommandeur war und ihn ersetzen musste. Trotzdem versuchte er seinen Vater hin und wieder auf kurze Zeit zu besuchen und jedes Mal kehrte er niedergeschlagen zurück.

Als er die Nachricht von Fräulein Grange bekam, dass es Herrn Graff sehr schlecht ging und sie befürchtete, dass er bald sterben würde, reiste er sofort nach Hameln.

Im Haus angekommen ging er gleich in das Schlafzimmer seines Vaters. Friedrich erwachte einen Moment aus seinem Schlummer und die beiden Männer umarmten sich innig und gefühlvoll, da sie wussten, dass sie sich bald verlieren würden und dies ein unvermeidlicher Abschied war.

Es schien, als hätte sein Vater auf diesen Moment gewartet, denn nachher verschlimmerte sich sein Zustand dramatisch. Drei Tage dauerte es, bis er seinem Todeskampf erlegen war, und für Alexander war es herzbrechend, diesen braven Mann so leiden zu sehen. Er war bei ihm, als Friedrich am 22. November 1873 nachmittags für immer die Augen schloss. Sein anfangs schweres Magenleiden war übergegangen in einen Magenkrebs und das war letztendlich die Ursache seines Todes.

Immer noch völlig vom Tod seines Vaters betroffen, arrangierte Alexander eine militärische Beerdigung für ihn, wobei er vom 79. Füsilier-Bataillonsregiment alle notwendige Unterstützung erhielt.

Es war ein düsterer, regnerischer Tag, als sein Vater neben seiner Mutter beerdigt wurde, und auf seinem Grab hatte er den gleichen Gedenkstein mit der entsprechenden Inschrift anfertigen lassen. Als sein Vater zur ewigen Ruhe gebettet war, dankte Alexander Gott, dass er ihn erlöst hatte von seinen Leiden. In seiner jahrelangen Blindheit war das Leben für Friedrich, nach dem Tod seines Sohnes und seiner jahrelangen Lebensgefährtin, nach all den vielen Schicksalsschlägen, die sie zusammen erlebt hatten, sehr schwer gewesen.

Wieder waren viele Familienmitglieder zum Begräbnis gekommen und in Hameln, wo er eine beliebte Person gewesen war, blieb sein Tod nicht unbemerkt. Ein ausführlicher Artikel über sein Leben erschien in der Lokalzeitung.

Alexander Graff
&
Emmy Kleye

Nach dem Begräbnis, und als er die damit verbunden geschäftlichen Sachen abgehandelt hatte, reiste Alexander noch ganz ergriffen zurück nach Bochum. Seine Freunde, die vom Tod seines Vaters erfahren hatten, versuchten, ihn so gut wie möglich abzulenken, sodass er dort während seines Kommandos als Adjutant eine sehr angenehme Zeit erlebte. Er war ein anziehender wohlgeformter junger Mann, den jeder gerne mochte, und er bekam viele Einladungen. So verkehrte er im gesellschaftlichen Leben mit den Reserve- und Landwehroffizieren, sowie mit den Direktoren und Ingenieuren der dortigen Fabriken. Dabei fand er außerordentlich freundliche Aufnahme im Hause seines Kommandeurs, Herrn Oberstleutnant von Massardo, und bei dem Generaldirektor des Bochumer Vereins für Bergbau und Gussstahlfabrikation, Kommerzienrat Louis Baare. Mit dessen ältestem Sohn Bernhard hatte er eine besonders enge Freundschaft geschlossen, ebenso mit dem Sohn Robert von Bankier Korte.

Auch besuchte er regelmäßig den Landrat von Bochum Florens Dolffs, einen alten Bekannten aus Soest, und später die Familie des Fabrikbesitzers Herrn Carl Kleye.

Während er eine emotional sehr schwierige Zeit durchlebte, weil seine Mutter und sein Bruder auf so schmerzliche Weise gestorben waren und sein Vater zu diesem Zeitpunkt noch schwer krank war, hatte Emmy, die älteste Tochter von Herrn Kleye, ihm liebevoll zur Seite gestanden. Es dauerte dann auch nicht lange, bis er sich in sie verliebte. Als sein Vater starb, hatte er keine direkte Familie mehr, und er wollte daher so schnell wie möglich selbst eine Familie gründen. Nach der angemessenen Trauerzeit machte er ihr einen

Heiratsantrag, und sie, ebenso verliebt wie er, stimmte bereitwillig zu, seine Frau zu werden. Wie es üblich war, bat Alexander offiziell ihren Vater um ihre Hand, der zufrieden mit der Wahl seiner Tochter seine Genehmigung zu ihrer Heirat gab. Sein zukünftiger Schwiegervater war ein großer kräftiger Mann, sehr freundlich und mit einer spontanen Persönlichkeit. Er und seine Frau waren sehr angetan von ihrem zukünftigen Schwiegersohn und fanden, dass er ausgezeichnet in ihre Familie passte.

Das Zusammenleben mit der Familie Kleye war ganz anders als das, was er zu Hause bei seinen Eltern gewohnt war. Sowohl Friedrich als auch Alexandrine waren keine übermütigen, fröhlichen Menschen gewesen. Nachdem sie selbst defizitär geworden, und Fritz gestorben war, herrschte in ihrem Haus ständig eine düstere Stimmung. Am Anfang verfügten sie noch über die Einkünfte aus dem Lehen, mussten aber später von ihren Ersparnissen und Friedrichs Gehalt recht sparsam leben. Im Haus der Kleyes war es genau andersherum.

Dort herrschte immer eine entspannte, gesellige und fröhliche Atmosphäre, und Carl Kleye war nicht nur ein großzügiger Gastgeber, sondern auch ein sehr guter Geschäftsmann.

Er war ein Großindustrieller und Besitzer einer Patent-Cooks-Brennerei und verdiente viel Geld, aber in seiner Generosität ließ er auch andere reichlich davon profitieren. Alexander fühlte sich in ihrem Haus vom ersten Moment an, als er die Familie kennenlernte, sehr wohl.

Seine künftige Frau Emmy war eine kleine, zierliche Frau mit einem sanften Wesen, das ihn in dieser Hinsicht an seine Mutter erinnerte. Als er sie gerade kennengelernt hatte, erzählte sie ihm, dass sie in Magdeburg geboren war und auch zwei jüngere Schwestern hatte, Alwine und Dorothea. Um sie und auch ihre Eltern besser kennen zu lernen, verbrachte er fast jeden Abend mit ihnen, und besonders Emmys Mutter, eine gebürtige Elisabeth Dorothea Schmidt, gab sich alle Mühe, ihn zu verwöhnen. Sie ließ die Gerichte zubereiten, von denen sie wusste, dass er sie mochte, und versuchte, ihm ein häusliches Leben zu ermöglichen. Er war überglücklich, dass er in eine so nette und fröhliche Familie bald einheiraten würde.

Vor der herannahenden Ehe hatte Carl Kleye Alexander zu einem geheimen Treffen eingeladen. Er liebte seine Kinder und wollte ihnen immer einen Gefallen tun. Dabei war er ihnen gegenüber sehr freigiebig. Als er wusste, dass seine älteste Tochter heiraten würde, wollte er eine große Feier organisieren.

Darüber hinaus sollten die Flitterwochen für die beiden jungen Leute etwas Besonderes werden. Er wollte daher zusammen mit Alexander die Hochzeitsreise vorbereiten, aber es musste eine Überraschung für Emmy sein.

Sie diskutierten, welche Städte besucht werden könnten, reservierten die Hotels und als der Vater der Braut würde er natürlich für alles zahlen.

Es wurde beschlossen, dass die bürgerliche Eheschließung am 3. Oktober 1874 morgens im Rathaus von Bochum stattfinden würde. Weil erst einige Tage vorher die Zivilehe gesetzlich eingeführt wurde, fügte es sich, dass sie dort das erste Paar waren, welches vom Bürgermeister Richard Prüfer als Standesbeamter zivil getraut wurde. Ihre Trauzeugen waren sein Freund Robert Korte und sein Schwiegervater Carl. Nach der bürgerlichen Eheschließung wurde um 13 Uhr in der kleinen evangelischen Kirche, von dem mit der Militärseelsorge beauftragten Pfarrer Kleppel die kirchliche Trauung vollzogen.

Für Emmy fungierten als Brautjungfern Fräulein Clara Dach und Anna Schulte aus Dortmund, die später Oberst Gaddum in Königberg heiratete.

Alexanders Trauzeugen waren der Ingenieur Robert Korte und Leutnant von Montowt, der ehemalige beste Freund seines verstorbenen Bruders. Das Hochzeitsessen wurde im Hotel Soeding, dem späteren *Kaiserlichen Hof* veranstaltet und über hundert Personen nahmen daran teil, während die Kapelle des 56. Regiments für die Tafelmusik sorgte.

Unter den Gästen befand sich auch der bekannte Ruhrtaldichter, Emil Rittershaus, ein Freund seines Schwiegervaters, den Alexander einen höchst interessanten und amüsanten Herrn fand, weil er einen schwungvollen poetischen Toast auf die Armee ausbrachte. Unterhaltsam war auch die Rede von Fräulein Johanna von Moock, einer Freundin seiner Frau, die, mit einem Schwert ausgerüstet und einem Helm auf dem Kopf als Abgesandte des Soldatenstandes, die Kaufmannstochter herzlich willkommen hieß.

Den ganzen Nachmittag hatten sich die Gäste prächtig amüsiert, so dass der letzte Gast sich erst um halb neun abends verabschiedete.

Kurz davor hatte Alexander Emmy zugeflüstert, dass sie versuchen musste, unbemerkt davonzukommen. Eine Kutsche wartete schon auf sie und brachte sie schnell zum Elternhaus, wo sie sich übereilt umziehen musste. Ihre Koffer waren bereits in der Kutsche verstaut, die sie schnell zum Bahnhof fuhr. Alexander hatte sich ebenso heimlich davongeschlichen und so trafen sie sich am Bahnhof und ihre Flitterwochen konnten beginnen. Sie umarmten sich innig und stiegen voller Erwartung in den Zug. Eng aneinandergepresst, waren sie beide der Spannung, die eine Hochzeit immer mit sich bringt, so überdrüssig, dass sie ihr erstes Reiseziel, Köln, verfehlten. Schläfrig stiegen sie irrtümlich in Steele aus und infolge dieses Fehlers landeten sie nachts um halb 3 Uhr in Deutz, wo sie mit Mühe im Hotel Prinz Friedrich Carl ein Unterkommen fanden.

Am folgenden Morgen reisten sie dann schleunigst nach Köln und übersiedelten in den Mainzer Hof, in die für sie reservierten Zimmer. In Köln blieben sie einige Tage und reisten dann nach Metz, wo sie im Hotel de l'Europe übernachteten. Alexander wollte, dass Emmy so viel wie möglich über sein früheres Leben wusste und auch was er alles erlebt hatte. Deshalb besuchte er mit ihr am anderen Tage die Schlachtfelder. Er zeigte ihr die Stelle, wo sein Bruder getötet und er verwundet worden war, das Dorf Vionville, das Haus von Lerond, Rezonville, Gravelotte, Flavigny und unterrichtete sie detailliert über die Begebenheiten des 16. und 18. August 1870.

Für Alexander wurden, als er die Kampfplätze betrat, die Erinnerungen an den Tod seines Bruders und seine eigene Verwundung wieder sehr intensiv und auch äußerst schmerzhaft. Sie besuchten Fritzens Grab, wo sie einen Kranz niederlegten und einige Zeit schweigend Hand in Hand weilten und fuhren dann ganz betroffen zurück nach Metz. Als sie von Metz nach Straßburg kamen, wo sie auch einige Tage blieben, erfuhren sie auch hier die Erinnerung an den Großen Krieg durch seine Erzählungen. Alexander war ziemlich deprimiert, als er Emmy davon berichtete, und sie wusste nicht recht, was sie tun sollte, um ihn aufzumuntern. Nachdem sie Straßburg verlassen hatten, währte seine Trauer jedoch nicht lange, denn alles, was sie sahen und zu tun hatten, bot ihnen so viel Abwechslung.

Von Straßburg ging es nach Bern und von dort nach Genf, wo sie die

Nacht verbrachten.

Am Sonntag, dem 11. Oktober, brachte sie der Dampfer über den Genfer See nach Vevey, wo sie im majestätischen Grand Hotel du Lac wohnten. Den Aufenthalt hier fanden sie ganz entzückend. Sie hatten ein wunderschön eingerichtetes Zimmer mit Blick auf den Genfersee und dahinter die französischen Alpen. Am nächsten Tag fuhren sie nach Montreux, um Schloss Chillon zu besuchen, und später beim Abendessen hatten sie einen romantischen Blick auf die Lichter von Evian auf der anderen Seite des Sees. Ganz erfüllt kehrten sie am nächsten Tag nach einem reichhaltigen Frühstück nach Genf zurück. Sie hatten einen überfüllten Reiseplan, denn sie wollten so viel wie möglich besichtigen. Am nächsten Morgen verließen sie Genf und fuhren mit dem Zug über Lausanne, Vevey, Montreux nach Saxon, wo sie im Hotel Vallée übernachteten. Das Hotel gefiel ihnen sehr wenig, weil sie fanden, dass es sehr leicht und hellhörig gebaut war. Alexander hatte aber dieser Stadt ausgewählt, weil dort eine Spielbank vor Ort war, und er Emmy gerne die Gelegenheit geben wollte, die zu besuchen.

Dieses Foto des Casinos in Saxon ist eine Abbildung von einem kulturellen Besitz von regionaler Bedeutung in der Schweiz mit KGS Nr.6987. Fotograf: Nicolas de Amicis.

Als sie abends am Spieltisch saßen, hatte er Emmy 30 Franken gegeben, um sich damit zu amüsieren. Sie setzte am 13. Oktober auf die Unglückszahl dreizehn und zu ihrer Überraschung kam die Nummer. Sie ließ den vollen Satz einschließlich Gewinn stehen und hatte zu ihrem Erstaunen das Glück, dass die Nummer dreizehn noch einmal schlug. Als Emmy nun ihren Schatz einheimsen wollte, wurde es ihr von einer Mitspielerin streitig gemacht, was sie veranlasste, den ansehnlichen Gewinn preiszugeben. Sie beherrschte die französische Sprache nicht genug, um sich einigermaßen verteidigen zu können. Alexander hatte den Vorfall mit Empörung beobachtet, aber er mischte sich nicht ein, weil er so kurz nach dem Krieg sich nicht als deutscher Offizier zu erkennen geben wollte. Er beugte sich zu Emmy und flüsterte ihr zu, dass sie besser gehen sollten.

Sie verließen die Spielhalle, nachdem sie beobachtet hatten, dass sowohl die streitsüchtige korpulente Dame, als auch noch einige andere Personen die Interessen der Bank wahrnahmen und bei jedem größeren Gewinn sich solche hässlichen Szenen wiederholten. Entrüstet über das, was in der Spielhalle geschehen war, beschlossen sie, am nächsten Morgen dorthin zurückzukehren und sich von niemandem einschüchtern zu lassen. Nun versuchte Alexander sein Glück und gewann nach und nach die verlorenen 30 Franken zurück, mit denen sie sehr zufrieden waren.

Nachmittags kehrten sie Saxon den Rücken und fuhren mit der Bahn bis Sierre und von dort mit einem Wagen bis Brig, wo sie im Hotel Angleterre abstiegen.

Hier weckte sie am folgenden Morgen ein lauter Trommelwirbel. Beide wachten erschrocken auf.

»Was ist denn da los?«, fragte Emmy besorgt. Alexander sprang sofort aus dem Bett, um zu sehen, was draußen passierte. Er konnte sie beruhigen, denn zu seiner Überraschung sah er ein zur Übung eingezogenes Schweizer Bataillon mit großem Getöse vorbeimarschieren. Das war für ihn sehr interessant, vor allem, wie die Soldaten in ihren Uniformen aussahen.

Sie waren nun hellwach und sie beschlossen, aufzustehen und nach ihrem Frühstück gleich weiterzufahren.

Ihr in Sierre für mehrere Tage gemieteter Landauer führte sie gegen Mittag die Simplonstrasse hinan. An besonders sehenswerten Punkten stiegen sie aus und erreichten abends das Dorf Simplon, nachdem sie die Passhöhe passiert hatten und das in tiefem Schnee liegende Passhospiz, welches noch im Auftrag von Napoleon gebaut worden war, gesehen hatten.

Hier logierten sie im Hotel de la Poste und nach dem Diner besuchten sie gemütlich Arm in Arm noch den Fuß eines Gletschers.

Am nächsten Tag fuhren sie mit der Kutsche nach Domodossola und weiter nach Pallanza am Lago Maggiore. Im Hotel Pallanza fanden sie ein vorzügliches Unterkommen, obwohl sie persönlich fanden, dass ihr Aufenthalt daselbst unangenehm beeinflusst wurde durch die Anwesenheit vieler Engländer, einiger Franzosen und dem regnerischen Wetter. Trotzdem ließen sie es sich nicht nehmen, fleißig Kahn zu fahren, die Boromeischen Inseln mit ihrer südlichen Vegetation und das vis-a-vis gelegenen Stresa zu besuchen.

Am 18. Oktober nachmittags ging es wieder weiter und sie fuhren mit dem Dampfer über den Lago Maggiore nach Luino. Eine Diligence brachte sie an jenem Abend noch nach Lugano, wo ihnen im Hotel du Park hervorragende Unterkunft geboten wurde. Eine Spazierfahrt um den St. Salvatore, das Fest im Garten zur Feier des Geburtstages der Wirtin, der schöne Blick von ihren Fenstern auf den Tellbrunnen und auf den See würde ihnen lebenslang im Gedächtnis bleiben. Nach einem Aufenthalt von zwei Tagen, wobei sie die ganze Stadt erkundeten, fuhren sie mit dem Dampfer über den See nach Menággio und trotz einzelner Regenschauer fanden sie es eine fabelhafte Fahrt. Am liebsten wären sie hier noch länger geblieben, aber ihr Programm würde es nicht zulassen, sie mussten wieder weiter. Ein Einspänner brachte sie von Menággio nach Porlezza am Comer See. Hier bestiegen sie wieder einen Dampfer und fuhren bis Como.

Auf dieser Fahrt hätten sie beinahe einen ihrer Koffer eingebüßt, wenn die scharfen Augen von Emmy nicht noch rechtzeitig bemerkt hätten, dass dieser unterwegs irrtümlich ausgeladen worden war.

In Como angekommen, bestiegen sie einen Omnibus, der sie zur Station Camerlata beförderte und sie gelangten noch abends nach Mailand in das Hotel de la Ville. Hier blieben sie drei Tage und es wurde sehr schwer für sie, so schnell wieder weiterzureisen. Sie wären lieber etwas länger geblieben, um sich auszuruhen, weil das viele Sehen, Staunen und der vielseitigste Kunstgenuss sie genug ermüdet hatten.

Einen Absteiger von einem Tag machten sie von Mailand zum Comer See, um die Stadt Bellagio und die wunderbare auf einem Hügel gelegen Villa Serbelloni zu besuchen. Von diesem Platz hatten sie eine herrliche Aussicht auf beide Teile des Sees, was sie überaus genossen.

Am 24. Oktober fuhren sie mit dem Blitzzug von Mailand nach Verona. Leider fiel Alexander in dem gewählten Hotel sehr herein, weil allen Speisen Knoblauch zugefügt war. Etwas Ungenießbareres kannte er nicht, wodurch er zum Bedauern von Emmy nur wenig essen konnte. Seine Stimmung sank ein wenig, weil er ein Liebhaber von gutem Essen war. Jedoch, die vielen interessanten Sehenswürdigkeiten, die sie in dieser Stadt sahen, machten viel gut. Dabei half ihnen ein gewandter, leidlich Deutsch redender Kutscher, mit dessen Kutsche sie umherfuhren und der ihnen begeistert über die Stadt und ihre Geschichte erzählte.

Am nächsten Tag fuhren sie mit der Eisenbahn nach Venedig, wo sie im Grand Hotel de l'Europe abstiegen.

Zu ihrer Überraschung sahen sie dort Seine Königliche Hoheit, den Großherzog Carl Alexander von Sachsen-Weimar-Eisenach, welcher sich zurzeit auch dort befand. Er war der Bruder von Königin Augusta und obwohl Alexander ihm nicht persönlich begegnet war, hatte er viel über ihn von Fritz gehört. Die Königin hatte ihn oft eingeladen und Fritz hatte ihn mehrmals in ihrem Schloss getroffen. Er schien ihnen ein ernsthafter und eleganter Mann zu sein und sie hielten es für einen Zufall, dass sie zur gleichen Zeit dort waren wie er.

Venedig und seine vielen Sehenswürdigkeiten genossen sie vier Tage und diese Zeit gehörte unzweifelhaft zu den Höhepunkten ihrer interessante Reise. Die romantischen Gondelfahrten bei Mondschein, der Sonnenuntergang vom Campanile aus betrachtet, der Aufenthalt auf dem Lido am Adriatischen Meere, die große Zahl der Paläste, der Dogenpalast, das Arsenal, die verschiedenen Kirchen, insbesondere die Markuskirche und die verschiedenen industriellen Etablissements, das alles waren unvergängliche Eindrücke für das junge Ehepaar.

Am 29. Oktober nachts fuhren sie zu dem auf der Reede ankernden großen Dampfer Alexandria. Damit machten sie im sanften Schein des sich im Wasser spiegelnden Mondes eine traumhafte Überfahrt über die Adria nach Triest. Am nächsten Morgen besuchten sie den bekannten Fischmarkt, der zwar stank, den sie aber trotzdem sehr interessant zu beobachten fanden, ebenso wie den Durchmarsch eines österreichischen Bataillons.

Aber Glanzpunkt blieb doch der Besuch des Schlosses Miramare. Stundenlang saßen sie eng beieinander auf der Terrasse und starrten verträumt über das Wasser hinweg, ohne an die Rückkehr nach Triest denken zu wollen. Sie erinnerten sich an das Leben des unglücklichen Kaisers Maximilian von Mexico, dem Bruder des österreichischen Kaisers Franz Joseph I. Es war erst sieben Jahre her, dass er weit weg von seinem eigenen Land dort getötet wurde.

Nur kurz hatte er in diesem schönen Schloss mit seiner bedauernswerten Gemahlin Charlotte, der Tochter des ersten Königs von Belgien, Leopold I., gelebt.

Die Trennung von diesem Tuskulum fanden sie außerordentlich schwierig, aber sie mussten weiterreisen.

Schloss Miramare um 1880.
Urheber: Sebastianutti & Benque,
Trieste. Quelle: Wikipedia.

Am Abend des 30. Oktober bestiegen sie die Bahn und fuhren nach Wien, wo sie am folgenden Tag eintrafen und im Grand Hotel am Kärntener Ring abstiegen. Den nächsten Tag hatten sie das Glück, in der Hofburg einer Parade für Seine Apostolische Majestät, Kaiser Franz Joseph, als Zuschauer beiwohnen zu können. Das Stück *Robert der Teufel,* zu dem die Musik von Giacomo Meyerbeer komponiert war, sahen sie abends, als sie zum Opernhaus gingen.

Nachher besichtigten sie die Kapuzinergruft und hatten den Vorzug, von dem Prior Edler Fekete von Galantha persönlich umhergeführt zu werden.

Sie verstanden sich so gut mit ihm, dass er sie später zu einem Glas Tokajer Wein von seinen eigenen Gütern einlud, wodurch sie auch einen Einblick in die sehr gemütlichen Klosterzellen erhielten.

Das Diner nahmen sie im Hotel San Marco ein, zusammen mit einem Herrn Rademacker und seinem Freund Herrn Meihsner aus Bremen, denen sie in der Kapuzinergruft begegnet waren. Alexander, der immer gerne neue Leute kennenlernte, hatte sich dort mit ihnen unterhalten und später erschien auf seine Einladung hin auch noch der Herr Prior und trank ein Glas Sekt mit ihnen.

Nach dem Abendessen gingen sie ins Hofburgtheater, wo sie ein Stück mit der Schauspielerin *Johanna Buska* und dem Schauspieler *Adolf Ritter von Sonnenthal* sahen. Als sie in ihrer Loge saßen und ihre Blicke über das Publikum schweifen ließen, stupfte Alexander Emmy sanft an: »Schau, wer da neben uns in der Loge sitzt«, flüsterte er ihr zu. Sie drehte ihr Gesicht und sah zu ihrer Überraschung einen schlanken dunkelhaarigen Mann, den sie erkannte als den bekannten kaiserlichen Minister des Äußeren von Öster-reich, den Ungarn Graf Gyula Andrassy. Er war mit einigen Würdenträgern zusammen und unbemerkt konnten sie ihn gut betrachten. Er sprach lebendig mit seiner Gruppe, und er erschien ihnen eine gefällige und attraktive Persön-lichkeit. Das war also der Mann, mit dem, laut Gerüchten, sich die Kaiserin Sissy so gut verstand.

Zu ihrem Leidwesen gestattete ihre bemessene Zeit ihnen nicht, auch die schöne Umgebung Wiens kennenzulernen. Sie mussten sich mit der Stadt, dem Prater, einigen Museen und der Ruhmeshalle mit dem Feldmarschallstab des Johann Jozef Wenzel Graf von Radetzky begnügen, auch schon aus dem Grunde, weil ihre finanziellen Mittel anfingen, knapp zu werden.

Am 4. November war ihre wunderbare und abwechslungsreiche Zeit in Wien vorbei und sie fuhren nach Dresden. Dort entschieden sie sich, eine Kutsche zu mieten, und mit dem Kutscher durchfuhren sie die bedeutendsten Straßen der Stadt. Sie besichtigten das Königliche Schloss, den Zwinger und die Brühlsche Terrasse, während er zwischendurch interessante Einzelheiten darüber erzählte. Dann ging es nach Leipzig, wo sie ihren kurzen Aufenthalt benutzten, um sich einige Straßen und den Theaterplatz anzusehen. Viel Zeit konnten sie hier auch nicht verbringen, denn es ging wieder weiter und abends fuhren sie nach Hannover, wo sie im Hotel Royal logierten. Hier besichtigten sie am anderen Morgen die Hauptstraßen, das schöne Königsschloss Herren-hausen und die Welfenkaserne mit ihren Anlagen, was für Alexander als Sol-dat von besonderem Interesse war.

Am 6. November nachmittags reisten sie nach Hameln. Alexander wollte das Grab seiner Eltern besuchen und auch seine Schwägerin Clara mit ihrem Söhnchen. Als sie Claras Haus betraten, sahen sie, dass es ihr nicht gut ging. Sie erklärte, dass sie in der letzten Zeit sehr müde war, aber sie versprach ihnen doch, zum Besuch nach Bochum zu kommen.

Emmy kannte Clara bereits, weil diese auf ihrer Hochzeit gewesen war zusammen mit ihrer Mutter und Schwester.

Allerdings hatte sie Alexanders Eltern nie getroffen und kannte sie nur von einigen Porträts und den Geschichten, die Alexander über sie erzählt hatte.

Deshalb wollte er ihr die Häuser und Orte zeigen, an denen er und seine Familie eine kurze Zeit so unbeschwert gelebt hatten, bevor ihr Glück so jäh zerstört wurde. Noch bewegt vom Besuch am Grab seiner Eltern traten sie am Nachmittag des 7. November die Rückreise an und kamen am Abend ziemlich müde, aber sehr gut gelaunt zurück in ihrer Wohnung bei Schmiedemeister Jansen in der Alleestraße an.

Sie wurden mit offenen Armen von Emmys Eltern empfangen, die den Abend bei ihnen verbrachten und erwartungsvoll alle ihre Reisegeschichten hören wollten. Später sah Alexander noch oft vor sich, mit welchem Eifer seine Schwiegermutter sie beide umhergeführt hatte. Sie wollte ihnen zeigen, wie gut sie für alles gesorgt hatte, auch für Küche und Keller, die sie reichlich mit Essenswaren und Getränken versehen hatte. Alexander war seiner Schwiegermutter sehr zugeneigt, er hielt sie für eine besondere liebevolle und mütterliche Frau, die sich ganz ihrer Familie widmete, oft sagte er zu Emmy: »Du hattest Glück mit einer so guten Mutter. Ich finde sie eine Seele von Frau!«

Die Zeit von 1874 bis 1876 war für die beiden jung Verheirateten eine äußerst glückliche. Emmy konnte ihr elterliches Haus jeden Tag von ihrem Fenstergläschen im Wohnzimmer aus sehen. Sonntags wurden sie, wie auch öfters während der Woche, bei ihren Eltern zum Mittagessen eingeladen und waren viel mit ihnen zusammen.

Wenn die Eltern von Emmy verreisten, zogen sie meist hinüber in ihr Haus und blieben wochenlang dort, um seine beiden jüngeren Schwägerinnen in ihre Obhut zu nehmen.

Der wundervolle Besitz, der gepflegte ausgedehnte Garten hinter dem Haus und die Benutzung der Equipage waren ein Luxus, der ihnen viel Vergnügen bereitete und den sie sehr genossen. Für Emmy, die es gewohnt war, immer in einem großen Haus mit ihrer Familie zusammen zu sein, war der regelmäßige Aufenthalt in ihrem Elternhaus während ihrer zweijährigen Trennung davon, auch eine wesentliche Erleichterung gewesen.

Ein Jahr später wurde Emmy zur Freude der ganzen Familie schwanger. Ohne Komplikationen wurde am 14. Januar 1876, gerade an ihrem Geburtstag, ihr Töchterchen Else Alexandrine Adelheid Clara geboren. Sie hätte sich kein schöneres Geburtstaggeschenk wünschen können. Weil es Winter war und sehr kalt, fand die Taufe einige Monate später am 17. April statt. Eine Taufe war in der Familie überaus wichtig und ihre Taufpaten wurden daher auch sehr sorgfältig ausgesucht. Es waren: Seine Schwiegermutter, die Gattin ihres Hausarztes, Frau Adelheid Hengstenberg und seine Schwägerin Clara Graff. Den Namen Alexandrine hatte er von seiner geliebten Mutter übernommen. Ferner war noch ein treuer Freund seiner Schwiegereltern, Herr August Bollmann, Fabrikbesitzer in Herbede, anwesend. Clara war mit ihrer Mutter und ihrem kleinen Sohn gekommen.

Alexander war ihr lieb, weil er sie an ihren verstorbenen Mann erinnerte, und sie wollte daher so viel Kontakt wie möglich zu ihm halten.

Elses Geburt war eine großartige Gelegenheit, ein Fest zu organisieren, mit dem eine große Gesellschaft verbunden war. Sein Schwiegervater, großzügig wie immer, spendete aus seinem reich gefüllten exquisiten Weinkeller die Getränke und seine Schwiegermutter besorgte das Essen.

Doch am Ende dieses Jahres, im November, musste Alexander nach Wesel zum Regimente zurückkehren und mietete dort mit Emmy eine Wohnung. Wegen fortgesetzter Beschwerden seines verwundeten Beines erwies es sich, dass er noch immer nicht vollständig den dienstlichen Anforderungen gewachsen war. Er wurde insofern geschont, als sein Hauptdienst in der Beaufsichtigung der auf der Insel errichteten Regimentsschlachterei bestand, zu der ihre hübsche gemietete Wohnung am Rhein in bequemem Abstand lag.

Als sie sich niedergelassen und eingelebt hatten, erhielten sie ein Jahr später eine sehr erfreuliche Nachricht von seiner Schwiegermutter, dass sie sie besuchen wollte. Es war Mai, das Wetter war schön und sie wollte ein paar Wochen mit ihrem ersten Enkelkind verbringen. Nachdem sie eine angenehme Zeit mit ihnen verbracht hatte, reiste sie gut gelaunt ab.

Unerwartet erhielt Alexander am nächsten Tag ein Telegramm von dem Dienstmädchen seiner Schwiegereltern, das ihm meldete, dass Emmys Mutter plötzlich schwer erkrankt war.

Er reiste sofort, ein plötzlich erhaltenes Transportkommando vorschiebend, nach Bochum und erfuhr nun, dass seine Schwiegermutter gerade in der Nacht, als sie nach Hause kam, einen Schlaganfall erlitten hatte. Der Zustand wäre aber nicht hoffnungslos.

Sein Schwiegervater war in diesem Moment nicht zu Hause und befand sich zurzeit im schweizerischen Vevey, um dort seine Tochter Alwine in eine Pension zu bringen. Alexander hatte ihn umgehend telegraphisch über die Erkrankung seiner Frau benachrichtigt und verbrachte die Nacht in bangem Hoffen in ihrem Haus zu. Am nächsten Tag fuhr er nach Wesel zurück, um Emmy zu holen, und abends traf er mit ihr wieder in Bochum ein. Er selbst kehrte nachher nach Hause zurück, weil er eine Menge Arbeit zu erledigen hatte und sich keine Auszeit mehr nehmen konnte. Zu seiner großen Rührung hatte seine brave Schwiegermama trotz ihres schweren leidenden Zustandes nicht vergessen, dass er am 25. Mai Geburtstag hatte. Sie war immer fürsorglich und hatte Emmy sogar angewiesen, sein Lieblingsgericht *Spargel mit Buttersoße* für ihn zu besorgen.

Als er von seiner Abwesenheit in Wesel zurückkehrte, erhielt er eine erfreuliche Nachricht. Zur weiteren Schonung seines Beines war er als Adjutant zum Landwehrbezirkskommando Düsseldorf versetzt worden. Diese Veränderung war ihm deshalb sehr erwünscht, weil sie auf Antrag seines früheren Leibgarde-Kommandeurs, Wilhelm Marschall von Sulicki, geschah. Dieser hatte ihm während des Ober-Ersatz Geschäftes 1876 zu sich als Adjutant kommandieren lassen.

Seine Kommandierung als Vertreter eines erkrankten Brigadeadjutanten wurde bereits einige Monate vorher versucht. Aber dieses war wieder aufgehoben worden, weil ein Premierleutnant Consentius starb, ehe er abgereist war und er ihn hatte ersetzen sollen. Durch das ihm jetzt übertragene Kommando kam er nun doch noch nach Düsseldorf.

Er musste einige Zeit in einem Hotel bleiben, was ihm, nachdem er sich an die häusliche Gesellikeit mit Emmy gewöhnt war, nicht besonders gefiel.

Er schrieb ihr, dass er sie sehr vermisste, aber sich nicht beschweren konnte, weil er dort im Hotel Paetzold einen äußert aufmerksamen Service und erstklassiges Essen erhalte.

Der Zustand seiner Schwiegermutter besserte sich mit der Zeit, aber Emmy blieb noch bei ihren Eltern, weil sie am 21. Juni 1877 ihre zweite Tochter Hildegard Frieda Maria Alwine Julie, mit Rufname Hilde zur Welt brachte. Hilde war, im Kontrast zu Else, ein sehr zartes kleines Geschöpf, das ihnen immer am meisten Sorge wegen ihrer Gesundheit machen würde. Sie war besonders pflegebedürftig, und oft befürchteten sie, ihr Töchterchen nicht behalten zu können.

Einige Monate nach der Geburt von Hilde im August dieses Jahres war Alexander zum Premierleutnant ernannt worden. Er hatte sich gleich nach seiner Ankunft in Düsseldorf als Mitglied der bekannten *Künstlervereinigung Malkasten* eintragen lassen, die einen wichtigen Platz im gesellschaftlichen Leben der Stadt einnahm und wohin er gerne ging.

Emmy besuchte ihn im September, um die Festlichkeiten zur Feier der Anwesenheit Seiner Majestät des Kaisers Wilhelm I. in Malkasten mitzumachen. Gleicher Zeit nutzten sie die Gelegenheit, sich dort ein neues Zuhause zu suchen. Die Wohnung war schnell gefunden und im Oktober bewirkten sie ihren Umzug in die Harold Straße 7. II Etage.

Mit seinem Kommandeur, Major Mauve und dessen Gemahlin geborene Grundmann aus Kattowitz in Schlesien, standen sie in sehr freundschaftlicher Beziehung und hatten auch sonst einen kleinen, aber sehr netten Freundeskreis. Außerdem bot die Stadt der Kunst ihnen viel Abwechslung, so dass sie später mit großer Befriedigung an die hier verlebten zwei Jahre zurückdachten.

Am 1. Januar 1878 wurde Hilde wegen ihrer Gesundheit schließlich kirchlich getauft, durch den Divisionsprediger Becker. Die ganze Familie war zu dieser festlichen Veranstaltung zusammengekommen, die sich als ein gemütliches Treffen für alle herausstellte. Ihre Taufpaten waren: Emmys Onkel Friedrich Kleye in Berlin, Fräulein Marie von Moock, später verehelichte Frau Leutnant Wolff, ihre Schwester Alwine und die unverehelichte Tante von Alexander, Julie Graff in Wesel.

Einige Monate später, Anfang März 1878, erhielten Alexander und Emmy die erschütternde Nachricht, dass ihre Schwägerin Clara plötzlich gestorben war. Sie war zwei Jahre zuvor bei der Taufe von Else als Patin anwesend gewesen, und schon damals fanden sie, dass sie nicht gut aussah und ihr viel Energie fehlte.

Aber dass sie so plötzlich sterben würde, hatte niemand vermuten können. Claras Tod war ein weiterer sehr tragischer Verlust für Alexander. Er hatte Clara, die noch die einzige Verbindung zu seinem verstorbenen Bruder gewesen war, wie eine Schwester geliebt. Sie hatte offenbar nach dem Tod ihres Mannes ihre Lebensfreude verloren, war sehr depressiv geworden und schließlich nach kurzer Krankheit an mangelnder Widerstandskraft ihres Körpers gestorben.

Alexander fuhr mit Emmy zur Beerdigung mit dem Zug nach Hameln. Sie überlegten, ob sie vielleicht anbieten sollten, den kleinen nun verwaisten Fritz mitzunehmen, um für seine Weiterbildung zu sorgen. Er sagte zu ihr: »Er ist doch mein Neffe und falls wir mehr Kinder bekommen, aber es keine Söhne sind, dann ist er der einzige männliche Graff der in unserer Linie der Familie überbleibt.«

Emmy war von seinem Vorschlag nicht sonderlich begeistert. Sie antwortete nur kurz: »Warten wir erst einmal in Ruhe ab, was seine Familie plant, und was sie eventuell davon halten würde, dann sehen wir weiter.«

Im Haus von Clara angekommen, trafen sie Claras Mutter und ihre gesamte Familie, die zu diesem tieftraurigen Ereignis gekommen war, verzweifelt an. Der kleine Friedrich, jetzt sieben Jahre alt, versteckte sich schüchtern hinter dem Rücken seiner Großmutter und zeigte nur sein neugieriges Gesichtchen. Das Kerlchen war es nicht gewohnt, so viele Verwandte zusammen zu sehen, und war auch überrascht, dass sie alle schwarz gekleidet waren und so betrübt aussahen.

Seine Großmutter hatte versucht, ihm behutsam zu erklären, dass seine Mutter gestorben, und nun bei unserem lieben Gott im Himmel war. Er konnte aber nicht ganz verstehen, was der Tod eigentlich bedeutete und fragte immer wieder nach ihr. Sie dachten, er sei zu jung, um ihn zur Beerdigung mitzunehmen, und so blieb er zu Hause bei dem Hausmädchen, die auf ihn aufpasste und mit ihm spielte, um ihn abzulenken.

Nach der Bestattung stellte sich heraus, dass Clara ein Testament gemacht hatte, in dem sie den Wunsch äußerte, dass ihr Sohn von seinem Onkel Friedrich von Homeyer weitergebildet werden sollte.

Der kleine Junge kannte ihn gut, weil er oft bei ihm geblieben war und außerdem hatte er ihn gern.

Friedrich von Homeyer war in dieser Zeit Hauptmann und Kompaniechef des 1. Infanterieregiments. Er war Rittergutsbesitzer und wohnte noch immer in Tapiau in der Nähe von Königsberg. Seine erste Frau Eveline Schoen war mit zweiundvierzig Jahren gestorben, und er hatte darauf ein Fräulein von Rendell geheiratet. Zusammen mit seiner zweiten Frau hatte er neun Kinder zu erziehen, deshalb würde es genug Spielkameraden für den kleinen Jungen geben.

Nachdem sie wieder zu Hause waren, unterhielt Alexander regelmäßig

Kontakt mit der Familie von Homeyer. Er wollte auf dem Laufenden gehalten werden über das Leben und Wohlbefinden seines kleinen Neffen.

Zu den Geschwistern seines Vaters behielt er auch viel Kontakt, meistens mit seiner Tante Julie und seinem Onkel Wilhelm. Mit Letzterem unterhielt er eine lebhafte Korrespondenz, in der sie einander regelmäßig schrieben, um Einzelheiten über die Familienmitglieder auszutauschen.

Hilde, Alexander, Emmy, Else
Graff in Kleve um 1881.
Quelle: Familienunterlagen.

In der Zwischenzeit wurde er dem Füsilier Bataillon des 56. Regiments in Kleve zugeteilt und im Herbst 1879 verlegten sie ihren Wohnsitz zu ihrem neuen Zuhause. Sie bezogen eine Wohnung an der Malerbrenner Chaussee in der Gemeinde Hau, die unmittelbar bei Kleve lag. Es gefiel Emmy überhaupt nicht, wieder umziehen zu müssen, und sie murrte darüber. Aber als sie einmal dort umgesiedelt waren, gestalteten sich sowohl die dienstlichen als auch die gesellschaftlichen Verhältnisse hier recht freudig für sie.

Die hübsche Lage von Kleve, der Besuch holländischer Familien im Sommer als Kuraufenthalt, die kleine Garnison, wohlwollende Vorgesetzte, das alles trug dazu bei, dass sie sich sehr schnell heimisch fühlten.

Was ihnen auch sehr wohlgefällig war, war das reizend-gemütliche Offizierskasino, die geringen Entfernungen und die komfortablen Wohnungen mit Garten. Das alles bot ihnen große Annehmlichkeiten. Sie hatten hier auch einen sehr anregenden Lesekranz, in dem eines der Mitglieder, der in Kleve ansässige Prinz von Waldeck und Pyrmont Durchlaucht war und dessen weiteren Teilnehmer aus Frau Oberstleutnant Paysen, Stadtprokurator a.D.

Kolligs, Hauptmann Freiherr Quadt Wyckradt von Hüchtenbruck nebst Gemahlin, Frau Hauptmann von Rheinbaben und mehreren jüngeren Offizieren bestanden.

Der Lesekranz kam regelmäßig zusammen und seine Durchlaucht freundete sich insbesondere mit Alexander an. Sie verstanden sich so ausgezeichnet, dass er häufig zur Begleitung bei seinen Ausfahrten abgeholt wurde. Daneben gab es noch kleinere und größere Festlichkeiten, zu denen er regelmäßig zum Prinzenhof eingeladen wurde.

Während sich das Bataillon im Herbst 1881 zu den Regimentsübungen außerhalb Kleves befand, traf Seine Kaiserliche Hoheit, der Kronprinz Friedrich Wilhelm, zum Besuch der Jagdausstellung in Kleve ein.

Alexander hatte damals außer dem Wachtkommando eine Ersatz-Reservecompagnie und musste sich als Garnisonsältester beim Eintreffen seiner Kaiserlichen Hoheit auf dem Bahnhof melden.

Er betrachtete es als ein Privileg, dass er vier Stunden lang in der unmittelbaren Begleitung des Kronprinzen, von diesem auch zur Teilnahme am Souper eingeladen wurde.

Als er später nach Hause kam, erzählte er Emmy über die leutselige witzige Unterhaltungsweise des Kronprinzen und dass er ihn angesprochen hatte mit: »Herr Kommandeur von Kleve.« Er dachte, er sei ein äußert sympathischer Mann mit einem guten Sinn für Humor. Seine Anrede würde für ihn unvergesslich bleiben.

Einen Monat später wurde in ihrer Wohnung am 12. November 1881 ihre dritte Tochter geboren, die den Namen Caroline Louise Wilhelmine Dorothea Johanna Emmy, der letztere als Rufname, erhielt. Die vielen Vornamen wurden immer vergeben, um die betreffenden Familienmitglieder bei Laune zu halten. Es gab ein weiteres großes Familientreffen, wobei die Taufpaten Alexanders Schwiegervater, Carl Kleye, seine Tante Frau Major Louise Sasonsky, seine jüngste Schwägerin Dorothea und eine Cousine seines Schwiegervaters, Frau Wilhelm Junkers, Spinnereibesitzer in Rheydt waren. Weiter waren noch Zeugen die älteste Freundin seiner Frau, Johanna Müller geborene Bombach in Dortmund und ein Cousin seiner Schwiegermutter, Herr Rentier Wilhelm Horn in Berlin.

Die Taufe wurde am 17. Januar 1882 vollzogen durch den mit der

Militärseelsorge beauftragten Pfarrer Creczinsky. Nach der Taufe fand am Abend ein Abendessen statt, bei dem wie üblich, eine große Anzahl von Verwandten und Freunden anwesend waren, unter welchen sich auch seine Schwiegereltern und sein damaliger Bataillon-Kommandeur, Herr Major Eduard Nitschmann mit Gemahlin befanden.

Hilde und Else im Schnee um 1885 in Kleve. Quelle: Familienunterlagen.

Vom 1. März bis 1. Juli dieses Jahres wurde Alexander zu einem Informationskurs in die Schießschule nach Spandau kommandiert. Durch die Nähe zu Berlin war es schon eine angenehme und außerdem auch eine belehrende Abwechslung für ihn. Denn während dieser Zeit wurde nämlich in Berlin eine Heraldische Ausstellung eröffnet. Als er das hörte, nutzte er die Gelegenheit, um diese zu besuchen. Nach einigen Nachforschungen fand er ein Geschlechtsregister der Familie von Hacke, welches er neugierig studierte. Er lernte daselbst auch einen Schulvorsteher, Herrn Budczies kennen, der Schriftführer des Märkischen Geschichtsvereins war und der sich ebenfalls besonders für die Familie von Hacke interessierte. Durch ihr Gespräch und nachfolgenden Schriftverkehr mit Austausch der gegenseitigen Aufzeichnungen gelangte Alexander in den Besitz historisch feststehender Grundlagen. Er gewann jetzt die Überzeugung, dass die beiden Stammbäume, die er von seiner Mutter geerbt hatte, an Richtigkeit manches zu wünschen übrigließen. Der eine war in Öl, der andere in Wasserfarben hergestellt und in Folge nicht sorgsamer Behandlung waren sie in einem vielfach unlesbaren Zustande.

Es hatte den Ausschein, als wenn nämlich in den Stammbäumen dieselben Personen aufgeführt waren, die zwar den Namen führten, deren Zugehörigkeit zu der engeren Familie aber mindestens bezweifelt werden musste.

Auch musste er jetzt zu seinem Bedauern den historischen Unwert seiner vor zehn Jahren aufgeschriebenen ersten Notizen erkennen. Die hatte er damals gemacht auf der Grundlage des ihm durch einige Familienmitglieder zu

Verfügung gestellten Materials. Durch seine dienstliche Inanspruchnahme war es ihm bisher nicht gelungen, eine Umarbeitung dieses Teiles der Familiengeschichte vorzunehmen. Er versprach sich aber, dass er sobald er dafür Zeit hatte, an die Arbeit zu gehen.

Einen Monat nach seinem Aufenthalt kam Emmy nach Berlin. Die Geburt ihrer jüngsten Tochter war sehr schwierig und kompliziert gewesen und danach bekam sie alle möglichen gesundheitlichen Probleme. Es stellte sich auch heraus, dass sie an Polypbildungen in Ohr und Nase litt, die behandelt werden musste. Alexander hatte herausgefunden, dass es dafür in Berlin einen bekannten Spezialisten gab, der Professor Dr. August Lucae, und hatte einen Termin für sie gemacht. In Berlin hatte sie noch eine alte Schulfreundin und die lud sie sofort ein, bei ihr zu bleiben. Vier Wochen lang musste sie sich in die schmerzhafte Behandlung dieses Professors begeben. Sie sah Alexander zwischendurch, und nach der Beendigung seines Commandos gingen sie noch einige Tage nach Wernigerode im Harz. Sie wollten der Hochzeit von Emmys jüngster Schwester Dorothea mit Gustav Spilcke beiwohnen und gleichzeitig ihre Eltern besuchen.

Emmys Vater hatte, nachdem ihre Mutter im Jahr 1877 den Schlaganfall erlitten hatte und sich so recht nicht wieder erholen konnte und sie auch in guter Luft leben wollte, seine schöne Besitzung in Bochum verkauft und sie waren nach Wernigerode in den Harz gezogen, wo er eine Branntweinbrennerei kaufte. Sie wohnten in einem schönen Haus an der Burgstrasse 35 und Alexander und Emmy genossen während der Feierlichkeiten der Hochzeit in Wernigerode jeden Augenblick, den sie mit ihrer Familie verbringen konnten. Wie im Haus der Kleyes gewöhnlich, wurde auch diese Hochzeit überschwänglich gefeiert.

Im folgenden Frühjahr 1883 bekam auch Alexander Probleme mit seiner Gesundheit. Sein Bein schmerzte ihn so sehr, dass er kaum noch gehen konnte. Der Arzt diagnostizierte einen Ischias und verschrieb ihm, eine längere Badekur in Wiesbaden durchzuführen. Zu seiner Erleichterung fühlte er sich nachher viel besser und seine Schmerzen waren fast verschwunden. Er konnte in guter Laune zu Emmy und seinen Kindern zurückkehren und ging wieder zur Arbeit.

Als er zu Hause ankam, erzählte ihm Emmy aufgeregt, dass ihre Schwester Alwine vorhatte, am 14. Oktober dieses Jahres den Kommerzienrat Oskar Steckner aus Leipzig zu heiraten. Sie war schon einige Jahre mit ihm verlobt und sie würde auch mit ihm dort wohnen.

Es wurde wieder eine große Festlichkeit im Hause seiner Schwiegereltern veranstaltet und wie immer war die ganze Familie nach Wernigerode gereist, um einige Tage vereint zu sein.

Auch diesmal gab es viele Gäste und ebenso wurde diese Hochzeit im Hause seiner Schwiegereltern ein glanzvolles Ereignis. Nachher reisten Alwine und ihr Mann Oskar ab nach Leipzig und versprachen Emmy und Alexander, sie bald zu besuchen.

Im nächsten Jahr während der Herbstmanöver 1884 war Alexander Ordonnanzoffizier bei der 28. Infanteriebrigade, mit dessen Kommandeur Generalmajor Gustav von Dresow er sich sehr gut verstand. Er erlebte in diesem Kommando recht viel Vergnügliches und Interessantes. Die Manöver fanden vor Seiner Majestät dem Kaiser statt, in dessen Hauptquartier General von Dresow die Kriegsjahre 1870-1871 verbracht hatte. Er kannte dadurch viele wichtige Personen, mit denen sie regelmäßig, zusammenkamen. Mit seiner Kaiserlichen Hoheit sogar mehrfach. Der Kronprinz war auch anwesend und als er bei seinem Besuch der Jagdausstellung die Gnade gehabt hatte, Alexander als *Kommandeur von Kleve* anzureden, so geschah dies auch wieder, als sie sich trafen. Alexander war darüber so erstaunt und angenehm überrascht gewesen, dass der Kronprinz ihm immer tief im Gedächtnis blieb.

Im Dezember 1884 wurde er wieder nach Wesel versetzt, um für einen erkrankten Hauptmann eine Compagnie zu übernehmen. Diese Versetzung kam ihm sehr ungelegen, weil er am letzten Tage des Manövers eine schwere Hornhautentzündung bekommen hatte.

Das zwang ihn, während einer mehrwöchentlichen Beurlaubung zuerst in Behandlung des Dr. Trompetter in Kleve und dann in die des Professors Dr. Schröter in Leipzig zu treten. Er blieb während dieser Behandlung im Hause seines Schwagers Steckner, aber vermisste seine Familie und wollte unbedingt nach Hause, denn die Weihnachtzeit rückte näher.

Noch immer nicht ganz hergestellt, konnte er dann doch einige Tage zu

Weihnachten bei seiner Familie zubringen, und auch Sylvester und den Neu-jahrsanfang in ihrem Kreise verleben. Nachher musste er zurück nach Wesel, weil seine Familie noch einige Zeit in Kleve verbrachte.

Anlässlich eines Rekrutentransportes nach Metz in den Jahren 1884 und 1887, hatte Alexander Zeit, die Grabstätte seines Bruders zu besuchen und sie mit frischen Kränzen zu schmücken. Jedes Mal, wenn er dorthin kam, wurde er wieder deprimiert. Als er dann vor dem Grab stand, dachte er düster darüber nach, dass sein Bruder tot vor ihm lag und dass er nie wieder mit ihm sprechen oder ihm Ratschläge für seine weitere Karriere geben konnte. Was hatten sie in der Vergangenheit, als sie noch kleine Jungen waren, viel Spaß gehabt, wenn sie zusammen manche Bubenstreiche ausführten. Wie sicher hatte er sich gefühlt in dem Wissen, dass, was auch in der Zukunft passieren wurde, Fritz immer für ihn da war und ihm wo möglich beim allem helfen würde. Mit einem tiefen Seufzer verließ er die Grabstätte und machte sich auf den Heimweg.

Wie einst sein Vater war er froh, dass Wesel wieder seine Garnisonsstadt war, denn dort lebten auch die meisten seiner Verwandten. Aber er hatte dort viel zu tun und musste immer hart arbeiten, so dass er sie nur zwischendurch besuchen konnte. Erst im Februar 1885 hatte er eine hübsche Wohnung ge-funden, am Markt gelegen neben dem Willibrordi-Dom und dem Rathaus vis-à-vis. Dann holte er seine Familie, um dort einzuziehen. Obwohl sie nur ei-nige Jahre in Kleve gewohnt hatten, fiel ihnen der Abschied nicht leicht. Die Trennung von der Familie Paysen und der des Staatsanwalts Schwerdtfeger, dessen Gattin eine Nichte des Geheimerrates Baare in Bochum war und mit denen sie enge Freundschaft geschlossen hatten, machten es ihnen schwer.

Im Frühjahr wurde Alexander zum Ersatzgeschäft im Kreise Essen kom-mandiert und musste von demselben abgelöst werden, weil der Chef der I. Compagnie Major geworden war und er dessen Compagnie übernehmen soll-te. Dieses Jahr im Mai wurde er zum Hauptmann und Kompaniechef im Re-giment befördert und übernahm definitiv die 1. Compagnie. Gleich zu Anfang bereitete die ihm gewaltige Sorgen, weil ihr Feldwebel ein leichtsinniger un-zuverlässiger Mann war, so dass er sich sehr bald seiner entledigen musste. Überhaupt hatte er nicht viel Freude an dieser Compagnie.

Beim Reiten litt er sehr unter den Folgen seiner Verwundung und als mit

Eintritt des Regierungswechsels in 1888 das Reiten des Kompaniechefs wesentlich gesteigert wurde, kam er manchmal in eine sehr üble Lage. So lange er seinen zwar alten und äußerlich nicht sehr ansehnlichen Wallach Zacharias reiten konnte, ging die Sache noch. Aber, als er ein jüngeres, für sein schweres Gewicht geeignetes Pferd kaufte, das nicht ganz scheufrei war, kam er doch häufiger in unangenehme Situationen, die ihn in Verlegenheit brachten. Er sah ein, dass das auf die Dauer nicht gehen würde, und bat deshalb um einen Dienst, in welchem er nicht zu reiten brauchte.

Seine Vorgesetzten verstanden sein Problem und im März 1891 wurde er mit Pension zur Disposition gestellt und gleichzeitig als Bezirksoffizier im Landwehrbezirk Magdeburg wieder angestellt. Im April siedelten sie infolgedessen nach Magdeburg über, wo sie in der Vorstadt Sudenburg an der Westerstrasse 1a in der ersten Etage eine sehr gemütliche Wohnung bezogen. Emmy wollte überhaupt nicht weg aus Wesel und wieder in eine andere Stadt ziehen. Es gab aber keinen anderen Weg.

Resigniert sagte sie philosophisch zu ihren Töchtern: »Wenn eine Frau mit einem Soldaten verheiratet ist, dann ist es eben nicht anders. Man muss sich einfach damit abfinden.«

Alexander jedoch war froh, eine für ihn bessere Position bekommen zu haben.

Else und Hilde, die in Wesel meist Privatunterricht genossen hatten, besuchten in Magdeburg die Städtische Augustaschule, wo sie beide sehr beliebte Schülerinnen wurden. Der Gesundheitszustand von Emmy war zu diesem Zeitpunkt wieder sehr schlecht. Ständig musste sie für einen längeren Zeitraum von einem Spezialisten behandelt werden und war deshalb lange nicht zu Hause. Außerdem musste sie, um die damit verbundenen Schmerzen zu lindern, regelmäßig Morphium einnehmen, was ihr Verhalten beeinflusste.

Wegen ihrer langen Abwesenheit und des gesundheitlichen Zustands konnte sie sich nicht genug um ihre kleine Tochter Emmy, noch keine zehn Jahre alt, kümmern.

Mit Alexander überlegte sie, ob es nicht besser wäre, sie für einige Zeit in ein Internat zu schicken. Sie versuchten, dem kleinen Mädchen zu erklären, dass es für sie am besten wäre, für eine Weile woanders zu leben, bis es ihrer

Mutter wieder gut ginge.

Nach einer intensiven Suche brachten sie das Kind zum Herrnhuter Institut Neudietendorf. Lange ließen sie sie nicht dort, weil ihnen der Aufenthalt für sie doch ungeeignet schien. Sie hatten gehört, dass ein sehr einnehmendes Fräulein Wieneke in Rostock eine Pension hatte, in der sie Kinder betreute. Die kleine Emmy war ein süßes Mädchen, das sich leicht anpasste und es gefiel ihr hier so gut, dass sie gerne noch einige Jahre dortblieb.

Zu Hause hatten sie währenddessen die Ankündigung einer beabsichtigten Ehe erhalten, von Alexanders Cousin, Fritz Graff, mit Caroline Bettger. Der einzige Sohn und das einzige Kind seines Onkels Wilhelm war schon einige Zeit mit ihr, der Tochter des Gutsbesitzers Eduard Bettger von der Grenzenlust bei Wesel, verlobt. Lina, wie sie genannt wurde, hatte Fritz durch ihren Bruder Gustav kennengelernt, da beide in Wesel an demselben Gymnasium studiert hatten und Freunde geworden waren. Die Eheschließung fand an einem Samstag Ende Oktober 1891 statt und Alexander war froh, dass er Zeit hatte, daran teilzunehmen.

Es war eine Weile her, dass er seine Tante Julie und die Eltern des Bräutigams getroffen hatte, und er wollte sie gerne wiedersehen. Die beiden jungen Leute waren freudestrahlend und der Rest seiner Familie war ebenfalls in bester Stimmung. Das Gut Grenzenlust mit seiner schönen Umgebung war ein idealer Ort, um eine Hochzeit zu feiern, und viele Verwandte und Freunde waren anwesend. Es tat Alexander als Familienmensch richtig wohl, dass so viele seiner Familienangehörigen zur Hochzeit gekommen waren.

Als einige Jahre später Emmys Gesundheit sich etwas besserte, beschlossen sie, Hilde zu Ostern 1893 von dem Militäroberpfarrer des IV. Armeekorps Dr. Hermens, im Dom zu Magdeburg einsegnen zu lassen. Dies schien ihnen eine großartige Gelegenheit, die ganze Familie wieder einmal zu sammeln.

Zu dieser Feier kamen seine Schwiegereltern aus Leipzig, wo sie seit 1890 wohnten. Sie wollten in der Nähe von Alwine und ihrem Mann leben und waren dorthin umgesiedelt.

Ihr Schwiegersohn Gustav Spilcke hatte die Branntweinbrennerei von seinem Schwiegervater übernommen und führte sie unter der Firma Friedrich Bollmann weiter. Er hatte dazu seine Besitzung, das Rittergut Dragemühle bei Neuwedell im Arnswalder Kreise verkauft und er und auch sein Schwager

Oskar Steckner waren mit ihren Frauen nach Magdeburg gekommen.

So waren sie alle sehr vergnügt zusammen an jenem 26. März 1893.

Am Ende des Jahres, gerade einige Tage vor Weihnachten, wurde Alexander der Titel eines Majors verliehen. Er war mit dieser Beförderung zufrieden, denn es war für ihn ein Beweis dafür, dass er von seinen Vorgesetzten anerkannt wurde.

Die dienstlichen Verhältnisse waren für ihn in Magdeburg überaus angenehm. Den Kommandierenden General, General der Kavallerie Carl Eduard von Hänisch hatte Alexander sehr gern und er hatte es ihm wohl zu verdanken, dass er in den Jahren 1893, 1894, 1895 und 1896 immer auf längere Zeit nach Stendhal zur Vertretung des Bezirkskommandeurs kommandiert wurde.

Wenn er zu Hause war, empfingen er und Emmy gerne Gäste und fanden ihre Wohnung dafür zu klein. Deshalb zogen sie ein Jahr später zu Ostern in einer größeren Wohnung im Leitenweg Nr. 25, blieben aber in der Sudenburg. Emmy fühlte sich in dieser Zeit besser, und als er zu Hause war, arrangierten sie für ihre sozialen Beziehungen verschiedene Wohltätigkeitsveranstaltungen und waren deshalb in Gesellschaften gern gesehen.

Auch ihre beiden Töchter Else und Hilde, jetzt achtzehn und siebzehn Jahre alt, waren, seitdem sie Bälle besuchten, allgemein beliebt.

Sie zogen den Verkehr einer größeren Zahl von Kameraden in ihr Haus, sodass die Mädchen dort umschwärmt von jungen Herren eine fröhliche Zeit verlebten.

Im Jahre 1895 unternahm Alexander noch eine lange Reise, eben am 25-jährigen Jahrestag der Wiederkehr der Schlacht von Vionville, um am Grab seines geliebten Bruders zu weilen.

Am Grab stehend, dachte er darüber nach, wie sehr seine Eltern unter dem Tod ihres ältesten Sohnes gelitten hatten und wie dessen Tod das Leben der ganzen Familie beeinflusst hatte. Obwohl es jetzt lange her war, dass Fritz gestorben war, bemerkte er, dass seine Trauer genauso groß war wie damals und er wusste, dass es nie vergehen würde.

Die Gräber sahen gut gepflegt aus und wurden vom Gouvernement Metz beaufsichtigt und in Ordnung gehalten.

In der Regel war der derzeitige Gouvernementsadjutant mit diesem Dienst beauftragt und waren Anfragen bezüglich Wartung an diesen zu richten.

Alexander hatte inzwischen durch Vermittlung des Gouvernements kleine Reparationen am Gitter ausführen lassen und hatte auch gemerkt, dass der dortige steinige Boden für die Vegetation wenig geeignet war. Er verpflanzte eine Espe, schmückte beide Gräber mit frischen Kränzen und machte dann nachher eine erhebende Feier am Denkmal des Oldenburgischen Infanterie-Regiments 91 mit, wobei viele Veteranen sich wiedersahen. Später wurde er durch den Flügeladjutanten Julius von Wedderkop des Großherzogs Peter II. von Oldenburg, zu einem Diner im Hotel de l'Europe eingeladen.

Er kannte ihn von früher und bei dieser Gelegenheit sprachen sie eingehend über den vergangenen Krieg. Die Erinnerungen an jene denkwürdigen, für seine Familie so verhängnisvollen Tage wurden dadurch wieder wach mit all den Details, die dazugehörten und die er am liebsten aus seinem Gedächtnis gestrichen hätte.

Er wusste jedoch, dass dies nie geschehen würde, denn alles, was er erlebt hatte, war in seinem Gehirn tief eingebrannt.

Auch besuchte er seinen Monsieur François Lerond in Vionville, dessen Tante ihn seinerzeit so liebevoll gepflegt hatte. Zu seinem Bedauern erfuhr er, dass sie noch im November 1870 ein Opfer ihrer Sanitätsdienste geworden und an einem Typhus gestorben war.

Er legte auch auf ihr Grab einen Kranz nieder und fand eine sehr freundliche Aufnahme in der Familie Lerond, die sich an die Begebenheiten jener Kriegstage sehr wohl erinnern konnte. Von dieser Zeit an schickten sie ihm stets zu Neujahr, eine Weihnachtskarte mit Glückwünschen, für ihn und seine Familie.

Auf der Rückreise hatte er etwas Zeit, seinen Cousin Ferdinand von Schwedler zu besuchen, der als Brigadekommandeur in Saarbrücken stand. Er lernte auch dessen ihm sehr sympathische Familie kennen und fand Gelegenheit, unter seiner Führung und Erzählung das Schlachtfeld von Spichern zu besichtigen. Die Tour war interessant für ihn, weil dies ebenfalls ein Schlachtfeld des *Französisch-Deutschen Krieges* 1870-1871 war, das er bis dahin nicht kannte.

Nachher reiste er dann noch einige Wochen nach Rheydt zu der ihm verwandten Familie Junkers, wo er sich traf mit seiner Tochter Else, die dort logierte.

Zusammen machten sie die Sedan-Feier mit, in Erinnerung an den Sieg über die Franzosen und wo sich Kaiser Napoleon III. am 2. September 1870 in die Gefangenschaft des Königs von Preußen begab.

Als einziger anwesender Berufsoffizier und Cousin seines in der Stadt hoch angesehenen Onkel Wilhelm wurde Alexander sehr gefeiert. Nachdem sie noch einige Zeit bei ihrer Familie blieben, kehrten sie beide nach Sudenburg zurück.

Im Juni hatte Alexander das Auszeichnungskreuz für 25-jährige Dienstzeit erhalten und er war angenehm überrascht, als ihm im folgenden Jahr im Januar 1896 der Roter Adler Orden IV. Klasse übergeben wurde.

Ein Monat später im Februar wurde es für seine Familie eine sehr schlimme Zeit, weil seine beiden Schwiegereltern an schwerer Influenza erkrankten. Zu ihrer Bestürzung entriss dies ihnen ihre liebe Mutter im März dieses Jahres, während ihr Gatte sich langsam wieder erholte. Zwei Tage vor dem Ableben seiner Schwiegermutter bekam Emmy eine heftige Blinddarmentzündung und musste umgehend operiert werden. Das nötigte Alexander, den Tod ihrer teuren Mutter mehrere Tage vor ihr zu verheimlichen. Dann ganz allmählich konnte er sie erst auf ihren unersetzlichen Verlust vorsichtig vorbereiten. Emmy war erschüttert und ganz verzweifelt. Sie wusste, dass ihre Eltern sehr krank waren, und machte sich jetzt Vorwürfe. Die letzten Stunden des Lebens ihrer Mutters hatte sie bei ihr sein sollen. Nie hatte sie gedacht, dass ihre Mutter, die zuvor noch bei bester Gesundheit war, diese Krankheit nicht überleben würde.

Sie war noch aufgewühlter, weil sie gerade operiert worden war und deshalb nicht zur Beerdigung gehen konnte.

Nur Alexander und Else reisten nach Leipzig zur Beisetzung ihrer geliebten Toten. Hilde blieb zu Hause, um sich um ihre zutiefst traurige Mutter zu kümmern.

Ohne ihren Ehemann und ihre älteste Tochter wurde Dorothea Kleye in Gegenwart ihrer Freunde und des Restes ihrer Familie bestattet.

Obwohl die Gefahr bestand, sich selbst anzustecken, wollte Else unbedingt noch einige Zeit zur Pflege bei ihrem ja ebenfalls kranken Großvater bleiben. Sie liebte den alten Mann und blieb unwiderruflich in ihrer Entscheidung, sich um ihn zu kümmern.

Also reiste Alexander allein zurück, niedergedrückt über den Verlust seiner Schwiegermutter und besorgt über die Gesundheit seiner Frau und des Schwiegervaters. Später, als es dieser wieder besser ging, sagte er dankbar zu ihm: »Else war eine ausgezeichnete und süße Pflegerin. Ich glaube nicht, dass ich mich ohne ihre gute Fürsorge wieder erholt hatte.« Und er meinte es aufrichtig.

Im März 1897 bekam Alexander eine weitere Auszeichnung und zwar die Kaiser Wilhelm I. Gedächtnis Medaille, welche von seinem Enkel, Kaiser Wilhelm II., zum Gedächtnis an seinen Großvater gestiftet wurde.

Er war stolz auf seine Aufzeichnungen und ließ sie in Miniatur reproduzieren. Es fühlte sich für ihn an als eine Wertschätzung für die Menge an Arbeit, die er geleistet hatte.

Von Alexander erhaltene Miniaturmedaillen.
Quelle: Privatbesitz.

Mittlerweile war er erschöpft von allen Ereignissen in seiner Familie und der umfangreichen Arbeit. Auf ärztlichen Rat machte er zu seiner Erholung im selben Jahr eine sehr schöne Reise nach Oberbayern. Er hielt sich vier Wochen in Berchtesgaden auf und nannte die Gegend in seinen Briefen an seiner Familie, ein *El Dorado*.

Es hätte für ihn kaum einen anziehenderen Punkt im Gebirge geben können wie an diesem Ort. Er fand es dort einzigartig schön und genoss seinen Aufenthalt überaus.

Das Leben seiner Familie verlief dieses Jahr ruhig weiter und ungestört.

Das folgende Jahr jedoch, später im Frühjahr, bekam Emmy plötzlich Herzprobleme. Die vielen Schmerzmittel, die sie immer einnehmen musste, hatte diese Probleme verursacht. Von ihrem Arzt wurde ihr Höhenluft verordnet zur Regulierung ihrer Herztätigkeit. Alexander machte deshalb mit ihr eine Reise nach Tirol, wo sie in Steinach am Brenner im Steinacher Hof verblieben. Da ihr der Aufenthalt im Hochgebirge so gut bekam, sein Urlaub aber zur Ausnutzung ihres Billetts nicht ausreichte, kam auch Hilde nach

Steinach und löste ihn ab. Sie fuhr mit ihrer Mutter noch nach Bozen und Meran und dann über Zell am See nach Berchtesgaden. Hier mussten sie aber einen unfreiwilligen achttägigen Aufenthalt nehmen, weil großflächige Überschwemmungen jeden Verkehr aufgehoben hatten.

Diese schönen und erholenden Reisen würden aus ihrem Gedächtnis nie entschwinden und durch eine Fotografien- und Postkartensammlung suchten sie die Erinnerung rege zu erhalten.

Am 3. Oktober 1899 war ein besonderer Tag, weil Alexander und Emmy ihre silberne Hochzeit feierten. Sie wurden neben wertvollen Silbergeschenken von Seiten ihrer Verwandten und Freunden mit außerordentlich zahlreichen geschmackvollen Blumenarrangements erfreut. Das Offizier Corps des Landwehrbataillons beschenkte sie mit einer wunderschönen, großen Phönix-Palme und ihre Zimmer glichen einem großartigen Garten von Blumen. Die Kapelle des Regiment Nr. 66 brachte ihnen, gerade als sie zum Mittagessen am Tisch saßen, draußen auf der Straße eine fröhliche Musik, wobei ihre ganze Nachbarschaft mitgenießen konnte. Morgens beim Frühstück überreichten ihre Kinder ihnen mit einem Gedicht den silbernen Myrtenkranz und das dazugehörige Bouquet.

Jeder, der sie mit Aufmerksamkeiten bedacht oder seine Glückwünsche ausgesprochen hatte, wurde zum Abend gebeten und so kam eine Gesellschaft von 45 Personen zusammen. Die Kinder hatten mit einigen jungen Herren theatralische Vorführungen eingeübt, was wesentlich zur Erheiterung der Gäste beitrug. Es wurde getanzt, ein kaltes Buffet serviert und die letzten Gäste verließen sie erst morgens zwischen vier und fünf Uhr. Der ganze Tag verlief glänzend und würde ihnen stets in angenehmster Erinnerung bleiben. Nur eine ihnen sehr liebe Dame fehlte ihnen, ihre gute treue Mutter, die ihnen der unerbittliche Tod leider einige Jahre früher entrissen hatte.

Als sie nach einigen Monaten ins 20. Jahrhundert eingetreten waren, starb Alexanders Onkel Wilhelm Graff am 18. Mai 1900 im Alter von fünfundsiebzig Jahren in Rees.

Seine Tante Louise war im schon zwei Monate vorausgegangen und starb in Xanten Kreis Wesel. Alexander ging zu beiden Begräbnissen, wo er die einzige noch lebende Schwester seines Vaters traf, seine Tante Julie, die noch immer in Wesel wohnte.

Zum Glück ging es mit ihrer Gesundheit gut, aber mit ihren Geschäften weniger, über die sein Onkel ihn bereits informiert hatte.

Sein Onkel Wilhelm, der zwölf Jahre jünger war als sein eigener Vater, wurde irgendwie ein zweiter Vater für ihn und die Beziehung zueinander war sehr intim. Vor ein paar Jahren in 1897, hatte er noch einen langen Brief von seinem Onkel erhalten, als dessen Frau Ida gerade gestorben war. Er wollte sich bedanken für wie er schrieb: »*Eure Teilnahme und auch so liebenswürdige Weise bei Übersendung des größten aller Kränze.*«

Alexander las die Briefe seines Onkels immer mit großem Interesse, weil er über alle Neuigkeiten in der Familie Bescheid wusste und Alexander ausführlich davon erzählte.

Er hatte auch daneben geschrieben: »*dass ich mich sehr gefreut habe, als ich in Bochum Fritz besuchte, und dort Hilde traf.*« Weiter: »*dass aus der kleinen Nichte eine hübsche liebenswerte Dame geworden war, die euch hoffentlich noch mal einen angesehenen Schwiegersohn bringt.*«

Obwohl sie zu diesem Moment schon einige Zeit nicht miteinander korrespondiert hatten, versicherte ihm sein Onkel, dass er: »*Gott weiß, wie oft ich an dich und deine Eltern und Bruder Fritz inzwischen gedacht habe, zumal aus der vielfachen Erinnerungsfeier von der zurückliegenden Zeit 1870/1871, die namentlich für dich und deine Familie so schrecklich war. Dein armer Vater, gewiss einer der allertreuesten Offiziere des Königs, musste sich damit abfinden, dass er euch beide zum Feind geschickt hatte, weil er euch zu Offizieren erzogen hatte. Er machte sich darüber bald Vorwürfe, und es war eine furchtbare Zeit für deine Mutter, die schon so krank war, weil dein Bruder tot und du so schwer verwundet warst. Ich werde das nie vergessen und meine immer, dass wenn man dich nun nicht bald zum selbständige Bezirkskommandeur macht, in dessen arbeiten du schon so lange eingeführt warst und die dir gewiss bei allen heutigen Anforderungen sehr geläufig sind, dann kann von Dankbarkeit des Vaterlandes nicht die Rede sein.*

Ich will aber hoffen, dass dies bald kommt. Die Erinnerung ging noch weiter zurück bis dahin, wo du als hoffnungsvoller Kadett bei mir die erste Übung mit einem mit Pulver und Blei geladene Gewehre machtest und meintest, das dürfe deine Mama nicht sehen.«

Alexander lächelte in sich hinein, als er las, dass sein Onkel zwar seine Frau sehr vermisste: *»aber, dass ich die Freizeit, die ich nun ohne Oberkommando meiner Frau und ohne, dass mir sonst jemand etwas befiehlt, sehr genieße, und das hat ja auch etwas Zufriedenstimmendes.«*

Er fuhr fort: *»Meine Haushaltung wird nun geführt von einem Dienstmädchen und für den Bedürfnisfall kann Tante Julie ab und zu mal kommen, die ich später auch ganz zu mir nehmen will. Mit Eintritt des Sommers wollte Lina mich mit den Kindern besuchen als Abwechslung aus den Bochumse und auch weil die Rheinluft in Rees sauberer ist.*

Fritz meinte seinen 4-6 wöchentlichen jährlichen Urlaub dieses Jahres früh zu nehmen, jedoch kam nun wohl ein Strich durch die Rechnung, da der Oberbürgermeister Hahn plötzlich schwer erkrankt ist und sich einer schweren Operation hat untermachen müssen, die ihn, wenn alles gut geht und bleibt, noch wochenlang an das Hospital Arrangements teil binden, und dann wohl noch eine Erholungsreise erforderlich machen wird. Dadurch ist Fritz selbst genug gebunden, indem ein als Hilfsarbeiter in Fritz seine frühere Stelle berufener junger Assistent noch neu im Fach ist und noch nicht viel tun kann.«

Stolz schrieb er: *»Fritz ist zuerst einstimmig von 36 Abgeordneten aus den verschiedensten Lebensstellungen zum zweiten Bürgermeister gewählt worden. Das hat allgemein Aufsehen erregt und viele zu den Gratulationen sowohl in Bochum selbst, als auch hierhin veranlasst. Der Fall würde so längst nicht wieder vorkommen. Die Nachricht wurde am selben Tage in Bochum nach der Wahl durch Extrablatt der Zeitung verbreitet, in dem die Zeitung Fritz und der Stadt zu der glücklichen Wahl gratuliere.«*

Er meldete noch, dass die Granatwunde Wilhelm Sasonsky, dem Sohn seiner Schwester Luise, noch immer zu schaffen machte. *»Es war ein Glück für ihn, dass er beim Landrat und durch diesen bei der Regierung in so gutem Ansehen steht, dass man ihn ja ganz gewaltig bevorzugt hat, durch Urlaub und Befreiung von der Arbeit auf einem Land als Steuer Sekretär und er sollte die Hoffnung haben bald wieder selbstständig und Kreisrendant zu werden. Der arme Mann hat durch seine Krankheit noch schrecklich gelitten.*

Außerdem hat Wilhelm noch ein Problem, weil seine Schwester Adolphine durch ihre Eigenheiten sich gar nicht mit seiner lebhaften Frau Marie Brinkmann versteht.

Es gibt immer wieder Unannehmlichkeiten zwischen den beiden Frauen, was äußerst schmerzlich ist für seine schon hoch betagte Mutter. Zu ihrem Geburtstag haben sie sich aber doch überredet, die Mutter in Xanten, wo diese außerhalb der Stadt an den Beek sehr hübsch wohnt, wieder zusammen zu besuchen, was ihrer Mutter größte Freude gemacht hat und es ist ohne Konflikt mit Adolphine abgegangen. Leider hat Wilhelm durch die Verminderung seiner Einnahme gegen früher, die Zulage für seine Mutter, die periodisch sehr reichlich gewesen war, einstellen müssen und jetzt muss die Mutter sich mit nur ihrer Pension durchschlagen. Schade, dass die Veränderung nun noch hässlich in ihrem letzten Jahre kommen musste. Tante rechnete darauf, dass Adolphine, wenn ihre Mutter mal stirbt aus Staatsmitteln eine kleine Pension oder Grundunterstützung als mittellose Tochter eines Offiziers bekommt. Man hat sie auf Eingabe dahin behördlich vertreten. Und ich hoffe, dass das Versprechen später in Erfüllung gehen wird, denn bei Wilhelm kann sie später nicht bleiben. Tante Julie schlägt sich noch aus einem kleinen Kommissionsgeschäft durch und bekommt jetzt von der Stadt für die Ernährung der armen verkrüppelten Magd Käthchen eine Vergütung, die zu fordern ich ihr bereits vor 10 Jahren empfohlen hätte.

Wenn der reiche Wilhelm Welsch ihr früher, wie er es stets für andere getan hatte, eine vorteilhafte Lage auf dem Markt gegeben, um ihre Waren auszustellen, dann hätte Tante in den 30 Jahre, wo sie da gewohnt hat, ordentlich Geld verdient und für die alten Tage etwas anbringen können. Anstatt dass sie jetzt ihr bisschen Vermögen verloren hat und andere noch schädigen muss. Meine Einlagen in ihr Geschäft als Darlehen sind wie andere auch verloren gegangen.

Während Tante Idas Krankheit von Weihnachten 1896 bis zu den Todestagen am 21. März 1897 war Tante Julie hier zur Pflege bei mir und fuhr abwechselnd nach Wesel zu ihrem Geschäft. Dabei hat sie mit ganz außerordentlich ausdauern und liebe, Tante Ida gepflegt. Tante Julie hofft ihre alten Tage auf ein Unterkommen in den Weseler Offermann-Stift für Damen, wozu ihr Aussicht gegeben ist. Aus dieser Verhältnisse Gegenuber kann ich mich freuen, dass Fritz Glück gehabt hat. Er hat jetzt eine reichliche Einnahme für seine Stellung und wird dort ganz gewaltig geehrt. Auch den Tod seiner Schwiegereltern hat ihm noch eine nette Summe gebracht.«

Seinem Onkel gefiel es am besten, dass er durch seine Pension und etwas Privatvermögen selbstständig gestellt war und nicht auf Unterstützung von Fritz angewiesen war. Denn er hatte Angst, dass bei allen: *»Versöhnungen und Zärtlichkeit das bisher bestandenen Verhältnis sich sehr leicht so gestalten konnte, wie überall, wo Kinder die Eltern unterstützen müssen.«* Mit diesen weisen Worten beendete er seinen Brief, nachdem er noch geschrieben hatte, dass aus Anlass des Besuchs des Herrn Regierungspräsidenten von Rheinbaben die Stadt festlich beflaggt war und dass derselbe sich sehr befriedigt über die Stadt und seinen Empfang darin geäußert hatte. Rees war eine schöne und sehr große Stadt in gesundester Lage und unmittelbar am Rhein, so könnten bei Sturm die Wellen durch ihre Nähe auf den Marktplatz spritzen.

Am Ende schrieb sein Onkel, dass er in dem schönen großen Haus wohnte, gegenüber der Geburtsstätte seines Großvaters Johann Graff, der im Jahre 1799 als Sohn des Kriegsrates Graff hier starb.

Er hatte in seinem Besitz die Kirchenzeugnisse und dachte deshalb oft daran, was für ein Zufall es war, dass er gerade dort jetzt wohnte.

Die familiären Beziehungen zwischen beiden waren sehr eng und Alexander würde den Schriftwechsel mit seinem Onkel sehr vermissen.

Einige Tage nach dem Tod seines Onkels reichte Alexander nach 9-jähriger Tätigkeit in Magdeburg sein Abschiedsgesuch ein. Dies wurde Ende Mai bewilligt, unter Enthebung von der Stellung als Bezirksoffizier, mit Erteilung der Aussicht auf Anstellung im Zivildienst und der Erlaubnis zum Tragen der Uniform des Infanterieregiments Vogel von Falckenstein 7. Westfälische Nr. 56. Im November fand sein Abschied im Kreise des Offiziers-Korps statt, welches ihm zum Andenken einen reich ausgestatteten Kasten mit Silberbesteck überreichte.

Unmittelbar, nachdem er verabschiedet war, brauchte er eine Badekur in Karlsbad, weil er im Winter eine Entzündung des Mageneinganges gehabt hatte. Er befürchtete, dass er das gleiche Schicksal erleiden würde wie damals sein Vater. Diese Kur bekam ihm aber sehr gut und als er zurückkam, sagte er ganz erleichtert zu seiner Familie, dass er sich viel besser fühlte.

Als Abschluss trat er die Stellung eines Badekommissars im Ostseebad Heringsdorf an, wo er sich überhaupt nicht wohl fühlte.

Die Stellung war im Allgemeinen eine sehr abhängige und unselbständige und auch das Benehmen und die Gesinnung der Bevölkerung missfiel ihm überaus.

Dadurch erkannte er, dass er die Uniform ausgezogen hatte für eine ihm nicht zusagende belanglose Beschäftigung. Die Seeluft tat ihm auch nicht gut, weshalb seine Unzufriedenheit ständig in ihm wuchs. Seiner Familie wegen konnte er mit niemandem darüber sprechen, weil es ihnen in Heringsdorf ausgezeichnet gefiel und der Aufenthalt dort ihnen vorzüglich bekam. Deshalb schwieg er und weil er nichts darüber sagen wollte, bemerkte keiner in seiner Familie etwas von seinem Gemütszustand. Selber musste er aber bekennen, dass er seiner Familie ein großes Opfer gebracht hatte und froh war, als sich das Engagement in diesem Jahr wieder zerschlug.

Von Magdeburg zogen sie deshalb nach Groß-Lichterfelde bei Berlin, wo sie in der Ferdinandstraße eine zwar kleine, aber gemütliche Wohnung zu einem mäßigen Preis gefunden hatten. Emmy, ihre jüngste Tochter, wohnte wieder bei ihnen und bevor sie umsiedelten, war sie noch im Dom zu Magdeburg eingesegnet worden. Das geschah zu Ostern und genau wie mit Hilde vorher, vom Militär Oberpfarrer, Konsistorialrat Dr. Hermens.

Die ganze Familie war zu dieser Zeremonie gekommen und versuchte Carl Kleye aufzuheitern. Er war in einer bedrückten Stimmung, weil er seine Frau so vermisste. Es gab keinen Grund mehr für ihn zu Hause zu bleiben und er war meistens auf Reisen. Seine Lungen waren angegriffen wegen der Influenza, die er vor einigen Jahren hatte und außerdem hatte er seit einigen Jahren eine fortschreitende Verkalkung der Herzarterien.

Er ertrug das hiesige Klima schwer, weshalb er sich nur in den Sommermonaten in Leipzig aufhielt.

Sonst besuchte er regelmäßig Marienbad und brachte die kalten Monate in Gardone am Gardasee, in Merau oder in Tölz zu, je nachdem wie die Witterungsverhältnisse für ihn geeignet waren.

In Januar 1901 hatte er Alexander und Emmy noch in Berlin besucht und sie hatten eine vergnügliche Zeit miteinander verbracht. Er hatte ihnen dabei mitgeteilt, dass er am Ende des Monats wieder nach Italien gehen wollte. Sie hatten jedoch bei ihm eine Kurzatmigkeit in höherem Maße beobachtet und rieten ihm deshalb ab, wieder ins Ausland zu gehen. Er aber hoffte Linderung für seine Beschwerden zu bekommen und reiste am 24. Januar doch nach Gardone, wo er im Hotel Riviera reserviert hatte. Auf dieser Reise erkältete er sich so sehr, dass er eine Lungenentzündung mit so hohem Fieber bekam, dass Sonntagmorgen des 10. Februar, ein Herzschlag sein Leben beendete.

Das Hotel benachrichtigte seine Familie sofort und am nächsten Tag nachmittags fuhren Alexander und Emmy nach Leipzig zur Familie Steckner, um mit ihnen die Situation zu besprechen. Nachdem auch mit den übrigen Familienmitgliedern überlegt worden war, bekam Alexander die traurige Aufgabe, die Leiche in Gardone abzuholen. Am selben Tag in der Nacht verließ er Leipzig mit dem D-Zuge und kam am anderen Abend in Riva am Gardasee an, wo er im Hotel Riva sein Quartier nahm.

Er sah auf dieser Fahrt nun die Alpen, die er vor mehreren Jahren im Sommerglanz gesehen hatte, jetzt in hohem Schnee und Eis.

Trotz seiner niedergeschlagenen Stimmung machte es doch einen großartig schönen Eindruck auf ihn.

Das Coupé, worin er saß, war überheizt, er fror jedoch mit den Bergriesen voller Eis und fand die Sommersaison in jener Alpenwelt doch angenehmer als im Winter. Am 13. Februar 1901 morgens legte er die Strecke Riva-Gardone mit dem Dampfer zurück und kam dort am Morgen gegen 9.30 Uhr an.

Die großen Zypressen und die Ruinen von Wohnhäusern machten auf ihn einen trüben Eindruck. Die an sich großartige Umgebung war wenig geeignet, diese gedrückte Stimmung zu heben. Er musste vier Tage in Gardone bleiben, bis durch einen Spediteur, ohne den man nichts ausrichten und erreichen konnte, die Erlaubnis der Leichenausfuhr erwirkt war.

Ein schauerlicher Gang war es für ihn, als er den Sarg seines geschätzten Schwiegervaters von der Kirchhofhalle, wo er in seiner Gegenwart hingebracht worden war, abends nur bei dem Schein einer einzigen Laterne den Berg hinab zur Chaussee nach Verona begleiten musste. Der Sarg wurde auf einen Möbelwagen verladen und Alexander musste jetzt notgedrungen den Transport dem Spediteur überlassen. Inzwischen hatte er den Koffer seines

Schwiegervaters gepackt und per Frachtgut nach Leipzig befördert. Zurückgekehrt zu seinem Hotel traf er zufällig einen früheren Regimentskommandeur Major Eichert vom Regiment Nr. 59 der versuchte, ihn etwas über seine traurigen Gedanken hinwegzuführen.

Am anderen Morgen, Sonntag, fuhr er mit dem Dampfer nach Desenzano und reiste dann weiter mit dem Zug über Verona nach München. In München übernachtete er im Hotel Monopol und fuhr am anderen Morgen nach Leipzig zurück, wo der Transport der Leiche eine Stunde später als er selbst, eintraf.

Da sein Schwiegervater nicht wünschte, dass das Grab seiner Frau zum

Das erste Krematorium wurde in 1878 in Gotha gebaut. Kapelle im Krematorium. Postkarte, datiert 17.10.1913. Quelle: Sammlung von Wolfgang Sauber.

Zweck seiner Beisetzung aufgemacht wurde, hatte er bestimmt, dass sein Leichnam eingeäschert werden sollte. Am Mittwoch wurde die Leiche nach Gotha transportiert, um am Donnerstag fuhren die Familien Steckner, Spilcke, er und Emmy und ihre Töchter dorthin, um der kirchlichen Bestattung der Leiche beizuwohnen. Die Feier war sehr erhebend und das automatische Verschwinden des Sarges vom Katafalk unter dem Gesang der Chorknaben *Auf Wiedersehen* war außerordentlich ergreifend.

Trotzdem war Alexander der Meinung, dass solange keine religiöse Feier die Beisetzung der Asche begleitete, dieser Akt wenig zeremoniell war und es hatte ihm deshalb auch nicht gefallen.

Am Freitag gegen Mittag wurde dann das Kästchen mit der Asche auf dem Johanniskirchhofe im Grab seiner Frau eingefügt und so kam sein Schwiegervater, der sie scherzweise immer den *Reisevater* genannt hatten, zur ewigen Ruhe. Die Schwiegersöhne waren hierbei anwesend gewesen. Ihre Frauen, die drei Schwestern, mussten sich zuerst trösten und kamen noch ganz ergriffen später nach.

Emmy war nach der Bestattung, weil sie jetzt auch ihren Vater verloren hatte, in einer schwermütigen Stimmung. Sie hatte während ihres mehr als 27-jährigen Zusammenlebens mit Alexander viele körperliche Leiden durchstehen müssen. Jahrelang hatte sie mit sehr schmerzhaften Gallen- und Nierenkoliken zu tun, welche den mehrjährigen Gebrauch von Bädern wie in Neuenahr, Bad Elster, Karlsbad und Wildungen, erforderlich machten. Durch die bei jedem Aufenthalt zur Linderung der unerträglichen Schmerzen gegebenen Einspritzungen von Morphium, hatte ihr Nervensystem sehr gelitten. Dazu kam auch noch, dass sie immer wieder an Polypen Bildungen in der Nase und im Nasenraum litt. Erscheinungen, welche fast alle Jahre eine Operation nötig machten und die besonders lästige gesundheitliche Probleme verursachten und auch nur nachteilig auf ihre Gemütslage wirkten.

Dies machte sie zu einer nervösen und leicht reizbaren Frau, doch später verbesserte sich ihr Allgemeinzustand dank neuer Medikamente erheblich. Sie war eine kunstbegeisterte, kluge Frau mit vielseitigen Talenten, die gerne malte, Klavier spielte und sogar gelegentlich dabei sang.

Alexander war der Meinung, dass sie alle Qualitäten einer praktischen, sorgfältigen Hausfrau besaß, und zu seiner Zufriedenheit war ihre Kochkunst über das alles erheben.

Sie hatte ihre Töchter in demselben Sinne erzogen, auch wenn diese zuweilen der Ansicht waren, ihre gute Mutter verlangte zu viel von ihnen. Aber Emmy sagte dann immer, sie würden den Wert einer soliden häuslichen Erziehung erkennen, wenn sie heirateten. Damit hatte sie recht, denn als sie sich später tatsächlich vermählten, waren ihre Töchter dankbar dafür.

Im Sommer jenes traurigen Jahres erlebten sie noch große Freude, als sich Else mit Oberleutnant Franz Nitschmann vom 4. Pommerschen Infanterieregiment von Borcke Nr. 21, verlobte.

Else Graff und Franz Nitschmann. Quelle: Familienarchiv Familie Nitschmann.

Sie hatten ihn schon in Kleve kennengelernt, als er als Kadett bei seinem Vater, dem damaligen Bataillonskommandeur von Alexander, auf Urlaub war. Später besuchte er sie häufig in Magdeburg, wo er als Offizier im Regiment Nr. 26 gestanden hatte. Seine Eltern wohnten ebenfalls seit mehreren Jahren in Lichterfelde und so konnten die beiden Familien ihre früheren Beziehungen sehr bald weiterführen.

Franz hatte noch zwei jüngere Brüder, Paul und Hans, die beide Offiziere waren und häufig zu Besuch bei den Eltern verweilten. Durch sie hatten auch Hilde und die junge Emmy mancherlei Amüsement und Kurzweil. Die Verlobung von Else und Franz und das herbeigeführte verwandtschaftliche Verhältnis ermöglichte einen zwanglosen und sehr angenehmen Verkehr.

Else und Franz fühlten sich sehr glücklich und trugen die ihnen auferlegte voraussichtlich lange Wartezeit, bis Franz Hauptmann geworden war, mit Geduld und Ergebenheit. Sie waren sich bewusst, dass sie sich liebten und einander sicher waren.

Alexander und Emmy lebten durch dieses frohe Ereignis ordentlich auf. Das heitere Aussehen ihrer Else gab ihnen alle Veranlassung dazu und Alexander freute sich für seine Frau, deren Mutterliebe zu ihren Kindern außerordentlich entwickelt war. Sie versuchte immer ihre Töchter nicht zu sehr zu verwöhnen, aber das war schwierig für sie und scheiterte oft.

Alexander selbst war zu dieser Zeit sehr besorgt über seine Zukunft, was sich auf sein Wohlbefinden auswirkte. Er wollte gern eine gewisse Brigadebeschäftigung haben, konnte aber leider nichts Geeignetes finden. Für ihn entstand dadurch eine unruhige und sehr unbehagliche Situation, weil er nicht wusste, wie lange dies dauern würde. Er versuchte jedoch sein Leben so normal wie möglich weiter zu führen und wollte nicht ständig an seine Karriere denken.

Wie sein Vater und Großvater war auch Alexander ein Geselligkeitsmensch und er freute sich, wenn in ihrem Haus Freunde oder Familie zu Besuch kamen. Während dieser Zeit war Viktor, der Sohn seines Cousins August von Schwedler, des Bürgermeisters von St. Goarshausen, in der hiesigen Hauptkadettenanstalt untergebracht, und Alexander lud ihn regelmäßig ein, um die familiären Bindungen aufrechtzuhalten. Ebenso wie bei Richard Polmann, dem jüngsten Sohn von Maria Hannes, der Tochter von Christian Hannes, dem Bruder seiner Urgroßmutter Anna Christina. Maria war mit dem verstorbenen Gefängnisdirektor Ludwig Polmann verheiratet gewesen, und ihr Sohn Richard lebte nun als Oberst z.D. mit seiner Frau Margarete, auch in Berlin. Margarete war eine geborene Heise, deren Vater als Geheimer

Oberregierungsrat und vertragender Rat im Handels-Ministerium eine wichtige Person gewesen war.

Richard und sie hatten mehrere Kinder, aber ihre zwei Töchter Veronika und Ruth Erica lebten mit ihnen, während ihr Sohn Hans als Oberleutnant im Infanterieregiment Nr. 75, in Stade stand.

Alexander hatte seinen Cousin und dessen Gemahlin gut kennengelernt, als er im Jahre 1867, in der Zeit, als er in Berlin studierte, viel in deren Hause verkehrte. Sie waren eine außerordentlich freundliche und leutselige Familie, mit der sie sich oft trafen. Außerdem lebte in Berlin auch noch die älteste Tochter der Maria Hannes, Ida, mit ihrem Mann, dem Oberverwaltungsgerichtsrat Friedrich Coester.

Ida war eine tapfere Frau, die sich in den Kriegsjahren um die Krankenpflege sehr verdient gemacht hatte und hierfür mehrfach mit Ordenszeichen dekoriert wurde. Bei ihr kam in dieser Zeit auch ihre jüngere Schwester Mathilde zu Besuch und es bereitete Alexander große Freude, sie wiederzusehen. Leider erfuhr er bei dieser Gelegenheit, dass die jüngste Schwester, Maria Polmann, welche in Düsseldorf mit Oberst Johann Hermann von Rudorff verheiratet gewesen war, vor einigen Jahren in 1898, nach schwerem Leiden gestorben war. Er war noch mit Emmy auf deren Hochzeit, die in Pyrmont im Jahre 1874 großartig gefeiert wurde, so gemütlich zusammen gewesen und nun hatte der unerbittliche Tod die glückliche Ehe schon viel zu früh getrennt.

Mit all diesen Verwandten, die sie regelmäßig trafen, hatten sie dort ein sehr angenehmes und unterhaltsames Familienleben und seine düsteren Gedanken wurden ausreichend abgelenkt.

Anfang Oktober 1901 wurde Emmys Schwester Dorothea plötzlich nach Kreuznach gerufen. Ihre Tante Charlotte Slichter war an diesem Tag plötzlich sehr krank geworden und brauchte Hilfe. Tante Charlotte war die einzige noch lebende Schwester von Alexanders Schwiegervater.

Sie war in den letzten Jahren ihres Lebens völlig taub geworden und lebte nach dem Tod ihres Gatten in dessen Heimatstadt als kinderlose Witwe. Nur einen Tag nach ihrer Erkrankung, im Oktober 1901, starb sie im selben Jahr wie ihr Bruder, an einem Gehirnschlag.

Alexander und Emmy hatten immer ein sehr gutes Verhältnis zu dieser Tante gehabt und weil sie keine Kinder bekommen hatte, betrachtete sie die Kinder ihres Bruders wie ihre eigenen und war immer sehr interessiert und beteiligt bei all ihren Lebensereignissen.

Sie hatte deshalb auch ein Testament machen lassen, worin sie ihrer Nichte all ihre Habe hinterließ. Um ihre Beerdigung zu regeln und gemeinschaftlich mit ihrer jüngeren Schwester Dorothea den Haushalt der alten Tante aufzulösen, fuhr auch Emmy nach Kreuznach. Ein paar Tage nach ihrem Tod wurde Tante Charlotte von ihren Nichten und Bekannten zur ewigen Ruhe gebettet.

Nach zwei Jahren von angemessener Wartezeit war Franz, der Verlobte von Else, Hauptmann geworden und es konnte geheiratet werden. Im Februar 1903 fand die Hochzeit statt und wurde mit der ganzen Familie Nitschmann und vielen Freunden der beiden gefeiert.

Nach einer kurzen Hochzeitsreise ging Else mit ihrem Mann nach Spandau, wo er die Stellung als Hauptmann und Verwaltungsmitglied der Gewehrfabrik erhalten hatte.

Dort fanden sie eine behagliche kleine Wohnung in der Plantage Nr. 10/11 und waren überglücklich, nach langem Warten endlich verheiratet zu sein.

Auf ihrem Hochzeitstag hatte Else ihren Hochzeitstrauß Hilde zugeworfen und ihr zugeflüstert: »Jetzt musst du noch einen Mann zum Heiraten finden.«

Die beiden Schwestern, die nur ein Jahr Altersunterschied trennte, verstanden sich ihr ganzes Leben lang so gut, dass sie die besten Freundinnen waren.

Das lag auch daran, dass sie sich bei allen Umzügen immer aufeinander verlassen konnten, wenn sie wieder auf eine neue Schule in einer anderen Gegend gehen mussten.

Hilde war nicht besonders daran interessiert zu heiraten. Sie war sehr zufrieden mit ihrem Leben im gemütlich-komfortablen Haus ihrer Eltern, in dem es immer etwas zu tun gab. Das änderte sich jedoch, als sie Freunde in Heidelberg besuchte und den Landrichter Bernardus Marinus de Vos aus Amsterdam kennenlernte. Er war ein schlanker, gutaussehender Mann mit einem schönen Gesicht, und es dauerte nicht lange, bis sie sich ineinander verliebten. Nachdem sie einander ständig geschrieben, und er sie auch viele Male in Berlin besucht hatte, heirateten sie am 14. Mai 1906 in Berlin-Wilmersdorf. Die ganze Familie und viele holländische Anverwandte waren zu der Hochzeit gekommen, die sie alle fröhlich feierten.

Damals konnten sie nicht vorhersehen, welche unglücklichen Ereignisse später noch passieren würden.

Generalleutnant Eduard Nitschmann.
Quelle: Familienunterlagen Nitschmann.

Nur wenige Wochen nach Hildes Hochzeit starb der General Eduard Nitschmann Anfang Juni 1906 an einem Herzversagen. Und als ob diese Trauer für die Familie noch nicht genug war, starb Frans im folgenden Jahr am St-Nikolausnachmittag dem 6. Dezember 1907, ganz plötzlich an einem Herzinfarkt, seine Frau Else und die ganze Familie in tiefem Kummer hinterlassend. Er wurde auf dem Friedhof in Groß-Lichterfelde-Ost bei Berlin von seiner Familie und vielen Armeefreunden beerdigt.

Else wollte nachher nicht alleine in Spandau bleiben und sie kehrte zu ihren Eltern nach Groß-Lichterfelde zurück, um für die beiden sorgen zu können. Alexander und Emmy, die sich einst so gefreut hatten, das glückstrahlende Gesicht ihrer Tochter vor ihrer Hochzeit zu sehen, sollten sie jetzt niemals mehr lachen sehen. Der Schmerz ihrer Tochter war noch größer, weil sie keine Kinder bekommen hatte und sich deshalb sehr alleine und einsam fühlte. Im selben für ihn so unheilvollen Jahr, bekam Alexander die Nachricht, dass auch sein Neffe, der Sohn seines Bruders Fritz, plötzlich gestorben war. Er hatte zunächst im Regiment seines Onkels gedient, aber mit dem grausamen Schicksal seines Vaters im Hinterkopf beschloss er später die Armee zu verlassen und eine Ausbildung zum Kaufmann zu machen. Nach Abschluss seines Studiums arbeitete er als Standesbeamter in Königsberg, wo er bei seinem Onkel Friedrich von Homeyer gewohnt hatte.

Als er zur Erholung mit einigen Freunden reiten ging und sehr unglücklich zu Fall kam, fiel er in ein Koma, woraus er nicht mehr erwachte und starb einige Tage nachher.

Obwohl sie einander nicht viel gesehen hatten, war der Kontakt zwischen ihnen durch regelmäßigen Briefverkehr doch rege gewesen. Deshalb war Alexander durch den Tod des letzten männlichen Erben des Namens Graff sehr erschüttert. Er hatte den Sohn seines verstorbenen Bruders innig geliebt und es hatte ihn betrübt, dass er ihn so wenig gesehen hatte.

Etwas Willkommenes passierte, als Hilde im folgenden Jahr schwanger wurde und Anfang Juli 1909 ihre Tochter zur Welt kam. Sie würde Hildes einziges Kind sein. Obwohl Amsterdam eine lebhafte Stadt war, gefiel Hilde das Leben in Holland nur wenig. Sie war das lustige Leben bei ihrer Familie in Deutschland gewöhnt, wo es immer abwechselnd und gesellig war, und sie wurde in ihrem neuen Vaterland nicht gut heimisch. Nach einigen Jahren wurde ihr Mann zum Vizepräsidenten des Amsterdamer Hofes ernannt, eine ehrenvolle Position, die man nur bekleiden konnte, wenn man genug Geld zum Leben hatte. Er war ein Einzelkind und wegen der geringen Bezahlung seiner Stelle auf die Geschenke seiner Mutter angewiesen. Zu Hildes Enttäuschung mussten sie für all die Extras weitgehend von ihrem Kapital leben.

Hin und wieder sah Hilde ihre Familie in Deutschland oder in den Niederlanden, wenn sie auf Besuch kamen. Sie war aber doch am liebsten bei ihnen in Deutschland, wo sie so oft sie konnte hinreiste.

Dort war sie auch, als im April 1914 die letzte Tante ihres Vaters, seine Tante Julie, im Alter von 83 Jahren starb.

Sie war die letzte seiner Onkel und Tanten, die er nun zu Grabe tragen musste. Hilde fuhr mit ihrer Familie zur Beerdigung nach Wesel, wo Tante Julie immer gelebt hatte. Alexander erzählte ihr auf der Fahrt dorthin, wie sehr sich seine Tante in ihrem Leben um ihre Angehörigen gekümmert hatte. Obwohl sie nicht viel Glück erlebt hatte, war sie immer optimistisch und fröhlich gewesen.

Als im Juli desselben Jahres *der Erste Weltkrieg* ausbrach nach dem Attentat auf Erzherzog Franz Ferdinand von Österreich und seiner Frau Sophie, kamen Hildes Mutter und ihre Schwester Else in die Niederlande, weil Deutschland im Krieg war und die Niederlande bewahrten die Neutralität. Während dieses Krieges verloren sie noch viele Familienmitglieder. Darunter war auch der einzige, zwanzigjährige Sohn Friedrich des Cousins von Alexander, Fritz Graff. Er fiel im September 1917 als Leutnant im Feld-Artillerieregiment Nr. 43 bei Anizy in Frankreich. Das war ein herzzerreißendes

Ereignis in der Familie, in so jungen Jahren wieder jemanden verlieren zu müssen. Hinzu kam, dass er der letzte männliche Graff in der Familie war, der den Namen hätte weiterführen können.

Ein freudiges Ereignis nach dem Krieg war, als die junge Emmy im März 1919 den Rentner Wilhelm Max Hewald heiratete, wobei Else ihre Trauzeugin war. Max lebte in Berlin, und sie heirateten nur wenige Monate vor dem Tod ihrer beiden Eltern.

Denn ihre Mutter Emmy starb im Mai 1919 und Alexander, der seine Frau sehr vermisste, nur einige Wochen später in Wiesbaden, als er für eine Kur da war.

Else wollte nicht mehr allein in der Wohnung leben und mietete aus Geldmangel eine kleine Zweizimmerwohnung. Sie musste eine Arbeit finden und fortan ihren Lebensunterhalt als Sekretärin verdienen.

Danach konnte Hilde ihr Elternhaus nicht mehr besuchen.

Ihr Mann hatte in seinem Beruf aufgrund der vielen Arbeit, bei der einer seiner Kollegen immer überlastet war und die anderen ihn ersetzen mussten, Probleme mit dem Herzen bekommen. Er starb 1933 im Alter von sechzig Jahren, nur wenige Tage nach einem Herzinfarkt und ließ seine Frau und sein einziges Kind, seine Tochter, die nun ihre Stütze und ihren Anker verloren hatte, untröstlich zurück.

Während des Ausbruches des *Zweiten Weltkrieges* am 1. September 1939, wobei unter Adolf Hitler Polen überfallen wurde, lebten Hildes Schwestern Else und Emmy noch in Deutschland, doch sie blieb mit ihrer Tochter in Amsterdam. Nach dem Krieg hatte sie es als Deutsche schwer, weil sie mit deutschem Akzent sprach und man ihr dadurch oft die Tür vor der Nase zuschlug, so dass ihre Tochter meist das Reden übernehmen musste. Außerdem hatte sie, als der Krieg auch auf Holland übergriff, aufgrund des Nahrungsmangels und der angespannten Lage, eine Tuberkulose entwickelt, die nicht geheilt werden konnte.

Sogar ihre Tochter, die bereits verheiratet war und zu diesem Zeitpunkt schwanger mit ihrer dritten Tochter, durfte sie wegen des Infektionsrisikos nicht besuchen. In den kalten Wintertagen des Jahres 1948 starb sie am 8. Dezember ganz allein in ihrer Wohnung in Amsterdam, nur von einer

Krankenschwester betreut.

Von ihrer Schwester Else fehlte nach 1942 jede Spur.

Emmy hatte einen Sohn bekommen und sie lebte anscheinend noch nach dem Krieg, aber weitere Informationen über sie sind leider nicht bekannt.

Jedenfalls sind mit dem Tod der drei Graff-Schwestern die über Jahrhunderte eng verbundenen Familien von Hagken und Graff mit allem, was sie in ihren Leben durchmachten, endgültig erloschen.

Das gegenwärtig einsame und vernachlässigte Grab von Fritz Graff und Ernst Ballauf.
Quelle: Foto von Frederic Campos.

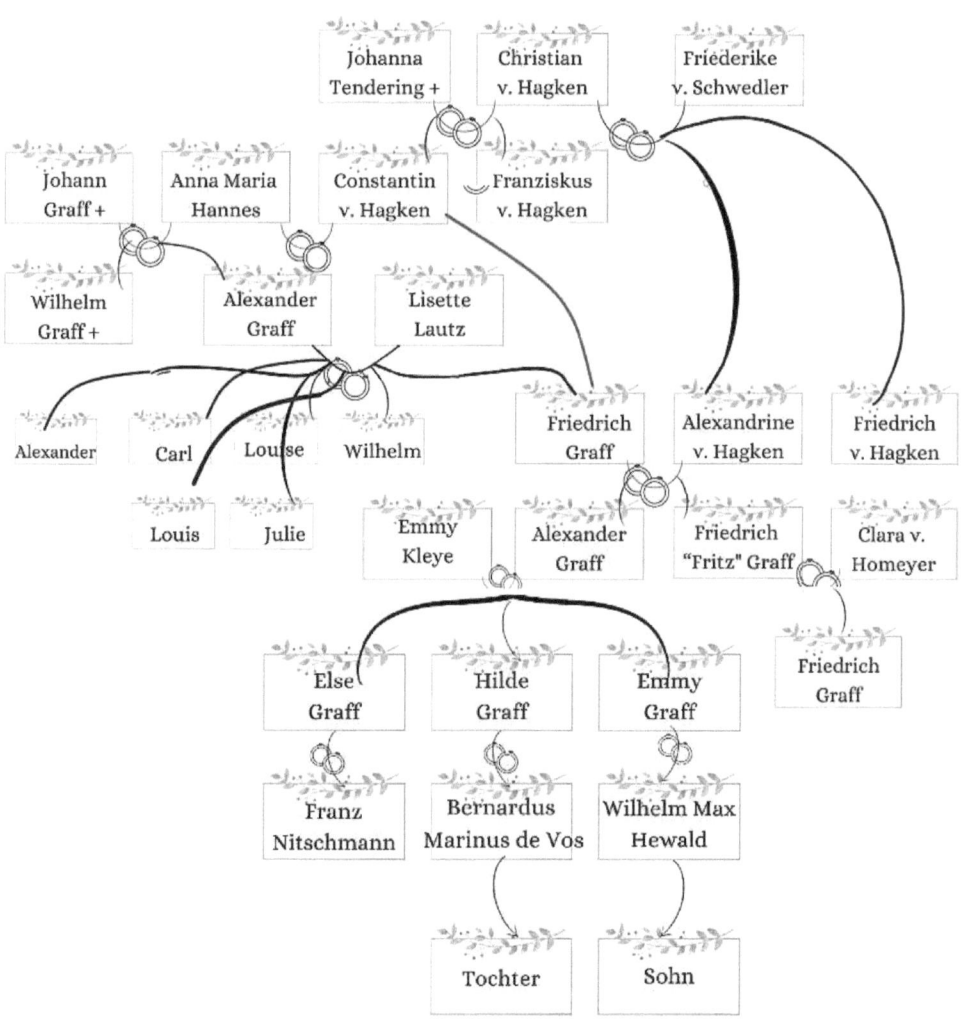

Stammbaum der Familien von Hagken und Graff.
Quelle: Familienbesitz.

Nachwort

Dieses Buch wurde von Margaret Mees verfasst, nach den aus der Kurrent-schrift übertragenen Dokumenten des königlichen Obersten z.D. Friedrich Alexander Graff, und seinem Sohn Alexander Graff, Sekondeleutnant im 7. Westfälischen Infanterieregiment Nr. 56 und Adjutant des Landwehr-Be-zirkskommandos im 1. Bataillon Bochum des 7. Westfälischen Landwehrre-giments, später Major.

Ihre Geschichte basiert auf einer großen Sammlung von Originaldoku-menten, Originalbriefen und Bildern.

Aber die Autorin hat, um eine komplette zusammenhängende Geschichte daraus zu machen, auch vieles aus ihrer Imagination heraus eingefügt. Sodass diese Geschichte ungefähr so gewesen sein könnte, aber keinen Anspruch auf Wahrheit erhebt. Sie hat nicht die Absicht gehabt, jemanden zu verletzen oder in ein falsches Licht zu stellen. Die Beschreibung der Charaktere der genann-ten Personen wurden so weit wie möglich aus Anekdoten und Beschreibun-gen in Briefen lebendig gemacht. Wo ihr die Unterlagen fehlten, wurden diese von der Autorin erfunden.

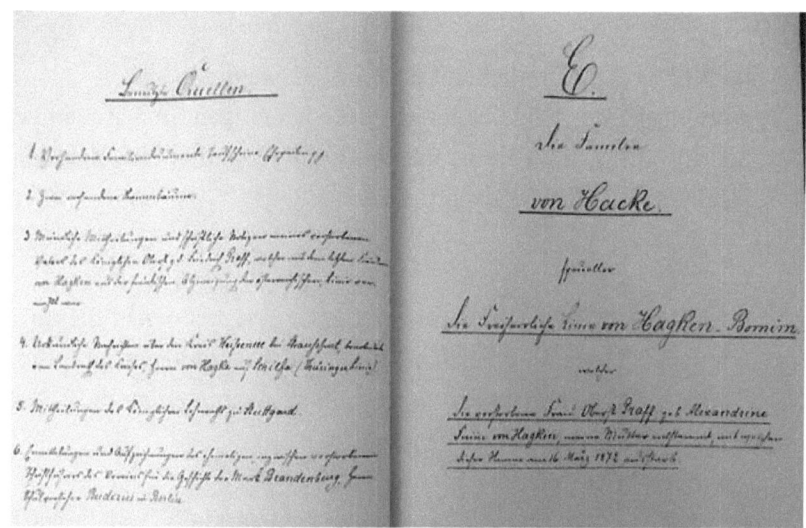

*Text der benutzten Quellen, wortwörtliche Wiedergabe von dem, was Alexander Graff auf-
gezeichnet hat.*

Auf der rechten Seite:

E. die Familie von Hacke. Spezieller die Freiherrliche Linie von Hagken-
Bornim (in einigen Dokumenten von Hagken-Pornimb geschrieben) welcher
die verstorbene Frau Oberst Graff, geb. Alexandrine Freiin von Hagken,
meine Mutter entstammt, mit welcher dieser Stamm am 16. März 1872 aus-
starb.

Auf der linken Seite:

1.) Vorhandene Familiendokumente, Taufscheine, Eheschließungsurkunden
usw.

2.) Zwei vorhandene Stammbäume.

3.) Mündliche Mitteilungen und schriftliche Notizen meines verstorbenen
Vaters, des königlichen Oberst z.D. Friedrich Graff, welcher mit dem letzten
Fräulein von Hagken aus der Märkischen Abzweigung der österreichischen
Linie vermählt war.

4.) Urkundliche Nachrichten über den Kreis Weißensee bei Straußfuhrt, bearbeitet vom Landrat des Kreises Herrn von Hagke aus Schilfa (Thüringer Linie).

5.) Mitteilungen des königlichen Lehenrats zu Stuttgart.

6.) Ermittlungen und Aufzeichnungen des ehemaligen, inzwischen verstorbenen Schriftführers des Vereins für die Geschichte der Mark Brandenburg, Herrn Schulvorsteher Buderies in Berlin.

Über die Autorin

Die Autorin wurde 1943 in Amsterdam geboren. Nach dem Abitur lernte sie Französisch und arbeitete anschließend für verschiedene ausländische Unternehmen. Während ihrer Ehe lebte sie in Venezuela. Nach ihrer Rückkehr in die Niederlande arbeitete sie unter anderem als Journalistin. Dies veranlasste sie, mit dem Schreiben von Geschichten zu beginnen. Corona gab ihr die Zeit, das bereits Geschriebene weiterzuentwickeln und sich neue Erzählungen auszudenken.

Verzeichnis der konsultierten Literatur und des Fotomaterials

Anna von Kleve. Wikipedia.
Belagerung von Hameln. Wikipedia.
Belgische Unabhängigkeitsrevolution. Wikipedia.
Biographien Preußischen Generale Napoleonische Kriege. Digby Smith.
Bischof Wilhelm Johann Gottfried Ross. Portal Rheinische Geschichte.
Chronik des Kirchspiels Uentrop. Pfarrer Friedrich Franz Neuhaus.
Das Preußische Offizierskorps und die Untersuchung der Kriegsereignisse 1806, herausgegeben vom großen
Generalstabe. Kriegsgeschichtliche Abteilung II. Herausgeber E.S. Mittler und Sohn. (Internet Archive).
Die Königin Louise. Konrad Linz.
Die münsterschen Truppen und ihre Übernahme in das preußische Heer 1802/1803. Dieter Zeigert.
Europäische Geschichte 1801-1900. Historicum net.
Evangelisches Pfarrerbuch Westfalen.1891
Friedrich Wadzeck. Wikipedia.
Friedrich Wilhelm Ernst von Gaudi, preußischer Leutnant General. Wikipedia.
Geheimes Staatsarchiv Preußischer Kulturbesitz I.H.A Resp.100 Ministerium des Königlichen Hauses
Nr. 3750. Betrifft: August Homeyer.
Erhard Kiehnbaum. Brief Jenny von Westphalen über ihren Aufenthalt bei der Familie von Homeyer in Neuss 1841.
Geheimes Staatsarchiv Preußischer Kulturbesitz
Akte unter der Signatur: - III.HA MdA, III Nr. 8077,
betrifft: Friedrich von Hagken.
Genealogisches Taschenbuch der deutschen gräflichen Häuser. Gotha bei Justus Perthes.
Heiratsurkunde von August von Schwedler und Helene
Wegener (Kirchenbuch der reformierten Gemeinde in Soest).
Österreichische Nationalbibliothek.
Geschichte Schottland. Wikipedia.
Geschichte Seckendorff. Freunde Triesdorf.
Heinrich Gottlieb von Seckendorff. Deutsche Biographie.
Johanna Catharina von Shubert. Autorin Anna de Haas.
Kirchenbüchern der Evangelische Kirchengemeinde Uentrop.
Koalition(s) Kriege. Wikipedia.
Königin Augusta. Wikipedia.

Conrad Heresbach. Notizen aus dem Buch: die Evangelische Gemeinde Wesel und ihre Willibrordikirche.

Theologe Joh. Hillmann.

Landesarchiv Baden-Württemberg.

Landesarchiv Berlin.

Münster in Napoleonischer Zeit von Monica Lahrkamp.

Napoleon Bonaparte. Wikipedia.

Neue Feuerbrände von Friedrich von Cölln.

Neues Preußisches Adelslexicon Volume 4 und Volume 3.Leopold Freiherr von Zedlitz-Neukirch.

Portal Rheinische Geschichte.

Preußische Generäle der Napoleonischen Kriege 1793-1815 Wikipedia.

Soldatisches Führertum. Band 3, Hanseatische Verlagsanstalt Hamburg, Kurt von Priesdorff.

Ohne Jahr, S. 142–143.

Stammbäume und Aufzeichnungen der Familien: Graff, Heresbach, Lautz, Neuhaus, Tendering, von Hagken, von Klocke, von Schwedler, von Ross.

Veit Ludwig Von Seckendorff. Wikipedia.

Staatsarchiv Düsseldorf.

Staatsarchiv Nürnberg.

Stadtarchiv Bergisch Gladbach.

Stadtarchiv Hamminkeln.

Stadtarchiv Hattingen.

Stadtarchiv Münster. (Fotokopien aus dem Buch von Monika Lahrkamp. Münster in Napoleonischer Zeit).

Stadtarchiv Nürnberg.

Stadtarchiv Soest.

Stadtarchiv Uentrop.

Stadtarchiv Wesel.

Strafbayern. Wikipedia.

Taufschein Charlotte von Schwedler (Archiv Gemeinde Zevenaar).

Bearbeitet: die Geschichte der Ritter Hagk aus dem Chronicon Thüringicum von Adam Ursinus, abgedrückt bei Mencken Script.rer.Germ. III pag. 1246.